誘いの森

ヘザー・グレアム

風音さやか　訳

JN266326

MIRA文庫

The Presence

by Heather Graham

Published by Harlequin K.K., Tokyo, 2006

スコットランド周辺地図

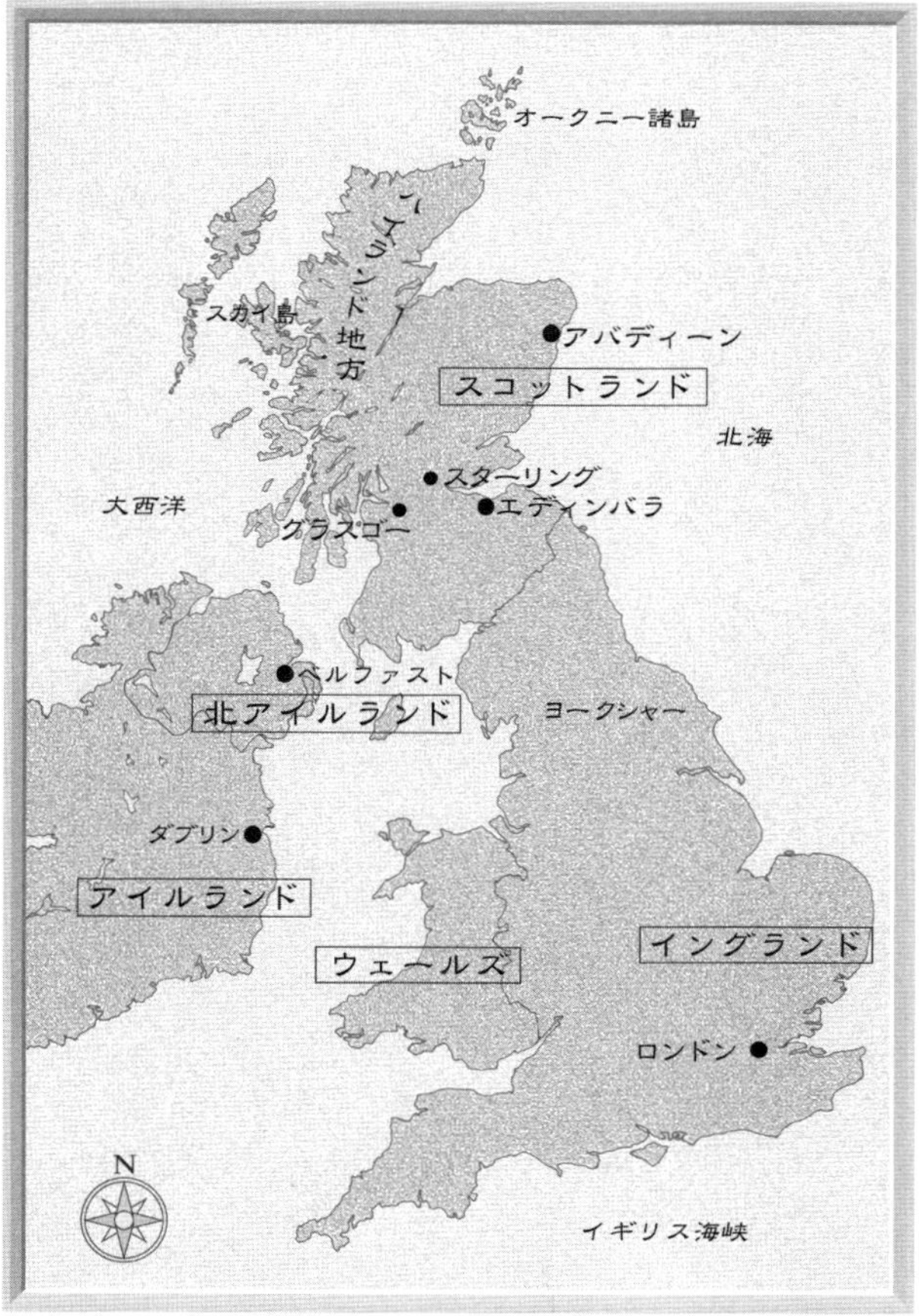

リッチ・デヴィン、ランス・タウボールド、レスリー・バーバンクとリーランド・バーバンク、コニー・ペリー、ジョー・キャロル、ペギー・マクミラン、シャロン・スピーク、スー＝エレン・ウェルフォンダー、キャサリン・フォーク、そしてルービンに深い愛情をこめて——そしてスコットランドの川や城のすばらしい思い出にささぐ。

誘いの森

■主要登場人物

アントワネット（トニー）・フレーザー……劇作家、女優。
ブルース・マクニール……ティリンガムの領主。元警官。
ライアン・ブラウン……トニーの学生時代からの友人。
ジーナ・ブラウン……トニーの学生時代からの友人。ライアンの妻。
デーヴィッド・フルトン……トニーの学生時代からの友人。
ケヴィン・ハート……デーヴィッドの恋人。
セイヤー・フレーザー……トニーの遠い親戚。
ジョナサン・タヴィッシュ……ブルースの幼なじみ。巡査部長。
エバン・ダグラス……ブルースの城の雑用係。
ロバート・チェンバレン……ブルースの元同僚。警部補。
ダニエル・ダロー……検死官。
リジー、トリッシュ……ティリンガムに滞在中の女性たち。
アニー・オハラ……行方不明の売春婦。
キャサリン（ケイティー）……パブのウエイトレス。
アダム・ハリソン……〈ハリソン調査社〉の社長。
ダーシー・ストーン……〈ハリソン調査社〉の社員。
マット・ストーン……ダーシーの夫。保安官。

プロローグ

悪夢

血も凍るような悲鳴が夜の静寂を破って響き渡った。こんな声をあげるのはおびえきった子供しかいない。

愛するわが子にこれほどまでの恐怖をもたらしたものがなんであれ、両親はそれに立ち向かおうと部屋へ駆けこんだ。

だが、そこにはなにもいなかった。いたのは九歳の娘だけ。彼女はベッドの上に立って腕を両脇《りょうわき》にぴったりつけ、爪がてのひらにくいこみそうなほどきつく手を握りしめている。突然、老婆になってしまったかのようだ。少女の喉からは、黒板を爪で引っかいたような金切り声が繰り返ししぼりだされる。

両親は室内をきょろきょろ見まわしてから、目を見交わした。

「まあ、かわいそうに。しっかりして！」

母親が歩み寄って抱きしめようとしたが、少女は気づきもしなければ、体の緊張を解こうともしなかった。父親が歩みでて少女を抱き、名前を呼びながら揺さぶったけれど、やはり気づいた様子はなかった。

やがて少女はへなへなとベッドの上にくずおれた。母親は父親を見てから、さっと駆け寄って少女を両腕で抱えあげ、胸にぎゅっと抱きしめた。「ああ、お願い、お願いだから目を覚まして……」

少女は穏やかな夏空を思わせる青い目を開けて母親を見つめた。天使のような純真さで満ちた目で。少女の顔をふさふさしたホワイトブロンドの髪が囲っている。彼女は母親を見て眠たそうな笑みを浮かべた。まるでなにごともなかったかのように。すさまじい悲鳴など、あげた覚えはないとでもいうように。

「怖い夢を見たの？」母親が心配そうに尋ねた。

少女は困ったように額にしわを寄せた。「ううん」小声で答える。空色をした目が曇り、華奢《きやしや》な体が震えだした。

母親は父親を見て首を振った。「医者を呼ばないと」

「夜中の二時だぞ。この子は怖い夢を見ただけだ」

「誰かを呼ぶ必要があるわ」

「いいや」父親が断固たる口調で言った。「今夜はこの子をもう一度寝かしつけて、話は朝になってからしよう」

「でも――」

「医者を呼んだりすれば緊急救命室へ連れていかれてしまう。そこで何時間も待たされたあげく、朝になったら精神科医のところへ連れていけと言われるのが落ちだ」

「ドナルドったら！」

「嘘《うそ》じゃないさ、エレン。きみだってわかっているだろう」

エレンは目を伏せた。少女は大きな目で母親を見つめたまま体を震わせている。

「警察……」少女がささやいた。

「警察ですって？」エレンが問い返した。

「わたし、男の人を見たの、ママ。男の人が女の人に恐ろしいことをするのを見たの」

「どんな女の人だった？」

「その人、通りで車を拾おうとしていたわ。ふさふさの赤い髪をして、銀色の短いスカートをはいていた。そして、男の人が乗った赤い車がとまったの。テッド叔父さんのみたいに屋根のない車よ。その車に女の人が乗りこんで、それから……それから……」

ドナルドが近づいて娘の両肩をつかんだ。「でたらめを言うんじゃない！　おまえはこの部屋を一歩も出なかったじゃないか」

エレンが夫を押しのけた。「やめなさいよ。ほら、こんなにおびえているじゃないの」

「この子は警察に連絡しろと言っているのか？　そんなことをしてみろ、うちのひとり娘の名前が新聞の第一面にでかでかと出てしまう。それでその女殺しの変質者がつかまればいいが、さもなければそいつはこの子をねらいだすだろう。だめだ、エレン」

「きっと警察がつかまえてくれるわ」エレンが穏やかな声で応じた。

「いいね、忘れなさい」ドナルドは厳しい口調で娘に言った。

少女は真剣な表情でうなずいたあと、首を横に振った。「やっぱり警察に話さなくっちゃ」小声で言う。

めったに夫に口答えをしないエレンだが、今夜は引きさがろうとしなかった。

「こういうことが起こったら……この子に話をさせてやらないと」

「警察はだめだ」ドナルドが言い張った。

「アダムに電話するわ」

「あのいかさま師！」

「アダムはいかさま師じゃないわ。あなただって知っているじゃない」

ドナルドは妻から娘に視線を移した。言い知れない恐怖と苦しみで、今にも押しつぶされそうだ。「あの男に電話しなさい」彼は言った。

すごく年をとっている。それがアダム・ハリソンに対するアントワネットの第一印象だった。面長の顔に、やせこけた体、髪は雪のように白い。けれどもその目は、少女が生まれてからの九年間に見たなかで、最も思いやりに満ち、最も知的な光をたたえていた。

　ベッド脇へやってきた彼は、少女の手をとって両手でしっかり握りしめ、ゆっくりとほほえんだ。やさしく手を握られて体にあたたかいものがみなぎるのを感じ、少女の震えはようやくおさまった。彼はほかの人たちとまったく違った。家を一歩も出なかったのに、これこれこういう場面を目撃したと少女が話すと、彼は理解してくれた。もちろんそれが奇妙であるのは、彼女自身よくわかっていた。そんな出来事は起こっていないんだわ。だが、実際に起こっていた。

　アントワネットは自分の能力が嫌いだった。父親が心配するのもわかる。こんな力を持っているのはいいことではない。人々は彼女をからかうだろう。あるいは自分たちの目的のために彼女の能力を利用したがるかもしれない。

「じゃあ、わたしに話してごらん」アダムは母親の家族の古くからの友人だと自己紹介したあとで、アントワネットに言った。

「わたし、見たの」彼女は小声で言って、またも震えだした。

「きみの見たことを話してくれないか」

「女の人が通りで車を拾おうとしていたわ。そのうちに一台がとまった。彼女は車に頭を突っこんで、男の人とお金の話を始めたの。それからなかに乗りこんで男の人と一緒に走り去った。赤い車だったわ」

「コンバーティブルかい?」

「テッド叔父さんのに似た車よ」

「わかった」アダムはそう言って、また少女の手を握りしめた。

アントワネットの口調から抑揚が消えた。彼女は男と女が交わした会話をそっくり再現してみせた。募っていく女の恐怖心を感じるにつれて、体から汗が出てきた。ナイフについて語るときは、息もできなかった。話し終えたときは体じゅう汗びっしょりで、寒くて仕方がなかった。アダムが怖がらなくていいよと言って彼女を安心させた。

そのうちに警察が到着した。少女の悲鳴で起こされた隣人が通報したのだ。

警官がふたり、ベッドの両側に立って矢継ぎ早に質問を浴びせ、彼女が見たことを、あるいは彼女が体験したことを、ききだそうとした。

アントワネットは怖かったけれど、アダムのおかげで耐えられた。だが、やがて彼女の目から大粒の涙がこぼれ落ちた。「なにも、なにも。なにも見なかったわ!」

アダムがすっくと立ちあがり、きっぱりとした口調で男たちに部屋を出るよう命じた。あまりに威厳のある声だったので、銃を携え警察のバッジをつけた男たちも従わないわけにいかなかった。彼らは部屋を出ていった。アダムはアントワネットにウインクし、彼らと話してくると言い置いて一緒に出ていった。

一カ月後、警察がまた家へやってきた。アントワネットの耳に、娘をほうっておいてくれと怒鳴っている父親の声が聞こえてきた。そんな押し問答があったにもかかわらず、気がついてみると彼女の前にひとりの警官が立って、恐ろしい質問を次々に浴びせていた。惨劇を語る警官の声が、荒々しさを増していく。そのうちに彼女は心を閉ざした。もう警官の話を聞くことに耐えられなかった。

目が覚めたときは病院にいて、母親がかたわらで泣いていた。アントワネットが目をしばたたいて見つめると、母親はうれしそうに顔を輝かせた。

父親もそこにいた。彼は娘の額にキスをし、声をつまらせて部屋を出ていった。後ろに控えていた年老いた男が歩みでた。

「きみはよそへ引っ越すんだよ」男は快活な声で言った。「田舎へ引っ越すんだ。そしたらもう二度と警察はやってこない」

「警察?」

「そうだよ、覚えていないのかい?」

アントワネットはかぶりを振った。「ごめんなさい……本当にごめんなさい。わたし、あなたが誰だかわからないの」

男はもじゃもじゃの白い眉をつりあげて彼女を見つめた。「わたしはアダムだよ。アダム・ハリソン。本当に覚えていないのかな?」

アントワネットはまじまじと彼を見たあとで首を横に振った。本当は嘘をついていたのだが、男は笑みを浮かべただけだった。とてもあたたかみのある穏やかな笑みを。

「わたしの名前を覚えておきなさい。そしてわたしを必要とするときが来たら、電話をよこしなさい。また夢を見たら。そう、怖い夢を見たら。いいね」

「怖い夢なんか見ないわ」アントワネットはきっぱりと言った。

「もし夢を見たら……」

「いいえ、絶対に夢なんか見ない。夢を見ないことにしたの。そうできる人もいるのよ、知っているでしょ」

男は満面の笑みを見せた。「ああ、そうだね。さてと、ミス・アントワネット・フレーザー、きみに会えてよかった。元気そうなので安心したよ。いつか電話で話したくなったときのために、わたしの名前を覚えておくといい」

突然、アントワネットは男の手を握りしめた。「いつまでもあなたの名前を覚えておくわ」

「きみに必要とされるときが来たら、わたしはいつでも駆けつけるからね」彼が約束した。

アダムはアントワネットの額に軽くキスをして歩み去った。あとにほのかなアフターシェーブローションの香りを残して。

やがて彼女の記憶は薄れ、なにもかも現実味を失っておぼろなものになった。心に残されたのは、誰かが立ち去ったあとに漂っていたほのかなアフターシェーブローションの香りだけだった。

1

「どうかみなさん、この城のあるじであった偉大な領主を想像してみてください。名声と悪名をはせ、恐怖と畏敬《いけい》の念を同時にかきたてたマクニールその人を。彼の身長は当時としては並外れて大きい百九十センチもあって、髪は漆黒、青みがかった灰色の目は悪魔のようにらんらんと光っていました。その目には地獄の業火が燃え盛っていたという人もいます。彼は筋肉隆々たる腕で剣や斧《おの》を、さらには戦闘中に手に入るあらゆる武器を自在に扱いました。戦闘開始後、瞬時にして十数人の敵を打ち倒したと言われます。王と国とに忠誠を誓い、誰であれ、それらをそしる者には果敢に戦いを挑みました。彼は恋愛においても激しい感情の持ち主で、裏切られたと感じるや、女性に対してすさまじい怒りをぶつけました。次に、彼の最愛の花嫁にして妻であった女性を思い浮かべてください。彼女は不誠実きわまりない臣下たちにとり囲まれていました。彼らは自分たちのよこしまな目的を達するために、偉大な戦士であった領主を亡き者にしようと画策していたのです。彼女は臣下たちに裏切られ、陰で中傷されていることに気づくとともに、夫である領主が妻への復讐《ふくしゅう》を決意して戦場から帰還することを知りました。ほら……そこに！　この広間へと続く大扉の向こうに、彼は今にもやってこようとしています」

トニーは二階のバルコニーの手すり近くに立って、一階にある両開きの大扉を指さした。最高にいい気分だわ。下の大広間では畏怖の念に打たれた観光客の一団が寄り集まって、彼女を見あげている。

大成功ね。トニーとその仲間たちが荒廃した城を借りて、それを一風変わった観光名所に仕立てようという途方もない夢の実現にとりかかったときは、これほどの成功をおさめようとは想像もしていなかった。これまでのところデーヴィッドとケヴィンはジェームズ四世時代の不運な吟遊詩人を演じて、大いに観客の喝采《かっさい》を浴びている。この城はジェームズ四世が統治していた十五世紀のもので、十三世紀にノルマン人の王たちが築いた砦《とりで》の上に建てられた。ジーナとライアンはそれぞれ、スコットランド女王メアリー治世下の領主の娘と、彼女が悲劇的な恋をした馬屋番の若者を見事に演じてきた。彼ら六人組のなかでも未知数のセイヤーは思わぬ力を発揮して、ジェームズ六世の時代に魔術を行ったと糾弾された領主をうまく演じきっている。彼らはまた、自分の出番がないときにはキッチンで軽食の用意に駆けずりまわった。

観客が芝居に魅了されているのは明らかだった。続きを待っている彼らを見おろしながら、トニーは先を続けた。

「哀れにも妻アナリーズが武勇の誉れ高き偉大なる領主を、嫉妬《しっと》と憤怒《ふんぬ》のとりことなり果てた夫を出迎えたのは、今わたしの立っているまさにこの場所だったのです。美しい妻に関するあらぬ噂《うわさ》を信じこんだ彼は、怒りにわれを忘れて妻を絞め殺したあげく、冷酷にも階段から投げ落としました。そのあと領主マクニールは死体の処分を召使いたちに任せ、みずからは再び戦地へ赴きました。しかし、彼は当然の報いを受けることになります。あまたの敵を撃破し、殺戮《さつりく》の血で戦場を赤く染めた彼も、最後にはクロムウェルの配下によってとらえられたのです。極刑を宣告された彼は、去勢され、はらわたを抜かれ、首を切り落とされ、手足を切断され、死体をばらまかれました。のちに彼の子孫がばらばらの死体を集めて、この城の地下墓所に葬りました。ええ、そうです、彼の朽ちた肉体はここに埋葬されているのです。けれども彼の魂は今なお、この城内だけでなく、周囲の丘や、古い城壁の向こうにある森をさまよっていると言われています」

トニーがそこまで話したとき、あちこちから感嘆の声があがって彼女を勇気づけた。トニーは二階の一室をうろうろしながら彼女の演技を見守っているジーナにちらりとほほえみかけた。そろそろライアンが馬に乗って大広間に登場してもいいころだ。

「人々は今も彼が、愛と渇望にあふれた妻の顔をひと目見ようとして領地をさまよい歩いていると……そして幽霊となった美しい妻を抱こうとしては、そのたびに怒りに駆られていると噂しあっています」

トニーは再びちらりとジーナを見て顔をしかめた。ライアンはもう登場していなくちゃいけないのに。

ジーナは肩をすくめて両手をあげ、トニーになんとか引きのばすよう促した。

「その夜、城のあるじである偉大な領主がそこの扉から勢いよく入ってきました！」

それが合図だったかのように、まばゆい稲妻が闇夜《やみよ》を切り裂き、続いてすさまじい雷鳴がとどろいた。

扉が勢いよく開いて、ひとりの男が姿を現した。

トニーはわが目が信じられず、はっと息をのんだ。入ってきたのはライアンではなかった。その男はトニーがこれまで見たこともないほど大きな黒い雄馬にまたがっていた。跳ねているその馬は、今にも口から火を噴きそうだ。

そして馬にまたがっているのは……漆黒の髪をした、雨でびしょ濡《ぬ》れの男。馬も巨大なら、男も巨大に見えた。そのときの男の目が悪魔のような光を放っていたとしても、トニーは全然驚かなかっただろう。彼はトニーが語ったとおりの、マントとキルトに身を包んだ戦士にして偉大なる領主、ブルース・マクニールなのだ。

またもや稲妻が走り、雷鳴がとどろいた。

トニーが驚愕《きょうがく》の叫びをあげたのと同時に、観客のなかからも悲鳴があがった。

完璧《かんぺき》だわ、とトニーは思った。今こそわたしは、領主が意気揚々と、そして復讐の念にとりつかれて帰還したと告げなくては。だが、今回に限って言葉が出てこなかった。彼女もほかの人たちと同様に息をつめ、呆然《ぼうぜん》と見つめるだけだった。わたしは幽霊を呼びだしてしまったのだろうか。

男が馬からおりた。スコットランド人はキルトの下になにを着用しているのだろうと疑問に思う人がいるが、彼の動作はあまりに自然ですばやく、確かめることはできなかった。

彼は顎をこわばらせ、暗い目を細めて大広間をぐるりと見まわした。

「この茶番劇を主催しているのは誰だ？」彼は厳しい口調できいた。

すっかり魅了されている観客は、それが劇の一部だといまだに信じこんでいるようだった。

一階の観客と一緒にいたデーヴィッドが真っ先にわれに返った。「階段の上にいるあの女性です！」彼はトニーを指さして男に教えた。そのあと観客を速やかにその場から立ち退かせようと奮闘した。「これをもって出し物はすべて終了となります。みなさん、最後までご観覧いただき、ありがとうございました！」

観客は新たに登場した男に視線を注いだまま、いっせいに拍手をした。

男の眉間《みけん》にいっそう深いしわが刻まれた。

「どうもありがとうございます」デーヴィッドが言った。「それではみなさん、キッチンのほうへ移りましょう。そちらにお茶とスコーンをご用意してあります！」

観客がぞろぞろと移動していくのを見守っているトニーの耳に、慌てふためいているジーナの声が聞こえた。「どうしたの？　いったいどうなっちゃったの……？」ジーナは部屋を出て階段のおり口へやってきた。「あれはライアン？　彼ときたら、今度はなにをしでかしたのかしら？」

「ライアンじゃないわ」トニーは小声で応じた。ケヴィンはデーヴィッドや観客のあとについてキッチンへ向かったが、途中で階段を見あげてトニーをにらみ、両手をあげて〝どうなっているんだ？〟という仕草をした。セイヤーはライアンを手伝いに外へ行っていると見えて、その場にはトニーとジーナと激怒している見知らぬ男の三人だけになった。男は今やゆっくりと階段をあがってきつつある。

「まあ、大変！」ジーナが押し殺した声で言った。「あなたがマクニールを創作したって言ったわよね！」

「ええ、そうよ！」

「だったら、階段をあがってくるのはいったい誰？　いいえ、答えなくてもいいわ。わたしにはわかる。ものすごく怒っている男の人よ」

　怒っているですって？　それまで驚きのあまり呆然としていたトニーの胸に、ふいに怒りがこみあげてきた。わたしたちの芝居を邪魔しに来たこの人は、いったい何者？　わたしたちはこの城の賃貸借契約書を持っているし、イギリスには法律というものがある。彼が誰かは知らないけれど、ここで勝手な振る舞いをする権利はないはずだ。

「こんばんは」トニーは努めて冷静な口調で言った。「なにかご用でもおありかしら？」

「用があるかだと？　ああ、大ありだ！」男が言い放った。彼はそのときすぐ近くまで来ていたので、灰色の目をしているのが彼女にはわかった。「きみたちは何者だ？　ここでいったいなにをしているんだ？」男の目は嵐雲《あらしぐも》のように暗く、その声は雷鳴のように荒しかった。彼が紛れもなくスコットランド人であることは、巻き舌の〝r〟の発音で明らかだ。しかし、歯切れのいい明瞭《めいりょう》な発音からして、よく旅行をし、よその土地で多くの時間を過ごしているらしい。

「わたしたちが何者かですって？」トニーは顔をしかめた。「あなたのほうこそ何者なの？」

「ブルース・マクニール、この城の持ち主だ」

「マクニール家は死に絶えたわ」トニーは言い返した。

「そんなことはない。現にぼくはマクニール家の人間だ」

トニーの後ろでジーナがうめくように言った。「まあ、どうしましょう！　なんだか大変な間違いがあったみたいね」

「間違いなんかないわ」トニーは穏やかな口調でジーナに言った。「あるはずがないのよ！」それから彼女はこの芝居にぴったりの格好で登場した男に言った。「わたしたちは賃貸借契約書を、もっと正確に言えば買受特約つきの賃貸借契約書を持っているんです」

「なにを持っていようと合法的なものではない」男がぴしゃりと言い返した。

「いいえ、合法的なものだと思います」ジーナが歩みでて、困ったような笑みを浮かべて言った。礼儀正しく接しようとしているようだった。小柄なジーナはふさふさしたつやのある茶色の髪と聡明《そうめい》そうな緑色の目をしていて、物腰がやわらかい。彼女が得意とするのは渉外業務だ。「こちらはアントワネット・フレーザー。みんなトニーと呼んでいます」彼女は丁寧な口調で続けた。「わたしはジーナ・ブラウンです。正直に言って、わたしたちはここを使用するために正規の手続きを踏み、かなりの大金を支払いました。登録をしてありますし、観光ガイドの許可証も取得しています。なぜ今夜になって急にあなたが現れたのか、理解しかねますわ。警察の方をはじめとして村の人々は、わたしたちがここにいるのを知っています。問題があったのなら、なぜ今ごろになって現れたのですか？」

「ぼくは旅行に出ていた。警察がきみたちを追いださなかったのは、ぼくと話をする機会がなかったからだ。おそらくぼくがなんらかの理由で城を貸すことにしたと考えたのだろう。ぼくは今夜この村へ帰ってきたばかりだ。そうしたらなんと、自分の家が茶番劇の舞台と化しているじゃないか」

「まあ、そんな！」ジーナが息をのんだ。

トニーは彼女を見て苦笑した。ジーナは男の言葉にショックを受けたようだ。トニーもひどく侮辱された気がした。「茶番劇とはよく言ってくれたわ」彼女は腕組みをして男と向かいあった。「あのね、あなたが突然現れたものだから、わたしたちは本当に困惑しているのよ。あなたの存在自体まったく知らなかったし、わたしたちには正式な書類があるんですからね。たぶん村の人たちはでしゃばるのがいやで黙っていたのでしょうけど、誰かひとりぐらい、あなたのことを教えてくれてもよかったはずよ！　それにわたしたち、鍵《かぎ》もないのにすんなりここへ入れたわ。ええ、なかへ入ってみたら、ドアの横のフックに鍵がひとそろいかかっていたの。どうやらあなたはしょっちゅうよそへ出かけておいでのようね、ミスター・マクニール」

「領主マクニールだ」彼はそっけない口調で言った。「それにまさか家へ帰ってきたら、こんなことになっていようとは夢にも――」

「えへん！」

大声と馬のひづめの音が領主マクニールの言葉を遮った。抜き身の剣をかざし、あぶみの上に立ちあがったライアンが、ようやく登場したのだ。彼はすぐに、大広間から観客が消え、代わりに大きな黒い馬が一頭いるだけなのに気づいた。手綱を引いて馬をとめたライアンは、階段に沿って視線を走らせ、二階へあがったところにいる三人に目をとめた。

「偉大なる領主が帰ってきたというのに、これはどうしたことだ？」ライアンは頼りない声で言った。「どこへ行ったら……？」

黒い雄馬が声高くいなないた。

ライアンが乗っているウォレスという名の糟毛《かすげ》の馬が、おびえて前脚をあげた。彼は慌てて馬を落ち着かせた。「こちらより大きな馬に乗った、もうひとりの領主ときたか！いいとも……こちらの領主は退散するとしよう。しかし、すぐに戻ってくる」ライアンは約束した。

彼は馬の向きを変えて、ひづめの音を響かせて城を出ていった。

「きみたち全員を逮捕させるつもりだ」ブルース・マクニールの言い方は、話しているというよりは怒鳴っているようだった。「人の家に押し入っておいて、スコットランドの歴史をばかにするなんてまねが、よくもできたものだ。このアメリカ人どもが！」

「お言葉ですけど、さっき説明したんじゃなかったかしら。わたしたちは賃貸借契約の正式な書類を持っているのよ」トニーは言った。「それにわたしたちはスコットランドの歴史をばかになどしていないわ。むしろ愛しているからこそ、ここにいるのよ」

「もう一度ぼくの話をよく聞きたまえ！　まったくもって頭の鈍い女だ。これはぼくが所有する城で、ぼくはここを売りに出した覚えもなければ、貸しに出した覚えもない！」

そんなはずはないのだが、ここまで強烈にいらだちをぶつけられると、トニーとしても、なにかとんでもない間違いがあったかもしれないと不安にならざるをえなかった。ジーナも同じように不安そうな顔をしている。

トニーは気持を奮いたたせて反論することにした。「あなたは間違っているわ」彼女はマクニールと名乗った男に向かって言った。「わたしたち、契約書を持っているのよ」

「そんなものは偽物に決まっている！」

「わたしたちの興行を邪魔しようというなら、あなたを逮捕してもらわなくちゃならないわね」トニーは勇ましい口調で言ったものの、気づくとわずかに後ずさりしていた。「それにあなたから頭の鈍い女呼ばわりされる筋合いはないわ。とにかくわたしたちは、ここを借りたことを示す書類を持っているの。あなたはこの城を自分の所有物だと言うけど、汚れ放題、荒れ放題だったのよ。長いあいだほったらかしになっていたのは明らかだったわ。わたしたちは城が完全に使いものにならなくなるのを防ぐために、電気の配線を直したり、漆喰《しっくい》やペンキを塗ったりと、あちこち修理しなければならなかった。最初の日にデーヴィッドとケヴィンが正面の壁を補強したのよ。ここを住めるようにしようと、それこそ全員が汗だくになって働いたわ」

「さっきも言ったが、ぼくはこの地を離れていたんだ」

「ずっと離れっぱなしだったというの？」トニーは鋭い口調できいた。「そうでなかったのなら、恥ずかしいと思いなさい。ここはすてきなお城よ。わたしのものだったら、こんなに荒れたままにしておくものですか！」

「ぼくの城だ。きみの知ったことではない」ブルースが冷たく言い放った。

「いいえ、そうはいかないわ。だって、少なくとも今後一年間はわたしたちの城ですもの」トニーはかたくなに主張した。

「違う」彼が言った。「ここはずっとぼくのもので、誰にも貸しはしなかった！」

　トニーの胸をまたもや一抹の不安がよぎった。彼の声はあまりにも確信に満ちていた。

「きみたちがこの城に相当な時間と労力をかけたのはわかるよ」彼はジーナに向かって言った。「それについては申し訳ないと思う。しかし、今もこれからもここを貸すことはない。わかっていたらきみたちをとめたのだが、さっきも言ったように、ぼくはこの地を離れていたのでね」

「あら、そんなのおかしいわ」ジーナが言葉を発する前にトニーが口を出した。「今は通信の発達した時代ですもの。村のなかにひとりぐらいはあなたの居場所を知っていて、電話で連絡した人がいたっていいはずよ。あるいは、わたしたちがペンキなどの資材を購入しているときに、誰かがあなたの存在を教えてくれてもよかったんじゃないかしら」

「ええ、そのとおりよ！」ジーナが相づちを打った。

　そのとき、ライアンが大広間へ戻ってきた。けれども馬に目がないライアンだけあって雄馬の横で足をとめ、感嘆して言った。「見事な馬だ！　なんて美しいんだろう」

　ブルース・マクニールが階段をおりだした。「長い年月をかけ、慎重に交配を繰り返してできた馬なんだ」

「牽引《けんいん》用の馬だな……この筋肉と体の大きさときたら！　たぶんアラブ馬の血がまじっているのだろう。アメリカのサラブレッドみたいな脚をしている」ライアンが言った。

ブルースは階段をおりながら、馬の品評会で会った友人同士のような気軽さでライアンに話しかけた。「きみは見る目があるね。これの母馬は、アメリカのサラブレッドとスコットランドの雄馬をかけあわせたやつだった。これはたいした馬で、ベルジアンの頑健さとアラブ馬の優美さとサラブレッドの貫禄《かんろく》とを併せ持っているんだ」

「実に堂々としているな」ライアンは言った。

トニーとジーナは顔を見あわせてから、ブルースについて階段をおりていった。ふたりの男は雄馬の頭のそばに立って、首の長さや間隔の開いた大きな目をほめている。

「お話し中のところ悪いけど、わたしたちは問題を抱えているのよ」トニーは言った。

「え、どんな?」ライアンは問い返し、にやりと笑った。「トニーの創作した人物は実在したんだね?　ところでぼくはライアン。ライアン・ブラウン。ジーナの夫です」

「どうも。ぼくはずっと前から存在していたよ」ブルースはそう言って、トニーをまじまじと見つめた。どうやらブルースの怒りはトニーひとりに向けられているようだった。

ライアンは茶色の目で心配そうにトニーを見た。「仲介業者の人たちは、この城の一族は死に絶えたと言ったんじゃなかったっけ?」

「ええ、そうよ」トニーは答えた。

「彼らは嘘《うそ》をついたんだ」ブルースが言った。トニーをまっすぐ見る。「あるいはきみが嘘をついているかだ」彼の言葉はトニーだけに向けられていた。「それと、きみは他人の家に不法侵入している。そのことはきみもわかっているはずだ。なぜって、きみが一族の歴史や土地の言い伝えを知って、それを利用したのは明らかだからな」

「嘘なんかついていないわ」トニーは憤然と言い返した。

「ほう、だとしたら、きみは史実を細部に至るまで正確に〝想像〟したというわけだ」

トニーはかぶりを振った。「マクニールという名の一族がこの城を所有していたことは知っていたけど、それだけよ。ブルースはスコットランドではありふれた名前だわ。わたしたちはここへ来てから働きづめだったから、地元の人たちに昔のことを尋ねる機会がなかったの。本当よ！」

「身長百九十センチ、漆黒の髪、灰色の目は悪魔のようにらんらんと光って……」ジーナが目の前の男を見てつぶやき、トニーを見た。

「誓ってもいいけど、全部わたしが創作したのよ」トニーはいらだたしそうに言った。

「ぼくらは書類を持っているんですが」ライアンが言った。

トニーは唇を噛《か》んだ。ライアンのほうが上手に交渉できるかもしれない。

「なるほど、きみたちは契約に関する書類を持っているかもしれない。しかし、問題は……」ブルースは言葉を切ってトニーを見た。「なにを持っていようと、きみたちがだまされたのに変わりはないということだ。残念ながら、そういうことはしばしばアメリカ人の身に起こるらしい。彼らは全能のインターネットを信じるあまり、自分たちのしていることが間違っていないかどうか調べようともしない。ここはヨーロッパなんだよ」

まったくもって癪《しゃく》にさわる言い方だ。トニーはジーナを見て言った。「今の聞いた？ここはヨーロッパなんですって」

「きみたちはだまされたんだよ、ミス・フレーザー」ブルースはトニーに向かって冷たく言い放った。

まばたきもせずにブルースを見つめていたトニーは、自分の顔の筋肉がこわばるのを感じた。「ジーナ、わたしたちの書類をこの人に見せてあげたほうがいいんじゃない」

「ええ、そうね！　そうしましょう」ジーナは身を翻して廊下を走り去った。

ブルースはやれやれと首を振り、トニーを見た。

「ぼくらは何年もかけてためた貯金からなにから、全部これに注《つ》ぎこんだんです！」ライアンが落胆して言った。

ブルースは譲歩しなかった。「悪いね」彼の口調はそっけなかった。

「なにもかもを」ライアンがつぶやく。

「ちょっと待ってよ。まず真相を突きとめなくちゃ。この人が出ていけと言っているからって、そうしなくてはならない理由はないわ」トニーは言い張った。「わたしたちはここにいる権利がないと、この人は主張しているけど、彼にはここにいる権利があるってどうしてわかるの？」この男には嘘つき呼ばわりされたのだ。彼女はブルースをまっすぐ見てほほえんだ。「知ってのとおり、お金のない紳士階級《ジェントリー》の人たちが大勢ヨーロッパじゅうを旅してまわっているわ。領主マクニールは、税金滞納が原因でこの城が政府の管理下に置かれたことを知らないいんじゃないかしら」

一瞬、トニーはブルースに絞め殺されるのではないかと思った。だが、彼はなんとか怒りをこらえ、彼女をさげすむように見て言った。「はっきり言っておこう、そんなことはありえない」

ジーナが賃貸借契約書と許可証を手にして廊下を駆け戻ってきた。

「ほら、これを、ミスター・マクニール……領主マクニール」

書類がばらばらと舞い落ちた。ブルースもほかの者たちと一緒に身をかがめ、床の書類を拾い集めた。

ブルースが身を起こし、書類を調べて首を振った。「なるほど契約書は本物に見える。それに許可証も正式なもののようだ。しかし、詐欺に引っかかったことに変わりはないのだから、きみたちにはここにいる権利はないよ。気の毒ではあるが――」

「ブルース？」突然、一階で大声がした。「なにかあったのか？」

声は玄関のほうからした。振り返ったトニーの目に、村のジョナサン・タヴィッシュ巡査の姿が映った。彼とは村でちょっとだけ会った。薄茶色の髪をした、三十代はじめの感じのいい男性だ。豊かな声をしていて、彼の巻き舌の〝r〟音を聞いていると、催眠術にかかったみたいにうっとりしてしまう。あのとき彼は、昔の偉大な領主の子孫が今も存在することを教えてくれはしなかったものの、トニーたちがやってきて計画を着々と進めるのを、不安と懐疑の念をもって見ていたようだ。

トニーは気持が沈んだけれど、心のなかでは相変わらず主張しつづけていた。いいえ、こんなのありえないわ！

「なにも問題はないよ、ジョン」ブルースが言って、また冷ややかにトニーを見た。「しかし、ひとつお願いをしたい。ここにいる善良な人たちに、ぼくがここの所有者だと証言してやってくれないか」

「領主マクニールは」ジョナサンは重々しい口調で言った。「この城と村の半分を所有している。そのほかは神のみぞ知るだがね」

トニーは信じられない思いで目の前の男を見つめた。今や彼女の気分はどん底まで落ちこんでいた。心の動揺と混乱が静まりきらないうちに、再び怒りがむくむくと頭をもたげだした。

ふいにトニーはジョナサンに対して怒りを覚えた。こういう事態になる可能性があったなら、なぜ彼はわたしたちが城を修繕したり観光ツアーを催したりするのを黙って見ていたのだろう。「ミスター・タヴィッシュ、それが本当なら、この城の正当な所有者であるマクニールが実在することや、彼がここを貸しに出していないことを、わたしたちに教えてくれてもよかったじゃありませんか！」トニーは平静な口調を保とうとした。

ジョナサンはトニーを見て困ったように顔をしかめた。「ぼくのせいで迷惑をかけてしまったのなら、本当に申し訳ない。ただ、きみたちは領主マクニールの存在を知らないとは、ひとことも言わなかった。それにブルースと会うまでは、この城が貸しに出されていなかったのを知らなかったし……もっとも、あのブルースが城を他人に貸すなんてと、すごく驚いたのはたしかだが」

稲妻があたりを照らしだしたので、やってきたのはジョナサンひとりではないのがわかった。彼の後ろに、自称〝城のなんでも屋〟のエバン・ダグラスがいた。最初に会ったとき、トニーたちがこの城の賃借料と修繕の資材購入費に全財産を注ぎこんだと説明すると、エバンは本当にうれしそうだった。もっともそれをいうなら、彼はいつだってうれしそうにしている。エバンはしなびた感じのする小柄な男で、骸骨《がいこつ》みたいな顔に白い髪を垂らしている。ジーナは彼を『フランケンシュタイン』のイゴールみたいだと評し、『ロッキー・ホラー・ショー』のリフラフを演じたらひと財産築けたに違いないわ、などと断言した。

エバンはトニーたちにいろいろなことを教えてくれたし、ときには手伝いたそうな様子さえ見せた。それでいながら、この城の持ち主である領主マクニールが現在も生きていることを、ひとことも口にしなかった。

にもかかわらず、そしてかなり気味の悪い外見をしているものの、エバンはまともな人間のようだった。トニーは敷地の手入れをしている彼を見て、彼女たちにここを貸した仲介業者から給料をもらっているのだろうと考えた。

村のある商店主の話によれば、エバンは裏手の丘のすぐ向こうにある小さい舟小屋に住んでいるという。今は干あがってしまって影も形もないが、昔は城の周囲に堀がめぐらされていたそうだ。

「ねえ、エバン！　領主マクニールの存在を、どうして教えてくれなかったの？」トニーは強い調子で尋ねた。

「きかれなかったもんで」エバンが顔をしかめて答えた。「なんて言ったらいいか、その、あんた方のような人たちに貸すのは、この古い建物にとっていいことだと領主マクニールはお考えになったと思ったんでね」彼は肩をすくめた。「なんといっても、あんた方は傷んだ箇所を修繕してきれいにしてくれたわけだし」

「ほめてくれて、どうもありがとう！　ええ、そうよ、この人の言うとおり、わたしたちのおかげで、ここは見違えるほど立派になったんじゃないかしら」トニーは怒りをこらえて言った。

「では、みなさん、バスへお戻りください！」

デーヴィッドが観光客の一団を引き連れ、勢いよく大広間へ戻ってきた。彼のことだ、きっと広いキッチンで客たちに精いっぱい愛想を振りまいていたのだろう。

「さあさあ！」観光客がばらばらになりだしたので、デーヴィッドが言った。「バスが待っていますよ！」しかし彼らは耳を貸さず、トニーとジーナとライアンとブルースがいるところへやってきて足をとめた。そして四人の演技を口々にほめた。

「ああ、すばらしい出し物だったわ！」トニーの記憶が正しければ、たしかシカゴから来たミリーという名の女性が、甘ったるい声でブルース・マクニールに話しかけた。「ええ、なにもかも最高の出来栄えでしたよ。それにあなたがこの大きな馬に乗って登場したときは……もうびっくりしてしまって。楽しませていただいて、どうもありがとう。今回のスコットランド旅行のことはいつまでも忘れません。こんな形で夢をかなえてもらえるなんて！」

「ありがとうございます」ケヴィンがすばやく彼女の背後へ歩み寄って、出口のほうへ連れていこうとした。

「本当に最高でした！」ミリーが言った。

「バスが待っていますよ！」ケヴィンが快活な口調で促した。「これ以上待たせるわけにいきません！」

「本当よ！」ミリーは背中を押されて出口へ向かいながら、ブルース・マクニールに大声で呼びかけた。

彼は礼儀正しくミリーのほうへ軽くうなずいた。「どうぞスコットランドの旅をお楽しみください」

観光客たちはにぎやかにおしゃべりをしながらジョナサンとエバンの横を通り、バスが待っている中庭へぞろぞろと出ていった。

そのときになって、トニーは室内にセイヤーがいるのに気づいた。

「彼はわたしの親戚《しんせき》なの。スコットランド人よ！」トニーは言った。スコットランド人のセイヤーが仲間にいるのだから、わたしたちがこんな目に遭うのはおかしいわ、と主張するような口ぶりだった。

「スコットランド人なのか、それともスコットランド系アメリカ人なのかね？」ブルースが尋ねた。

「グラスゴーで生まれ育ちました」セイヤーはそう言って顔をしかめ、前へ歩みでて手を差しだした。「セイヤー・フレーザーです。ことの次第をたった今聞きました。混乱を招いて申し訳ありません。ぼくたちはあなたのおっしゃるとおりにするしかないでしょう。トニーはインターネットでこの賃貸物件を見つけ、アメリカから書類の手続きをしたんです。契約は仲介業者を通して行われました。でも、ぼくたちには弁護士がついていたし、ぼく自身、グラスゴーでここの広告が出ているのを見たんです」

　ブルースがやれやれとばかりに首を振る。トニーはまたもや激しいいらだちを覚えた。ここでも男だけの仲よしクラブができて、彼女とジーナはのけ者というわけだ。ブルースはライアンとずいぶん親しそうに馬の話をし、今度は同じスコットランド人のセイヤーに慇懃《いんぎん》ともいえる態度で接しようとしている。

「ふむ、どこかで間違いが生じたようだな」

「差しでがましいことを言うようだけど、ブルース、この人たちはすごく骨を折って城の手入れをしたんだ」突然、エバンが口を出した。

「ぼくたちはここを修理するために一生懸命働いたんですよ」ライアンが言った。

　観光客をバスへ乗せ終えたのだろう、デーヴィッドとケヴィンが大広間へ戻ってきた。一同は打開策を見つけられず、しばらくその場に立ちつくしていた。やがてデーヴィッドがおずおずと進みでた。「領主マクニール」彼は小声で言った。「ぼくはデーヴィッド・フルトン。こちらは友達のケヴィン・ハートです。なにがまずかったのか、ぼくらはようやくわかり始めたところですが、正直に言って、ほかの人たちに任せていたら、これほど骨身を惜しんでこの城を手入れしたりはしなかったでしょう。ちょっと時間をとってあちこち見てもらえれば、ここを住めるようにするために、ぼくらがどれほど汗水垂らして働いたかがわかるはずです」

するとトニーの驚いたことに、ブルース・マクニールが小さく舌打ちしたあとで、彼にとっては寛大に違いない申し出をした。「よし、いいだろう。今は金曜の晩だ。ぼくが何者であるかは、ここにいるジョンに保証してもらえるとしても、村の法律事務所は月曜の朝にならないと開かない。それまではきみたちもここに滞在するほかないだろう」

「わたしたちがここに滞在するのは、そのために大金を支払い、正式な書類を持っているからだわ」トニーはかたくなに主張した。

ジーナが彼女の脇腹《わきばら》を肘でこづいた。トニーはびくりとして、言いすぎたかもしれないと思った。だが、彼女はブルースの言い分をうのみにする気はなかったし、田舎の巡査の言い分にも納得できなかった。なにしろ彼女は取り引きに関する契約書を弁護士のところへ持っていって、ちゃんと目を通してもらったのだ。

「わたしたちには弁護士《アトーニー》がついているわ！」トニーは小声で言った。

「弁護士《ソリシター》」セイヤーがそっと彼女にささやいた。「ソリシターがついているんだ」

「彼はアトーニーが弁護士のことだって知っているんじゃないかしら」トニーはささやき返した。

ジョナサン・タヴィッシュが咳払《せきばら》いをした。「聞いてください、みなさんをとめなかった件については本当に申し訳ない。さっきも言ったように、ブルースが先祖伝来の城を貸すわけがないとも断言できなかったものだから。しかし、何者かがこの城のことや、ブルースがしょっちゅう旅行に出かけていることを知っていて、みなさんをだましたのはたしかなようだ」彼はまた咳払いをし、ブルースを見て困ったように肩をすくめた。「その書類をぼくが預かっておくほうがいいかな？　といって、月曜日まではなにもできないだろうが。この週末、警察はこのあたりを逃げまわっている凶悪犯を追いかけるので手いっぱいなんだ。それに法律事務所は閉まっているしね」

「この書類は月曜日までわたしたちが持っているわ」トニーは言った。ジーナがとがめるような視線を向けてきたが、トニーたちの切り札はこの書類だけなのだ。それを手放すべきではない気がした。

「いいとも」ジョナサンは言った。「じゃあ、月曜日に忘れずに書類を持ってくるように」彼は咳払いをした。「今夜のところはひとまず問題も片づいたようだし、ぼくは帰らせてもらうよ、ブルース」

ブルース・マクニールは巡査に向かってうなずいた。この土地にあっては、彼は単なる領主ではなくて王様なのだと言わんばかりの態度だ。「ありがとう、ジョン。月曜の朝になったら、彼らの書類が警察の担当者に渡るよう手配するよ。うまくいけば、警察は彼らをだまして金を巻きあげた詐欺師どもを特定できるかもしれない」

「そうだね」ジョナサン・タヴィッシュが同意した。彼はいかにも同情しているような笑みをトニーたちに向けた。「あまり落胆しないように。アメリカ人がだまされるのは、なにもこれがはじめてではないし、最後でもないだろう。とにかく手をつくすよ」

「どうもありがとう」セイヤーが言った。

ジョナサンは全員に向かってうなずいた。

「おやすみなさい！」ジーナが愛想よく声をかけた。

「それと、ありがとう」ケヴィンがつけ加えた。

「わたしも引きあげさせてもらうよ。なにか用事があるんなら別ですが」エバンがブルースを見て言った。

「ひとりで大丈夫だよ、エバン」ブルースが言った。

エバンは向きを変えて出ていった。彼は猫背でもなければ、足を引きずってもいないが、なんとなく猫背で足を引きずっている印象を与えた。

「村にいるときは、その、ここに寝泊まりするんですか？」ライアンが丁寧な口調でブルースに尋ねた。

すぐには返事がなかった。ブルースの口もとに皮肉っぽい笑みが浮かんだ。「先祖伝来の家に得体の知れない人間がいっぱいいるのにと言いたいのかな？　まったくだ」

「なんならぼくがこの馬の世話をしてもいいけど。以前、厩舎《きゅうしゃ》で働いたことがあるんです。普段、この馬はここに置いていないんでしょう？」ライアンが尋ねた。「こんなことをきくのは、ここの厩舎はひどいありさまだったのに、この馬は見るからにきちんと世話をされているからです」

「留守のあいだはよそへ預けてあった」

「どのくらい留守にしていたっていうの？　二十年？」トニーはぼそぼそと言った。

ジーナがまた彼女の脇腹をこづいた。

「ぼくがこの馬を連れていって、寝かしつけてきましょう」ライアンが申しでた。

そんな申し出をしたライアンを、トニーはたたいてやりたかったけれど、彼がこびへつらっているのでないのは知っていた。ライアンはただ馬が好きなのだ。それにトニーとしても、その馬がりっぱであることは認めざるをえなかった。

「ああ、頼む」ブルースが言った。「ありがとう。こいつの名前はショーネシーというんだ」

「ショーネシーですって？」トニーはこらえきれずに言った。「雷神《トール》でも、雷鳴《サンダー》でも、国王《キング》でもなく？」ジーナに脇腹を強く突かれて、トニーは悲鳴をあげそうになった。彼女は顔をゆがめて言った。「ショーネシーね。すてきな名前だわ」

ライアンが馬を連れていこうとした。「ぼくも手伝うよ！」ケヴィンが急いで言い、一緒に出ていった。

「お茶がはいっているんだっけ！」気まずい雰囲気が漂うなか、突然デーヴィッドが言った。「それにスコーンもある。すごくおいしいスコーンなんだ」

「まあ、お茶ですって！　ぜひともいただかなくっちゃ！」ジーナが言った。「あなたも飲むでしょ、トニー！」ジーナはトニーの手をつかんだ。「領主マクニールもご一緒にどうかしら。そうすれば、わたしたちが城を借りたいきさつや理由を説明したり、ここでわたしたちがした仕事についてお話ししたりできるわ。それにわたしたち、あなたのことをもっとよく知りたいんです、領主マクニール。いかがでしょう？」彼女は期待に満ちたまなざしで彼を見た。

「真相がわかるまでここに滞在していいと、あなたは親切にも言ってくださった。そのお返しにといってはなんだけど、ご一緒にどうです、領主マクニール？」セイヤーも誘った。

「ありがとう。今日は長時間飛行機に乗り、たくさん仕事をして、それから長い道のりを、車を運転して帰ってきた。そうしたらぼくの城に……他人が住みついていた」ブルースが言った。「せっかくだが、今夜は休ませてもらうとしよう。しかし、きみたちは遠慮なくお茶を楽しんでくれたまえ。月曜日まではいていいんだからね」

「月曜日まで？」トニーがそう言ったとたん、ジーナにいやというほど肘で突かれた。今度はトニーもジーナをにらんで抗議の声をあげた。「痛いじゃない！」

「おやすみなさい！」ジーナが言った。「それと、ありがとうございます」

「きみたちの書類だ」ブルースが書類をジーナに返した。

「ありがとうございます」ジーナは繰り返した。「それから月曜日まで……問題が解決するまでここに置いていただけることを感謝します。こんな時間に追いだされたら、どこへ行っていいやらわかりませんもの」

ブルースはうなずいた。「きみたちの置かれた状況に同情するよ。じゃあ、おやすみ」彼はもう一度、長々とトニーを見てから背を向けた。

トニーは言い返そうとして口を開いたが、ジーナが慌ててその口に手をあて、必死にささやいた。「ただ〝おやすみなさい、領主マクニール〟とだけ言いなさい！」

マクニールが振り返った。身長百九十センチの彼の目はそのとき、灰色というよりも夏の空のように鮮やかな青だった。奇妙な戦慄《せんりつ》がトニーの体を走った。彼女は凍りついたようにその場に立ちつくした。まるで彼を知っているような、自分を見る彼の目つきを知っているような気がした。

前にこの人を知っていた。

そして再び知ることになるだろう。

彼女の背筋を震えが走った。冷たさと熱さを同時に感じる。〝わたしがこの人をつくりだしたのだ〟

彼は普通の男性にすぎないわ、とトニーは自分に言い聞かせた。自分の家にわたしたちがいるものだから、いらいらして威張っているだけよ。

〝いいえ、そうじゃない。彼の髪がもう少し長く、服装があと少し違っていたら、ほんの少しだけ違っていたら……〟

「おやすみ」ブルースが言った。

冷たさと熱さが増し、不吉な予感がふくらんで、トニーは震えだした。いっそう激しく。

彼女は身を翻してその場をあとにした。

だが、そのあいだも声が彼女にささやきつづけた。

〝逃げきれはしないぞ。逃げきれはしないぞ〟

そのあとにもっと小さな声が続いた。

〝今度ばかりは逃げきれないぞ……〟

幕間――クロムウェルが支配した時代

ブルース・マクニールのいる高い場所から、光り輝く甲冑《かっちゅう》に身を固めて勢ぞろいした敵の軍勢が見渡せた。敵軍が指揮官と仰ぐ独善的なクロムウェルは、生活においては人々に質素と清貧を説きながらも、軍隊を整列させるにあたっては、彼らの軍服がどんなものであれ、一糸乱れぬ隊列を組ませ、剣や盾などの武具を磨かせておくよう気を配った。

ブルースの敵がいつもそうであるように、彼らもまたハイランドにおける最善の戦い方を心得ていないようだった。彼らは編隊を組んで進軍してきた。隊列を乱すことなく前進し、停止し、弾を装填《そうてん》し、ねらいをつけ、撃つ。前進し、停止し、弾を装填し、ねらいをつけ、撃つ……。

クロムウェルの軍隊は数に物を言わせて戦った。それまでの指揮官がみなそうであったように、クロムウェルは部下の兵士を躊躇《ちゅうちょ》なく犠牲にした。すべては神とわれらの大切な土地のために。この偉大なる男はそう説いた。

ブルースにも彼自身の神があり、彼とともに戦っている男たちにも彼ら自身の神があった。ある者にとって、それは単にイングランド人にはなじみのない神にすぎなかった。また ある者にとっては、それは誇りの問題だった。スコットランド教会と長老派教会を統《す》べているのは彼らの神であり、自国の王の首をはねるようなイングランド人――クロムウェル――はまったくの異教徒でしかなかった。

ほかの者たちが戦ったのは、そこが自分の土地だったからだ。族長や彼らに率いられた一族の者たちは、異国の人間に支配されることを嫌い、外からのいかなる権威にも屈しようとしなかった。彼らの土地は険しい。その昔、ローマ人が攻め入ってきたとき、彼らの祖先は土地を守るために城壁を築いて、とうてい人間とは思えない野蛮人どもをしめだした。それから幾世紀もの歳月を経たが、この土地の人々の根本的な心のありようはほとんど変わっていない。しかも今、彼らには戦うための別の大義がある。スチュアート王家の若き世継ぎを即位させること、そして敵への憎悪である。

何世紀もの昔に彼らの祖先が戦ったように、彼らもまた自分たちの土地を最大の武器として戦おうとしている。

ブルースがクロムウェルに一目置いている点がひとつあった。彼は軍人であるということだ。クロムウェルは愚かな男ではない。彼は弓術に長《た》けたアイルランド人とウェールズ人に応援を要請した。彼はまた、飛び道具や火薬の威力を熟知しており、大砲や銃の扱いに長じている者たちで部隊を編成した。こうして彼は兵士の数においても武器においても優位に立ったと考えていた。

　だが彼は、ハイランドの土地も、相対しているハイランド人の魂も知らなかった。そして今日、彼はハイランド人が用いる戦術をいやというほど思い知ることになるだろう。ブルースが耳にしたところによれば、敵の部隊を率いているのは、かつては彼らの同胞であった男、荒涼たる山岳地のふもとで生まれ育ったスコットランド人だという。

　グレイソン・デーヴィス。以前はクロムウェルを猛烈に非難しておきながら、征服した土地を褒賞として与えると約束されたとたんに寝返った変節者。

　クロムウェル同様、デーヴィスも自分には権力と、数に勝る兵力と、正義とがあると思いこんでいる。そこでブルースは、デーヴィスがこちらの力を侮るに違いないと期待した。現在もぼろに身を包んだ、武器もろくにない惨めな連中。祖先のピクト人と同じように体に絵の具を塗りたくった北方の野蛮人。そんなやつらが土地と自由のために戦ったところで相手になりはしない、と。

　彼らは整然と隊伍《たいご》を組んで進軍してくる。ゆっくりと着実に前進し、やがて川の岸に到達した。

「まだですか？」かたわらでマクラウドがささやいた。

「もう少し待て」ブルースが落ち着き払った声で答えた。

　橋の上が敵の軍勢でいっぱいになったのを見計らって、ブルースは片手をあげた。マクラウドがその合図を伝えた。

指揮官たちと同じように落ち着き払った狙撃兵《そげき》が、静かにうなずいてねらいを定めた。

射撃は正確だった。

大音響とともに橋がこっぱみじんに砕け、炎と火の粉が空高くあがって、角材や板の切れ端と一緒に人間が宙に舞った。混乱と恐怖のなか、それらは血や肉片となって降り注いだ。待ったかいがあったというものだ。敵にこれほどの被害を与えることができたのは、橋の上が敵兵であふれるまで辛抱強く待ったからだ。

いやはや、とブルースは半ばうんざりして考えた。これで敵どもは、吹き飛ばされてばらばらの死体にされるのがどんなに恐ろしいか思い知っただろう。

「やりますか？」下から聞こえてくる阿鼻《あび》叫喚《きょうかん》に負けまいとマクラウドが大声できいた。

「よし、やれ」ブルースが冷静な声で言った。

再び合図が伝えられ、無数の矢が丘と谷を越えて、下で隊伍を整えなおしている敵兵に雨あられと降り注いだ。

「よし、突撃！」ブルースはあぶみに足を踏ん張って立ち、部下に大声で命じた。

敵の側面に潜んでいた男たちが、勝手知ったるハイランドの岩陰から立ちあがった。彼らは、昔彼らの祖先を襲った古代ノルマン人の凶暴な戦士から学んだと思われる勇ましい鬨《とき》の声をあげ、形相もすさまじく猛烈な勢いで岩や崖《がけ》を駆けおりた。自分たちのものを守り、自由な生き方を獲得するために、知恵を頼りに素手で数多くの戦を経験してきた者たちだ。

同じ氏族の男たち。生まれつき倫理観の強い彼らは、自分自身のために戦うと同時に、互いのために戦う。彼らには同じ血が流れている。

ブルースにも彼らと同じ血が流れている。それゆえ彼は常に部下とともに戦場に出て、真っ先に敵と切り結ばなければならない。敵の侵入に対して仲間と同じように怒りの雄たけびをあげ、命を賭《と》して血しぶきを浴びながら白兵戦を行わなければならない。

馬に乗って丘を駆けくだったブルースは、敵陣に突入して、味方の歩兵の背中に切りかかった者どもを馬上から切り倒し、いっせいに襲いかかってきた敵兵をなぎ倒した。ときにはやみくもに剣を振りまわして獅子奮迅《ししふんじん》の活躍をした。背後から剣や斧《おの》で切りかかろうとする者がいても、長年の戦闘経験で培われた直感で察知できた。馬から引きずりおろされたときは徒《かち》で戦い、馬を見つけるとまた馬上の人となって、敵陣深く攻め入った。

ついに敵は総崩れとなった。クロムウェルの大軍勢のほとんどは、生まれや育ちもさまざまなら信条もさまざまな人々が住むローランドへとひたすら敗走した。逃げずに最後まで武器を持って戦った者は、ブルース率いるハイランド人たちの怒りの刃《やいば》によって切り殺された。川は血で赤く染まり、美しい風景をなす大地に死体が散乱した。

戦闘が終わると、ブルースは部下たちの歓呼の声を浴びながら、生き残った敵兵をとらえている丘のふもとへ行った。そこで彼は捕虜のなかにグレイソン・デーヴィスの姿を見て驚いた。彼らを裏切ってクロムウェル率いる軍勢の指揮官のひとりになりおおせた男、ハイランドの粘り強い抵抗勢力に壊滅的打撃を与えると誓った男。ブルースの隣村の出身であるグレイソン・デーヴィスは、王室の没落を見て、他人の死によって得られる富と引き換えに、忠誠心と道徳心を投げ捨てたのだ。

デーヴィスは怪我《けが》をしていた。きらびやかな鎧《よろい》の胸あてには黒ずんだ血が一面にこびりつき、顔は埃《ほこり》と汗にまみれている。

「マクニール、きさまの手下どもをさがらせろ！」デーヴィスがわめいた。

「こやつの首をはねましょう！」この日、戦闘に参加していたマレイ族の頭のアンガスが怒鳴った。

「ああ、いずれはやつを裏切り者として処刑しなければなるまい。われわれとてつかまれば同じ目に遭う」ブルースは平静な声で応じた。生きて捕虜となればどんな刑罰が待っているかは、誰もが知っていた。「しかし、当分はやつを捕虜として生かしておき、やつの仲間たちによる裁判にかけさせよう」

「くだらん、そんなばか者たちの裁判にかけて、どうしようというんだ？　それよりはおれの命を利用してクロムウェル卿《きょう》と取り引きしたらいい。というのも、いずれきさまたちはつかまるなり殺されるなりするのだからな」デーヴィスが怒りもあらわにわめきたてる。しかし勇ましい口調とは裏腹に、目には恐怖の色が浮かんでいた。それもそのはず、彼は勇敢きわまりない男でさえたじろがずにはいられない憎悪にとり囲まれていたのだ。「有罪と決まれば、おまえの首をはねることになるだろう、デーヴィス」ブルースは言った。「おまえたちは捕虜をいたぶって喜ぶらしいが、われわれにそんな趣味はない」

デーヴィスは腹立たしそうな声を出した。実際のところ、敵味方に関係なく、人間が同じ人間に対してなす行為は、どんな神の目にもそら恐ろしいほど忌まわしいものとして映るだろう。

「いずれ裁判が開かれる。人はみな自分が選んだ道に責任を負わねばならない」ブルースの口調には悲しみがこもっていた。「その男を連れていけ」彼は穏やかな声でアンガスに命じた。

デーヴィスは彼をつかまえている者たちの手を振りほどいてブルースにつめ寄った。「無能な王の名を借りて愚かにも破壊の限りをつくす大領主マクニールよ。戦場においては、人々はきさまを歓呼して迎えよう。しかし、大マクニールの寝室のあるじは誰だろうな？　きさまが家を離れて戦場へ赴いたあと、残された妻が貞節を守りつづけるとでも思ったか？　そうとも、ブルース、人は誰しも自分が選んだ道に責任を負わねばならん。そしてきさまが選んだのは、寝とられ亭主になる道だ」

ブルースは吐き気がするほど胃に不快感を覚えた。剣や銃弾や戦斧《せんぷ》によってさえ、これほどの打撃は受けなかったろう。彼は馬を前進させ始めた。

グレイソン・デーヴィスが笑いだした。「へっ、ざまあみろ！　ハイランドの脅威、残虐なマクニールよ、彼女は無理やり犯されたのではないぞ。みずから身を差しだしたのだ。おれの剣にな。本物の剣とは似て非なる剣にだ」

グレイソン・デーヴィスの笑い声がとだえた。彼の頭にアンガスが斧の峰を思いきり打ちおろしたのだ。デーヴィスはばったりと倒れたが、死にはしなかった。裁判にかけるからには、殺すわけにはいかない。とはいえ、気がついたときには頭が割れるように痛むだろう。

アンガスがブルースを見あげた。

「この男は嘘《うそ》つきです」アンガスは言った。「とんでもない嘘つきです！　奥方はあなたを愛しています。あれほど名誉を重んじる女性はほかにいません。あれほど愛らしく、あれほど貞淑な女性はまたといません」

ブルースはうなずいたきりで、胸のなかに煮えたぎる荒々しい感情をいっさい顔に出さなかった。彼の人生において情熱を注ぐ対象はふたつしかなかった。王と国への愛、そして妻への愛。しなやかな肉体、金色の髪、美しい容姿、官能的な肢体、勇敢な心、彼にまっすぐ注がれる海や空のような目、笑いと興奮と愛情に満ちた女性。

アナリーズ。

アナリーズ……武器を置いてくれと彼に懇願した妻。クロムウェルとの戦いを思いとどまらせようとした妻。戦に出ていけば悲劇的な結末しか待っていないと、彼に忠告したアナリーズ。

2

階段の下でジーナがトニーに追いついた。

「あなた、どうするつもり？」ジーナが困惑した口調で尋ねた。

「どうするつもりって？」トニーはおうむ返しに言った。ブルースから、彼女を見るあの目つきから、こうして離れてみると、いつのまにか震えがとまっていた。奇妙な瞬間は去った。彼は普通の男性でしかない。背が高く、筋肉質の強靭《きょうじん》な肉体を持ち、堂々としている。そして、彼のものだと称する城にわたしたちがいたものだから怒っている。「ジーナ！」トニーは心を決めて言った。事態がこのあとどう展開するのかわからないけれど、最初から卑屈な態度をとるのだけはやめよう。「あなたは自分がなにを言ったのかわかっている？　月曜日になったらわたしたちはここを追いだされるのよ。それなのにあなたときたら、彼に感謝の言葉を述べるんですものね」

「しーっ！」

ブルースに話を聞かれるのはまずいと考えたジーナは、トニーを引っ張っていった。ふたりは大広間から広いダイニングルームを通り、もうひとつドアを抜けてキッチンへ入った。広々としたキッチンの北側の壁のほとんどを、旧式の大きな暖炉が占めていた。

しかし、近代的なガスレンジや冷凍庫、冷蔵庫、それに電子レンジなど、今日の生活になくてはならない設備もある。ぶらさがっている鍋《なべ》やフライパンの下にしつらえられた、部屋の中央の大きなカウンターは、この城ができたときからのものに違いない。おそらくはこの上で鹿《しか》や豚や牛の肉が調理されたのだろう。今ではきれいに磨かれて、周囲に椅子が並べられ、食卓として使われている。

ブルースがその場にいなかったので、一同は思っていることを遠慮なく口にした。セイヤー、ジーナ、ケヴィンがさっそくトニーに話しかけてきた。

「どうしてこんなことになったんだい？」ケヴィンがきいた。

「わたしたちみんな、契約書を見たじゃない！　それに署名したわ」トニーは指摘して、ほかの者たちを見まわした。ここにいるのは彼女の友人たち、それもいちばん親しい友人たちだ。ジーナとライアンは大学時代の友人だ。デーヴィッド・フルトンも。背が高く、焦げ茶色の髪をし、ハンサムで、深いえくぼと世界で最もやさしい笑顔の持ち主であるデーヴィッドは恋人を失って傷心していたとき、トニーやジーナやライアンと一緒にコンサートへ出かけた。そこで今の恋人ケヴィンと出会い、たちまち元気をとり戻した。ケヴィンはすぐに彼らに溶けこんだ。

グループのなかでトニーだけがパートナーがいなかったが、六カ月前にみんなでスコットランドへ来てからというもの、奇妙な変化があった。彼らはある一族が買いとった城を訪れた。その家族は料金をとって観光客を城に招き、その金を城の改修費にあてていた。それを見たとき、トニーたちの頭に途方もない計画が芽生えたのだった。ほかの人たちにできたのなら、どうしてわたしたちにできないわけがあろうか。みんなで資金を出しあえば、きっとできるに違いない。

セイヤーが加わって彼らが六人組になったのは、そのときだ。セイヤー・フレーザーはトニーの親戚《しんせき》だ。祖父同士がいとこだったのだから、遠い親戚だわ、とトニーは思った。祖父同士がいとこなら、セイヤーはわたしにとって……なんて呼んだらいい関係になるのかしら。彼は知的で魅力的だが、この事業を展開するにあたり、彼の存在にはそれよりもっと大きな意味があった。彼が正真正銘のスコットランド人だということだ。セイヤーはゲール語を流暢《りゅうちょう》に話せるだけでなく、小さな地域社会で事業を行うのに必要な土地の習慣や機微に通じている。彼はいろいろな意味でトニーたちの通訳であり、ガイドでもあるのだ。

友人たちのとがめるような視線を浴びたトニーは、まっすぐ彼らを見つめ返した。

「考えてもごらんなさい！　彼にはここにいる権利がないのかもしれないわ。わたしたちは本当のところを知らないだけ。そうじゃない？」

「うん、たしかなところは知らない」デーヴィッドが確信なさそうにつぶやいた。

ブルースが間違っていて、この場所にいる権利があるのは自分たちかもしれないと考えれば希望が持てる。ただし残念ながら、本気でそう信じている者はひとりもいないようだった。トニー自身でさえ信じていなかった。

「あの巡査はマクニールがここの所有者だと言ったよ」セイヤーが力なく言った。

「だからどうだというの？　タヴィッシュ巡査はこの土地の人よ。由緒ある家柄の人に忠誠心を抱いているんだわ。実際、わたしたちは真実を知らない。わたしたちの弁護士はアメリカ人かもしれないけど、法律には詳しいわ。彼に助言をしてもらいましょう。それもできるだけ早く」

「アメリカから法律上の助言をしてもらったって、今のぼくらには無意味なんじゃないかな」ケヴィンが言った。

「セイヤーはどう思う？」トニーは尋ねた。

セイヤーは肩をすくめて首を振った。「グラスゴーでここの広告を見たし、インターネットでもきみと同じものを見たよ。それに、うん、みんなと同じように賃貸借契約書も読んだ。ジーナ、その書類を見せてもらえるかい？」彼はきいた。

ジーナは書類をセイヤーの前に置いた。

「領主マクニールでさえ本物に見えると言ったわ」トニーはぶつぶつと言った。

「ああ、たしかに本物に見えるよ」ライアンが苦々しげに言った。「小さな文字がいっぱい印刷してあってさ」

「ぼくたちはここを〈アクスブリッジ社〉から借りた」セイヤーが小声で言う。「その会社を捜すべきじゃないかな。トニー、きみはユーロ建て小切手《ユーロチェック》をどこかの住所に送ったんだろう?」

トニーはうめき声をあげて椅子のひとつにぐったりと座りこんだ。

「どうした?　今のはなんのうめき声だ?」ライアンがきいた。

「宛先《あてさき》はエディンバラの私書箱になっていたわ」彼女は白状した。

「よし、わかった」ケヴィンはそう言って、力づけるように彼女の手を握った。「少なくとも警察はそこから手がかりをつかめるかもしれないよ」

「たしかに警察の役には立つかもしれないね」デーヴィッドが穏やかに同意し、トニーに笑いかけた。「しかし、ぼくたちの役には立たないんじゃないかな」

「トニー、どうして今夜、書類をタヴィッシュ巡査に渡さなかったの?」ジーナが眉根を寄せて尋ねた。「できるだけ早く彼に調査を始めてもらったほうがよかったんじゃない?」

「わたしたちの切り札はこの書類だけよ」トニーは言った。「もしもわたしが正しくて、あの人は破産して先祖伝来の城を手放したのに、まだ自分のものだという妄想を抱いているのだとしたら、どうする?　タヴィッシュ巡査が彼の忠実な家臣だったら、わたしたちの書類が消えてしまうかもしれないわ」

「彼女の言うことにも一理ある」デーヴィッドが言った。

「そうだとしても、あの男は破産なんかしていないよ。金もないのにあんな馬を持っているはずがない」ライアンがきっぱりと言った。

「こんなことを言ってはなんだが、週末をここで無事に過ごしたければ、彼のご機嫌をとっておいたほうがいいんじゃないかな」セイヤーが言った。

「あの人、きっと馬を借りたんだわ」トニーは言った。

「おいおい、トニー。ずいぶんむきになっているじゃないか」デーヴィッドが静かに言った。

「そりゃあ、むきにもなるわよ」トニーは応じた。

「わたしたちがためたお金を全部これに注《つ》ぎこんだのに」ジーナがため息まじりに言って、トニー同様ぐったりと椅子に座りこんだ。

「新たに賃貸借契約を結べるかもしれないわ」トニーは言った。

「その金はどうするんだい？」セイヤーがきいた。「ぼくらはこれに全財産を注ぎこんでしまった。もしかしてきみたちの誰かがアメリカを発《た》つ前に宝くじをあてたとか……？」

「いいえ。でも、やっぱりわたしたちにはなんらかの権利があるはずよ」トニーは言い張った。

「残念ながら」ケヴィンがトニーに言った。「だまされた人間にはなんの権利もないのが世の常だ。間違いなくぼくたちは……」

「だまされたんだ」デーヴィッドがあとを引きとった。

トニーは首を振って立ちあがった。頭が激しく痛み始めていた。「もう休ませてもらうわ。明日の午後、アメリカの弁護士に電話してみるつもり。少なくとも助言くらいはしてくれるでしょう」彼女はドアへ歩きかけて振り返った。「みんな、ごめんなさいね。こんなひどいことになって、本当に申し訳ないと思うわ」

「びっくりしちゃった」ジーナが唐突に言った。

「なにが？」トニーはきいた。

「彼はあなたのマクニールにそっくりだってこと。あなたが創作した歴史上の人物にうりふたつだってことよ。いくらなんでも……現実に存在する男性になにからなにまで同じ人物をあなたがつくりだしたなんて、どうしても信じられない」

「いいえ、なにからなにまで同じじゃないわ。わたしが創作したマクニールは、何世紀も前に死んでいるのよ」トニーは苦々しい口調で応じた。

「ええ、だけど実際、そういう人が過去にいたらしいじゃない」ジーナが言った。

「まさか、そんなの、信じないわ！」トニーは言った。

「トニー」ケヴィンが穏やかに話しかけた。

「なに？」

「たしかにインターネットでここを見つけてぼくらを誘ったのはきみだけど、だからといって誰もきみを責めてはいないよ。ぼくたち全員が契約書に目を通したんだ」

　トニーはどう答えようか迷った。彼らは悲しそうな目で彼女を見つめている。責めてはいないと言われたものの、かなりの責任を感じないわけにいかなかった。なるほどこれは全員が望んだことで、誰もが興奮しきっていた。だが、先頭に立って推し進めたのは自分だ。手続きを担当したのも自分だ。とはいえ、あのとき、少しでも疑わしい点があっただろうか。

　彼女は唇を噛《か》んだ。腹立たしさもあったが、それよりも自責の念のほうが大きかった。現実問題としてこの計画が失敗に終わるとしたら、やはり自分にいちばんの責任があるだろう。

「ありがとう」トニーは言った。

「ゆっくり休むといい。ぼくたちもそろそろ寝よう。疲れがとれて、驚きがやわらいだら、もっとうまく彼のご機嫌をとれるよ、きっと」ケヴィンが快活に言った。

　トニーはうなずいて彼に弱々しくほほえみかけ、部屋を出た。

　大広間で足をとめる。ここであんなにも幸せな日々を過ごした。この夢のような場所で、彼らは子供みたいにはしゃぎまわったのだ。

トニーは二階への階段を急ぎ足であがった。三階にも部屋はあるが、主な部屋はこの二階にある。三階の部屋は昔、召使いたちが使っていたようだ。彼女たちが泊まっている部屋は、城の本館の正面玄関をぐるりと囲んでいる大きなU字形の棟にある。彼女が使っている右手奥の部屋は、かつては城主が使っていたものと思われた。そのマスターズルームはたいそう広くて、矢を放つための穴と小塔がついており、バルコニーからは田舎の風景が見渡せる。そこを自分の部屋と決めたあと、彼女は近代的なバスルームが備わっているのと、そこのカーテンとラグが城のなかでいちばん清潔なことを発見した。そして今、その部屋には鍵《かぎ》のかかった大きなクロゼットもあったのを思いだして不安になった。そのクロゼットは、あとで調べてみようと考えたきりそのままになっている。

部屋へ歩いていくうちに、ますます不安がふくれあがった。トニーは古い取っ手をつかんでためらい、それから意を決してドアを開けた。

彼女のベッドルームに裸の男がいた。少なくとも裸に近い男が。

暖炉では心地よく火が燃えて、湿気はなくなりかけていた。火の前の大きな安楽椅子のそばで、電気スタンドがやわらかな光を放っていた。

その安楽椅子にブルース・マクニールが座っていた。シャワーを浴びたあとらしく、つやつやした漆黒の髪が濡《ぬ》れている。腰にバスタオルを巻いているだけだ。彼は『ニューヨーク・タイムズ』を読んでいた。

「なんだ?」彼はそう言って目をあげたが、新聞をおろしはしなかった。「アメリカではノックをしないのかい?」

「自分の部屋へ入るときはしないわ」

「ほう?」

「わたしはここを使っているの」トニーは教えた。

「しかし、きみの部屋ではないだろう?」ブルースが尋ねた。

「じゃあ……ここはあなたの部屋だったのね」トニーはつぶやいた。

「今もぼくの部屋だ」

ご機嫌をとる! みんなからそう言われたんだっけ。しかし彼女は疲れていたうえ、気持がささくれだっていた。

「あなたの言っていることが正しければ、でしょ」トニーはそう言ったあとで、すぐに後悔した。

「断言してもいい、ぼくは正しいよ」ブルースがまじめな口調で応じた。

「現時点では、あなたの言い分が真実だという証拠はなにひとつないのよ。ここがあなたの部屋だと言われたって、納得なんかできやしない。わたしから横どりする権利はないと思うわ」トニーは言った。「ドレッサーの上にあるものに気づいたんじゃないかしら。あれはどう見たってわたしのものよ。あなたが日ごろ女性用の香水やマスカラや口紅を使っているのなら別だけど」

ブルースは慇懃《いんぎん》なまなざしで、少し驚いたように彼女を見つめた。「ぼくのクロゼットに気づいたんじゃないかな」彼は言った。「きみはずいぶん観察力が鋭いようだから、ここへ入って荷物をほどいたときに、服をつるす場所がないのに気づいたはずだ。あのクロゼットには鍵をかけておいたからね」


（本文順）


最初から自分の負けだったのだ。トニーにはわかっていた。それなのになぜしつこく議論を吹っかけているのか、われながらわからない。とはいえ、彼女はこの部屋が大好きで、今ではすっかり慣れ親しんでいる。

あっさり戦いを放棄するのも、だまされた、夢は打ち砕かれた、と負けを認めるのも癪《しゃく》だった。

「わたしのスーツケース」トニーはベッドのかたわらを指さして言った。

ブルースが新聞を脇《わき》に置いてすっくと立ちあがった。トニーはバスタオルが落ちませんようにと祈った。

「きみの持ち物をまとめるのに手を貸そうか?」彼が親切にも尋ねた。

この男性には、わたしをいらだたせるなにかがある。トニーは口をつぐんでいることも、ばかな振る舞いをしないようこらえることもできなかった。

「けっこうよ。でも、あなたがよそへ移るんだったら、喜んで手を貸すわ」

「きみって本当に度胸が……アメリカ人はなんと言うんだっけ？　そう、玉があるね」

トニーは顔を赤らめた。

「ぼくは移る気はないよ」ブルースがにべもなく言った。

「あなたが今ここに城の権利書を持っているのだったらともかく、そうでない限り、わたしも移る気はないわ」トニーはよどみなく言った。

　ブルースに長いあいだまじまじと見つめられ、彼女は頬がほてるのを感じた。

「ぼくが重要な書類をマットレスの下あたりに置いておくとでも思うのかい？」彼がきいた。「そういう書類は銀行の貸金庫に保管してあるよ」肩をすくめて暖炉の前の椅子に腰をおろし、再び新聞を手にとった。「ここにいるつもりなら、静かにしていてくれないか。だんだん頭痛がしてきた」

「あなたが頭痛の種なんだわ」トニーはぼそぼそとつぶやいた。

　それが聞こえたのだろう、ブルースはまた視線をあげてトニーの目を見た。「ぼくの機嫌をとっておくほうがいいんじゃないのか、ミス・フレーザー？　これでもぼくは辛抱強く、ものわかりよくしようと思っている。手伝ってやろうとさえ申してでたんだ」

「ごめんなさい」彼女は早口で言ったあと、小声でつけ加えずにいられなかった。「意地悪な人ね！」

　だが、トニーは完敗だと悟った。こうなったら言われたとおりにするしかない。彼女は部屋へ入ってドアをばたんと閉めた。そして化粧道具をかき集めて手に持ち、廊下へ戻ろうとした。

「隣はブライズルーム、この部屋の主《あるじ》の奥方のための部屋だ。とてもいい部屋だよ」ブルースは新聞に目をやったままおざなりな口調で言った。

「知っているわ。四つん這《ば》いになって床をごしごし磨いたんですもの。この部屋だってそうしたのよ」

「ああ、そうだろうね。実際、ずいぶんきれいになっている。もう一度言うが、荷物を移すのを手伝ってやってもいいんだよ」

「その前に服を着てくれないかしら」トニーは言った。

「その必要はないさ。そこのバスルームを通るだけなんだから」

「バスルームは共有なの?」ばかみたい。そんなことはとっくに知っているのに。バスルームを掃除したのも彼女なのだ。

「〈ヒルトン〉とはいかないまでも、この城にはいくつか近代的設備が備わっている。たいていの部屋はバスルームを共有しているんだ。きみはここに住んでいたのだから、当然知っているだろうが」

そのときトニーにわかったのは、U字棟の反対側の部屋を選べばよかったということだけだった。

ブルースが立ちあがってトニーのスーツケースをひとつ持ちあげた。「ここを通っていこう」彼は短い廊下を歩いていってバスルームを通り抜けた。

隣室はトニーが明け渡した部屋ほど大きくはないが立派で、かつ〈ヒルトン〉ではなく城なので当然ながら暖炉が備わっており、カーテンのかかった見事な弓形窓がついていた。

「そこを出るとバルコニーがある」ブルースが指さした。「きみもきっと気に入るだろう」

「ええ、知っているわ、見たもの」トニーはそっけなく言った。

「そうか。きみが掃除をしたんだものな」

「そう、わたしたちがしたの」

「いい部屋だろう」

彼はスーツケースを床に置いた。

たしかにすてきな部屋だ。でも……この部屋はブルースの部屋とつながっている。彼が異常者ではないと言いきれるだろうか？　真夜中にバスルームを通ってやってきたらどうしよう？　そうだわ、空いている部屋はほかにいくつもある。そのどれかを選んだほうがいいわ。

トニーの考えを読んだのだろうか、ブルースの顔に愉快そうな、と同時にいくぶん軽蔑《けいべつ》のまじった薄笑いが浮かんだ。「安心したまえ。バスルームのきみの側のドアに鍵をかけられる」

「安心できればいいんだけど」トニーはぼそりと言った。

「なんだって？　用心してドアに鍵をかけておくべきは、ぼくのほうだという気がするが。怖がらなくてもいいよ、ミス・フレーザー。きみが心配すべきことはなにもない。とにかく、ぼくを怖がる必要はないんだ」

目つきからして、ブルースがトニーにまったく魅力を感じていないのは明らかだ。そのせいで、なぜか彼女の気持は乱れた。

〝バスタオルを巻いただけのこのろくでなしが、すごく魅力的だから？〟トニーは自分をあざけった。それだけでなく、ブルースは自信に満ちている。鋭い知的な目、輪郭のはっきりした男らしい端整な容貌《ようぼう》。そして均整のとれた肉体。

「ぼくもドアに鍵をかけておくとしよう」ブルースが言った。

「お願いするわ」トニーはあっさりと言った。

彼は向きを変えて、ふたつの部屋をつないでいるバスルームを通り、自分の部屋へ戻っていった。不思議なことに腰のバスタオルは少しもずれていなかった。

トニーはブルースが去ったあとにドアを閉めて、それにもたれかかり、あれほどすばらしかった一夜が、なぜこうも惨憺《さんたん》たる結果に終わったのだろうと考えた。わたしはどうやって実在した歴史上の人物を創作したのだろう。しかもその人物には、わたしが想像した先祖そのもののような子孫がいて、この世に生きている。半裸の姿で。そんなことがありうるだろうか？

恐怖が背筋を伝ったが、トニーはそれを振り払った。時刻は遅い。気持を落ち着かせて、少しでも眠っておかなくては。そう、それが大切だ。

トニーはあたりを見まわして、隣の部屋にいる男性のことを忘れようとした。あんな人を怖がってどうするの？　室内の様子をざっと見ただけで、すばらしい部屋であることがわかる。実際のところ、明け渡した部屋よりもいいくらいだ。

彼女はドアを離れながら、この部屋なら申し分ないと考えた。ここなら快適に過ごせるだろう。たとえあと数日しかいられないとしても。

トニーは心を決めて化粧道具を並べたり、荷物をほどいたりした。だが、リラックスしてちょっとでも眠ろうと思っているにもかかわらず、気持が乱れて仕方がなかった。なにしろ厄介きわまりない状況に置かれているのだ。どこかの詐欺師にだまされたという事実を、いまだに信じられない。しかし、それ以上に心を悩ませたのは、自分が創作したとばかり考えていた一族の歴史が真実だったと判明したことだ。

衣服をつるし終えたトニーは、歯ブラシと歯磨き粉とフランネルのナイトガウンを持ってバスルームへ向かった。ドアの前でためらったあげく、この城にいつまでいるにしろ、シャワーは浴びなければならないのだと考えた。彼女は歯をくいしばっておずおずとドアをノックしたが、なにも聞こえなかったので、なかへ入った。シャワーとバスタブは左手にあり、シンクがふたつついた大きな洗面化粧台は右手にある。このバスルームが最後に改装されたのは何年も前らしいが、美しい小鳥の形をした蛇口や、便器、バスタブ、シャワーなどは、当時としては最新技術を用いてつくられたに違いなかった。

マスターズルームへ出るドアとブライズルームへ出るドアは正反対の位置にある。トニーはマスターズルームの側のドアをしばらく見つめたあと、歩み寄って軽くノックした。

「どうぞ」

トニーはドアを開けてのぞいた。ブルースはまだバスタオルを巻いたままの姿で新聞を読んでいた。暖炉には火が燃えていて、彼女の部屋よりずっとあたたかそうだ。

彼女はいくらか腹立たしさを覚えたあとで、今度の部屋にも暖炉があったことを思いだした。あとで火をおこそう。

「これからシャワーを使うんだけど、あなたが使わないことを確認したかったの」それと、あなたがバスルームへ入ってこようなんて気を起こさないことを。

トニーの脳裏に突然、大きな黒馬にまたがったブルースが狭いバスルームへ押し入ってくるばかげたイメージが浮かんだ。

彼は黒い眉をつりあげた。「この格好を見たら、もうシャワーを浴びたあとだってことぐらいわかるだろう」

「そうよね。じゃあ、終わったらこちら側のドアの鍵を外しておくわ」

「ああ、そうしておいてくれ」ブルースはそう言って新聞に目を戻した。トニーは衝動に負けて言った。「『ニューヨーク・タイムズ』を読んでいるの？　どうやらあなたは、アメリカ人は嫌いなのにアメリカの新聞はお好きなようね」

「たいていのアメリカ人は好きだよ」彼が応じた。言葉にかすかな訛《なまり》があった。

トニーはドアを閉めて鍵をかけ、小さく悪態をついた。まったくひどい状況だ。マクニールが本当に生きているのなら、八十歳くらいの親切な白髪の老人ならよかったのに。いらだちをこらえ、トニーは裸になってシャワーの下へ入ったが、ほどなく湯が出なくなった。今夜シャワーを浴びるのは彼女が最後だったのだろう。

トニーは小さく悪態をつきながらシャワーを出て体をタオルでふき、フランネルのナイトガウンをはおった。部屋へ戻った彼女は、火をおこそうかどうしようか迷った。マスタ―ズルームにいたときは暖炉に火を燃やしていたが、いつもデーヴィッドとケヴィンがたきつけてくれた。暖炉で火をたいたことは一度もない。

トニーは炉棚の上にあったマッチを使って薪《まき》に火をつけようとした。だが、つかなかった。なにかたきつけになるものがいる。新聞紙でもあればいいのだが。室内を見まわしても使えそうなものはなかった。

そのとき、バルコニーへ出るドアにかかった薄いカーテン越しに稲妻が光った。そのバルコニーはマスターズルームの小塔についているようなものではなく、本物のバルコニーなのだ、と彼女は思った。

直後、雷鳴がとどろいた。古い石づくりのバルコニーへ出る木のドアが、突風にあおられて内側へばたんと開く。トニーはぱっと立ちあがってドアへ駆けていった。なんてすさまじい夜かしら。この土地でこれほど荒れた天候に見舞われるなんて、考えてもいなかった。

彼女は力をこめてドアを閉め、かんぬきをかけた。矢を放つための穴を見つめていた彼女の目に、また閃光《せんこう》が飛びこんできた。考えてみれば、こんな夜にほうりだされなかったことを感謝しなければならない。

トニーは火をおこすのをあきらめて天蓋《てんがい》つきのベッドで丸くなり、すぐにぱっと飛び起きた。この部屋の明かりのスイッチは、たしかバスルームを入ったすぐ横にあったはず。

スイッチを切ると室内が真っ暗になったので、今度は不安に襲われた。首を振りながらバスルームのドアを開け、明かりをつけてしばらくためらったあと、そのドアを半開きにしておくことにした。室内を覆う漆黒の闇《やみ》のなかでベッドに横たわっていたりしたら、恐ろしくて心臓がとまってしまう。

わたしはくだらない妄想にとりつかれているのかしら。ええ、そうよ、あの人はわたしになんかちっとも関心を抱いていない。それって侮辱ととるべきだろうか、と皮肉っぽく考えた。身長百七十五センチ、深い青色をした目、年齢とともにダークブロンドへと変わった金髪、これでもわたしはたいていの人から魅力的だと思われている。でも、隣室にいるあの人食い鬼みたいな男性には魅力的に映らないらしい。

ブルース・マクニール。わたしはどこかでその名前を聞いたに違いない。

大きなベッドに横たわっている彼女の体が震えた。そんなに体が震えるのは、ここ何年もなかったことだ。

いいえ！　あの能力が戻ったなんてありえないわ。何年も前に心を閉ざして葬り去ったんだもの。意志の力でそうしたんだもの。

とはいえ……。

彼女はベッドの上で寝返りを打ちながら、この部屋にテレビがあればよかったのにと思った。あるいは火が燃えていれば。暖炉の火を見ていたら、少しは気持が和むだろう。

トニーの頭はめまぐるしく働きつづけた。みんな一生懸命に努力して、ようやく軌道に乗ってきたところだったのに、こんなことってないわ。きっとなにかの間違いよ。きっと打つ手があるはずよ。

それにしても、わたしはなぜブルース・マクニールという名前を思いついたのかしら？

とうとう彼女は眠りの世界へ入っていった。

ブルースがうとうとしかかったとき、耳をつんざく悲鳴が聞こえた。彼は本能的に飛び起きてベッドを出た。一瞬、どこから聞こえてきたのかわからなくて途方に暮れたが、すぐに二度目の悲鳴があがった。

悲鳴は隣の部屋から聞こえてくる。

ブルースがバスルームを駆け抜けていくと、招かれざる客がベッドの上に起きあがって、顔に恐怖の色を浮かべ、前方を指さしていた。

「ミス・フレーザー……トニー！　どうした？」

そのときになってようやくブルースは彼女が目覚めていないことに気づいた。彼はトニーに駆け寄って両肩をつかみ、やさしく揺さぶった。彼女の反応は意表を突くものだった。トニーはブルースの手から体をもぎ離して、信じられないほどすばやい身のこなしでベッドの上に立ちあがり、彼をじっと見おろした。

驚嘆すべき姿だった。ふさふさした長い金髪が薄明かりを受けて、繊細で上品な顔の周囲で光輪のように輝いている。それに丸くて大きな目。淡い色のフランネルのナイトガウンをまとった彼女は、見当違いの場所に迷いこんだオフィーリアのようだ。

ブルースの心のかたくなな部分は、彼女ときたら今度はどんな新しいたくらみを考えついたのだろうと疑っている。その一方で、一瞬、やさしい気持になった。彼女の目に浮かんでいる恐怖は本物のようだ。ブルースにとってははじめて見る無防備な彼女の姿だった。

「トニー」彼は落ち着いた声を出し、彼女の体に腕をまわして床へ抱えおろした。「トニー、目を覚ますんだ！」

彼女がぼんやりしたまなざしでブルースを見た。

「トニー！」

彼女がはっとして目をしばたたき、彼をまっすぐ見つめた。

トニーはまた悲鳴をあげるのではないだろうか？　だが、彼女はもう一度目をしばたたいて、さっと後ずさりし、ブルースを上から下まで眺めまわした。幸い、彼はコットンのパジャマの長いズボンをはいていた。

「夢を見ていたようだね」彼は言った。

トニーは顔をしかめて頬を赤らめ、唇を噛んだ。「わたし、悲鳴をあげた？」

「まるでおびえた野良猫みたいに」ブルースは答えて後ろへさがった。薄暗いなか、この奇妙な瞬間に、彼女はなんて魅力的なのだろうと思った。ただ美しいのとは違って、見ているとうっとりしてしまう。真っ青な目、完璧《かんぺき》に均整のとれた骨格、ふっくらした唇。芸術家によって丹念に描かれたかのような容貌だ。そして髪や目の鮮やかな色彩にもかかわらず、そこに暗い陰のようなものも感じられる。

「わたしのせいで目が覚めてしまったのね」トニーが小声で言った。「本当にごめんなさい」

「ぼくはまだ眠っていなかった。それにしてもあれだけの悲鳴をあげたのに、みんなが目を覚まさなかったのは驚きだ。それとも覚ましたのかな」ブルースは言いかけて、思わず皮肉っぽい笑みを浮かべた。「それでいて、ここへ来てなにがあったのか確かめるのが怖くて、抜き足差し足で廊下を進んでくるところかもしれない」ブルースはトニーをその場に残して歩いていき、ドアを開けて廊下を見渡した。そらから肩をすくめた。「ま、城の壁ってのは拷問の声が遠くまで届かないようにできているそうだから」

　トニーは相変わらずその場に立っていた。背の高い優雅な姿に、なんとなくよそよそしさを漂わせている。ふいにブルースの胸に、なぜ彼女の心配をしなくちゃならないんだ、という思いがわいた。彼女は厚かましくも歴史をでっちあげ、それを芝居に仕立てあげて観光客を喜ばせている悪質な一味の首謀者らしいではないか。

「大丈夫か？」ブルースはきいた。

「わたしはただ……ええ、大丈夫よ。本当にごめんなさい」トニーの声には誠実さがこもっていた。その目はいまだに大きく見開かれている。彼女はなにかを怖がっているようだ。

　ぼくをか？　違う。悪夢に出てきたものを怖がっているのだろう。

　ブルースはためらった。この部屋にいつまでもぐずぐずしているな！　彼は自分に言い聞かせた。早く自分の部屋へ戻れ。面倒に巻きこまれる前に……。

　トニーがぶるっと身震いした。ブルースは黙って去るわけにはいかなくなった。

「この部屋は凍えそうなほど寒いじゃないか。どうして火をおこさなかったんだ？」彼は尋ねた。

「わたし……」

頼りなさそうなその態度は、あまりにも彼女らしくない。少し前に雌虎《めすとら》みたいな激しさで議論を吹っかけてきたのに。ブルースはいらいらしながら暖炉に歩み寄って、立てかけてある火かき棒の後ろからたきつけを出して薪の上にのせ、マッチをすった。そしてしゃがみこんで火をつけ、火かき棒を手にとって薪に押しつけた。しまった。トニーはぼくが振り向いて火かき棒を突きつけると思うのではないだろうか。

しかし彼女は、ブルースが床におろした場所にじっと立っている。困ったことに、突如として性的興奮がわきあがった。彼女はフランネルのナイトガウンをまとっているものの、生地がとても薄いので、光の加減で体が透けて見えるようだ。それにあの髪……つやつやした長い金髪が肩と胸を包むように垂れている。

「酒。きみには酒が必要だ」ブルースは言った。だが、酒が必要なのは彼のほうだった。

突然、トニーが片手をあげた。どうやら彼女は落ち着きをとり戻したらしい。「残念ながら、置いてないの」

「きみがクロゼットをこじ開けなかったことに感謝するよ」ブルースは言った。「すぐに戻ってくる」

バスルームを通ってマスターズルームへ戻ったブルースは、クロゼットを開けてブランデーを出し、左手の棚からグラスをふたつ出して注いだ。ブライズルームへ引き返してみると、トニーは暖炉の前の布張りの古い椅子のひとつに腰をおろしていた。

彼はグラスをひとつ渡した。トニーはグラスを受けとって、青い目で問いかけるように彼を見た。「ありがとう」彼女が礼を述べた。

「きみがなにに悩まされているにせよ、これで癒《いや》されるといいが」ブルースはそう言ってグラスを掲げた。「乾杯」

「乾杯」トニーが応じる。ぐいとひと口飲んだ彼女の体をかすかな震えが走った。「ありがとう」彼女は繰り返した。

ブルースはグラスを炉棚に置いてしゃがみこみ、薪の位置をずらした。火が心地よいあたたかさを放ち始めていた。

彼は立ちあがってグラスを手にし、トニーの隣の椅子に腰をおろした。

「それで……なにがそんなに怖かったのか話す気はあるのかい?」

トニーの口もとにゆがんだ笑みが浮かんだ。彼女はブルースを見て言った。「いいわ。あなただったの」

「ぼく! 冗談じゃない、ぼくは部屋を一歩も出なかったよ」ブルースは抗議した。

「わかっているわ。とても奇妙だったの。目が覚めたと思ったら……あなたがそこにいた。でも、本物のあなたではなかったの。昔の衣装をまとったあなたと言ったらいいかしら。

それがすごく現実的で、手をのばしたらさわれそうなほど鮮明だったの」

「昔の衣装をまとったぼくが？　そりゃあ不気味だっただろうね。それにしたってあの悲鳴ときたら……まるで悪魔が出現したかのような叫び方だったよ」

　トニーの頬がかすかに赤らんだ。

「あなたはただ昔の衣装を着ていただけじゃなかったの」

「ほう？」

「写真だったらこんな説明文がついていたんじゃないかしら。〝血の滴る大きな剣を携え、穏やかな口調で話している〟」トニーは言った。

「へえ。するとぼくはきみの首を切り落とそうとしていたんだな。いや、すまない、ついいらいらして無礼なことを言ってしまった。でも、ぼくは人の首を切ったりしないよ」ブルースは椅子の上で向きを変えて楽な姿勢をとった。「きみは自分が創作した歴史物語に少し入れこみすぎたんじゃないのかな？」

「正直なところ、自分がつくった話に自分でおびえているみたい」トニーが小声で言った。「ブルース・マクニールという人物を創作したと思ったら、その人が実在したんですもの。ええ、現にこうして」

　ブルースはうんざりして首を振った。「きみはどこかでこの土地の歴史を目にしたか耳にしたのだろう」

「いいえ、違うわ。この企画を実行しようと決めたときまで、わたしたちは一度もこの土地を訪れたことがなかったのよ」トニーが断言した。

彼女の言葉には真実味がある。それでもやはり……。

ブルースはグラスのブランデーをまわして、その色をつくづく眺めた。そして再びトニーに視線を戻した。彼女の言葉が真実であるはずはない。

「その昔、騎士党員たちとともに戦ったブルース・マクニールなる人物がいた。クロムウェル率いる軍隊と勇猛果敢に戦って、何度も敵を撃破した人物だ。最初のうち、彼はクロムウェルの支配を耐え忍んでいたが、そのあいだも彼をはじめとするスコットランドの領主たちは、ヨーロッパ大陸に亡命しているチャールズ二世を呼び戻して王に即位させたいという願いを抱いていた。やがて味方と思っていた領主のひとりに裏切られて、結局、彼はつかまることになる。裏切った男はマクニールの仲間によって殺されたが、運悪くマクニール自身も敵の罠《わな》にかかってとらえられた。彼は権勢を振るっていたクロムウェルに逆らったんだ。それに対する罰がどんなものか知っているだろう。彼は裏切り者のために特別に考案された、当時のありとあらゆる残虐行為を加えられたんだ」

トニーが青い目を見開いてブルースを振り返った。それから青ざめた顔をして目をつぶり、椅子の背にもたれた。

「おいおい、悪かった。まさかきみがそれほどか細い神経をしているとは思わなかったから」

トニーが首を振った。「か細い神経なんかしていないわ」彼女はぴしゃりと言った。

ブルースは今話した歴史上の物語が、彼が思っていた以上にトニーを動揺させたことに気づいた。

彼女がブルースを見た。「彼は嫉妬《しっと》に駆られて妻を殺しはしなかったんでしょうね？」

ブルースは肩をすくめ、彼女をまじまじと見つめ返した。「それについては、誰も正確なところを知らない。真実なのか、それとも単なるつくり話なのかは知らないが、彼女がクロムウェルの兵士のひとりと親密な関係になって城から姿を消したという噂《うわさ》があった。マクニールが去勢され、はらわたを抜かれてつるし首にされたあげく、首を切断されて死体を細切れにされたというのは史実だ。しかし彼の妻については、たしかなことはわかっていない。マクニールがとらえられたときに、彼女は歴史から消えたんだ。マクニールは森のなかで罠にかかってつかまり、そこで形ばかりの裁判にかけられて処刑された。死んだとき、彼にはチャールズ二世と一緒にフランスへ逃げのびた十代の息子がいた。マクニールが処刑された直後にクロムウェルが死んだので、王政復古を望んでいた人々はチャールズを呼び戻して即位させた。チャールズは非常に愉快な王であると同時に、実に興味深い男だったらしい。たくさんの愛妾《あいしょう》を囲っていたが、妻と離婚することは頑強に拒否したという。その後、チャールズを継いで彼の弟が王位についたものの、その結果、またもや歴史上に悲惨な物語が記録されることになったんだ」

「なんて……恐ろしい」トニーが言った。

ブルースの顔に暗い笑みが浮かんだ。「ぼくの聞いたところでは、きみはそうした恐ろしい物語で観光客を怖がらせては金をとっているそうじゃないか」

「でも、わたしがその物語を話したときは真実ではなかったのよ」彼女が反論した。

ブルースはいらだたしそうに片手を振った。「きみがぼくに本当のことを話しているとして――」

「わたしが嘘《うそ》をついていると非難しているの?」トニーは憤慨して言った。目に怒りの光が戻っていた。

「ぼくはきみという人間を知らないからね」ブルースはやんわりと言った。「しかし、嘘をついていないと思いこんでいるとしても、どこかでその物語を耳にしたのかもしれない。きみが創作した物語はあまりにも史実と一致している」

今度はトニーが片手を振る番だった。「この土地はマクニール家のものだった。そしてスコットランドの歴史で有名な人物がいるとしたら、ロバート・ザ・ブルース、ロバート一世の右に出る人はいないわ。ブルースというのは、ここではとてもありふれた名前よ」

「まったくもってそのとおり。しかし、きみはもう一歩先へ進んだ」

「どういうこと?」

　ブルースはトニーをじっと見た。彼女は世界最高の女優なのだろうか、それとも本当に知らないのだろうか。

「マクニールの妻だよ」彼はトニーの反応を見逃すまいと、視線を注いだままゆっくり言った。

「あなたはたった今、彼女は歴史から消えて、誰も彼女のことを知らないと言ったばかりじゃない」

「そう、それは否定しようのない事実だ」

「だったら……？」

「彼女の名前だ」ブルースは穏やかに言った。

「マクニール夫人。そんなのわかりきっているわ」トニーが軽蔑したように言った。

「違うよ、トニー。彼女のファーストネームだ。彼女のファーストネームはアナリーズだった」

3

これほど演技がうまい人間や平然と嘘《うそ》をつける人間がいるものだろうか。

「なんですって?」トニーの目は皿のように大きく見開かれ、顔色は彼がそれまで見たこともないほど蒼白《そうはく》だった。

「アナリーズ。われらの名高きブルース・マクニールは――悪名高きブルース・マクニールというべきか――実際にアナリーズという名の女性と結婚していたんだ」

トニーが首を振った。「誓って、まったく知らなかったわ! きっと……きっと偶然の一致よ。想像できないほどばかげた偶然の一致かもしれないけど……本当に今までこの話を一度だって聞いたことがなかったの。そういう物語は、ええ、そうした運命をたどった男性は、あなたのご先祖だけではないわ」

彼女はぼくを説得しようとしているのだろうか? それとも自分自身を納得させようとしているのだろうか? ブルースには判断がつかなかった。

「そう、まったくそのとおりだ」彼は言った。そして胸のなかで、トニーは厚かましくもぼくの家に居座っている侵入者なんだぞ、とつぶやいた。とはいえ……。そのときに限って、それ以上彼女を困らせるのは忍びなかった。トニーを元気づけてやらなくては。さもないと、彼女は今にも気を失ってしまいそうだ。彼女はクロムウェルみたいに独善的で、小悪魔みたいな性格だが、今はいかにも傷つきやすい女性に見える。その頼りなさを目の前にしては、ブルースとしてもあらん限りの気高さを発揮して彼女を守ってやらないわけにはいかなかった。

「ええ、そうよ」トニーはブルースの言葉に必死にすがった。「わたしはエディンバラを訪れて、モントローズのお墓を見たの。彼は王の側についた騎士党員で、最後は恐ろしい死に方をした人よ。似たような運命をたどった人は、ほかにも大勢いたわ。だけど、実際にマクニールという人物がいたなんて全然知らなかった。それに」顔をゆがめてつけ加えた。「アナリーズという女性が実在したことも。嘘じゃないわ」彼女は気力をとり戻してまっすぐ座りなおし、ふいに敵意をこめてブルースをにらんだ。「わたしたちはあなたたちの大切な歴史やあなたの一族をばかにするためにここへ来たんじゃないわ。何度も言っているけれど、わたしはあなたのご先祖のマクニールを知らなかった。彼が実在したことすら知らなかったのよ」

「とにかく彼は実在したんだ」ブルースはぴしゃりと言って、再び怒りがわいてくるのを覚えながら火を見つめた。ブルースはこの城を愛していた。たしかに最近はほとんどほったらかしにしている。手入れをしなければと常々思っているのだが、いつもなにかしら優先すべきことが持ちあがる。今だって、こういろいろな問題を抱えていては……。

「わからないの?」トニーが激しい口調できいた。「この土地や歴史に対する敬意を欠いた行為を、わたしたちはなにひとつしていない。みんなここへ来て、たちまちこの国が大好きになったの。残念ながら、わたしたちひとりひとりはそれほど裕福じゃないわ。でも、ジーナには商才があるから、わたしたちの能力を結集すれば事業を成功させられると考えたの。それで城をひとつ手に入れて修繕し、そこへ観光客を呼んで楽しませることにしたってわけ」

「ばかげた考えだ」ブルースは火を見つめたまま激したようにつぶやいた。

「ばかげた考えじゃないわ!」トニーが言い返した。「観光客が大勢来たのを、あなただって見たじゃない」

「地元の人間はこんな見世物を見ても喜びはしない」

「そうかもしれないけど、地元の人たちに見せるための興行じゃないわ。地元の経済を活性化させるためのものよ。あなたにもわかるでしょう? 芝居でも見世物でもいい、とにかくこの土地の歴史を知りたくて城へ来る人たちは、いろんな場所でお金を使う。そうすれば地元の商店やレストランは儲《もう》かるし……誰にとってもいいことじゃない」

「そうは思わないね」ブルースはまたわいてきた怒りをこらえて言った。

「だとしたら、あなたはばかよ」

「へえ、そうかい？」

「ええ、大ばか者もいいところよ」トニーが彼のほうを向いた。もはや顔は青ざめておらず、声に熱がこもって、目に炎が燃えていた。「観客が帰っていくところを見たでしょう。みんなすごく興奮していたわ。そしてスコットランドを愛していた。みんなにあなたの国を好きになってほしくないの？」

「ばかにされるのは我慢できない」ブルースは言った。

「さっき言ったじゃない。ばかになどしていないって」トニーはいらだたしそうに首を振った。「エディンバラでは教会や墓地などを公開して、観光客に喜ばれているわ。たとえ法律によって罰せられるからだとしても、現代では人間が殺しあうようなことは決してないと信じたいの。わたしたちはスコットランド人がとりわけ残虐だったなんて言っていない。今とは違う時代の話だと、ちゃんと説明しているわ」

「のぞき趣味もいいところだ！」ブルースは片手を振って荒々しく言った。「それにエディンバラは大都会だ。ぼくらが問題にしているのは、この小さな村なんだ」

「近ごろは町の真ん中にある城を買うのはすごく難しいのよ」トニーは皮肉っぽく言った。

「多くの人々は暴力沙汰《ざた》や殺人行為を思いださせてほしいなんて思っちゃいない」

トニーは腹立たしさのあまり、ため息をついた。「あなたは楽しいことをなにひとつしないの？」彼女は尋ねた。「映画を見に行ったことはない？　演劇は？　オペラは？」

ブルースは火に視線を戻した。「問題は、ここが辺鄙《へんぴ》な村だということだ。観光客がぶらつくには危険な場所なんだよ」

「危険ですって！」ばかばかしいとばかりに、トニーは言った。

彼は緊張が高まるのを感じた。

「ここには森もあれば、険しい岩山や沼だってある。丘陵の斜面や、深くえぐれた地面、それに石塚も。そうした足場の不安定な場所がいっぱいある」ブルースは言った。「辺鄙で、暗くて、そう、とにかく危険な場所なんだ」口に出してみると、彼にも説得力があるようには聞こえなかった。

これほど疑ったり警戒したりするなんて、たぶんぼくはどうかしているのだ。だが、若い女性たちが行方不明になった。そうだろう？

行方不明に。そのうちのふたりが死体となって発見された。ここで。

「なんの話をしているの？」トニーがきいた。

ブルースは何が起こったのかを話す気はなかったし、なぜこんなに心配しているのかを説明するつもりもなかった。ジョナサン・タヴィッシュでさえ、それは他人の問題、大都市の警察が解決すべき問題と考えている。なんといってもその女性たちはここで行方不明になったのではない。ここで発見されたのだ。

「アントワネット・フレーザー」ブルースは話題を変えようとして唐突に言った。「すると……きみのお父さんはスコットランド人だったんだね。それともスコットランド系アメリカ人だったのかな?」

「父はスコットランド人とフランス人のハーフだったけど、生まれたのはここよ。父の父は戦時中に結婚したの。父方の祖母はフランス人で、わたしの母はアイルランド人だったわ」

「だった?」

「母はわたしが大学へ入った年に亡くなったの」

「お気の毒に」

「ありがとう」

「で、お父さんは?」

「父も亡くなったわ」トニーが静かに言った。「数年前に心臓麻痺《まひ》で。母がいない寂しさに耐えられなかったんじゃないかしら」

「大変だったな」

「ええ」トニーはためらったあとで尋ねた。「あなたが領主になっているのなら、ご両親は……?」

「両親は一緒に死んだ。ロンドンでの交通事故で」

「それはお気の毒に」トニーが小声で言った。

「ありがとう」ブルースは礼を述べた。「もう十年以上も前のことだ」

「今でもご両親のことを思うと寂しいでしょうね」

「ああ、きみだってそうだろう」ふたりして陰気になるのはいやだったので、ブルースは口もとに笑みを浮かべて言った。「それはともかく……」

「なんなの？」

「きみたちはアイルランドの城を買えばよかったのに。そうだろう？」

トニーの顔にかすかな笑みが浮かんだが、目は怒りで燃えあがっていた。ブルースは彼女の香りを意識した。彼女は実に驚くべき女性だ。さっきまで天使のように明るく輝いていたかと思うと、次の瞬間には目に青い炎を燃えたたせ、鋭い爪で襲いかかろうとする。

彼女はここにいるべきではない。

ブルースは手にしたブランデーグラスを見て、なかの液体をぐるぐるまわした。「ぼくは誰にもこの城を貸さなかった。ここはぼくの所有物だから、きみたちは不法侵入者というわけだ」彼は穏やかな口調で言って、ブランデーをひと口すすった。心地よいあたたかさが広がった。

トニーはしばらく黙っていたあとで言った。「悔しいけれど、どうやらわたしたちはイギリス人の詐欺師にだまされたようね」

「アメリカ人かもしれない。知ってのとおり、この国には数えきれないほどのアメリカ人がいるからね」

　それがまたもやトニーの怒りをあおったのがわかった。ぼくはわざとやっているのだろうか？　彼女の胸が上下したり目に怒りの炎が宿ったりするのを見て楽しんでいるのだろうか？　突然和解を申しでて、それと引き換えに彼女を火の前で抱き寄せ、あの官能的な唇をむさぼったらどんな感じがするだろう。

「誰かが詐欺を働いたんだとしたら、この国の人に決まっているわ」トニーが激しい口調で言った。

　怒りを抑えようと奮闘している彼女を見て楽しんでいることに、ブルースは気づいた。

「理解してもらわなくっちゃ。わたしたちは全財産をこれに注《つ》ぎこんだのよ」

「ああ、わかるよ。きみたちの仕事ぶりを見たからね」

　トニーは顔をしかめて彼を見つめた。「あなたはどうしてわたしが創作した物語を正確に知っているの？」彼女は尋ねた。「あなたが馬に乗って登場したのは……そうよ、あなたはまるで合図があったかのようにタイミングよく登場したわ」

「ぼくは芝居が始まる前にとめるつもりだった」ブルースは言った。「エバンはきみたちが稽古《けいこ》をしているのを聞き、この城をきれいにしてもらったのはうれしいものの、一族の名誉が傷つけられているのには憤慨していたそうだ」

「だけどあなたは、わたしが創作した物語は真実だと言ったじゃない！」

「ぼくはブルース・マクニールが妻を絞め殺したなどと言った覚えはない」

「彼女は姿を消したわ」

「彼女は歴史のページから消えたんだ」

突然また稲妻が光って、すぐに城を揺るがすほどの雷鳴がとどろいた。トニーは仰天して小さな悲鳴をあげ、ぱっと立ちあがった。それからブルースを見て顔を赤らめ、急いで椅子に座りなおそうとして、まともに彼の膝へ倒れかかった。

長い優雅な指がブルースの胸に添えられ、さらさらしたシルクのような髪が彼の肌を撫《な》でた。ラベンダーの石鹸《せっけん》の香りと女らしい彼女のにおいに鼻孔をくすぐられたとたん、彼の体は反応した。それがパジャマのズボンの薄い生地を通してわからなければいいが、とブルースは思った。

「まあ、ごめんなさい！」トニーは謝り、慌てて起きあがろうとした。彼の膝に手を突こうとして失敗し、痛々しいほど顔を真っ赤に染めて、かすれ声で何度も謝罪した。

「どうってことないよ」ブルースはトニーを抱き起こして立たせてやった。「もうずいぶん遅い。きみが大丈夫だというなら……」

「ええ、ええ、わたしは大丈夫よ」トニーが窓のほうを見ながら言った。そこに誰かが見えるのを期待しているかのようだ、となぜかブルースは思った。それとも誰かが見えることを恐れているのだろうか。

「ぼくはそれほど疲れていないが、きみはすごく疲れているように見える。眠るといい。新聞をとってきて、この椅子に座って読むとしよう。そうすれば、ぼくがきみの部屋にいるという悪夢にさいなまれても、パニックに陥りはしないだろう。なぜって、きみはぼくがここにいるのを知っているんだから」ブルースは言った。

「わたしは大人の女よ」トニーが言った。

「眠ったところをまた悲鳴で起こされるよりも、新聞を読んでいるほうがいい」

「そう、わかったわ」トニーは長い髪を後ろへ払って言った。「これ以上あなたに厄介者と思われたら大変ですもの。今だって充分迷惑がられているのに」

「じゃあ、眠るんだ」ブルースは言った。

「もう二度と悲鳴をあげたりしないわ」

「ぼくは新聞をとってくる」

　ブルースが戻ってきたときも、トニーはまだ不安そうに同じ場所に立っていた。深い青色の目にせめぎあう感情が浮かんでいる。彼女はブルースにさっさと消えてと言いたい一方で、ここにいる権利が自分にあるのかどうか確信を持てないでいるのだろう。自分のために、そして友人たちのために、ブルースの怒りをあおってはいけないと考えているのかもしれない。

しかし……彼はトニーのなかに恐怖が巣くっているのを感じないわけにいかなかった。彼女は再び夢を見るのが怖くてならず、部屋にひとり残されて夢を見るくらいなら、たとえ赤の他人でもいいから、生きている人間にそばにいてもらいたいと思っているのではないだろうか。

「いいかい、ぼくは本気だ」ブルースは言った。「ベッドに入って眠るといい。ついていてあげよう」

「ひと晩じゅう、その椅子に座っているつもり？」

「夜はあとわずかしかない。明るくなり始めたら、自分のベッドへ行って寝る。たとえ目が覚めても、外が明るければパニックに陥りはしないだろう。そんなものじゃないかな」

「どうしてわかるの？」トニーが疑わしそうにきいた。

「誰だって昼間はパニックに陥らないものだからさ。日の光と理性はかかわりがあるんだ」

トニーは不安そうに彼を見つめたあと、天蓋《てんがい》つきベッドへ向かった。

「これじゃあなたに悪いわ」彼女はブルースに背を向けたまま言った。

「眠って」

彼女はベッドに横たわって上掛けを引き寄せた。

ブルースは新聞を広げて火の前の椅子に腰をおろした。新聞を読もうとしたが、集中できなかった。

彼はベッドをちらりと見やった。トニーが眠れないのではないかというのは、いらぬ心配だった。彼女の目は閉じられていた。こちらへ顔を向けて横向きに寝ている。眠っている天使。芸術家が象牙《ぞうげ》を彫ってつくったような顔。わずかに開いている豊かな唇。枕《まくら》を抱いている腕。

ああ、あの枕になれたら！

彼女はいかさま師に決まっている。ブルースは怒りを覚えながら自分に言い聞かせた。いくら純真で傷つきやすそうに見えようともだ。ブルースの一族の歴史を、それもアナリーズの名前まで、トニーが自分で考えだしたなんてありえない。彼女のそばにいるときは用心しなくては。彼女が近くにいると、なぜか気持が混乱してしまう。

アナリーズ。

ブルースは再び新聞を読もうとしたが途中であきらめ、新聞をたたむと、椅子の上でなるべく楽な姿勢をとって、彼女の寝姿を見ていることにした。

しばらくするうちに彼はうとうとしだした。

そして……ぎょっとして目を覚ました。

彼は悲鳴もあげなければ、音もたてなかった。だが、見た夢はこのうえなく恐ろしいものだった。

彼女が見えた……うつぶせになっていて、髪が森のなかの川の泡立つ流れに漂っている。うつぶせ……ちょうど彼が見つけた、殺された若い女性のように。

ブルースはブランデーグラスをとって、少し残っていた琥珀《こはく》色の液体を飲み干し、ぶるっと身震いした。窓を見ると、ようやく夜が明けようとしている。彼は静かに立ちあがった。ブランデーをもう一杯飲んだら、二、三時間くらいは眠れるかもしれない。ブランデーをもう一杯……そうしたら、心をさいなんでいる緊張をやわらげられるかもしれない。

彼はふたつの部屋を隔てているバスルームへ歩いていき、ドアの前で立ちどまった。そしてベッドのかたわらへ引き返した。

トニーは相変わらず天使のような寝顔で眠っている。髪が流れに漂って……。

この髪だったかもしれないし、別の髪だったかもしれない。

ブルースは顎をこわばらせて小さく悪態をつき、ばかな考えを抱いた自分をたしなめた。もうじき朝になる。少しでも眠っておかなくては。

セイヤー・フレーザーは体を震わせ、川や谷、そして森へと続く小道をたどっていった。「すがすがしい朝の空気を吸いながら散歩するのは最高に気分がいい」彼は言った。「正直言って、今朝は寒いほどだけどさ」荒れ果てた城の石壁に反響した声が、早朝の静寂のなかに奇妙に響いた。不気味とさえいえるほどに。

丘のふもとでセイヤーは引き返した。外国人の多くは、エディンバラやスターリングにある要塞《ようさい》化された城のような城壁都市は知っていても、ここにあるような、個人が住まいとしている小さな城がこの国にまだたくさん存在することを知らない。それらのなかには荘園《しょうえん》領主の邸宅より小さい、見るからに貧弱なものもある。当然ながらそれらは荒れるままに捨て置かれている。

セイヤーは朝の空に美しく映えている石の要塞を見あげた。雨の気配は感じられず、空には雲ひとつない。ああ！　これこそまさしく絵葉書や写真入り雑誌やカレンダーなどに載っているような風景だ。アメリカ人観光客はこういう風景をこぞってデジタルカメラにおさめたがる。

成功も失敗もともに分かちあおうと誓っておきながら、これまでのところみんなはひそかにトニーを責めている。インターネットでこの物件を見つけたのも彼女なら、私書箱へ手紙を送ったのも彼女だからだ。契約書を受けとって、それを弁護士のところへ持っていき、そのあとみんなにまわしたのも彼女だった。

だから、そう……みんなはトニーを責めている。しかし、もうすぐ彼らはセイヤーに目を向け始めるだろう。

なんといってもセイヤーは生まれも育ちもスコットランドなのだ。グラスゴーで例の広告を見て、自分たちの目的にかなっていそうだとトニーに教えたのは彼だった。

「くそっ！」セイヤーはつぶやいた。

彼は森のほうを眺めた。ちぇっ、ぼくがこのいまいましい場所を知らなかったのは事実なんだ。それをみんな理解してくれよな。グランドキャニオンを見たことがないアメリカ人だっていっぱいいるじゃないか。だとしたら、ぼくがスコットランドを隅から隅まで知っているはずがないだろう。

できればこれからもトニーに非難の目が向けられていますように。ぼくの親戚《しんせき》のアメリカ人に。トニーはあふれるような活気と魅力を発揮して、やればできるとみんなを説得した。はじめて彼女と会ったときのことを、セイヤーは今でもはっきり覚えている。トニーは父方の遠い親戚である、同じフレーザーの姓を持つ彼に会ってすごく喜んだ。セイヤーはといえば、華やかで刺激的な彼女にすっかり魅了された。けれどもトニーのほうには親戚以上の関係になる気はまるでなさそうだった。

セイヤーにだってグラスゴーに友人がいないわけではなかったが、トニーとそのアメリカ人グループは彼の目にとても新鮮に映った。グラスゴーで暮らしていると、昼間は仕事をし、夜はパブで過ごすという昔ながらの習慣にいつしか染まってしまう。アルコール中毒や麻薬中毒に関しては、アメリカもスコットランドも似たり寄ったりだ。この国では、労働者階級に生まれた者は永久に労働者階級から這《は》いあがれず、そのためにパブがあって、彼らは麻薬と酒と女と歌で憂さを晴らす。

トニーはセイヤーとベッドをともにしたいとは思っていないものの、彼を信頼し、好いているのは明らかだ。

セイヤーは暗い笑みを浮かべた。ああ、まったく！　アメリカ人ってのはおめでたい連中だ。祖先の母国に関心を寄せるあまり、ちょっと訛《なまり》を使ってやっただけで、たちまちこちらの意のままになる。

再び森を見やったセイヤーの胸に強い不安の念がきざした。彼はこの場所の名前を知らなかった。それは事実なのだ。

あたりはすっかり朝の光に包まれているのに、森はまだ黒々としている。うっそうとした森。人里離れた深い森。気がついてみると、彼はいつまでもそこに立って森を見つめていた。時が刻々と過ぎていくなか、まるで魅入られたようにそこを動かなかった。

突然襲ってきた恐怖を払いのけて立ち去るのに、セイヤーはありったけの気力を奮い起こさなければならなかった。彼は闇《やみ》から体をもぎ離すようにしてその場を逃れた。まるで木々が枝をのばして彼をつかまえ、その場に押さえつけているかのようだった。

「くそったれ」セイヤーは自分に向かって悪態をつき、身を翻して城への道を急いだ。

ジョナサン・タヴィッシュは朝食のテーブルにつき、むっつりした顔で砂糖を入れた紅茶をかきまわしていた。

一九一〇年ごろに建てられた彼の家は、標準からすれば古いといえるし、草ぶき屋根が持つ古風な趣と魅力とを備えていなくもない。しかし、どうひいき目に見ても城と呼べるしろものではなかった。

窓の向こうにはマクニールの城が見える。ジョナサンはその城を見て育った。あんなものは崩れかけた石の山じゃないか、と彼は自分に言い聞かせた。

だが、違う。いくら荒れていようと城は城だ。ブルース・マクニールの所有物になっているのは、彼がマクニール家の人間だからで、この小さな地方では、いくら世界が進歩しようと、城主であることは常に大きな意味を持つ。

ブルースはずっと昔からジョナサンの友人だった。

「おれが長年どんな気持でいたかを知ったら、やつはどう思うだろうな？」ジョナサンは大声で言った。「おまえは見あげた男だよ、領主マクニール、ああ、そうとも！　おれの友達に乾杯。いつまでも健康でいてくれ」

ジョナサンは薄笑いを浮かべた。そうさ、アメリカ人どもにブルース・マクニールが存在することを教えようと思えば、いつでも教えられた。しかし、なんでおれがそうしなければならないんだ？　いつだってブルースはなんの説明もなしに村を離れるし、古くからの友達であるおれに、留守中気をつけるよう、そしてなにかあったら教えてくれと頼もうともしない。しかもしょっちゅう留守にする。ブルースはよくエディンバラへ出かけては、警察勤めをしていたころからの友人であるロバートと会い、事件についてかぎまわっている。警察をやめて何年にもなるというのに。たしかに去年から今年にかけて起こった事件を考えれば……。

それにブルースにはアメリカに〝金のなる木〟がある。やつはアメリカにアパートメントを持っているのだ。そう、金が金を生む。これは否定できない事実だ。

くそっ、やつがこんなときに帰ってこようとは思いも寄らなかった。本物のブルース・マクニールが存在することをアメリカ人グループに教えなかったからといって、おれが非難されるいわれはない。愉快なことに、あのアメリカ人たちは城を修繕した。ブルースがほったらかしにしてきた城を。事実、ブルースはあの城や周囲の広大な森を、それればかりか村そのものをさえ嫌っているように見えるときがある。

もちろんそれはマギーと関係があるに違いない……。

「そうだよな、ブルース」ジョナサンは小声で言った。「おまえは少なくとも一度は、彼女を手に入れた。彼女はおまえを愛した。彼女はおれの友達だったが、おまえを愛したんだ」

マギーが死んで長い年月がたつ。今さらあのころのことを考えたところで、なんの意味があるというのか。

ジョナサンはいらいらしながら立ちあがり、紅茶を手にして窓辺へ歩み寄った。丘の上に立つ城が見える。ブルースの城。ブルースはマクニール一族の末裔《まつえい》だ。憎たらしいマクニール。領主マクニール。

「おい、今に見ていろよ！　もう昔とは違うんだ、ブルース。おれは臣下でもなければ農奴でも召使いでもない。ここではおれが法律なんだ。法律そのものなんだ」

ジョナサンは城と森を眺めた。城は日の光を浴び、森は黒々とした緑に包まれている。

「おれが法律そのものなんだぞ！」

彼の口もとにゆがんだ笑みが浮かんだ。

「いまいましいことに、おまえは大マクニール家の人間かもしれないが、おれが法律なんだ。おれには権力がある。そして法を執行する必要が生じた場合には、そうとも……相手が友達であろうとなかろうと、おれが権力を振るうことになるんだ」

4

「今夜はどうしたらいいのかしら？」ジーナがトニーに尋ねた。

キッチンにはふたりしかいなかった。いちばん早く起きたのはジーナだ。常に有能な女性実業家ぶりを発揮している彼女は、目が覚めたときから土曜の夜に計画しているツアーの心配ばかりしていたようだ。実際のところ、彼女は一睡もしていないように見えた。

トニー自身もまだ疲れが抜けていなかった。目を覚ますと、暖炉の前の椅子は空っぽで、バスルームへ続くドアは閉まっていた。軽くノックしてみたけれど、返事はなかった。そこでトニーはバスルームに入って反対側のドアに鍵《かぎ》をかけ、支度を整えてから鍵を開けた。マスターズルームからはなんの音も聞こえないので、とうとう彼は眠りこんだのだろうと考えた。朝になってみると、昨夜のことはぼんやりとしか思いだせなかった。

悲鳴をあげてしまった恐ろしい悪夢の記憶さえも薄らいだような気がする。それでいて……なにかが心の底にいつまでも居座っていた。言いようのない不安が。

「トニー、どうしたらいいと思う？」ジーナが質問を繰り返した。

「たぶんブルースは観光客の一団を招いてもいいと言うんじゃないかしら」トニーは答えた。

ジーナはキッチンテーブルの上で手を組んでトニーを見た。「下手をしたらわたしたち、ゆうべのうちにほうりだされていたのかもしれないのよ。あの人を怒らせるようなまねはしないでね」

「ちょっと待って！　ゆうべのわたしはひとことだって間違ったことを言ってないわ。だいいち、あの巡査が来るまでは、ブルース・マクニールが本当に自分で名乗ったとおりの人物かどうかわからなかったじゃない」

「彼にあれほど敵意むきだしの話し方をしてはだめよ」ジーナが言い張った。

「あのあとまたブルースと話をしたけど、敵意のある話し方なんかしなかったわ」トニーは言った。

たちまちジーナは身をこわばらせた。「まさか……また彼と話したっていうの？」心配でたまらないといった口調だ。

「言ったでしょ、敵意のある話し方はしなかったって」

シルクのローブを上品に着こなしたデーヴィッドがキッチンへ入ってきた。「トニーがまたここの城主と話をしたって聞こえたけど？」彼もまた心配でならないような口調だ。

「ちょっとふたりとも、やめてちょうだい。彼が雷雲に乗ったトールみたいに登場したときは、絶対にわたしたちが正しいと思ったんだから」トニーはいきりたった。「実際、わたしたちは正しかったのよ。なにも間違ったことはしなかったわ」

「しかし」デーヴィッドは言いかけて冷蔵庫を開けた。「それにしては、ぼくらは結果的にひどく間違ったことをしてしまったんじゃないかな。今夜も観光客が来ることになっているけど、どうしたらいいんだろうね？」

「こうなったら仕方がないわ。電話をして予約をキャンセルしましょう」ジーナはそう言ってテーブルに突っ伏し、うめき声をあげた。「払い戻しのお金をどうやって工面したらいいの？」

デーヴィッドは洗いたての髪を後ろへ撫《な》でつけて冷蔵庫を閉めた。「あーあ、せっかくみんなで居心地のいい場所にしたっていうのに。ねえ、まだぼくが冷蔵庫をあさってもかまわないと思う？」

「当然かまわないでしょ」トニーは言った。「なかにあるのはわたしたちの食料品なんだから。わたしたちが来たときは、ティーバッグが数個あっただけで、ほかにはなにも入っていなかったわ」

「よし、それじゃあぼくが手早くうまい朝食をつくるとしよう。領主マクニールに気に入ってもらえればいいんだが。なあ、トニー、これからは慎重に物語を創作しなくちゃいけないよ。彼は本物だとわかったんだし、きみは彼の祖先を殺人者にしちゃったんだ！　今後は気高い善良な人物をつくりださなくてはね」

「あのね、オセロは気高い人物だったけど、自分の妻を殺したのよ」トニーは言った。

「朝食をつくるというのは悪い考えじゃないわね」ジーナが言った。

「トニーに料理をさせようか」デーヴィッドが提案した。

「だめだめ」反対する声がした。振り返るとケヴィンがキッチンの戸口に立っていた。

「そんなことをしたら、ここからほうりだされるに決まっている」彼はにやりとして冗談めかし、キッチンを見まわした。「もう少し元手があったら、ここをもっと立派にできたのに。できれば銅製の鍋《なべ》やフライパンなんかもそろえたかった」

「ここはもうわたしたちの場所ではないのよ」ジーナが彼に思いださせた。

「壁を淡い黄色で塗ったら、ずっと明るくなるだろうな」デーヴィッドが言った。

「今朝はやけに陽気じゃない。いったいどうしたの？」ジーナがケヴィンにきいた。

「知ってのとおり、ぼくはいつだって底抜けに陽気だよ」ケヴィンが答えた。「なにごともなんとかなるものさ。誰がコーヒーをいれたか知らないけど、ポットにいっぱいあるのかな？」カウンターへ歩いていきながら、彼は尋ねた。

デーヴィッドは閉めた冷蔵庫の扉にもたれかかり、ケヴィンを見て言った。「スコットランドのご領主様はエッグベネディクトがお気に召すと思うかい？」

「鮭《さけ》を使った料理のほうがいいんじゃないか？」ケヴィンが応じた。

「そうだな」デーヴィッドは言った。

「ふたりとも、こんなときによく朝食の心配なんかできるわね」ジーナがぶつぶつ言った。

「いったいどうすればいいの?」

「全員が集まったところで打開策を話しあうしかないだろう」デーヴィッドがそっけなく言った。「きみの夫はどこにいるんだ、ジーナ?」

彼女は首を振った。「部屋にいなかったわ。たぶん外に出て……散歩をしているか、厩《きゅう》舎《しゃ》にいるかじゃないの」

セイヤーがいちばん近くの主要都市、スターリングで発行されている新聞を持ってキッチンへ入ってきた。彼は新聞をテーブルに置き、みんなに向かって顔をしかめた。「おはよう。せめていい朝になってくれればいいけど」

「そうだね。でもそれには、まずこのコーヒーをいれなおさなくちゃ。ジーナ、きみがこれをいれたの?」ケヴィンがコーヒーをすすって尋ねた。「なにを使ったんだ? 地元の泥かい?」

「ちょっと濃いだけじゃないの」ジーナが言い返した。

「で、ぼくたち、どうしたらいいんだろう?」セイヤーがきいた。

「ライアンが戻るのを待って、それから対策を練りましょう。もちろん月曜日までは寝る場所の心配をする必要はないんだけど」ジーナはため息をついた。「旅行代理店に電話をして、今夜の予約をキャンセルしようと考えているの」

「ひとりにつき二十五ポンドで六十人か」セイヤーが残念そうに言った。「グラスゴーのぼくの住まいは狭いが、枕《まくら》をいくつか買えばなんとか寝られるよ」

「みんな仕事をやめてここへ来たんだ」ケヴィンが言った。

「また新しい仕事が見つかるさ」デーヴィッドが慰めた。

「きっとなんらかの打開策があるはずよ」トニーは譲らなかった。

「トニーはあのあとまた領主マクニールと話をしたんですって」ジーナが高ぶる感情を抑えながら言った。

「彼と口論したんじゃないのよ！」トニーは言い返した。

「かといって、あたたかく抱きしめたりして南部式のおもてなしをしたわけでもないだろう」デーヴィッドが言った。

「わたしは南部の人間じゃないもの」

「南部の人間のふりをすればよかったのに」ケヴィンが言った。

「正確に言えば、きみは南部の出身さ。ワシントンよりも南で生まれたんだから」デーヴィッドが意見を述べた。

トニーはデーヴィッドをにらみつけた。「あのね、わたしはブルースとおしゃべりをしただけなの。彼はちっとも不愉快な人ではなかったわ」

突然、デーヴィッドがあえぎ声をもらし、テーブルをまわってきてトニーの目をのぞきこんだ。そして彼女の両肩をつかんで言った。「まさかきみは……なあ、トニー、たしかにぼくらは苦境に陥っているよ。だけどそこまで……そういうおもてなしまでする必要はないんだ。いくら先行きが暗いからって」

「デーヴィッド！」トニーは顔が紅潮するのを感じながらぴしゃりと言った。「そんなこと、しなかったわ。するはずないでしょう。あなた、わたしと知りあってから何年になるの？」

ジーナがふいにくすくす笑った。「ふーん、どうだか。容貌《ようぼう》の点で言ったら、彼はなかなかのものよね」

「ジーナが本当に言いたいのは」ケヴィンがからかうように言った。「ライアンさえいなかったらすぐにでもブルースと寝るつもりだってことさ」

ジーナがケヴィンを険しい目でにらんだ。「おいしい朝食をつくらないとひどい目に遭うわよ」

「あのね！」トニーは言った。「わたしはブルースと話をしただけで、寝たりはしなかったわ。彼はわたしの部屋へ来たけど、でも……」

「なんだって？」デーヴィッドが問い返し、隣の椅子を引きだして、真剣な焦げ茶色の目でトニーを見つめた。

「わたしが使っていたのはブルースの部屋だったらしいの。それでわたしは隣の部屋へ移ったってわけ」トニーはデーヴィッドに説明した。「わたしたちは話をしなければならなかったの。そしてどちらも誠意ある対応をした。それだけのことよ、わかった?」

「きみはただ話をしただけだというのかい……その……」

「あばずれみたいに振る舞わないで?」ケヴィンがぶっきらぼうにきいた。

「やめてよ! ちゃんと礼儀正しく振る舞ったわ」

「わかった、わかった」デーヴィッドが言った。

それでおしまいだった。トニーはどういういきさつで領主と誠意ある会話をすることになったのかを、それ以上説明する気はなかった。「それで思うんだけど、礼儀正しくお願いしたら、ブルースは今晩の催しを許可してくれるんじゃないかしら。そうしたら損失をいくらかはとり戻せるわ」

「それはいい考えだと思うよ」セイヤーが言った。

「オムレツ!」突然ケヴィンが言った。「つけあわせには鮭とベーコン。で、今晩のツアーを開催させてくれって、誰が領主マクニールのところへ頼みに行くんだ?」

「トニー」急にデーヴィッドが断固たる口調で言った。「トニーしかいない。彼と話をしたのはトニーなんだから」

「トニー? うーん、それはどうかな」セイヤーが異を唱えた。彼がテーブル越しに見ると、トニーがにらんでいた。「ごめん。だけどきみは、あの男にすぐ癇癪《かんしゃく》を起こすらしいじゃないか。トニーを頼みに行かせるのは、ライオンのところへ虎《とら》を送りこむようなものだ」

トニーは不満そうに言った。「癇癪なんか起こさないわ。絶対に。ゆうべの彼はとても怒っていたから、わたしはみんなを守っているつもりだったのよ」

「そのとおりだ」デーヴィッドが同意した。

「ええ、いいわ」ジーナが言った。「トニー、あなたが頼みなさい」

「なにを頼むって?」

全員がいっせいに振り返った。キッチンの戸口にブルース・マクニールがライアンとともに立っていた。今朝のブルースはジーンズにデニムのシャツという格好だ。どうやら眠らなかったらしい。湿った漆黒の髪が風でわずかに乱れている。

「着替えてこようっと」デーヴィッドが言った。「失礼」

「そうだ、水を出しっぱなしにしてきたかもしれない」セイヤーがぼそぼそ言った。「すぐに戻ってくるよ」

「献立を考えなくては」ケヴィンがドアへ急ぎながら言った。「ミスター・マクニール……領主マクニール、ぼくたちはこれからおいしい朝食を……いえ……ブランチをつくります。月曜日までここに置いてもらえることへのお礼に」

みんな頭がどうかしてしまったのだろうかという目つきをしていたライアンが、ジーナとトニーのほうへ大股に歩いてきた。「田園風景のすばらしいこと！　ちょっと馬でまわってきたんだけど、なだらかに続いている丘をきみたちにも見せてやりたかったな。昔の領主になった気分で眺めるこの土地の風景ほど美しいものはないよ」ライアンは馬と広々とした土地が好きなのだ。ここ何年かボルティモア郊外の〈魔術師の館《やかた》〉という娯楽施設で中世の騎士として働いていたあいだ、閉鎖的な場所で訓練用の動物を相手にする以外に、彼には大好きな馬と過ごす機会がなかった。ここへ来てライアンは実に幸せそうだ。

「その話は二階で聞かせてちょうだい」ジーナがそう言って立ちあがった。

「どうして二階なんだ？」ライアンがきいた。

「トニーは領主マクニールとお話があるの」ジーナはライアンのシャツの袖《そで》をつかんで引っ張っていき、ブルース・マクニールの横を通りしなにぎこちない笑みを浮かべた。

テーブルにトニーひとりが残された。ブルースはほかの者たちが退散したのは自分のせいだと気づいているらしく、愉快に思っているようだ。彼らの退散の仕方があからさまだったのでなおさらだった。

「みんな、ぼくを怖がっているのかな？」彼がきいた。

トニーは深く息を吸った。「わたしたちみんな、あなたがここの所有者であることや、自分たちがだまされたことをようやく認めたの」

「それはよかった」ブルースはカウンターへ歩いていった。

トニーはたじろいだ。「そのコーヒーはちょっと……」

彼はすでにコーヒーをカップに注《つ》いで飲んでいた。

「ひどい味だが、とりあえずこれで我慢しておこう」ブルースは言った。そして振り返り、カウンターにもたれてトニーを見た。「で、ぼくになにを頼むことになっているんだ？」

「その……」

「ん？」

彼はジーンズにオーダーメイドのデニムのシャツを着て、コーヒーカップを片手にカウンターに寄りかかっているだけなのだが、トニーの目には、まるで謁見室で領民の陳情に耳を傾けている領主のように見えた。

彼女は威圧されてなるものかと決意を固め、ブルースを見つめた。わたしたちは封建時代に生きているんじゃないのよ。

「今晩のツアーに大きな団体の予約が入っているの。わたしたち、できればキャンセルしたくないのよ」

「なんだって？」ブルースの声は鋭いどころか怒鳴り声のようだった。

こんなに唐突な言い方をすべきではなかった。昨夜、ブルースはトニーの部屋の椅子で寝たが、だからといってふたりが無二の親友になったのではない。

「あのね」いったい彼のなにがこんなにもわたしをいらだたせるのかしら、とトニーは不思議に思いながら言った。「ご存じのとおり、今のわたしたちは困った状況に置かれているわ。城のなかをよく見てもらえたら、あなたはわたしたちに借りがあることを認めないわけにいかないはずよ」

「ぼくがきみたちに借りがあるって?」口調は丁寧だが、彼がトニーの考えをばかばかしいと見なしているのは明らかだった。

じゃあ、やっぱりみんなが正しかったんだわ！　彼女は言葉につまった。この人が相手だと、わたしはすぐむきになって攻撃的な言葉づかいをしてしまう。でも、威勢よく議論を吹っかけてしまったからには、最後までやりとおすしかない。

「ええ」トニーは確信に満ちた声で言った。「わたしたちは壁にペンキを塗り、漆喰《しっくい》を施して、電気の配線を直し……四つん這《ば》いになって床をこすったのよ。率直に言って、わたしたちのほうがこの城にふさわしいんじゃないかしら。みんな愛情をこめて修繕や掃除にあたったわ。こんなにすてきな由緒ある建物を所有していながら、あなたがなぜほったらかしにしておけるのか、わたしには全然理解できない」

ブルースの目に怒りと疑念の色が浮かんだ。彼は身じろぎもしなかったものの、筋肉という筋肉が緊張して肩がいっそう広くなったように見えた。

トニーは内心たじろいだ。そうよね。このあたりでやめておかないとまずいことになりそう。

彼女が仲間たちから期待されているのは、ブルースを説得して今晩のツアーの許可をもらうことであって、彼の気にさわることを言って憤慨させることではないのだ。

「するときみは、今ではスコットランドの城の維持管理の専門家というわけだ」彼が言った。

トニーはカップをのぞきこんだ。ブルースの膝へ倒れこんだ記憶がふいにありありと脳裏によみがえった。彼の肌に添えられた指、膝に突こうとして突き損なった手。すっくと立ちあがってわたしを立たせた彼の身のこなし……。

昨夜のブルースは礼儀正しくて親切だった。あの瞬間にわたしは、自分が彼に惹《ひ》かれていると同時に、彼を怖がっていることに気づいたのだ。ブルースに敵意を抱くのは、自衛本能が働いているせいに違いない。

突然、ライアンがキッチンへ飛びこんできた。きっと彼は遠くへ行かずにふたりの会話を聞いていたのだろう、とトニーは確信した。

「トニーは説明があまりうまくないんです」ライアンはそう言って、猛烈にしかめた顔を彼女に向けた。「実際、ぼくらはこの城をよくしようと懸命に働いたんです。それも表面的にきれいにしただけでなく、構造にも手を入れたんですよ。正直なところ——」

「そうだね」ブルースがトニーを見つめたまま言った。

「なんです?」ライアンがきいた。

「ミス・フレーザーは頼みごとをするのが苦手なようだ。しかし、きみたちがここで一生懸命に働いたのはわかるよ。それにきみたちが苦しい状況にあるのも理解できる。今晩のツアーを予定どおり行ったらいい。どうやらきみたちには金が必要なようだから」ブルースはコーヒーを排水口へ流してキッチンから出ていった。

ライアンは驚いてトニーを見た。それから彼女に駆け寄って椅子から引っ張って立たせ、うれしそうに笑った。「やった、やったぞ!」

ジーナがやってきて夫と抱きあい、キッチンのなかを踊りまわった。

すぐにセイヤーが、続いてデーヴィッドとケヴィンが戻ってきた。彼らがあまりにはしゃぐので、たったひと晩の興行許可が得られたにすぎないことをみんな理解しているのだろうかとトニーは思った。なるほどこれで来週はグラスゴーにあるセイヤーのアパートメントの床に寝なくてもよくなったが、投資した資金をとり戻すにはほど遠い。

「こうなったら最高にうまい朝食をつくらなくちゃ」デーヴィッドが言った。

「その前にコーヒーをいれなおしたほうがいいんじゃないかしら」トニーはそう言ってから、ジーナに向かって顔をしかめた。「領主マクニールがあなたのいれたコーヒーをシンクへ捨てたのよ」

「まあ!」ジーナが言った。

「きみのコーヒーはそんなにまずいんだ」ライアンは愉快そうに言って妻の頬にキスした。

「その分かわいいんだから気にするなって」

「みんな出ていってくれ」ケヴィンが言った。「しっしっ。これから料理にとりかかるんだからね」

立ちあがって出口へ向かいかけたトニーは、セイヤーがテーブルに置いていった新聞を見やった。その見出しが彼女の目をとらえた。〝エディンバラの女性、いまだに行方不明。警察は殺人事件を疑う〟

「ちょっと待って！　きみは行っちゃだめだよ、トニー」デーヴィッドが言った。

彼女はデーヴィッドを見た。「どうしてわたしはだめなの？　みんなでわたしの料理の腕をけなしたくせに」

「だけど、きみほど野菜を洗ったり切ったりの下働きが上手な人はいないからね」ケヴィンが楽しそうに言った。「それに、食器をテーブルにきれいに並べないといけないし」

「わたしにあなたたちの下働きをさせようっていうの？」

デーヴィッドがトニーの肩に腕をまわし、焦げ茶色の目を愉快そうにきらめかせて笑いかけた。「史劇の配役を考えてごらん。みんなが女王様を演じたがるけど、誰かが召使いを演じなければならないだろう」

「わたしにあなたの召使いを演じろというのね」トニーは文句を言った。

「ほかのみんなは後片づけをしなくちゃならないんだよ」デーヴィッドが言った。

「いいわ」トニーは同意した。彼女はテーブルへ歩み寄って新聞をとりあげ、あとで読もうとカウンターの下へ滑りこませた。


「領主マクニール？」

ブルースがちりひとつない机に向かって書き物をしていたとき、ドアにノックの音がした。どうぞと声をかけて目をあげると、入口にデーヴィッド・フルトンが立っていた。

「やあ、入りたまえ」ブルースは言った。

焦げ茶色の髪にほっそりした体つきのデーヴィッドは、人目を引く魅力的な容姿をしている。ケヴィンに対するあたたかな愛情ははた目にもわかるが、デーヴィッドはほかの友人たちのことも非常に気づかっているように見えた。

ブルースは屈託のない彼らの会話をうらやんでいる自分に気づいて驚いた。ゲイのカップル、夫婦、トニー・フレーザー、そして彼女の親戚《しんせき》のスコットランド人。彼らはみなタイプが違うのに、嫉妬《しっと》してしまうほど固い絆《きずな》で結ばれている。今朝、ライアンと馬で出かけたとき、ブルースは彼らが出会ったいきさつや、この途方もない計画を思いついて実行に移した経緯を話してもらった。

「ぼくたち、あなたにとても感謝しているんです」デーヴィッドが言った。「それで王様の、というか領主様のお口に合うんじゃないかと思える朝食を用意したんです。よかったらご一緒にどうですか？」

鉛筆を置いてデーヴィッドを見つめたブルースは、腹が減っているのに気づいてうなずいた。「そうしよう。すぐにおりていくよ」

ブルースはデーヴィッドが去るのを見届けてから、机のいちばん上の引きだしを開けて、それまで書いていたメモと日刊紙を入れた。

けれども引きだしを閉めずに、気になって仕方のない新聞の見出しと記事をもう一度読んだ。〝手がかりなし〟という文が飛びかかってくるように思われた。

ジョナサン・タヴィッシュは田舎の巡査としてはよくやっているが、日ごとに不吉さの度合いを増していく状況に対処できるだけの専門知識も能力も欠いている。そのくせ彼は自分が現在手にしている権限を手放したがらない。

スターリングとグラスゴーで、そして今度はエディンバラで、何人かの若い女性がさらわれた。警察の考えでは、大都市の中心部の通りで姿を消した女性たちはほかの場所で殺されて、少なくともそのうちのふたりの死体がティリンガムの森に捨てられた。犯人はおそらく、人里離れた深い森なので発見されるまでに何年もかかると考えたのだろう。

ブルースが疑問に思っていることがある。行方不明になったことすら気づかれないまま惨めな殺され方をして、人知れずここの森で朽ちつつあるほかの女性の死体があるのではないだろうか。

スターリング、グラスゴー、そしてエディンバラ。殺人者は異なる場所で犯行に及んでいるものの、どれもスコットランド内のそれほど離れていない場所だ。三つの誘拐事件は大きな都市で起きた。だが、繁華街から女性をさらうのが簡単だとわかれば、殺人者は大胆になってもっと静かな土地でも犯行に及ぶのでは？

ブルースは机を指でとんとんとたたいた。これまでのところ、この土地の人々はみじんの恐怖も感じてはいない。今までに〝行方不明〟と報告された若い女性たちは、この土地の人々が〝善良〟と見なす人間ではない。といって、ここの人々が冷淡だとか無頓着《むとんじやく》だとかいうのではない。その逆だ。しかし、犠牲者が通りで客をつかまえたり麻薬に溺《おぼ》れたりしていたとわかってからは、ここの普通の人たちは気にしなくなった。

〝たしかに痛ましいことで、悲劇というしかない。だが、罪深い職業や麻薬中毒に陥った女性は、そうした悲劇を招きやすい立場にみずからを置いたのだ。仕方がないではないか〟

けれどもブルースはその意見に同意できなかった。殺人者が野放しになっている。犠牲者がどのような人間であろうと、殺人者の餌食《えじき》になってはならない。

それで、ぼくに殺人者をとめる力があるのか？　ブルースは自分をあざけった。

ロバートが電話をかけてきて、事件の手がかりはなにもなく捜査は行きづまっていると告げたとき、ブルースは故郷へ、少なくともエディンバラへまでは帰ってきた。そしてエディンバラへ着いた二日後に、新たに行方不明者が出たとロバートから知らされた。

奇妙なのは、電話をもらう前から帰郷したい衝動を覚えていたことだ。ブルースはここへ帰るべきだという執拗《しつよう》な心の声を無視しようとしたが、ロバートと話をしたあと、すぐにニューヨーク発の飛行機に乗ったのだった。

そして今ここにいる。しかし実際のところ、なぜだ？　優秀な者たちが事件の捜査にあたっているのだ。それにぼくはもう警官ではない。

だが、彼らは必要としている……なにかを。くそっ、彼らに必要なのは、自分たちがなにを相手にしているのかはっきりさせることだ。

ブルースが恐れているのは、殺人者が犯行をエスカレートさせて〝善良〟な被害者を殺害するまで、警察は本腰を入れて事件の解明にあたらないのではないかということだった。

そのときには、死体の数がどれくらいになっているか見当もつかない。

彼はトニーたちのグループをここから去らせたい別の理由を思いだして、こめかみを指で押さえた。ぼくの夢。奇妙な夢を見ていることを、どう説明したらいいのだろう。

もっとも、それほど奇妙ではないのかもしれない。なんといっても最初の死体を発見したのはぼくなのだ。あの光景は永久に脳裏から消えないだろう。

だから、トニーに会ってひどくいらいらし、それから彼女をとてもセクシーだと思い……そして彼女のために不安になったのは、当然かもしれない。

自分に腹が立ったブルースは、引きだしをぴしゃりと閉めて、キッチンにいる招かれざる客たちのところへ行こうと立ちあがった。


テーブルの上は見るからに美しくセッティングされていた。トニーはブルース・マクニールがキッチンの入口で立ちどまったのを見て、彼が感銘を受けたのを確信した。このときばかりは彼が怒っていないのは明らかだった。ブルースはわずかに眉をつりあげて愉快そうに唇をゆがめ、ぶらぶらと入ってきて、彼のために空けてあった上座の椅子に座った。

全員が席に着いてブルースを見ていた。「すまなかった。まさかみんなを待たせているとは思わなかったもので」彼は愛想よく言って、きれいな小鳥の形にたたんであるナプキンを皿からとりあげた。「使うのが惜しい気がするよ」そう言って、テーブルについている彼らを見まわした。

「気にしないで。簡単にたためるんですから」ケヴィンが言った。「ぼくはいろんなレストランで働いたんです。演劇を専攻する人間はたいていそういうところで働かざるをえないから。もっとも正確に言うと、ぼくは舞台装置の担当ですけど」

「ライアンが教えてくれたよ」ブルースは言った。

「わたしたちはそれぞれ特殊技能を持っているんです」ジーナが言った。

「それも聞いた」ブルースは応じた。

「そうか、あなたはライアンと馬で出かけていたんですものね」セイヤーが言って、ライアンの背中をぽんとたたいた。「彼は馬と武器に精通しているんです。彼に乗りこなせない馬はありません」

「ああ、ライアンは乗馬の達人だ」ブルースは認めた。

デーヴィッドが片手をあげて言った。「ぼくは衣装担当です」

「ええ、それに彼は手品もするんですよ」ケヴィンが言った。「彼はすばらしい俳優だけど、ぼくたちは音響や照明も担当しているんです」

「それにふたりともすごく謙虚で控えめなの」トニーはやさしい口調で言った。

「あのさ、控えめだったら、今の仕事についていないよ」ケヴィンがトニーに言った。

「一本とられちゃった」トニーは認めた。

「で、きみは？　グラスゴーでなにをしていたんだ？」ブルースがセイヤーに尋ねた。

「ピアノバーで働いていました」セイヤーが沈んだ声で答えた。

「わたしは営業と宣伝のほかにも必要な仕事はなんでもします」ジーナが言った。「言ってみればなんでも屋だけど、専攻は経営学の方面でした」

「ほう」それからブルースはトニーを見つめて待った。

「わたしは作家よ」そう言ったトニーは、ブルースが彼女のことを、嘘《うそ》を物語に仕立てるのがうまい人間と考えているのを確信した。

「彼女の想像力はすばらしいんです」ケヴィンが言った。

「そうらしいね」ブルースはトニーを見つめたまま考えこむように言った。

「トニーは謙虚だから自慢しないけど、彼女は南部連合国の最初にして最後の大統領夫人、ヴァリーナ・デーヴィスを主人公にしたひとり芝居を書いたんです。その芝居はワシントンとリッチモンドで六カ月も連続上演されて、大いに好評を博しました。トニーは台本を書き、演じ、演出し、衣装を縫い、それからペンキ塗りもするんですよ。当然ながら、ぼくらは必要な仕事はなんでもします」

「床をごしごし洗ったり」デーヴィッドが言った。

「トイレ掃除をしたり」セイヤーがつけ加えた。

「衣装を縫い、台本を書き、床を洗い、ペンキ塗りをし……わたしたちはなんでもしたわ」トニーはブルースに言った。

「それで、きみたちはアメリカのどこの出身なんだ？」ブルースが全員をぐるりと見まわして尋ねた。

「わたしはアイオワ州の生まれです」ジーナが言った。「トニーは首都ワシントンＤＣの近くだし、デーヴィッドはニューヨーク出身、ライアンはケンタッキー州で、ケヴィンはフィラデルフィアの出身です」

「みんな同じ大学だったのよ」トニーは小声で言った。

「ニューヨーク大学でした」デーヴィッドが言い添えた。

「わたしたちのほとんどが同じ大学だったんです。トニー、ライアン、デーヴィッド、それにわたし」ジーナがやんわりと訂正した。「卒業後、ライアンが〈魔術師の館〉に就職したとき、わたしはボルティモアに移りました。トニーはワシントンDCの近くに移ったけど、ずっと親しくつきあっていたんです。彼女が『クイーン・ヴァリーナ』を上演しようとしたとき、わたしは彼女のところへ手伝いに行ったし、デーヴィッドは衣装と舞台装置を担当したんですよ。ケヴィンと出会ったのはそのころで、今からもう二年近く前になります。それからみんなで何度かスコットランドへ来たけど、最後に来たときにセイヤーと出会って、彼を計画に引っ張りこんだんです」

「で、それはいつのこと……？」ブルースがきいた。

「六カ月くらい前じゃなかったっけ？」ライアンが同意を求めて仲間を見まわした。「ぼくたちはメンジー家が所有する城へ行ったんです。一族がその城を買いとって修復し、観光客に公開していました」

「なるほど」ブルースが彼らを見たままつぶやいた。彼はなにを考えているのかしら、とトニーは思った。ブルースがセイヤーを見た。「きみはグラスゴーにいて、この計画に引っ張りこまれたわけかい？」

「それ以前にわたしたちがこちらへ来たとき、わたしはセイヤーと会おうとしたの。大学時代以来、わたしたちは少なくとも四回はスコットランドで休暇を過ごしたわ」トニーがブルースに言った。「だけどスコットランドへ来ると、セイヤーはいつもよそで仕事があって、やっと会えたのは……」

「昔からの知りあいだとばかり思っていたが」ブルースがそっけなく言った。

「実際、昔からの知りあいです」セイヤーが言った。

「そうか」

「ぼくは無理やり引っ張りこまれたんじゃありません」セイヤーがトニーに笑いかけて言った。「みんなのアイデアをすばらしいと思ったんです」

「ああ、そうかもしれないね」ブルースが認めたので、トニーはびっくりした。「ぼくが見た劇もドラマティックだった」

「あのさ、今晩の上演だけど、ひとつ問題があるよ」ライアンが言った。

ライアンがトニーを見ているので、彼女は自分が話しかけられているのだと気づいた。

「どんな?」トニーはきいた。

「ゆうべ、ぼくは衣装を着替えて、それから馬で大広間へ登場するのに、えらくてこずった。もちろん最終的にはうまくいったよ、なぜなら」ライアンはブルースを見て弱々しくほほえんだ。「ブルースが登場してくれたからね。さもなければ、きみはもっと時間稼ぎをしなくちゃならなかった」

「あれ以上の時間稼ぎなんて無理よ。タイミングが重要なの。それで盛りあがるのよ。完《かん》璧《ぺき》なせりふを引きのばしたりしたら、すべてが台なしになってしまうわ」ジーナが抗議した。

「ゆうべみたいに馬に乗ったブルース・マクニールに大広間へ登場してもらいたいのかい？」ブルースが尋ねた。「なんならぼくがもう一度やってもいい。どうだい？」

彼らは信じがたい思いでブルースを見つめた。

「あなたがやってくださるですって？」ジーナが尋ねた。

「ああ、きみたちと会ってから、どうやらぼくは頭がどうかしてしまったようだ。芝居に出たからって悪くはないだろう？」ブルースが答えた。

「芝居はもっと先があるんですよ」ジーナが言った。

「どんな？」ブルースがきいた。

デーヴィッドがにこっとした。「あなたは馬からおりて階段をあがっていき、トニーを絞め殺すんです」

「ふーん」ブルースが口もとに愉快そうな笑みを浮かべてトニーを見た。「そんなことならお安いご用だ」

「いいですか、絞め殺すふりをするだけですからね」セイヤーが口を挟んだ。

「そのほうがはるかに難しそうだな」ケヴィンがトニーにウインクして言った。

トニーはあまりおもしろくなかった。「領主マクニールにそこまでお願いするのは悪いんじゃないかしら。もう充分すぎるほど便宜を図ってもらっているんだもの」彼女は穏やかに言った。

「ぼくなら全然かまわないよ」ブルースはそう言って立ちあがった。「おいしい朝食だった。ごちそうになりっぱなしで悪いが、今晩の催しの前に村へ行って用事をすませておかなければならないんで」

彼らはブルースが出ていくのを見守った。

「やったぞ。ブルースは思っていたほど悪い人間じゃないね」セイヤーが言った。「だけど、彼がトニーを絞め殺す場面では、みんなで彼に目を光らせていなくっちゃな」

セイヤーの訛《なまり》のせいか、トニーには本当に危険があるように聞こえた。けれどもほかのみんなは笑っているので、思いすごしだろうと考えた。

「ライアン、きみは重要な役を失ってしまったんだよ」デーヴィッドが言った。

「なあに、かまわないよ。あの馬が駆けこんできてぴたっととまるのを見られたら、それで充分さ」ライアンは言って、テーブル越しにトニーを見た。「もっともトニーを絞め殺せなくなるのは残念だけどさ」

「お気の毒さま」トニーは立ちあがってのびをした。「さてと……わたしはミスター・デーヴィッド・フルトンとミスター・ケヴィン・ハートの厳しい監督下で野菜を洗って切って、テーブルセッティングをしたのよ。ライアン、わたしを絞め殺せないのを残念がるのは、ジーナやセイヤーと皿洗いをしながらにしてちょうだい」

「ぼくが皿洗いを？　ぼくは馬糞《ばふん》を片づけなくちゃならなかったんだよ」

「だって、馬の世話はあなたの担当じゃない。台所仕事は全員ですることになっているのよ。じゃあね、みなさん、わたしは失礼させてもらうわ」トニーは笑顔でキッチンをあとにした。


ブルースはドア枠を軽くたたいてから、ジョナサン・タヴィッシュのオフィスへ入っていった。ジョナサンが目を向け、それから眉をつりあげた。「ブルース、城のなかに他人が大勢いるんだろ。きみは城で一家の宝を守っているものと思っていたよ」

「宝なんかひとつもありゃしないよ。それにあんなのは崩壊寸前の城だしね」ブルースはそう言って椅子に腰をおろした。「実際、城のなかを歩けば歩くほど目を見張らずにはいられない。彼らはぼくが長年ないがしろにしてきたものを、実に細かなところまで手入れしてくれた」

「きみひとりであれだけの建物を維持していくのは大変だ」ジョナサンは明るく笑った。

「きみが無学な田舎の警察官にすぎなかったら、一年じゅうここにいて、いつでも壁のひびや穴を修理できるんだろうが。ところできみは、はじめて彼らのことを知ったときはずいぶん憤慨したのに、今はあまり怒っていないようじゃないか」

ブルースはわずかに首をかしげて友人をつくづくと見た。ふたりは年齢が近くて、子供のころからの知りあいだ。どちらもこの小さな村を愛しているが、その運営方法となると常に考えが一致するとは限らない。ブルースがいわば地方のジェントリーであるのに対し、ジョナサンは地元の法律の代弁者だ。しかし、この地に生まれて一度もよそへ出たことがないせいか、ジョナサンはブルースに対してひがんでいるようなところがある。

いつかジョナサンは村長に立候補するかもしれない。村長になれば、彼はもっと自分の考えを実行に移せるだろう。けれども今のところ、ジョナサンは一介の巡査であることに満足しているようだ。

「かなり気持が落ち着いたんだ」ブルースは言った。「ぼくの留守中、誰も彼らをほうりださなかったんだから、あと数日ぐらい置いてやってもどうということはないだろうと思ってね」

「ふーん」ジョナサンがからかうように言った。「あのブロンド娘のせいだろう？　すごい美人だもんな。それにしても困った事態になったものだ」

「たしかに彼女は魅力的だ」ブルースは同意した。「しかし、こういうことが起こったという話を聞いたのはこれがはじめてではない」

「きみの城がのっとられたという話か?」ジョナサンが困惑してきいた。

ブルースはかぶりを振った。「一般的な話をしたのさ。人々はきちんとした民間企業や合法的な仲介業者だと信用して契約したあげく、似たような事態に陥ってしまう。今度の場合、いったいなにが起こったのか、それをなんとしても突きとめてやりたい」

「きみが言ったように、こういうことはしばしば起こるよ」

「ああ。しかし、今回はのっとられたのがたまたまぼくの城だったからな」

「月曜日になったら彼らに、きみが城の所有者であることを示す書類を見せてやればいい。彼らが契約書を持ってきたら、さっそく誰かを調査にあたらせよう。残念ながら現代のようにインターネットの発達した時代には、犯人はいとも簡単に痕跡《こんせき》を消してしまう」ジョナサンは両手をあげた。「あのとき契約書を渡してくれさえしたら、すでに調査を始めていたのに、彼らは手放すのをいやがった」

「彼らの正当性を証明してくれるのは、その契約書だけだからな」

「たいしたものだよ。警察をまるで信用していない」

「そう言うな」ブルースは少し同情をこめて言った。「彼らはこのぼくさえ信用していないんだから」

「やれやれ。ぼくらは似た者同士というわけか」

「そうさ。しかし、ぼくがここへ来たのはそれが理由ではない」ブルースは言った。

「ほう?」

ブルースは新聞をジョナサンの机にほうった。

「ああ、それか」

「そう、それだ！」

ジョナサンが首を振った。「ブルース、行方不明になっているのは地元の娘たちじゃない」

「しかし去年、ここの森で死体がふたつ発見された」

「まあ、広い森だから」ジョナサンが言った。

「誰かに捜索させているのかい?」ブルースが尋ねた。

「この娘は姿を消しただけじゃないか」ジョナサンが指摘した。「だが、うん、部下に捜索させているよ」

「それならいい。前に行方不明になったふたりの女性は、死体となってここの森で発見された。今回行方不明になった若い女性も捜索する必要がある。賭《か》けてもいい、彼女はきっとここの森で見つかるだろう」

「そういう予言は軽々しくしないほうがいい」ジョナサンは椅子に背中を預けて警告した。「きみがそうした行方不明や殺人について必要以上に知っていると、住民たちが勘ぐり始めるかもしれない。事件が起こるのは、きみがこの村にいるときと決まっているからな」

彼はすぐに片手をあげた。「だからって、それをどうこう言っているんじゃない。ぼくはきみの友達だし、きみという人間を知っているからね。ほかの人間がどう考えるかを話しているだけだ」

「冗談じゃない！」ブルースは吐き捨てるように言った。ジョナサンの言葉はひどい侮辱としか思えず、驚くと同時に腹が立った。

「すまない、ブルース、別に深い意味があって言ったんじゃない。きみは少々妄想にとりつかれているみたいだね。もちろん理解はできる。だが、きみは昔のきみとは違うんだ、ブルース。時代は変わる。エディンバラでちょっと成功をおさめたからって、きみが事件解決のエキスパートになったというわけではないよ」

　ブルースは怒鳴りたいのをこらえて言った。「ぼくはエキスパートだなどと言うつもりはない。しかし、殺害された女性の死体がティリンガムの森で発見されたことに、大きな不安を覚えずにはいられない。きみだって不安を覚えて当然だろう」

「警官としてやるべきことはやっているよ、ブルース」

「そんなことを言っているんじゃない」

「都会で頭のいかれた男が若い女を誘拐するのを、ぼくがどうやってとめられるんだ？　気づいていないなら言ってやるが、ここには延々と続く真っ暗な道路があるし、その昔、戦士たちが隠れ場所として使った深い森だってある。それにこの娘だって行方不明と報道されているだけだ。アイルランドの娘だから、連絡船に乗って故郷へ帰ったのかもしれないじゃないか」

　ブルースは立ちあがった。「数日中に彼女が見つからないようだったら、ぼくが人を集めて森を捜索する」

「頼むからそうかっかしないでくれ」ジョナサンは言った。「前にも話したとおり、警察はいちおう森を捜索したんだ。数日中に彼女が発見されなかったら、もう一度徹底的に捜査してみるからさ」

「わかった」ブルースは出口へ向かって歩きだした。

「おい！」ジョナサンが呼びかけた。

「なんだ？」ブルースは立ちどまった。

「今晩の〝呪《のろ》われた城ツアー〟とやらは中止させたのか？」ジョナサンがきいた。

「いや。それどころかぼくも出演するんだ」ブルースは答えた。

「きみが出演するって？」ジョナサンがびっくりして問い返した。「これまで一度も演技をしたことがないじゃないか」

「そうとも言えないさ。人間は誰しも毎日演技をして暮らしているんだからな。そうだろう？」ブルースは軽い調子で言った。

「まいったよ！　いったいどうなってるんだ」ジョナサンはとまどいを隠さなかった。

「みんなあの金髪娘のせいだな」

「彼らが窮地に陥っているのは事実だ」ブルースは言った。「それに彼らは城の壁まであちこち修復してくれたんだ。じゃ、月曜日に会おう」

ブルースは新聞をジョナサンの机に残してオフィスを出た。第一面になにが載っているのか知ったうえで。女性の写真だ。

彼女は若くて、大きな目に茶色の長い髪をしている。生まれは北アイルランドのベルファスト。ロンドンへ行くつもりだったらしいが、途中で麻薬と売春の道に迷いこみ、ロンドンへは到達できなかった。エディンバラで足跡がとだえている。そこで知りあった行きずりの〝友人たち〟が、数日間、彼女が姿を見せないことに気づき、警察に届けでた。

センセーショナルなものでない限り、報道はたちまち下火になる。最初に行方不明になった若い女性に関するニュースは地元の新聞に一度載ったきりで、すぐに忘れられた。うつぶせになっている彼女の腐乱死体を発見したのは、馬で森を通っていたブルースだ。

彼はふたりめの行方不明者に関する報道を目にしていない。だが、その死体が発見されたのも、同じくティリンガムの森のなかだ。最初の死体が見つかった数カ月後のことで、発見者はエバンだった。

売春婦。麻薬中毒者。道を踏み外した孤独な人間。彼女たちに必要なのは救いの手であって、絞殺されることではない。

　ブルースはしばらく車のなかに座ってフロントガラスの向こうを見つめていた。そこは村の中心部で、環状交差点《ラウンドアバウト》の真ん中に噴水があり、噴水の上に堂々とした騎士党員の像が立っている。像の人物名や生没年、業績などを記した飾り板はついていないが、地元の人間はみな、この像の人物が初代ブルース・マクニールであることを知っている。

　ふいに彼は腹立たしさを覚えた。「あんたは地元の人間が好意的に解釈してくれるだろうと考えたに違いないね、ご先祖様よ。しかし時代は移り変わり、今やあんたは英雄として祭りあげられる一方で、妻殺しの疑いをかけられているんだぞ！」

　ブルース・マクニールがアナリーズを殺害したというたしかな証拠はないものの、そうした噂《うわさ》は物語の格好の材料になる。そして歴史家のなかにはスチュアート王家の擁護者であったこの人物を偉大な英雄と見る者もいれば、自分の栄誉を求めるあまり多くの人命を犠牲にした愚か者と見る者もいる。

　ブルース・マクニールが妻を殺害したという考えが、ブルースは気に入らなかった。それなのに彼はその役を演じると申しでたのだ。人生はなんと皮肉なのだろう。

「なあ、ご先祖様」彼はつぶやいた。「あんたが妻を殺したという証拠はないが、今では余興として楽しむだけだ、かまわないだろう？」

　彼は車のエンジンをかけ、丘の上の城めざして発進させた。

　余興！　誰かが余興として売春婦たちを殺しているのだろうか？

森の近くを通るとき、彼は速度を落としてゆっくり進んだ。そこでなにかを見つけようと思ったら、深い森の奥や川を捜索しなければならない。

行方不明になっている若い女性のことを考えると、ブルースの胸は痛んだ。彼女はすでに死体となって、おそらくこの森のなかで朽ちつつあるに違いない。昨夜、水のなかでうつぶせになった死体の夢を見たとき、彼はそれを確信した。

ただし……夢では、水のなかにあるのはトニー・フレーザーの死体だった。

5

「やあ。そこでなにをしているんだ?」

トニーが振り返ると、デーヴィッドが厩舎《きゆうしや》へ入ってきたところだった。これはちょっと意外だった。デーヴィッドが馬を好きだとはいえ、それはたいてい馬のほうから彼に寄ってきたとか、たまたま彼のいるところに馬が居合わせたとかいった場合に限られているからだ。彼らのうちで乗馬がうまいのはライアンだった。

彼女はブルース・マクニールの馬であるショーネシーのつやつやした黒い鼻面を撫《な》でていた。その巨大な馬は乗り手を乗せてどこまでも力強く駆けていきそうだ。しかもおとなしくて、愛情を注いでもらうのを喜んでいるように見える。驚いたことにこの雄馬はライアンの去勢馬に少しも敵意を示さなかった。少なくとも、同じ厩舎にいない限りは。

「あちこち散歩していたの」トニーはデーヴィッドに言った。「それから馬を見ようと思って。わたし、ライアンが買ったわたしたちの馬が好きよ。たくさんお金を稼ぎだしてくれるんですものね。でも、この馬ときたら……」彼女はブルースの大きな黒馬を示した。

「なんて立派なんでしょう。もちろん、わたしたちの馬がいちばん好きだけど……この馬のすばらしいことったら」

「ああ。実に堂々としている、こいつの主人みたいに」

「わたしたちがこの城に血と汗と涙を注ぎこんだあとで、ひょっこり登場した偉大なブルース・マクニール！」トニーは言った。

デーヴィッドがにやっと笑った。「きみにとっては〝領主〟マクニールだろう」彼はからかった。

トニーはひらひらと手を振った。

「ま、かなり悲惨な状況ではあるよね」デーヴィッドはつぶやき、厩舎のなかを彼女のほうへ歩いてきた。そして目をのぞきこんで言った。「大丈夫、トニー？」

「ええ、大丈夫よ」

デーヴィッドはショーネシーのすべすべした額を撫でた。「なにがあろうときみは責任を感じる必要はないよ。ぼくら全員が賛成して計画を進めたんだ。みんながきみを責めているように見えたとしても、からかっているだけだからね。あるいは誰か他人に責任をなすりつけたがるのは、人間の本性かもしれない」

トニーはデーヴィッドの顔にふれ、それから彼を抱きしめた。ふたりが出会ったのは大学一年生のときで、彼らは大学で上演する『アイーダ』の舞台装置にペンキを塗っていた。

それ以来、ずっと親友だった。トニーはデーヴィッドを兄弟のように愛していた。

「それはともかく、ぼくらはここへやってきて……結局はだまされたとわかった。だが、まじめな話、たいしたことじゃないさ。ぼくらはこの城を修繕するために汗だくになって働きはしたけど、血と涙だって？　それは少し大げさだよ」

「ええ、まあ、ちょっと大げさだったかもしれないわ。それにしてもあのいまいましい巡査ときたら、わたしたちにひとことぐらい教えてくれてもよさそうなものなのに」

「彼はあの大領主が城を貸したと思ったのかもしれないよ」デーヴィッドは言った。「ブルースは村を離れていた。彼に連絡して事実を確かめようにも、連絡先を誰ひとり知らなかったのだろう」

「この国には携帯電話というものがないのかしら？」トニーはぶつぶつ言った。

「ぼくは誰にも行き先を告げずに出かけることがよくあるよ。それに携帯電話の番号を誰にでも教えるわけじゃないしね」

「だとしても携帯電話は便利なのに」トニーはつぶやいた。「いずれにしてもわたしたちはここに大変な労力とお金を注《つ》ぎこんだわ。残念ながら月曜日まで待たなくても、わたしたちがだまされた事実は受け入れなくちゃならないみたい」

「うん。だけどマクニールはすごく親切だと思わないか？　今晩の興行を許可してくれたばかりか、自分も出演しようとさえ申しでてくれたんだから」

「そうね」トニーは小声で言った。

「それで……？」デーヴィッドの焦げ茶色の目が尋ねていた。

その目つきをよく知っているトニーはにっこりして問い返した。「それで……？」

「しらばくれなくていいよ、トニー。そこの干し草の山に座って、デーヴィッドおじさんになにもかも打ち明けてごらん。いいかい、完全にプラトニックな理由で干し草の上へ招かれるなんて、きみの人生で二度とないかもしれないんだよ」

彼女は笑ってデーヴィッドに導かれるまま干し草の山へ歩いていった。デーヴィッドは干し草をつつきまわして、ちくちくするラブシートのような空間をつくった。座ってみるとなかなか快適だった。

「精神科医の診療室みたいだろう？」デーヴィッドが言った。

「どうかしら」トニーは応じた。「まだ精神科医にかかったことがないから」

「しかし、なにかがきみを悩ませている。しかもそれは、ぼくの見るところ、金銭的に大損害をこうむったとかいうのとは違う」

トニーは首を振った。「デーヴィッド、実を言うとね、わたしはブルース・マクニールの祖先に関する物語を自分で創作したと本気で信じていたの」

デーヴィッドは片手をあげ、彼女に向かって首を振った。「そうか、するときみは実在するものをつくりだしたんだ。ドクター・デーヴィッドが解き明かしてみせよう。ふむ、なるほど。六カ月前、ぼくらはこの国を観光してまわっていた。エディンバラでは、ある人々には怪物であり、ある人々には英雄であったモントローズの美しい大理石の墓を見た。ぼくらが借りている城はマクニールのものであることを、ぼくらは知っていた。それにブルースというのは普通にある名前だ。だったら、きみがあの物語を考えついたのは不思議でもなんでもないと思うよ」

「でも、わたしは彼とその奥さんについて、現在のブルース・マクニールからもう少し詳しい話を聞いたわ」

「彼は妻を絞め殺したのかい？」

「いいえ。というか、本当に絞め殺したのかどうかわかっていないの。彼女は歴史から消えたとブルースは言ったわ」

「ふむ」デーヴィッドは干し草を噛《か》みながら言った。「悲しいことに妻を殺した夫は大勢いるし、姿を消した女性も大勢いる。いくら土地が変わろうと状況はそう変わりはしない。アメリカという国はいろいろと問題を抱えていて、毎年行方不明になる女性がごまんといるが、ここでだって行方不明の女性に関する記事が新聞に掲載されるよ」

「ありがたいことにマクニール夫人が消えたのは何世紀も前のことだわ」トニーはそう言ったものの、不安はぬぐえなかった。行方不明の女性に関する新聞記事の見出しを彼女も見たのだ。

「そうだね」

「問題は彼女の名前がアナリーズだってこと」

デーヴィッドは眉をつりあげてトニーをまじまじと見た。「本当に?」

「ブルースはそう言ったわ」

「なあ、トニー、きみはどこかでこの物語を聞いたことがあるのに、それを覚えていないだけじゃないのかなあ」デーヴィッドがほのめかした。

彼女は黙っていた。

「おいおい、大丈夫だよ。気にするなって。それにどうやらブルースに奥さんはいないようだし、クロゼットから白骨死体が出てくることなどありゃしないさ。それにしても彼はなかなか魅力的な男だ。そう思うだろう?」

「そうね」自分でも驚いたことにトニーは頬が赤らむのを感じた。

デーヴィッドはにっこり笑い、別の干し草をとって噛み始めた。「ゆうべ、きみたちが議論を戦わせているときに、すごい火花が散っていたよ」

「議論を始めると、ときどき熱くなってわれを忘れちゃうの」

「それはたいていきみが友人や弱者をかばうときだ」デーヴィッドは笑って言ったあと、真剣な表情でトニーを見た。「きみはもうブルースに対して怒ってはいないよね。それにぼくたちみんな、彼が正しいと思っているんだ。まあ、本当はそう思いたくないけどさ。

だから……きみを悩ませているのはほかのことに違いない」

トニーを知りすぎるほど知っている男の率直な意見だった。

彼女はデーヴィッドをちらりと見やり、ためらったあとで言った。「ゆうべ、ものすごく恐ろしい夢を見て、すごい悲鳴をあげちゃったの。それでブルースが駆けつけてきて、ふたりで話をすることになったってわけ」

「そうか……」デーヴィッドがゆっくりと言った。「きみが動揺しているのは、彼と話をしたのが原因なのか?」

「いいえ。わたしが動揺しているのは悪夢のせいよ」

「どんな夢か覚えている?」

「ええ、本当に恐ろしい夢だった。だけど奇妙なのは、夢に出てきたのがブルース、というか彼の祖先だったことなの」デーヴィッドが眉をつりあげたので、トニーは続けた。

「彼は……すぐそばにいたわ。目を開けたら、騎士党員みたいな服装をした彼が完全武装をしてベッドの足もとのほうに立っていたの。今のブルースに似ていたけど、髪がもっと長くて、キルトをはいていたし、半甲冑《はんかっちゅう》みたいなものをつけて、足首にはナイフをおさめた鞘《さや》かなにかが結わえてあり、剣を手にしていたわ」

「わかった。夢を分析してみよう。なぜ彼がそんなに恐ろしかったんだ?」

トニーはデーヴィッドを見つめた。「わたしのベッドのそばに立っていたからよ!」

「それだけ?」

「だって、夜中に目覚めたら、ベッドの近くに幽霊が立っていてごらんなさい。あなたならどうする?」

「ケヴィンを起こすよ。あのケヴィンのことだ、興奮して幽霊に話しかけようとするだろうな」

デーヴィッドは彼女の気を楽にさせようと軽口をたたいているのだとトニーは気づいた。だが、話には続きがあった。

「彼は剣を携えていたわ」彼女は言った。

「夢に現れたのが何度も戦場に出かけた騎士党員だったなら、剣を携えているのは当然じゃないか」

「剣から血が滴っていたの」

「きみは大学で演劇を専攻し、いくつも脚本を書いた。だから想像力が豊かなのさ。細部まで現実そっくりの総天然色の夢を見たからって、ちっとも不思議じゃないよ」

「あなたにはわからないんだわ。これまで一度も話したことがなかったけど……」トニーは言いよどんで、デーヴィッドを見た。彼の目には親友に対する深い思いやりが浮かんでいた。「ずっと昔、まだ子供だったころに、わたし……夢を見たの」

「子供は誰でも夢を見るよ」

彼女は厩舎の反対側を見やった。「いいえ。わたしが見る夢は現実に起こったこと、それもすごく悪いことだったの。殺人よ。警察が何度も家へ来ては、わたしが見たことをしつこくききだそうとしたわ。わたしは犯人や被害者の特徴を描写したり、事件がどんなふうに起こったのかを詳しく説明したりできたの」

「警察はきみの夢を手がかりにして犯人を逮捕できたのかい?」デーヴィッドがまじめな口調できいた。

「できたんじゃないかしら」

「だったら、きみは役に立つことをしたんだ」

「そうかも」トニーはつぶやいた。「でも、わたしは耐えられなかった。それに両親はさぞつらかったでしょう。父も母も懸命にわたしを守ろうとしたわ。だけど、とうとうそれ以上持ちこたえられなくなって、わたしは気を失い、気がついたら病院にいたの」

「それなのにご両親はきみを精神科医のところへ連れていかなかったのかい?」デーヴィッドが信じられないといった表情できいた。

トニーはかぶりを振った。「母のお友達のある男性がすばらしい人で、彼にはわたしの経験している苦しみが理解できるようだったわ。警察があまり執拗《しつよう》になると、彼が穏やかな態度で割って入って、わたしの気持を静めてくれた。病院で目覚めたときも、彼がいたわ。わたしの幼い心にとってどれほど負担だったか、彼にはわかっているみたいだった。

わたしは彼に、もう夢なんか見ないと言ったの」

「それから？」

「わたしたちは引っ越した。そしてわたしは夢を見ないようにしたの」

「見ないようにしただって？」デーヴィッドが問い返した。

トニーはうなずいた。「それがどんなものか、あなたにはわからないでしょうね。両親はとても悲しんだわ。夢は身の毛もよだつほど恐ろしかった。デーヴィッド、わたしには殺人が見えたのよ。起こったあとや、起こる前に、現実そのままの殺人が。そのうちに警察とは関係のない人たちが聞きつけて、わたしはまるで見るも汚らわしい人間みたいに扱われた。どんなにつらかったか、きっとあなたには想像できないわ」

「いや、できるよ」デーヴィッドがささやいて彼女の手をとった。「今はまだそれほど心配しなくていいんじゃないかな。まじめな話、世の中のすべてが論理的に説明できるなどと言うつもりはないけど、ぼくたちはスコットランドへ来て、きみが創作した物語に似た歴史に接した。完全武装をした昔のスコットランド人がきみのベッドルームにいるのを見たという件については、うん、きっとこういうことだ。きみの演技中に現代のブルース・マクニールが華々しく登場したものだから、それが記憶に焼きついて夢になったんだよ」

「わたしがくだらないことを気にしているっていうの？」トニーはきいた。

「あまり悩まないほうがいいと言っているんだ」デーヴィッドは彼女の手をぎゅっと握っ

た。「ブルース・マクニールがどういう人間なのか、ぼくらにはまだよくわからない。だが、今のきみは友達に、きみをとても愛している友達に囲まれていることを忘れちゃだめだよ。ぼくを信じるんだ。それに、きみになにができるというんだ？」

「たぶんなにも」

「その男の人はどうなった？」

「男の人って？」

「きみのところへ話をしに来た人さ。警察とのあいだに割って入って、きみの気持を静めてくれた人」

「ああ、アダム」

「アダム……？」

「アダム・ハリソン」トニーは言った。

「彼はまだ生きているのかい？」

「ええ。少なくとも二年前までは。ワシントンで『クイーン・ヴァリーナ』を上演したときに観に来てくれたの」トニーはほほえんだ。「少しも年とったようには見えなかった。まだ背筋がぴんとしていて、威厳があって、穏やかな話し方で……とてもやさしかった」

「彼に会ったことがなにかを呼び覚ましたんじゃないのか？」デーヴィッドがきいた。

「いいえ。アダムと会えてすごくうれしかったわ。彼はわたしに元気だったかと尋ねたあと、とてもいい劇だったとほめてくれた。それから名刺をくれて、なにかあったら電話をかけてくるようにと念を押したの」

「ほら、それだよ！」デーヴィッドは名刺がすべてを解決するとばかりに言った。「気味の悪いことが起こったら、彼に電話をすればいいんだ。なあ、彼は弁護士でもなければ、アメリカ大使でもないんだろう？」

トニーは首を横に振った。

「彼はなにをしている人？　それとも引退したの？」

「〈ハリソン調査社〉という会社を経営しているわ」

「調査社。それだ。彼はわれわれをだました詐欺会社を調べてくれるよ」

「そういうことを調べる会社じゃないみたい」

「残念！　じゃあ彼は、カメラやテープレコーダーなんかを持って幽霊屋敷へ、あやしげな調査をしに行く連中のひとりなのかい？」

彼女はうなずいて思わずにっこりした。「ええ。アダムがしているのはそういう調査みたい」

「きみは幽霊がインターネットでぼくらをだましたなどと考えてはいないだろう？」

トニーは笑った。「まさか！」

「そうか。じゃあ彼に頼んでも仕方がないな。ねえ、散歩に行かないか？　このあたりは最高だよ。ジーナは丘の下を流れている川のなかをはだしで歩いてみたいと言っていたっけ」

「雨が降ってきそうよ」

「だったら、足が濡《ぬ》れたってかまわないだろ」デーヴィッドが言った。

トニーは立ちあがって振り返り、彼に手を差しのべた。「そうね。行きましょう」

彼女はデーヴィッドを引っ張って立たせようとしたが、逆に引っ張られて抱きしめられた。「いいね、ぼくがついているよ。どんなときでも」

トニーは体を離し、目をきらめかせてため息をついた。「あなたはわたしを愛していて、必要なときにはいつもそばにいてくれる、最高に魅力的な人よ。なぜあなたはゲイだったのかしら？」

「さあね」デーヴィッドは言った。「だけど、ぼくはきみを愛しているよ」

「わたしもあなたを愛しているわ」

「よし、それじゃあみんなを誘って散歩に行こう」

「そうしましょう」

ふたりが城へ戻ると、ほかのみんなは大広間にいて、外出しようとしていた。

セイヤーは大扉のそばに立っていた。かつてはそこに跳ね橋があって柱廊玄関へつながっていたのだが、堀と一緒にとうの昔になくなっていた。彼は物思いにふけっているようだった。

「どうしたの？」トニーは尋ねた。

セイヤーは首を振った。「考えていたんだ。ぼくたちは本当にばかだった」

「どうしてそんなことを言うの？」トニーはふいにまた自責の念にとらわれて尋ねた。

「ぼくたちはなにひとつ質問しなかった。契約書に署名したあと、ここへ来てなかへ入れるという事実を単純に受け入れた。そして実際ここへ来てなかへ入った。ドアが開いていたからね。それに入ってみたら、なんと鍵《かぎ》が城のなかのドアのそばにかかっていた。ドアにはかんぬきがついていたから、夜になるとぼくらはかんぬきをかけた。どうやら領主マクニールは、ここにいないときは鍵をかけないと見える。それって、どういうことだと思う？」

「この城は小さくて、観光地図にも載っていなければ、わたしたちが来るまでは宣伝もされていなかった。それにティリンガムみたいな村では、ドアに鍵をかける必要がないんだわ」トニーは言った。

セイヤーは肩をすくめた。「そうだね。それでも自分がばかに思えて仕方がないんだ」

「同感よ」トニーは彼を慰めた。

「用意はいいかい？」ライアンがドアのところへ来て尋ねた。

「いいよ」セイヤーが応じた。「で、どこへ行くんだ？」

「丘をくだって森に少し入ったところへ。ジーナは川で水遊びをしたいんだってさ」ライアンは空を見あげた。「雨になりそうだ」

「きっと降るよ」セイヤーが快活に言った。

ケヴィンが彼らのところへ来て言った。「風邪を引いてしまうかもしれない。どうしても今日行かないとだめなのかい？」

「月曜日になって追いだされたら、もう二度と機会はめぐってこないよ」セイヤーが言った。

「そうだね」ケヴィンは認めた。「よし、川へ行ってみんなで騒ぎまくるとしよう」

ジーナがドアから出てきた。「きっと楽しいわ。わたしを信じて」

彼らは出発した。空気はひんやりしているものの寒くはなく、歩くのは心地よかった。空がどんよりと曇っているために、周囲の景色は暗い緑と藤色《ふじいろ》のなかに沈み、それがかえって美しく見える。

遠くの丘の上にたくさんの羊が見えた。岩山の上には毛深い牛が数頭ずつ群れをつくっている。トニーは同じような牛をスコットランドの北部で数多く目にした。どうやらここでも人気があって飼われているようだ。牛や羊、野の花、なだらかな丘や岩山など、あたりの景色は息をのむほど美しい。

「なんてすばらしい土地でしょう」トニーは感想を述べた。

「本当だね。ぼくたちがこれから先もいられたら、ここの経済に恩恵をもたらしてやれたかもしれないのに」ライアンが言った。

「そうだよね。道路脇《わき》にファーストフード店や〈モーテル8〉ができたかもしれない」セイヤーが言った。

「まったくだ！　スコットランドときたら、観光産業に依存していないんだから」ライアンが強い口調で言った。

「世界は観光産業を中心にまわっているというのに」セイヤーが言った。

「雨が降りだしたら、長い距離を戻らなくちゃならないんだ」ケヴィンが先頭を進んでいくジーナに向かって叫んだ。彼女が中指を立てたので、彼は笑った。

丘のふもとから森になっていた。森はそれほど暗く感じられず、不思議にも彼らを招いているように思われた。ジーナが真っ先に森へ駆けこみ、全員があとに続いた。しばらくしてジーナが歓声をあげた。「ほら、見て、なんてきれいなんでしょう！」

川がゆるやかにカーブしているあたりが、頭上の枝の隙間《すきま》からもれる光で明るく浮きあがって見えた。低く垂れこめた雲のせいで水は少し黒ずんで映るが、小石の上や岩のあいだを流れる水の音は軽やかで、周囲を木々に囲まれた小さな楽園のようだ。景色全体が一幅の名画のように魅力的だった。

ジーナは片脚でぴょんぴょん跳ねながら靴下と靴を脱いだ。気がせいて、立ちどまって脱いでなどいられないのだろう。

気がついてみるとトニーは木々を見つめていた。川の向こうの森の奥は闇《やみ》に沈んでいる。覆いかぶさっている緑の枝のせいで暗い隠れ家のように見えるその場所は、彼女を差し招くと同時に、邪悪なものがひそんでいると警告しているかのようだ。緑濃い茂みを見つめているうちに、突然、トニーは不安に襲われて身震いした。

まるで木々が息をしているようだった。黒ずんだ緑色の屍衣《しい》のような茂みはひとつの生き物みたいにうずくまり、待っている、見張りながら……。

「トニー、なにをしているの？　早く来なさい。冷たくて気持いいわよ……」ジーナが明るい声で呼んだ。

トニーは不安を振り払ってジーンズのすそをまくりあげ、勢いよく流れる水のなかへ慎重に歩み入った。

「痛いっ！　ここへ来ると決めたときは、まさかはだしで岩の上を歩くはめになるとは思わなかったよ」トニーにならって流れのなかへ入ってきたデーヴィッドが大声で言った。

「痛い痛い！」ケヴィンが叫んだ。彼はひょいひょいとデーヴィッドを追い越して鋭い岩を踏み、バランスを崩してトニーにぶつかった。

不意を突かれたトニーはバランスを崩して倒れた。「ケヴィン！」

ふたりとも深さ三十センチほどの流れのなかにしりもちをついていた。謝りかけたケヴインがトニーを見て噴きだした。

「まあ、なにがおかしいのよ！　みんな、彼をどけて」

トニーの言葉にほかの四人が駆け寄った。あっというまに六人はずぶ濡れになって甲高い笑い声をあげていた。

そのうちにトニーは息が切れてきて、びしょ濡れの体で立ちあがろうとした。そして突然、みんなが黙りこんでいることに気づいた。

彼女は濡れた髪を後ろへ撫でつけ、水と泥でぼやけた視界をはっきりさせようと目をしばたたいた。すると見えた。またもや城の持ち主である大領主が戻ってきたのだ。

ブルース・マクニールが巨大な黒馬のショーネシーに鞍《くら》を置かずにまたがっていた。彼はまるで不条理劇を見るような目で彼らを見つめていた。その顔には奇妙きわまりない表情が浮かんでいる。緊張かしら？　それとも怒り？　トニーにはわからなかった。彼は雷雲そのものに見えた。

一瞬トニーは、ブルースが彼らを通り越して森の奥を見つめているのではないかと思った。そこから……森の奥から、目がこっちを見張っているのが感じられる。息を殺し、邪悪な気配を発散させながら。

ブルースの視線が再び彼らの上に落ちた。

その目に浮かんでいるのは……安堵《あんど》の色かしら、とトニーは首をかしげた。

「楽しんでいるようだね？」ブルースが陽気に声をかけた。

「そりゃもう！」ライアンが応じた。彼は育ちすぎた子供みたいだった。「最高です。水のなかは気持がいいですよ」

「ちょっと冷たいけど」ジーナが言った。彼女の声には、いたずらをしているところを見つかった子供のようにおどおどした響きがこもっていた。

「みんなで楽しんでいるところなの」トニーはブルースを見つめて言った。間違いなく、今の彼は警戒心を解いて、目の前の場面をおもしろがっている。「あなたもたまにははめを外したらいいのに。わたしたちと一緒にどう？」

「遠慮しておこう」マクニールは馬の上から言った。そしてにやりとした。「みんなが楽しくやっていてよかった。ただし、蛭《ひる》に吸いつかれないよう用心したほうがいいよ」

全員が凍りついた。

ケヴィンが金切り声をあげた。「蛭だって？」

トニーはかつて記憶にないほどすばやく動いた。それはほかのみんなにも言えることだった。彼らは先を争って岸へあがろうとした。トニーはケヴィンにぶつかって彼を転ばせ、ライアンは妻にぶつかって一緒に転んだ。トニーがジーナを助け起こそうと手を差しのべたが、あせって立ちあがろうとしたライアンにぶつかられてよろめいた。セイヤーが彼女を受けとめ、デーヴィッドがライアンとジーナを助け起こし、ケヴィンは自分で立ちあがった。六人は『三バカ大将』そっくりの場面を繰り広げたあげくにようやく川からあがった。岸の上で跳んだり跳ねたりして、互いの体を調べる。

ジーナが悲鳴をあげて太腿をぴしゃりとたたいた。「きゃあ、一匹吸いついているわ！とって、とって、とって」

彼らはジーナの背後へまわって上から下まで調べた。

「なにもいないわ」トニーが言った。

「いるったら」

「いいえ、本当になにもいないわ。みんな、城へ戻りましょう。早くシャワーを浴びなくっちゃ！」トニーは言った。彼女も全身がむずむずしてならなかった。

二十分後、トニーは熱いシャワーに打たれたあとで、やっと気味の悪い蛭にどこも吸いつかれなかったことを確信した。タオル地のローブをまとってバスルームを出た彼女は、清潔であたたかな服を探そうとした。

だが、部屋に戻って最初に目に入ったのは、火をおこそうとしているブルース・マクニールの姿だった。彼は暖炉の前にしゃがんで、たきつけの火を薪《まき》へ燃え移らせようとしていた。明かりを受けた彼の髪が、暗がりのなかで青黒く輝いている。ブルースが体を動かすと、トニーは彼の肩幅の広さと肉体が秘めている力強さを意識しないではいられなかった。大昔に死んだ祖先と同じように、彼もまた重い剣や戦斧《せんぷ》を振るうことで、そうした力強さを身につけたかのようだ。

　トニーはなぜか鼓動が速くなるのを感じてごくりとつばをのみこんだ。今までもブルースを堂々とした魅力的な男性だと思ってきた。けれども今は……妙に彼を異性として意識してしまう。彼を部屋から追いださなくては。今すぐに。

「ふーん」トニーはそうつぶやくと、腕組みをして壁にもたれかかり、無理やり愉快そうな口調を装った。「どういうことかしら。バスルームの向こう側の部屋があなたの部屋だって言い張るから、わたしは明け渡さなければならなかったのよ」しゃべっているうちに思わず声が高くなった。ブルースがそばにいるだけで緊張してしまう。ここは彼の城だし、彼はトニーの部屋の椅子で眠ったこともある。とはいえ……勝手に人の部屋へ入る権利はないはずだ。

「すまない」ブルースが冷ややかに言って立ちあがった。「邪魔をする気はなかった。火をおこしたら、きみがバスルームから出てくる前に退散するつもりだったんだ」彼の顔にかすかな笑みが浮かんでいるように見えて、トニーはますます緊張した。「部屋をあたためておいたほうがいいと思ってね。外は冷え冷えとしているし、おまけに雨が降りだした。川のなかではしゃぐのもほどほどにしておいたほうがいい」

「ごめんなさい。さらさらと流れる川を見ていたら、そのなかを歩いてみたくてたまらなくなったの」

「歩くだって？　あの騒ぎぶりときたら、洗礼を受けているペンテコステ派の信徒そこのけだったじゃないか」

「ええ、ええ、わかっているわ。みんな少しばかりはめを外しちゃったみたい」トニーは言った。「わたしたち愚かなアメリカ人は、きれいな川や丘なんかがあると、ついそこで浮かれ騒ぎたくなっちゃうの。そのくらいは大目に見てもらわないと。みんな楽しんでいただけよ。聞くところによればスコットランド人は陰鬱《いんうつ》な性格らしいから、あなたには受け入れられないかもしれないけど」

「つまり、ぼくにはユーモアのセンスがないと言いたいんだな」ブルースがつぶやいた。

「あのね、わたしたちはみんなとても親しい友人なの。ああいうばか騒ぎは、あなたから見ればくだらないでしょうけど、理解してくれてもいいんじゃないかしら。それをアメリカ人のユーモアのセンスと呼んでくれてもいいわ」

ブルースの黒いまつげがさっと動き、顔の笑みがいっそう大きく広がった。彼は最後にもう一度火をつついて立ちあがり、廊下へ出るドアに向かって歩きだした。だが、トニーのかたわらを通り過ぎようとして立ちどまった。

「そう、もちろんアメリカ人のユーモアのセンスってやつだ。ぼくにだってちゃんと理解できる。だから、きみにもスコットランド人のユーモアのセンスを理解してもらいたいものだ」

「なにが言いたいの？」トニーはブルースの体の大きさと、顔に魅力を添えている笑みを強烈に意識しながら問い返した。

「あの川には蛭なんかいやしないんだ」ブルースは軽い口調で言って、トニーがなにも言えないでいるうちに部屋を出ていった。

6

トニーはジーナと一緒に二階の物陰から、下で厨房女中《ちゅうぼう》を演じているデーヴィッドを見ていた。観客のなかから笑い声があがったので、ふたりはほほえみあった。

「とてもいいアイデアだったのにね」ジーナがつぶやいた。

「ええ、そうね。契約が正式なもので、ここを使う権利がわたしたちにありさえしたらいいんだけど」トニーは応じた。

「状況が状況なのに、ブルースはとても親切だったわ」ジーナが言った。

「あら、そう?」

「今日の午後、書類をもう一度あの人に見せたの。そしたら彼は丹念に目を通して、書類はきちんとしているようだと言ったわ。とても同情的で、今夜の興行のために自分の保険会社に電話までしてくれたのよ。芝居の最中にもし誰かが怪我《けが》をしたら、屋敷の所有者である彼にも責任がかかってくるでしょう? わたしたちを助けてくれるにあたって、訴訟沙汰《ざた》になるような事態は避けたいからって」

「わたしたちも、部屋の契約とは別に、保険をかけているんじゃなかったかしら」トニーは言った。

「かけているわ。屋敷を傷つけた場合は損害を補填《ほてん》してくれるんだけど、わたしは細かな約款をちゃんと読まなかったみたい。怪我の補償をしてもらうためには、特約を結ばないといけなかったの。もっといろいろなことに注意して、署名しなきゃいけなかったのよ。だから彼のほうで、事故が起きた場合に備えて、新しく保険をかけてくれたってわけ」

「それも全部、今夜だけのために？」トニーは小声で言った。

「わたしの得た感触からすると、ブルースはしばらくのあいだ続けさせてくれるんじゃないかしら。とにかくある程度のお金をとり戻すまでは」

「さあ、どうかしら」トニーはつぶやいた。

「もうじきデーヴィッドがあなたを紹介する場面よ」ジーナがささやいた。「それはそうと、今日のブルースは少し変だったと思わない？　ほら、わたしたちが川ではしゃいでいたときのことよ」

「蛭《ひる》なんかいなかったんですって」トニーはささやき返した。

「まあ、あの人ったら、嘘《うそ》をついたのね」ジーナがあきれて言った。「だけど、ブルースをあれほど困惑させたのは、わたしたちが川のなかで騒いだからではないと思うの。きっとわたしたちが森へ入ったこと自体が原因なんだわ」

トニーはかすかな戦慄《せんりつ》が背筋を伝わるのを感じた。あの森から受けた印象がよみがえってきた。まるで森が生きているような感じ。どこかに目がひそんでいて、こちらを見張っているような感じ。

「あなたの出番よ」ジーナが言った。

トニーは白のガウンをまとって階段の上へ出ていき、王に忠誠を誓い祖国のために戦ったブルース・マクニールについて語り始めた。「彼を英雄と呼んだ人もいれば、怪物と呼んだ人もいます。いずれにせよ、彼は忠誠心においても情熱においても、一度たりともぐらついたことはありませんでした。そして最後に偉大なブルースはシェイクスピアのオセロと同じく情熱のなかに、そして自分の心のなかに破滅の原因を見いだしたのです。彼は幾度となくクロムウェルの軍隊を打ち破り、何年ものあいだ戦に明け暮れましたが、そのあいだもずっと妻のアナリーズを愛していました。ところが家を遠く離れていたとき、妻が不義を働いているとの噂《うわさ》が彼の耳に届きます。ブルースは嫉妬《しっと》に駆られて帰郷しました。妻の裏切りは、どんな敵の刃《やいば》よりも深く彼の胸に突き刺さったのです」

今夜は目のくらむ稲妻も光らなければ、雷鳴もとどろかなかった。けれどもブルース・マクニールは大きな黒馬にまたがってひづめの音も高く颯爽《さっそう》と登場し、居並ぶ観客を驚かせた。昨晩と違って今夜の彼は当時の乗馬ズボンをはき、革の胸あてをして、鮮やかな一族の柄のチェックの長い布を羽織り、銀のブローチでとめていた。スコットランド特有のナイフがふくらはぎの鞘《さや》におさまっている。剣帯が腰にバックルでとめてあって、彼がショーネシーからおりるときに格好よく揺れた。

ブルースの姿を目にしたとたん、またもやトニーは鼓動が速くなるのを感じた。彼は実に荒々しく見えた。

おそらくブルースがジーナと保険について話しあったせいだろう。今夜はライアンがそばにいて、ブルースがおりるとすぐに馬の世話を引き受けた。

ブルースが床におりて二階を見あげたとき、観客のあいだから歓声と拍手があがった。トニーはいまだにブルースがどうやって生計を立てているのか知らなかったが、彼なら俳優にだってなれただろうと思った。ブルースは観客を完全に無視し、まるでそこに人が存在しないかのように振る舞った。彼の視線がトニーをとらえたとき、彼女は息がつまりそうだった。そして歴史的な衣装のせいでいつもよりいっそう堂々として見えるブルースが階段をあがり始めると、思わず後ずさりした。

「アナリーズ！」

言葉の最後に歯擦音がまじり、トニーの背中を震えが走った。

「戦場にいてさえ、おまえの裏切り行為の噂が耳に届いたぞ」彼が怒鳴った。

観客は水を打ったように静まり返り、ゆっくりとなめらかに階段をあがっていくブルースを見守っている。

今は演技中なのよ、とトニーは自分に言い聞かせようとした。「いいえ、あなたは間違っている。だまされたのよ！」彼女は大声で言った。そして近づいてくるブルースに目を据えて、われながら切迫感がこもっていると思える声でせりふを続けた。「あなたはそんなにも簡単にわたしを疑うの？　わたしは何日も、何週間も、何カ月も、ただあなたの帰りを待ちつづけていたわ」

「よくもぬけぬけと嘘をつけるものだ」ブルースは非難し、さらに近づいてくる。

「いいえ、わたしは嘘なんかついていない。誓ってもいいわ」

「アナリーズ……！」

またもや名前の最後の歯擦音。そのときには、彼はすぐ目の前へ来ていた。

「妻よ、愛する妻よ」ブルースはそう言って手をのばし、トニーを両腕のなかに抱きかかえた。彼の指が彼女の長い髪をすく。「妻よ」彼はもう一度大声で呼びかけ、顔を彼女の喉もとにうずめた。そしてささやいた。「ぼくの演技はどうだい？」

トニーは完全に不意を突かれた。彼女は自分がひどく緊張しているのに気づく一方で、ブルースの胸あてが自分の胸にこすれるのを意識した。彼には信じがたいほどの活力と、相手を惹《ひ》きつける魅力がある。自分自身の幻想のとりこになったトニーは、力強い彼の腕に抱かれて、濃密なアフターシェーブローションの香りと首筋に吹きかけられる彼の息に酔いしれた。

「ええ……見事だわ」トニーはなんとかささやき返した。

「愛していたのに、この裏切り者！」ブルースは叫び、いきなり怒りをあらわにして彼女を突き放した。

「違うわ」トニーは一瞬、本物の不安を覚えて叫び返した。

やがて彼の両手が彼女の喉をつかんだ。その指はとても長く、少しもしめつけることなしに首にまわすことができた。

「ああ、なんだっておまえは裏切り行為を働けたんだ？」彼の叫び声には哀切な響きがこもっていた。

下の観客はかたずをのんで見守っている。領主の苦悩を感じとった彼らは、彼の次の行動に恐怖を感じているのだ。

ブルースがトニーを揺さぶった。

トニーは彼の手をつかみ、あえぎながら懇願した。「いいえ、違う。わたしはあなたを裏切りはしなかった。わたしがしたのは……あなたを愛することだけ」

彼女はブルースに支えられてゆっくりと身を沈めていき、彼の前にひざまずいた。

ブルースは劇的効果をねらってトニーをそのままの姿勢にしておいた。ふたりの顔が接近した。

「アナリーズ……」

彼の唇が軽くトニーの唇にふれる。

「ああ、アナリーズ！　どうしておまえの裏切りに耐えられよう」

またもやブルースはトニーを揺さぶって、首にまわした手に力をこめるふりをした。トニーは自分たちの演技の迫力に圧倒されそうだった。なんとか死ぬ場面を演じきり、白いシルクのガウンをまとった死体となって彼の足もとに横たわる。階下を支配しているのは静寂だった。完全な静寂。

ブルース・マクニールは観客のわかせ方を心得ていた。彼はすっくと立ちあがって手すりをつかみ、声もなく見あげている観客を見おろした。

「みなさん、彼女を実際に階段から投げおろすわけにはまいりません。怪我をさせてしまいますので」

どっと笑い声があがり、万雷の拍手が起こった。観客は大喜びだった。

観客と一緒に見ていたデーヴィッドとケヴィンとセイヤーは、いまだに口をあんぐり開けたままだ。そのうちにデーヴィッドがわれに返って言った。

「みなさん、お茶とスコーンをどうぞ。わたしについて城の古いキッチンへおいでください。ちょっとしたお食事をご用意してあります」

まだ床に倒れたままのトニーは、芝居が大成功をおさめたのを喜ぶべきだと思った。たとえ人気をさらったのが、ここの城主だとしても。

ぞろぞろと出ていく観客が口々に、なんていい経験をさせてもらったのかしら、とか、とても真に迫っていたわ、とか、まるで過去がそっくり再現されたみたいだ、などと言っているのがトニーの耳に届いた。

「もう起きあがってもいいんじゃないか、トニー？」

ブルースが上から手を差しのべていた。彼女はその手をとって助け起こしてもらった。ジーナが廊下から駆けてきて、危うくブルースとぶつかりそうになった。「あなたの演技のすばらしかったこと！　立派だったわ。信じられないくらいよ」

「ありがとう」ブルースはうなずいて、ほめ言葉に応《こた》えた。

「一度もリハーサルをしなかったのに」ジーナが感極まって続けた。

「階段をあがっていって誰かを絞め殺すふりをするのは、そう難しいことではないからね」ブルースが肩をすくめて言った。

「でも、あなたはせりふを自分で考えついたわ。わたしの心臓はまだこんなにどきどきしている。物語を知っていたというのに。ええ、トニーの物語をだけど……とにかく信じられないほどすばらしかった」

「トニー？」ブルースが丁寧な口調で尋ねた。「気に入ってくれたかい？」

彼女が答える必要はなかった。

デーヴィッドが紅茶とスコーンを出す仕事から逃げだしたらしく、階段を駆けあがってきた。彼は興奮してトニーをぎゅっと抱きしめたあと、ブルースのほうを向いて言った。

「最高でしたよ。下で見ていて体が震えちゃった。もうちょっとで階段を駆けあがって、本当に絞め殺しちゃいけないと言いに行くところでした。それほどあなたの演じた領主は真に迫っていたんです」

「彼は本物の領主ですもの」トニーはデーヴィッドに言った。そしてブルースの底知れない表情をたたえた青灰色の目と目が合ったので、言い添えた。「それに、わたしたちの誰かを絞め殺そうと考えつくのは、そう難しいことではないんじゃないかしら」トニーはブルースにほほえみかけた。冗談のつもりだった。けれども彼に見つめ返されたとき、一瞬、彼から怒りが放射されているのを感じた。

「誰にしろ人を絞め殺そうなんて考えは、そう簡単に起こせるものではない」ブルースはそう言ったあとでジーナに話しかけた。「少しはきみたちの役に立てただろうか?」

「ええ、それはもう……もちろん投資したお金をとり戻すにはこれを長く続ける必要があるけど、あなたのおかげで助かりました。本当です」ジーナは言った。「あなたはお忙しい身だから、毎晩あてにできないのはわかっているけど、ひとつの可能性として、もしかしたら……」どう続けたらいいのかわからなくて口ごもり、結局は単刀直入に切りだした。

「わたしったら、なにをわけのわからないことを言っているのかしら。正直にお話ししますと、ブルース、あなたにお願いがあるんです。わたしたちにもうしばらく興行を続けさせてもらえませんか？　明日と月曜日は予約が入っていませんけど、スターリングとエディンバラの代理店が火曜日以降の予約をとっているんです」

ブルースは凍りついたように動かなかった。やがて彼はため息をついた。

「きみたちの便宜を図ってやりたいのはやまやまだが」

「だったら、ぜひお願いします」ジーナは必死に懇願した。

ブルースは首を横に振った。「現在、当地である事態が進行している。きみたちはここにいないほうが安全だと思う」

「どんな事態です？」そう尋ねたのは、いつのまにかやってきたライアンだった。

「スコットランドに連続殺人犯がいるんだ。少なくとも警察はそう考えている」ブルースは言った。

ジーナが首を振った。「若い女性がふたり行方不明になって、あとで死体が森で発見されたという新聞記事を、わたしも読みました。でも、それがわたしたちや興行にどう関係するのでしょう。そこが今ひとつ理解できません」

「ジーナの言うとおりよ」トニーがブルースを見て言った。「たしかに深刻な事件かもしれないけど、わたしたちはホテルを経営しているんじゃないし、ここを訪れる観客が被害者になる可能性はないわ」

ブルースの青みがかった灰色の目がトニーを見つめた。

「きみたちの知らない事態も発生しているんだ」ブルースは言った。

「どんな事態でしょう？」ジーナが尋ねた。

「現在、別の若い女性が行方不明になっている」

「でも、その女性はここで姿を消したんじゃないんでしょう？」トニーは言った。「新聞記事を読んだけど、犯人が襲っているのは売春婦だと書いてあったわ。違うの？」

ブルースはため息をついた。「きみたちはぼくの言いたいことを理解していない。とにかく連続殺人犯が大手を振って歩きまわっているんだ。やつは痕跡《こんせき》が残らないよう、時間をかけて慎重に事を運ぶ。だから前に被害者の死体が発見されたときも、警察は犯人逮捕につながるような手がかりをなにひとつ得られなかった。なるほど、やつは売春婦ばかり襲ってきたが、今後は方針を変えて一般の女性を襲わないとも限らない。それに、たとえきみたちふたりが危険にさらされていないとしても、女性が殺されてそれほどたっていないこの時期に、こうした芝居を上演するのは少々悪趣味だと思わないか？」

「その女性たちは絞め殺されたんですか？」ライアンがきいた。

ブルースはいらだたしそうにかぶりを振った。「わからない。発見された死体は腐敗がひどくて、検死官も死因を特定できなかった」

彼らは階段の上にぎこちなく立ちつくした。下からにぎやかな声が聞こえだした。

「あなたとあなたのお友達は吟遊詩人にだってなれたでしょう。本当にすばらしかったわ」若い女性がケヴィンに話しかけている。彼は観光客の一団を、大広間を通って出口のドアへ導くところだった。

「それはどうもありがとう」ケヴィンが言った。

デーヴィッドが手伝おうと階段を駆けおりていった。

「みんなにさよならを言って送りだしてあげないと」ジーナがささやいた。「これが最後の興行になるとしても、おしまいまできちんと務めないとね」彼女はトニーと腕を組んで階段をおりだした。ほかの者もあとに続いた。

背の高い年配の男性がトニーに歩み寄ってきた。彼の言葉にはイギリス南部のものと思われる訛《なまり》があった。「お嬢さん、あなた方のお芝居には大いに笑わせてもらい、楽しませてもらいました。しかし、あなたが死んだときたら！　わたしの心臓は破裂しそうでした」

「まあ、ありがとうございます」

若い男性が歩みでた。「ピートとぼくはあなたを救いに階段を駆けあがろうとしたんですよ」彼はトニーに言って友人を指さした。

ピートと呼ばれた、彼と同年齢くらいの金髪男性がにっこりした。「ええ。だけど、ブルースみたいな男を相手にしなくちゃならないと思うと、勇気がなえてしまったんです」

彼の言葉に、出口へ向かっていた人々のあいだから笑い声があがった。

「彼女を絞め殺すなんて、あなたはなんということをしてくれたんです？」最初の若い男性がトニーの頭越しにブルースを見て言った。

トニーはブルースに腕をまわされてびっくりした。

「ああ、それはですね、彼女が操を貫き通さなかったからです。残念ながら当時は……ええ、ブルースは非常に忠誠心に厚くて自分を支持してくれる人間には親切なのですが、裏切り者には厳しいことで知られていました」

「あの物語は実話ですか？」ピートが尋ねた。

「領主ブルース・マクニールは実在の人物です」ブルースが言った。「妻をどうしたかについてはわかっていません。彼女は歴史のページから抜け落ちてしまったのです。だから彼女に関する話はこの土地の伝承にすぎません。哀れなブルースは痛ましい最期を迎えました。今夜の芝居では、アナリーズが亡くなったあとのことにはふれていませんが、実際のブルースは去勢されて縛り首にされ、まだ息があるあいだにはらわたを抜かれて首を切り落とされたのです」

「ひゃあ！」観光客のひとりが叫んだ。

「ありがたいことに、それは何百年も前のことです」ブルースは言った。

「ありがたいことにだと！」年配の男性が言った。「お嬢さん、わたしだったら絶対にあなたを絞め殺しはしません。たとえあなたがなにをしようとも」

「ありがとう」トニーは言った。

「哀れなアナリーズに罪はなかったと思うわ。だって、あんなに魅力的な夫をどうして裏切れるかしら?」若い女性がブルースに笑いかけて言った。物欲しそうな目つきをしちゃって、と思ったあとで、トニーは女性に対する自分の反応に驚いた。「それで……大領主マクニールは奥さんを抱えあげてマスターズルームへ運んでいくのかしら?」

いいえ、という言葉がトニーの口を出かかった。だが先ほど彼女が気づいたように、ブルースは観客の喜ばせ方を心得ていた。

「もちろんです」彼はあっさりそう言ってトニーのほうを向き、彼女を軽々と抱きあげて階段のほうへ歩きだした。

トニーは彼の肩をつかんで小声で尋ねた。「なにをしようっていうの?」声に少しやけっぱちな響きがあった。

彼女の目を見たブルースの目には愉快そうな表情が浮かんでいた。「彼らを早くここから追いだそうとしているのさ。おやすみなさいを言うといいよ」彼は振り返り、大きな咳《せき》払《ばら》いをした。「この城でも少しばかりプライバシーをとり戻させてください」

それを聞いて客たちは笑い声をあげ、城から出ていった。

ブルースは踊り場でおざなりにトニーをおろし、向きを変えて階段をおりていった。観光客はひとりもいないくなり、大広間にケヴィンだけが残っていた。

「キッチンにまだ食べるものが残っているかい？」ブルースがきいた。

「ええ、残っています。それにあなたが食べたいものをなんでもすぐにつくりますよ」ケヴィンが請けあった。

「よかった、腹ぺこなんだ。バスが行ってしまったらみんなを集めてくれ。今後のことについて話しあっておきたい」

トニーは腹立たしさをこらえて階段をおり、彼のあとからキッチンへ入った。どうやら〝大領主様〟はスコーンみたいに質素なものはお気に召さないと見え、自分でなにかをつくるつもりのようだ。彼はまっすぐ冷蔵庫へ行ってサンドイッチの材料になりそうなものを片っ端から出した。バスを送りだしたみんなが戻ってきて、あたふたとレタスを洗ったりトマトを切ったりし始めた。トニーは納得がいかなかった。たしかにわたしたちは苦境に陥っている。でも、こうまでしてブルース・マクニールのご機嫌をとる必要があるのかしら。

「それで、ブルース、どう思います？」ジーナが心配そうに尋ねた。

「きみたちはこの城の手入れにずいぶん奮闘したようだし、きみたちの賃貸借契約書や観光ガイドの許可証もきちんとしているようだ。それから保険のほうも現在処理をしている……」ブルースは肩をすくめた。

「また出かけなければならなくなったら、ぼくたちがここをきれいにしておきます」ライアンが言った。「ショーネシーをよその厩舎《きゅうしゃ》へ預ける必要はありません。ぼくはあの馬となら寝食をともにしてもいいと思っているくらいです」

「どうでしょう?」ジーナがしつこく尋ねた。

ブルースがトニーを見たので、彼女は驚いた。彼は不安をぬぐいきれず、考えごとにふけっているようだった。

「さっきも階段の上で話したんだが、若い女性たちが殺された」ブルースはセイヤーに視線を向けた。「きみはそれを知っていたはずだ」

セイヤーは喉がつまったような音を出した。「それは、ええ、しかし……」彼は両手をあげた。「残念ながらそういうことはしょっちゅう起こります。だからといって人は生きるのをやめるわけにはいきません。どこの国でもそれよりはるかに悪い事件がいっぱい起こっているんです。それがここでのぼくらの仕事と関係しているとは思えませんでした」

ブルースは首を振って、しばらく下を見つめていた。

ジーナが言った。「ブルース、村の人たちは気にしていないようですよ。自分たちに危険が及ぶとは考えていないようです」

「ああ、そうだろうね」ブルースはつぶやいた。

ライアンが咳払いをした。「どこの大都会でも恐ろしい事件が起こっているし、当然ながらそれは田舎でも起こります。ぼくたちは絶対に犯罪の被害者にはなりません……」彼は自分たちが詐欺の被害者になったことを思いだして口ごもった。「ジーナもトニーも賢いから、危険な場所には出入りしません。ぼくたちはいつも一緒にいます」

「女性たちが行方不明になったのは大都市です」セイヤーが静かに言った。

ブルースが目をあげて厳しい視線をセイヤーに注いだ。「たしかにそのとおりだ」

「お願いよ！　わたしたちは大人だし、そうした事件が起こっているのを知った以上、これからは用心深く振る舞うわ」トニーは言った。「だから、チャンスをもらえないかしら？」

全員がブルースを見つめていた。彼はまた肩をすくめた。「とりあえずイエスと言っておこう。少なくとも数週間は続けてみよう。そのうちに問題が発生するかもしれないが。きみたちの客はたいてい遠方から来た人たちだ。地元の人々が興行をどう受けとるかはわからないけどね。トニーが創作した物語は史実とあまりにも似通っている。ぼくの祖先が今も森のなかを走りまわっては、人に危害を加えようとしていると考える人々だっているんだ。それから現在のもっと身近な問題もあるし。しかし、やってみようじゃないか。月曜日になったら、まずみんなで裁判所へ行こう。ぼくがここの所有者であることを証明し、それからジョナサンにきみたちを陥れた詐欺師を調べさせるとしよう」

「ありがとうございます。心から感謝します」ジーナが言った。

ブルースは肩をすくめた。「きみたちがこの城のために骨を折ったことは認めざるをえないからね」

「どうもありがとう」セイヤーがそう言って、不思議そうにブルースを見た。「失礼なことを言うつもりはないけど……ぼくたちがここへ来たときは、とても人が住んでいるようには見えなかったんですよ」彼は小声で言った。

ブルースがセイヤーを見た。「きみはグラスゴー出身だったね?」

「ええ、そうです」

「直線距離にしたらそう遠くない」ブルースは言った。

「そう遠くはないけど、グラスゴーはひとつの独立した世界です。それはエディンバラも同じです。領主マクニール、スコットランドは小さな国かもしれないが、それでもたいそう地方色に富んでいるんですよ」

ブルースはうなずいた。「そう、たしかに。ぼくはただ、ブルース・マクニールが実在したことをきみが知らなかったと聞いて驚いているんだ」

セイヤーは哀れっぽい笑みを浮かべた。「だとしたら、あなたに謝らなければならないかもしれませんね。ただ、認めるのは癪《しゃく》だが、ぼくは自分の国を半分も旅行していないんです。去年、はじめてオークニー諸島へ行ったけど、スカイ島へはまだ一度も行ったことがないくらいだから」

「なるほど」ブルースがつぶやいた。

「あの、ぼくなんか一度もカリフォルニア州へ行ったことがないんですよ」ケヴィンが言った。

「ぼくもユタ州へ行ったことがないし」デーヴィッドが口を挟んだ。

「そもそも国じゅうを旅してまわれる人なんていないのかなあ？」ライアンが快活に言った。

「そうだな」ブルースはつぶやいた。「ただ、例の殺人事件はいくつもの大新聞がとりあげた。殺人は至るところで行われているかもしれないが、スコットランドではそうした重大犯罪は注目を浴びる」

セイヤーは嘘つきと非難されたかのように少しこわばって見えた。

「殺人事件のことは知っていましたよ。新聞に載っているのをたいていの人が見たんじゃないかな」セイヤーは混乱したような顔つきで言った。

「しかし、きみは特に関連に気づかなかったと？」

「あなたのおっしゃりたいことがわかりません」セイヤーは言った。

「この土地との関連を言っているの？」トニーが尋ねた。

ブルースは彼女を無視した。「セイヤー？」

「誓ってもいいけど、新聞やテレビでこの土地に関して報道されていたとしても、見ませんでした」セイヤーは答えた。「ぼくはグラスゴーに住まいと職場があります。知ってのとおり、あれだけの都市となれば、当然かなりの数の犯罪が発生します」

「グラスゴーのことなら知っているよ。実際、何度も行ったからね」ブルースが言った。

トニーはセイヤーが攻撃されているような気がして不快感を覚えた。「昔のアメリカでは、たいていの農場の若者は大都会へ行ったわ。だからといって、都会の人たちみんなが農場へ行ったわけじゃないのよ」トニーは軽い口調で言った。

ブルースが冷たい視線を彼女に向けた。「なるほど。するとわれわれここの人間は田舎者ってわけだな、トニー？」

「わたしが言っているのは小さな村だということよ」トニーはいきりたった。

「これについては朝になってから話しあうほうがいいんじゃないかしら」ジーナがやんわりと言った。「みんな、少し興奮気味のようだから」

「わたしは冷静よ」トニーはブルースをじっと見て言った。「セイヤーはわたしの親戚《しんせき》だし、彼が偉大なる全能のブルース・マクニールについて聞いたことがなくても、わたしにはよく理解できると言っているだけなの」

「トニー！」デーヴィッドが警告した。

「本当よ！　ブルース、お願い、聞いてちょうだい。あなたの寛大な処置には感謝しているわ。でも、この興行を成功させるには、あなたにわたしたちを信用してもらう必要があるの」

しばらくしてブルースはセイヤーのほうを向いた。「ぼくはきみを非難しているんじゃゃない、セイヤー。ただ奇妙に思っただけだ」彼はジーナのほうを向いて続けた。「当然ながら、われわれはなんらかの契約書を作成しなければならないが、それはまたの機会にすればいい」ブルースはサンドイッチの皿を手に立ち去ろうとした。彼らは黙ってブルースを見つめた。キッチンのドアのところで彼は振り返った。「あとひとつ。森へ入ってはいけない。これだけは絶対に守ってもらう」彼はトニーを見つめた。まるで彼女ひとりに話しかけているようだった。

トニーはブルースとふれあっているような気がした。心臓がどきどきと打って呼吸が速くなる。ふたりのあいだを電気が流れているようで、彼女は手をのばして彼を揺さぶりたい衝動に駆られた。

ブルースが去ったあとも、彼らはしばらく呆然《ぼうぜん》と立っていた。トニーは自分のなかでなにかがしぼんだのを感じた。

「まったく理解できないわ」彼女は言った。「ブルースときたら、なかなか親切だと思い始めたとたんに、決まっていやな人間に逆戻りするんだもの」

「トニー、きみのせいだよ」デーヴィッドが言った。

「あの人、セイヤーを攻撃していたわ」トニーは反抗した。

「いいんだ、トニー」セイヤーが明るく言った。「気にしていないよ。ここはスコットランドだ。ぼくにはブルースがどんな育ち方をしたのかわかる。そりゃ、少しは頭にきたよ。

でも大丈夫。知ってのとおり、この国では王制が打倒されなかった。だからいまだに国王や貴族や領主なんてのがいる。そして彼らは自分がみんなに知られているのは当然だと考えているんだ。彼らの所有物なんて、こういう朽ちかけた古い石の山にすぎないのにさ。きっとあの男は、この城がスターリングやエディンバラの城とは似ても似つかないものだということを認められないんだ」セイヤーは肩をすくめた。「ぼくらがいるのはハイランドのふもとだ。ローランド人とハイランド人は昔から少々そりが合わなかった。ぼくなら平気。うん、ぼくはスコットランド人だ。だから、この土地のことをもっと知るように心がけるべきだった、そのとおりだよね？」彼は悲しそうな笑みを浮かべてトニーに歩み寄り、頬にキスをした。「気にしてくれてありがとう。ぼくなら本当に大丈夫だからね」

トニーはセイヤーがますます好きになってうなずいた。

セイヤーの頬に小さなえくぼが生まれ、グリーンの目が明るく輝いた。彼は砂色の髪を後ろへかきあげて、同じ言葉を繰り返した。「トニー、ぼくなら本当に大丈夫だからね」

「さてと、時刻も遅いことだし、今夜はこれくらいにしよう」デーヴィッドが大声で告げた。

「そうだね。みんながキッチンを出ていってくれたら、ぼくとデーヴィッドでさっと後片づけをしてしまおう」ケヴィンが言った。「朝になったらもっと冷静に話しあえるさ」

「わたしたちもお手伝いするわ」トニーが小声で申しでた。

「だめだめ、きみはやめてくれ」デーヴィッドが断った。「きみがいると、かえって手間どるだけだ」

「お皿を割られるに決まっているしね」ライアンが続けた。

「そんなことしないわ！」トニーは言い返した。

デーヴィッドが彼女のかたわらへ来て抱きしめた。「トニー、今のきみは気が立っているんだよ」

「そんなことないわ」トニーはむきになって言い返した。彼女が見まわすと、全員がこちらを見ていた。「そんなことないわ」彼女は頑固に繰り返したが、ずっと声が小さかった。

「ブルースのせいだ」セイヤーが指摘した。

「そのとおり、彼のせいよ」やっぱりセイヤーは自分の味方だと思って、トニーは同意した。けれどもほかのみんなが突然にやにやしだしたので、セイヤーは彼女が解釈したのとは別の意味で言ったのだと気づいた。

「きみも気がついていたんだね？」ライアンがセイヤーに言った。

「絶えず火花が飛び交っているだろう？」ケヴィンがほのめかした。

「空中を電流が走っているよ」デーヴィッドが言った。

「まあ、やめて！」トニーは抗議した。

「ぼくだったらさっそく彼と寝ちゃうのにな」ケヴィンが言った。「自由の身ならだけど」

「それと、彼が異性愛者のにおいをぷんぷん放っていなかったら、だろ?」デーヴィッドが現実的な意見を述べた。

「本当にわたしは――」トニーが言いかけた。

「トニー、現実に目を向けなさい」ジーナが忠告した。「あなたたちふたりが話を始めるたびに、わたしはどちらかが相手に襲いかかって床へ押し倒すんじゃないかと心配しているのよ」

「まいったわね」トニーは腹立たしくなって言った。

「きみは自由の身だし、信用の置ける女性だ」デーヴィッドが彼女に言った。

「そうだな、トニーにとってはいいことかもしれないよ」ライアンも続く。「ジーナを見てごらん、彼女はいつもやさしくて落ち着いているだろう。そうなったのはぼくのおかげなんだ。彼女に感謝してもらわなくっちゃ!」

「わかった、わかった、もうたくさん。わたしは失礼するわ」トニーは言った。

頭にきたことに、彼女がキッチンを出るときにみんなが笑い声をあげた。

二階へあがったトニーがシャワーを浴びてベッドへ入ろうとしたとき、バスルームへ続くドアをそっとノックする音が聞こえた。彼女は大声で呼びかけようとしてやめた。そして立ちあがり、歩いていってドアを開けた。

バスローブ姿のブルースが立っていた。黒い髪を撫《な》でつけ、青みがかった灰色の目に謎《なぞ》めいた表情を浮かべている。「なにかあったら、大声で呼ぶんだよ」彼は穏やかに言った。

「なにかあったら？」トニーは言った。

「夢に悩まされたら。悪夢に」

トニーは彼の目を見た。そこに気づかいの表情を見てとった彼女は、ふいにこの人を知りたいという感情にとらわれて驚いた。わたしはこの人を欲しがっているんだわ。

ブルースがトニーの顔にふれ、親指でやさしく頬を撫でて顎をなぞった。「わかっているだろうね」物思いにふけっているようにささやいた。「時間の問題にすぎないんだよ」

「なんのこと？」トニーはあえぎながら問い返した。今すぐに身を引かなければいけない。ブルースはとても親しそうにふれてくる。トニーは自分の肌が彼にふれてほしいと叫んでいるような気がした。全身をくまなく。彼の体が彼女を誘っているように感じられる。彼の手が、たくましい肉体が、その顔立ちが、彼の肌のきめが、そして青みがかった灰色の目さえもが。

「時間の問題なんだ」ブルースが繰り返した。

「どうなるまで……？」トニーはなんとかほほえんだ。

「もちろん、きみがぼくと寝たくなるまで」

「わたしがあなたと寝たくなる？」彼女は侮辱されたような気分だった。「領主マクニール、言わせてもらうけど、あなたは相当なうぬぼれ屋ね」

ブルースは愉快そうな顔でトニーのほうへ頭を傾けた。「きみが来たら、ぼくは断らないよ。覚えておくように」彼はそう言うと向きを変え、ふたりのあいだのドアをそっと閉めた。

トニーはドアを蹴《け》った。

「ぼくが必要になったら呼ぶといい」ブルースが言った。

彼女はわざとらしく音をたててドアに鍵《かぎ》をかけた。

けれどもその夜遅く、夢が再び襲ってきた。トニーはぐっすり眠っていた。少なくとも彼女はそう思っていた。それから目を開けると、彼がいた。ベッドの足もとのほうに。完全武装をした彼が脇《わき》に剣をさげて。血の滴る剣を。

彼女は悲鳴をあげた。

最初の悲鳴がブルースの潜在意識のなかへかみそりの刃のように切りこんできた。彼はぱっと起きあがり、ほんの一瞬、危険の源を探したあとで、ベッドを出てバスルームへ駆けこんだ。

トニーの側のドアに鍵がかかっていた。

ブルースはしばらくためらって聞き耳を立てた。そのときまたもや彼女の悲鳴が聞こえた。彼は悪態をついて部屋へとって返し、クロゼットのカフスボタンをしまってある引きだしをかきまわして合鍵を探した。数秒後、彼はドアを開けた。

　トニーはベッドの上に起きあがって、薄紫色のフランネルのナイトガウンの上に長い金髪を垂らし、暗闇《くらやみ》を見つめていた。大きく見開かれた目は、彼には見えないけれど彼女にとっては現実そのものであるなにかにじっと据えられている。

　またもやトニーの口から悲鳴があがった。

　その瞬間の彼女には、見ていて胸が痛くなるほどの傷つきやすさ、幼さ、もろさが感じられた。整った容貌《ようぼう》がいっそう繊細に見え、金色の髪の美しさはいっそう際立っている。彼女はあの世から来たオフィーリアのようだった。

　頭のおかしくなったオフィーリアと同じで、彼が動かなかったら彼女を救うことはできない。

　ブルースはベッドのほうへ歩きかけて立ちどまった。急にトニーが動きだしたからだ。今の彼女はただ見つめたり叫んだりしているだけでなく、後ずさりしている。まるでなにかに――誰かに――追われているかのように。

　ブルースは彼女の名前を呼びながら駆けていった。

「トニー！　トニー！」

　彼はベッドへ倒れこむようにして彼女の両肩をつかんだ。トニーの体はまるで死体のように冷たくこわばっていた。彼女はブルースに気づかなかったし、彼の背後を見ているのでもなかった。彼女はブルースのすぐ近くのなにかを見ていた。

「トニー！」ブルースは彼女を揺さぶって抱きしめ、自分の体温であたためようとした。「目を覚ませ。きみは夢を見ている、怖い夢を見ているんだ」彼はトニーの頭を撫でて手を後頭部へあてがった。「トニー！」

やっと彼女が抵抗するのが感じられた。トニーはブルースから身を引き離した。暗がりのなかに見開かれたその目は、なにがなんだかわからないといった表情だ。彼女は不安そうに、ためらいながら彼の名前を口にした。

「ブルース？」

「そう、ぼくだ」

相変わらず大きく見開かれたままの目に浮かんでいるのは、恐怖の色というより……混乱の表情だ。

「本物のぼくだ」ブルースはできるだけ軽い口調で言い添えた。ほとんど裸に近い彼は、ボクサーショーツをはいていたことに感謝した。

「ブルース？」

トニーの片手が彼の胸に添えられた。その手はまだ冷たかったが、ブルースにとっては指でふれられた部分が火のついたように熱くなった。彼はトニーの手をとり、両手でこすってあたためようとした。

「ああ、トニー、この部屋ではきみは眠れないようだね」ブルースは言った。

彼女は顔を赤らめておずおずと彼を見た。「本当に皮肉な話だわ。わたしがつくりあげた人物が実在したとわかったら、今度はその人物が血の滴る剣をさげて、毎晩ベッドのかたわらに現れるんですもの」彼女は口ごもった。「彼はわたしに、あなたの城から出ていくよう警告しているのだと思う?」

ベッドの上で向かいあっているふたりの体はすぐそばまで近づいていた。ブルースの口もとに思わず笑みが浮かんだ。「いいや」彼はわざとスコットランド訛をまじえてやさしく言った。「かのブルースは若い女性を愛したと言われているからね。自分の城で女性を苦しめるようなことはしないだろう」

彼は自分の説明に満足した。トニーの顔がほころんで、恐怖と混乱がやっと離れていったように思えたからだ。

「マクニール夫人はそれをどう感じたかしら? 彼女が地元の男性と浮気をしていたとしたら、夫が若い女性を城に囲っていたことへの復讐《ふくしゅう》だったのかしら?」

「今とは違う時代の話だから」ブルースは軽く言った。

「あら、そう?」

「スコットランドの歴史には、今日では道徳的に正しいとは言えないような事例がいくつもあったんだ。ロバート・ザ・ブルースを例にとれば、彼の気の毒な妻はイギリス人にとらえられて、彼の妻というだけで何年も幽閉された。ロバートは妻を心から愛していたが、当時、彼の庇護《ひご》を受けていた子供は大勢いた。つまり……彼女がただ彼の妻であるという理由で幽閉されているあいだ、ロバートは相変わらず男特有の誘惑のとりこになっていたんだ」

「じゃあ、ブルース・マクニールも気の毒な奥さんを欺いておきながら、最後には殺してしまったの?」トニーは鼻にしわを寄せて言った。

「そこはきみが創作した部分じゃないか。彼の妻がどうなったかは誰も知らない」ブルースが彼女に思いださせた。

「わたしは全部を創作したのよ!」トニーが不満そうに言い返した。

ブルースは再び彼女を抱き寄せて髪を撫でた。「きみが城を舞台に残虐な戦士をつくりだしたら、彼はたまたま実在した、それだけのことだよ」

どうやらトニーはその姿勢が気に入ったと見えてブルースにもたれていた。ビロードのような彼女の髪が裸の胸をくすぐり、彼女の香りが彼を心地よい酩酊《めいてい》へといざなった。昼間のトニーは断固たる話しぶりで、視線で相手を威圧し、威厳のある優雅な歩き方をする。ところが夜になると、シルクのようにたおやかで、かぐわしい香りをさせ、うるおいがあって……傷つきやすく見える。今夜の彼女はいかにもか弱く見えた。

「それだけじゃないわ」トニーがささやいた。

「ほかになにがあるというんだ?」ブルースはやさしく尋ねた。

トニーが首を振った。ブルースは彼女の髪に指を入れてそっと頭を後ろへ倒し、彼女の目をのぞきこんだ。真夜中の海よりも青い大きな目が彼の目を見つめ返した。ブルースの筋肉と肌をちりちりする感触が走った。ほとんど苦痛ともいえる感覚が下半身をとらえる。彼は歯をくいしばって、男としての自然な欲望に肉体が支配されたことを彼女に悟られまいとした。

「わたし……あなたにはわからないんだわ。怖いの。いいえ、気にしないで……」トニーがささやいた。

「なにが怖いんだ?　正直に話してごらん」ブルースは促した。

「そうしたら……あなたはアメリカ人をもっとばかにするんじゃない?」

「アメリカ人は愛らしい人たちだよ」ブルースはほほえんで言った。

「たいていのアメリカ人は、でしょう?」

「なにかまずいことがあるのなら、ぼくに話してごらん。心配しなくてもいい、絶対に口外しないから」ブルースは誓った。

トニーが突然身震いし、それから身震いなどしなかったふりをしようとしてか、体を動かした。彼女はブルースの肩に両手を置いた。「あのね、あなただってとても愛らしい男性よ。だけどそれは真夜中だけ」

「まいったな。ぼくは昼間だって実に愛らしい男なんだよ。ただきみが気づいていないだけで」ブルースは言った。

ほとんどわからないほど小さな震えが、またトニーの背筋を走った。彼女は体を寄せてブルースの肩に頭をのせた。「気づいていたわ」彼女はそう言って彼の顔を見あげ、小声で尋ねた。「あなたがわたしに言ったことを覚えている?」

ああ、ぼくの首筋にかかるトニーの息。ほんのかすかにかかるだけなのに、ぼくの欲望をますますかきたてて、肉に、骨に、腱《けん》に、血に、悲鳴をあげさせる。

「きみがぼくと寝たくなるってことかい?」ブルースはきいた。

「ええ、そう、そのこと」

トニーが着ているフランネルのナイトガウンが突然胸にぴったりくっついて、誘惑的に盛りあがった輪郭を際立たせたように思われた。

彼女は何気ない口調を装っていたが、声がかすかに震えていた。

ブルースはトニーの顎に指を添えた。「ぼくはきみがおびえているという理由で一緒に寝るようなことはしないよ」彼は言った。

「わたしだって、そんな理由で男の人と寝たりしないわ!」トニーが抗議した。

「それならいい。ぼくはきみと寝たりはしないが、そばについている」ブルースはそう言ってベッドに横たわり、トニーを肩へ抱き寄せた。「ぼくの祖先がそばへやってきたら、説得してあの世へ追い返したらいい。それにしてもえらく体をくっつけるじゃないか」

トニーは彼の胸を指でとんとんたたいた。「わたしはそれほどみだらな女じゃないわ」

「へえ……きみの友人たちでさえ、きみがぼくと寝たがっているのを知っているんだよ」

ブルースは言った。

ふいに彼女は怒りに駆られてブルースから体を離した。

「少し眠るといい」彼はまたトニーを抱き寄せ、顔に頬を寄せてきた彼女の髪を撫でた。

なんと不思議だろう。トニーと知りあってまだ少ししかたっていない。わずか二日前には、彼女はぼくの心のなかにまったく存在しなかった。それが今では……。

ブルースはトニーの香りを吸いこみ、腕のなかの彼女のやわらかさ、あたたかさを感じた。まるでずっと昔から知っていたような気がする。ブルースは下腹部に猛烈なうずきを覚えた。ああ、彼女が欲しい。しかしそれは……夜中に彼女がベッドのかたわらにいるぼくの祖先を見て悲鳴をあげたからではない。

「眠るんだ」彼はまたささやいた。

やがてトニーが安らかな寝息をたて始めたとき、ブルースはうずく肌にかかる彼女の息に苦しめられながら、自分をあざけった。

「おまえはばかだ」彼はささやいた。

朝の光が差したとき、ブルースはトニーを残して部屋を出た。

幕間

高く積まれた火葬用の薪《まき》の上に死体が次々に投げこまれた。残虐さゆえの行為ではなかった。敵味方にかかわりなく、多くのすぐれた戦士が家族のもとへ帰って名誉ある埋葬をしてもらえないことを、彼らは悲しんでいた。だが、これほど多くの死体をほうっておけば、蝿《はえ》や蛆《うじ》が大量発生し、血が水や土を汚染する。じきに伝染病が広がるだろう。大気中に悪臭が立ちこめていた。人の肉が焼けるにおいほどおぞましいものはないが、ほかに方法はないのだ。

ブルースの部下たちは味方の負傷兵の手当てをし、死にゆく者を見とり、死体の処理をしていた。

けれども勝利は得られて、負傷した者や死につつある者のあいだにも、正義がなされ目的が達成されたという満足感が広がった。敵を打ち破ったのだ。ウイスキーとビールがふんだんに振る舞われた。負傷者は傷の手当てのために、勝者は勝利に酔いしれるために。とはいえ、歓喜のさなかにあっても兵士たちは規律を忘れず、固く団結しあった部隊ごとに祝いあった。

　あちこちにできた男たちの群れのどこからともなく、バグパイプの哀愁を帯びた音色が聞こえてきた。勝利をものにしたにもかかわらず、その夜のブルース・マクニールは喜びも慰めも見いだせなかった。彼は見張りが持ち場についていることを確認し、負傷兵を集めさせて、部隊の結束が乱れないよう手配してから、ついにアンガスのところへ行った。

「おまえが代わって指揮をとれ。わたしは一日か二日、ここを留守にする」

　アンガスは首を横に振った。「嘘《うそ》つきの言葉にのせられて早まった行動をとってはなりません。あの男はあなたを陥れようとしているのです」

「わたしは行かねばならない」

「いいえ、なりません」アンガスは言い返した。「あの方は待っています。これまでずっと待っていたように。あの方はあなたを愛しておいでです」

「ああ、もしそうだとしたら、妻が危険にさらされている。彼女の無事を確かめて、身の安全を図ってやらねば。もはや妻をあの城へ置いておくことはできん。これまでは重要な地点から遠く離れていたために、敵もあの城には目をつけなかった。長年戦ってきたが、あの城が復讐《ふくしゅう》の標的となることはなかった。しかし、グレイソン・デーヴィスの言葉を聞いた今は、気が気でならない」

「行ってはなりません。なにかよからぬことが起こりそうな気がしてならないのです。行ってはなりませんぞ、ブルース」

「いや、是が非でも行かねばならん」ブルースは言い張った。彼はアンガスに両腕をまわしてしっかり抱きしめた。「おまえが指揮をとれ、いいな。兵士たちはみな忠義に厚い勇敢な者ばかりだ。彼らの安全を心がけて動け。おまえも怪我《けが》をするなよ、アンガス」

ブルースは自分の右腕であり、勇猛な戦士であり、親友でもあるアンガスと話をするにあたって、大きな黒毛の軍馬を連れてきていた。彼はアンガスから身を離して、その巨大な雄馬にさっとまたがった。そしてアンガスを見おろした。

「行かないでください！」アンガスが懇願した。

「わかってくれ、どうしても行かねばならんのだ」ブルースは言った。「こうしているあいだも気が気ではない」

ブルースが馬の向きを変えようとしたとき、イアン・マカリスターが雑木林のなかを駆けてきた。

「領主マクニール！」

マカリスターは打ちひしがれた表情をしていた。

「おお、どうした？」

「捕虜のうちの三名が……逃げました」

「どうしてそんな事態になったんだ？」アンガスが怒って言った。

「逃げたのは誰だ?」ブルースはきいた。

「スミッソン兄弟、それとデーヴィス卿《きょう》。グレイソン・デーヴィスです」

「やつは死にかけていたはずだ」アンガスが怒鳴った。

「ああ、死にかけてはいたが、死んではいなかった」ブルースは言った。

「どうやって逃げた?」アンガスが怒りのわめき声をあげた。

「彼らは一緒に縛ってあったのです」マカリスターが首を振った。「マッキーヴァーたちが見張っていましたが、火が燃えていて、死体の焼けるにおいがひどく、それにすごい煙で。風向きが変わって煙がなくなったときには、やつらの姿が消えていたんです」

アンガスがブルースのほうを向いた。「ほら、おわかりになったでしょう。あなたはここにいなくてはいけません」

「いいや、アンガス、こうなったらますます行かねばならなくなった。おまえたちには神がついている。負傷兵の手当てをするがよい。わたしは数日中に戻る」

ブルースはそれ以上ぐずぐずしていられなかった。この山岳地帯から城までは馬で丸一日の距離だ。

彼は出発した。普段なら、たとえ大きな街道であっても夜駆けなど潔しとしないが、今回は夜の闇《やみ》に紛れて進んだ。明るくなってくると、いったん馬をとめ、身を隠すような姿勢で乗りこなさなければならなかった。昼の光のなかを進んでいくときは用心しなければならない。敵にとってブルースはお尋ね者なのだ。目にとまれば命はない。

それでもブルースはしゃにむに前進した。彼は誰よりも裏道に詳しかった。激情に駆られ、危険を顧みようともしなかった。

最初、グレイソン・デーヴィスとでくわせばいいのにと思った。そのときは二度とやつに情けをかけるようなまねはしない。

デーヴィスが怪我をしていて、しかも徒歩であることを、ブルースは神に感謝した。やつがこちらよりも先に城へ到着するのは不可能だろう。

いっとき雨が行く手を阻んだが、それもじきにやんで空が晴れた。夜になるころには、彼は故郷の村の近くへ達していた。

真夜中近く、月がのぼった。明るい満月の光を頼りに最後の谷まで来たブルースは、城を見あげた。

月の光を浴びた古い石の建造物は、輝いているようだった。明かりと、暖をとるための火が見える。万事問題なしだ、と彼は自分に言い聞かせた。万事問題なしだ。

堀の跳ね橋はあがっていた。家来どもをほめてやらねば。橋があがっているのは、彼らが万一の襲撃に備えている証拠だ。ブルースのために城を守っているのだ。昼間、このあたりの人々はクロムウェル卿統治下のよき民として、せっせと自分の仕事に励む。けれども夜になると、彼らは不在の領主のために女主人を守り、寝ずの番につく。ブルースはその昔、小作人たちに、遠方へ逃げた国王に忠誠を誓ったからといって、働いている人間が苦しまねばならぬいわれはないと語った。彼らはクロムウェルの法律に従えばいい。クロムウェルは厳しくも公平に民を統治している。だがその一方で、勇猛果敢なスコットランド人たちがいつなんどき蜂起《ほうき》し、反旗を翻すかもしれないと常に不安を抱いているだろう。そうとも、国王を敬っている者たちは打ち負かされた。しかし、彼らは再び団結して立ちあがるだろう。それを政府の権力者たちは望んでいない。

ブルースは月光の下でため息をついた。ああ、神よ、なにごともありませんように。どうかデーヴィスの言葉が嘘でありますように。

彼は馬に拍車をあてた。雄叫《おたけ》びをあげながら城までの距離を一気に駆け抜け、丘をのぼって堀のほとりへ出た。持ち場についていた見張りが領主の姿を認め、ががらという大きな音とともに橋がおろされる。ブルースはひづめの音を響かせて橋を渡った。馬丁が近づいて馬を預かり、家来たちが集まってきた。彼はみんなに自分が無事であったこと、戦に勝ったことを告げた。それから妻と会うために彼らをさがらせた。

ブルースは入口の扉から勢いよく入って大広間に立った。

「アナリーズ、アナリーズ！」大声で呼ぶ。

跳ね橋のおりる音が聞こえたはずだから、彼女はすでに部屋から出てきて階段の上に立っているに違いない。そうブルースは確信していた……期待していた。

彼女は白いガウンを着てマスターズルームから走りでてきた。ガウンが優美に翻る。繊細な顔が青ざめていた。ほかの誰かかもしれないとおびえていたのだろうか。長い華奢《きやしや》な指が喉にあてがわれている。真昼の太陽のような金髪が肩を流れ落ち、腰のあたりにまで達していた。

彼女は真っ青な大きい目でブルースを見おろした。

「アナリーズ！」

ブルースは階段を一段抜かしであがりだした。しかし……なにかまずいことがあった。とてつもなくまずいことが。

すさまじい憤怒《ふんぬ》がブルースをとらえた。

「アナリーズ！」

妻の両肩をつかんだブルースは、彼女を腕にかき抱いてふくよかな唇にキスをし、胸に顔をうずめたかった。そして彼女を抱えあげ、ふたりの部屋へ運んでいって……。

「神に誓ってくれ、デーヴィスは嘘つきだと」ブルースは要求した。

「ああ、ブルース！」彼女は体を震わせてささやき、へなへなと膝を突いた。「ああ、ブルース。いとしい、いとしい、わたしのブルース……」

彼女はアナリーズの顎に手を添えて上を向かせ、その目をのぞきこんだ。

「神様に誓ってもいいわ、ブルース」彼女はささやいた。

7

　トニーが目覚めたときにはブルースはいなかった。彼女はしばらくベッドに横たわって、彼は自分の部屋へ戻っただけかしらと考えた。

　たぶんそうではないだろう。きっと彼は出かけたに違いない。奇妙なことにトニーには確信があった。

　腕時計を見ると、ちょうど八時だった。もっと寝ていようかと思ったが、気が立っていて、これ以上眠れそうになかった。トニーはうめき声をあげて起きあがり、シャワーを浴びようとバスルームへ向かった。ドアの前でためらい、軽くノックしてから開ける。思ったとおりブルースはいなかった。

　シャワーを浴びて服を着たトニーは、コーヒーが飲みたくなった。だが、階下へおりてみて腹が立ってきた。城内は静まり返っている。ほかのみんなはまだ安眠をむさぼっているのだ。

　キッチンへ行った彼女は、あとから起きてくる人も飲めるようにと、大きなポットでコーヒーをいれ始めた。ちょうどコーヒーがはいったとき、どんどんとなにかをたたく大きな音がして、彼女は飛びあがった。音がしているのは城の入口のドアのようだ。どうやらここの城主は、出ていくときにドアにちゃんと鍵《かぎ》をかけていったらしい。

トニーはドアへ駆けていってさっと開けた。外に立っていたのはタヴィッシュ巡査だった。ジーンズにニットのセーターというカジュアルな服装で、とても魅力的に見える。

「おはよう、ミス・フレーザー。ブルースはいるかな?」

彼女は首を横に振った。「いないようです」

ジョナサン・タヴィッシュはため息をついた。「車がないから留守だろうとは思ったが、せっかくここまで来たので、いちおう確かめようと思って」

「なにかご用ですか?」トニーはきいた。

ジョナサンは顔をわずかにしかめて首を振り、心配そうな表情をした。「なにも問題はないだろうね?」

「ええ、ありがとうございます。うまくいきそうです。ブルースは思いのほかとても親切だったんですよ」

ジョナサンはドアの前を動こうとしない。トニーはためらったあとで言った。

「コーヒーをいれたところです。よかったらお飲みになりません?」

「それはありがたい。一杯いただこう」

「どうぞなかへ」

ジョナサンはトニーについてキッチンへ来ると、テーブルの椅子に座った。そこへデーヴィッドがあくびをし、不精ひげののびた頬をかきながら入ってきた。彼はジョナサンを見て足をとめた。

「ああ、おはようございます」デーヴィッドは言った。

「おはよう」ジョナサンが挨拶《あいさつ》を返した。

デーヴィッドはトニーを見た。「なにかあったの……まずいことが？」

「いいえ、彼はブルースを訪ねてきたんだけど、ブルースは……」トニーは肩をすくめた。

「どこかへ出かけたみたい」

「ふーん」デーヴィッドはにやりとした。「そうか。タヴィッシュ巡査、どうもぼくはお邪魔虫のようですね」

「ジョナサンと呼んでくれたまえ。それに邪魔しているのはぼくのほうだ」

トニーはコーヒーと砂糖とクリームを出した。

「スコーンでも持ってくるよ」デーヴィッドが彼女に言った。

「ありがとう」トニーはささやいた。正直なところ、今朝の彼女は客を朝食に招く気分ではなかった。

「ところでジョナサン」デーヴィッドが自分のコーヒーをかきまわしながら言った。「ぼくたちはもうしばらくここにいることになりそうです」

「ほう?」ジョナサンは驚いたようだった。

「ここの主人が、ぼくたちが投資した金をいくらかでもとり戻せるようにとり計らってくれたんです」

「なるほど」ジョナサンはつぶやいた。「そうか、それはよかった」

「おはよう」ローブ姿のジーナが快活に挨拶をしながらキッチンへ入ってきた。彼女もジョナサンを見て立ちどまった。「いらっしゃい。あの……なにかまずいことでも?」

ジョナサンはほほえんでかぶりを振った。「いや、そういうことではないんだ」

「ブルースを捜しに来たんだって」今度はデーヴィッドが説明した。

「ブルースは留守なの」トニーが言い添えた。

「あら、そう」

「たった今、きみたちはもうしばらくいることになったと聞いたんだが」ジョナサンが言った。

「ええ、そうなんです。よかったわ」ジーナがうれしそうに言った。「ブルースはとても親切なんですよ。わたしたちを許してくれるだけでなく、助けてくれるんですもの」

「実際のところ驚いたよ」ジョナサンが言った。「しかし、きみたちも知っているように、ブルースは好きなときに出ていったり帰ってきたりで、実に気まぐれだからな」彼はやれやれとばかりに頭を動かした。「きみたちを村のあちこちで見かけたときは、彼が城を他人に貸すなんてと驚いたが、絶対に貸さないとは言いきれなかったしね。それにしても奇妙な事態になったものだ。なんだか恐ろしくもある。最近のようにコンピューターやテクノロジーが発達した時代には、わけのわからない事件が頻発する。何年か前、大変なトラブルに巻きこまれた若い女性の事件を扱ってね。何者かがパスポートを盗んで彼女になりすましたんだ。事件が完全に解決する前に、彼女はカンヌで銀行強盗を働いたとして指名手配されるはめになったよ」

「なりすまし詐欺ってやつだ」デーヴィッドがわけ知り顔にうなずいて言った。「ぼくたちの身に起こったのも、ひょっとして……ひょっとしてそれなんじゃ」

「われわれの手で必ず真相を突きとめてみせるよ」ジョナサンが請けあった。

「そうなればいいけれど」ジーナがそう言ってほほえんだ。「ブルースは本当に親切なんです。彼がわたしたちに要求したのは、絶対に森へ入ってはいけないということだけ。あの人、スコットランドで起こっている事件が気になって仕方がないみたい。若い女性が誘拐されては殺されているとかって」彼女はささやいた。「残念ながらアメリカではそうした恐ろしい事件がしょっちゅう起こるから、わたしたちは慣れっこになっているのね。起こるのが自分の裏庭でさえなければ……」

ジョナサンは少し青ざめた顔をし、奇妙な目つきで彼らを見つめていた。

「どうかしたんですか?」トニーが尋ねた。

「彼はきみたちに森へ入ってはいけないと言ったんだね?」

「ええ。あの森にはなにかあるんですか?」デーヴィッドがきいた。

「てっきりきみたちは知っているものと思っていたよ」ジョナサンは静かに言った。

「知っているって、なにを?」ジーナが尋ねた。

「実は殺された若い女性たちの死体は、ここティリンガムの森で発見されたんだ」ジョナサンは顔をしかめた。「裏庭とは言えないが……近いことに変わりはない」彼は穏やかな声でしめくくった。

トニーとジーナとデーヴィッドは顔を見あわせた。「どちらの死体も?」ジーナが小さな声できいた。

「そのとおり」

「でも、その女性たちはここの人たちじゃなかったわ」トニーは言った。

「そう、ここの人間ではなかった。それに……うん、きみたちとは違う種類の女たちだった」ジョナサンがトニーに断言した。「とはいえ、やっぱりブルースが言ったように、森へは入らないでおくに越したことはない」

「いいわ、わたしは決して森へ入らない」ジーナが言った。

それでもジョナサンの顔から不安そうな表情は消えなかった。

「まだなにかあるのね」トニーは彼の顔を見ながら強い語調で言った。

「ああ、ぼくにはブルースがそれほどまでに心配する理由がわかるんだよ。実は死体のひとつを発見したのは彼だったんだ」


ちぇっ、まだこんな時間か、とセイヤーは思った。午前十一時。どっちにしてもまだ酒を飲むには早すぎる。

くそっ、目が覚めてからもう何時間もたつというのに。ブルースが車で城を出ていくのを見てすぐ、彼も城をあとにしたのだった。早いだと？　いいや、充分に遅いじゃないか。

「おーい、ビールを一杯頼む」セイヤーはウエイトレスに声をかけた。彼はイギリスの伝統にのっとって日曜日のローストビーフを食べるつもりでスターリングへやってきたが、古びた薄暗いパブ〈シルバー・クロウ〉へ入ったとたん、少しも空腹でないことに気づいた。スターリングのパブはどこも古びている、とセイヤーは皮肉っぽく考えてから愉快になった。それでも……このパブはなんとか頑張っているじゃないか。なかはずいぶん暗く、床は掃除が必要だし、テーブルはみな薄汚い油の膜が張っている。それにウエイトレスがひとり駆けずりまわっているきりで、数人の地元の客があれこれと注文をつけている。

スターリングには賛嘆すべき点が多くある。美しい街並み、そこに暮らす進歩的な人々と現代的な雰囲気。それに例の巨大な城が世界じゅうから観光客を招き寄せる。事実、最近の改修によって城はとても魅力的になった。昔の衣装をまとって当時の仕事に精を出している人形が展示され、歴史の暗部と輝かしい瞬間とを伝えている。

「大昔からこの国の人間はどうしようもないくずばかりだった」セイヤーはつぶやいた。

「なんですって?」ウエイトレスが言った。

「なんでもないよ。ひとりごとを言っただけさ」

セイヤーはほほえんだ。少なくともそのウエイトレスは魅力的だった。彼女は小さめの黒いホルターネックのシャツを着て、黒のショートパンツをはいていた。それがぴったり尻に張りついているので、想像するまでもない。男たちにとっては最高にいい眺めだ。

おそらくそれでこの店は生き残っているのだろう。男たちの目の保養になるものがありさえすれば、薄暗い照明や汚い床もどうということはない。

セイヤーは店内を見まわした。テーブルはほとんど空いているが、カウンターは満杯だ。そうか、客はみな、あれを眺めたくてここへ来るのだ。

彼の腹が鳴った。あの大領主が朝早くに出かけるのを見てすぐ、なにも食べずに城を出てきたのだ。そういえばあの男は自分の城から逃げださずにはいられないように見えた。しかしそれをいうなら、あいつは過去にも何度となく城を逃げだしたらしい。セイヤーは自分の両手を見た。赤むけした手。例の仕事に精を出した証《あかし》だ。彼らの途方もない計画に賛同したとき、どれだけの仕事が待っているのか考えもしなかった。だが、グラスゴーのピアノバーは夢の実現にはほど遠かった。わずかな蓄えしかなく、仕事に行きづまりを感じていた彼は、計画を聞いたとき、やってみようと考えたのだった。自分の〝習性〟を考えればなおさらだ。もしかしたら新しい道が開けるかもしれない、と。

「なにか食べるものをもらおうかな」セイヤーはウエイトレスに言った。

ウエイトレスが彼にちらりと笑みを向けた。彼女は若くて、ショートパンツをはいてはいても、まだ純真な雰囲気を保っていた。

「承知しました。ここのローストビーフはけっこうおいしいですよ」彼女が言った。

セイヤーはその丁寧な言葉遣いが気に入った。

彼はほかの客の目につかないように奥の席に座った。数分後、ウエイトレスがやってきた。彼女はまたセイヤーにほほえみかけた。へえ、たいしたもんだ。この娘はこびを売っている。彼女は頬をかすかに赤く染めて、誘いをかけるように絶えず彼をちらちら見ながら、食器とナプキンと塩と胡椒《こしょう》を並べた。セイヤーは自分の取り柄について考えをめぐらした。彼は見苦しい顔つきではない。それどころか、ありがたいことにふさふさした砂色の髪をしているおかげで、容貌《ようぼう》は親戚《しんせき》のアメリカ人に似てさえいる。目鼻立ちは整っていて、背丈もけっこうあるが、あいにく狭い肩幅はどうやってもこれ以上広くなりそうになかった。

残念ながら、ライアンやブルースに比べると、どこか貧弱な感じがするのは否めない。

セイヤーは外見においてトニーとよく似ていた。はじめてふたりが会った夜、彼女は親戚のひとりを見つけたことに感激し、彼はすっかり魅了された。深みのある青い目はトニー特有のものだ。ほっそりした体と生まれながらの優雅さ、そしてあふれる活気。彼女は実に刺激的だった。けれどもセイヤーはすぐに、彼女は親戚を欲しがっているだけなのだと気づいた。彼が求めているもの、必要としているものは……。ウエイトレスのショートパンツがまた彼の脳裏に浮かんだ。

たぶん、だからこそトニーの計画があれほどすばらしいものに思えたのだろう。一緒に過ごす時間が長くなれば、そのうちに彼女の自分に対する見方も変わるのではないかとセイヤーは考えた。しかし、なにひとつ変わらなかった。一方、彼のほうでは、一緒にいればいるほど彼女に惹《ひ》かれていった。トニーには才能も情熱もある。難しい仕事に挑戦し、自分の夢を熱っぽく語ったりする。彼女の髪が指に軽くふれたり、きらきらした瞳で笑いかけられたりすると……。

だが、そこへブルースが現れた。トニーが彼と対決しているときでさえ、ふたりのあいだで火花が散りそうになっているのは、誰の目にも明らかだ。

ブルースのくそったれ。あいつのことを考えただけで胸くそが悪くなる。

ときどきセイヤーは自分がイギリス人であることがいやになり、スコットランド人であることを激しく嫌悪した。もう何世紀もたつのに、しばしば彼らは隣のイングランドから劣った国の人間と見なされる。数々の戦争も、同じ島に住んで協定を結んでいるという事実も、くそくらえだ。根本的にはなにも変わっていない。いまだに彼らは古い称号を持つ人間にこびへつらっている。

「ご注文のローストビーフです」さっきのかわいいウエイトレスが戻ってきた。彼女は皿を置いたあともすぐには去ろうとしなかった。

悪くない。いい線いっている。あのショートパンツ……。

「ぼくはセイヤー」彼は名乗った。「きみはなんていうの？」

「キャサリン」彼女は言った。「友達からはケイティーと呼ばれているわ」

「ケイティー、会えてうれしいよ」

彼女はカウンターを振り返った。あとから出勤してきたもうひとりの女性が働いていた。ケイティーよりも年上のその女性は、見るからにしたたかそうなところからして、何年もこういうパブで働いてきたのだろう。

「わたし、ちょうど休憩時間なの」ケイティーが言った。

セイヤーは首をかしげてほほえんだ。「じゃあ、一緒にどう？」

彼女の顔に笑みが広がった。誘いを待っていたのだ。自分で望むほど肩幅が広くないとしても、彼が女性を口説くのに苦労することはめったにない。

ケイティーはセイヤーの向かい側の椅子に座った。「なぜスターリングへ来たの？」

「ちょっとした刺激を求めて」

「スターリングに？」

セイヤーは肩をすくめた。「近かったから」

「あなたはどこかの村に滞在しているんでしょう？　グラスゴー出身っぽい話し方に聞こえるわ」

「そう、グラスゴーから来たんだ」セイヤーはローストビーフをひと口食べた。美味だった。「で、きみは、ケイティー？　スターリング出身なの？」

彼女は首を横に振った。「オークニー諸島よ」

セイヤーは眉をつりあげた。「さっきの刺激を求めてって話だけど、きみはスターリングで刺激的なことに出会ったかい？」

「ここへ来てまだ数日にしかならないの」ケイティーは身をのりだした。「それにこのお店のオーナーが……どうしようもなくひどい男！　わたし、エディンバラかグラスゴーへ行こうと考えているの。少なくともそっちのほうがずっと活気があるって聞いたから、生活もしやすいんじゃないかと思って」

「行く先々、どこでだって生活はできるよ」

ケイティーがにっこりした。セイヤーが考えていたよりもずっと積極的だ。「その生活というのをわたしに見せてくれない？」彼女が尋ねた。

ケイティーに膝をつかまれるまで、セイヤーは彼女の手がテーブルの下へもぐっていることに気づかなかった。

彼はフォークを置いて腕組みをし、興味と愉快さの入りまじった目で彼女をじっくり眺めた。「ぼくがどんなものを見せてやれるか、きみには想像すらできないだろうな」

「ぜひ見せてもらいたいものだわ」

セイヤーはほほえんで椅子に背中を預けた。「あとで会えないかな」

ケイティーの声が興奮でわずかに高くなった。「ええ、いいわ」彼女はさっと立ちあがった。「二時に仕事が終わるの。だから、あなたと一緒に座っているのを見られないほうがいいわ……あとで会うんだったら」

「そうだね」セイヤーはまじめな口調で言った。「ぼくもそう思うよ」

「墓地のそばで会えるかしら？」

「いいとも」彼は応じた。


ジョナサンからブルースに関する話を聞いて以来、トニーは領主が彼らに森へ入ってはいけないと命じたのも、彼が現在の状況を心配するのも、きわめて当然だと思えるようになった。

きっとデーヴィッドはそれをケヴィンに話し、ジーナはライアンに教えただろう。セイヤーは出かけたままなので、知らないのは彼だけだ。

若い女性たちの死体はここで発見された。しかも死体のひとつを発見したのはブルースだった。それを聞いたみんなは不安になったに違いない。わたしたちは損失の回収をあきらめて、今すぐここを離れたほうがいいのだろうか。

トニーが冷蔵庫を開けて冷たい飲み物を探していると、ジーナがキッチンへ入ってきた。

「なにも食べないで」ジーナが命じた。

トニーは冷蔵庫を閉めて彼女を見た。「食べるつもりはなかったけど、どうしていけないの？」

「これからみんなでピクニックに出かけるからよ」

「ピクニック？　どこへ？」トニーは用心深く尋ねた。

「心配しないで。森のなかへ引っ張っていくつもりはないから。どこへ行くかはまだ決めてないけど、牧草地なんかどうかしら。羊のいる牧草地」

「羊のうんちがあるぞ！」楽しそうな声で言ったのはデーヴィッドだった。彼はジーナの後ろから入ってきて、ふたりと一緒にテーブルにつき、トニーに明るく笑いかけた。「もうジーナには話したけど、ケヴィンとぼくは参加するよ」

「わたしたちだけみたい」ジーナがつけ加えた。「ブルースは留守だし、セイヤーは今朝出かけたきりだもの」

トニーは不思議そうにふたりを見た。「あなたたちは動揺していないの？」

「動揺だって？」デーヴィッドが言って、ジーナを見て顔をしかめた。

「ここの森に死体が捨てられて、そのうちのひとつを見つけたのはブルースだっていうじゃない」トニーは言った。

デーヴィッドがかぶりを振った。「きみやジーナが、その……客を拾って森のなかでいちゃついているのならともかく、そうでなきゃ心配する必要はないよ。もちろん殺された女性たちのことは気の毒に思う。それにブルースがあれほどおかしな態度をとったのも、今では理解できる。だけど動揺なんかしていないよ」

「用心さえしていれば大丈夫だわ」ジーナが言い添えた。「女というのはいつだって気をつけて行動する必要があるのよ」

トニーはうなずいた。「ええ、そうね」

「あなたは動揺しているの？」ジーナがきいた。

「いいえ」

「じゃあ、わたしたちとピクニックに行く？」

トニーはしばらく黙ったあとで言った。「遠慮させてもらってもかまわない？」

「どうして？」ジーナは少し傷ついたような口調で問い返した。

「ふた組のカップルにロマンティックなピクニックをさせてあげようと思って」

「おいおい、そんなのとは違うよ」デーヴィッドが言い返した。「ぼくたちはみんな友達じゃないか」

「だけど五人で行ったら、わたしは余計者になっちゃうわ」

「わたしたちはもともと五人だったじゃない。前回、スコットランドへ来たときも五人だったし、去年もそうだったわ」ジーナが反論した。

「みんな、すごく思いやりがあるから。あなたたちといるときに仲間外れにされたと感じたなんて言っているわけじゃないの。あなたたちだけで出かけたほうがいいと言っているだけ。それにわたし、少し村のなかをぶらついてみたいのよ」

ジーナはため息をついてデーヴィッドを見た。「じゃあ仕方がないわね。わたしたち四人だけということになるわ。それと羊」

デーヴィッドはトニーにくるりと目をまわしてみせた。「すごくロマンティックなピクニックになりそうだ」

「きっと楽しいでしょうね」トニーは言った。「あなたたちのことだもの、お皿やグラスを持っていって、丘の上でシャンパンをすすりながら、美しい山や谷を眺めて過ごすんでしょう」

「それにしても、どうして行きたくないの？　村へは前にみんなで行ったじゃない」ジーナが問いただす。

「ええ。だけどいつも買い物とか、金物店を探すとか、なにか用事があったでしょう。今度はひとりで観光してまわりたいの。ここには何世紀も前に建てられた教会や古い墓地があるのよ。それにほら、わたしはぶらぶらして過ごすのが好きだから。わたしと一緒だとみんなは退屈するに決まっているわ」

「トニーは孤独を愛しているのさ」デーヴィッドが言った。

「あなたはかびくさい教会や古い墓地が大嫌いじゃない」トニーが彼に指摘した。

「ぼくはいつも教会へ行くよ」

「もちろんそうよね。だけどやっぱりわたしがあまりぶらぶらしていたら、みんなに悪いと感じちゃうから」

「きみに会えなくて羊たちが残念がるだろうな」デーヴィッドが言った。

「わたしだって羊に会えなくて残念だわ。もちろん羊のうんちは別よ」トニーは言った。

　トニーはたっぷり時間をかけて支度をするつもりだったが、城にひとり残されてみると、困ったことに不安でたまらなかった。それもこれも、朝ジョナサンにあんな話を聞かされたからだ。彼女はハンドバッグをつかみ、早く城を出ようと階段を駆けおりた。

　レンタカーのミニバンは厩舎《きゅうしゃ》のそばにとめてある。小型のＢＭＷはセイヤーが乗っていったに違いない。ミニバンで充分だ。この際、どんな車だってかまいやしない。

　トニーは早足になりながら、なぜこんなに気持があせるのだろうとわれながら驚いた。

車のそばまで来た彼女は、はたと足をとめた。

厩舎のなかからなにかをこするような音がする。

馬がいるからじゃないの、ばかね！　トニーは自分をしかった。

だが、馬がたてる音のようには聞こえなかった。

彼女は厩舎の入口と車のあいだでためらった。あんな音をたてるのはいったいなにかしら？　まさか何者かが馬を盗もうとしているとか？

トニーはどうしていいかわからず、しばらくその場にたたずんだ。もしも誰かが馬を盗もうとしているなら、そしてそれをとめようとするなら、怪我《けが》をさせられるかもしれない。やめておこう。いちばんいいのは、すぐにここを離れて村へ行き、タヴィッシュ巡査を連れてくることだ。

だが、彼女がまだそこに立っているあいだに音が突然やんだ。見られたんだわ。そう考えたとたん、彼女は急に怖くなって車へ急いだ。

「こんにちは、ミス・フレーザー」

トニーは凍りつき、振り返った。厩舎の薄暗い入口にエバン・ダグラスが立っていた。しわくちゃの小柄な男はいつものにやにや笑いを浮かべている。薄気味悪い笑い方だわ、と彼女は思った。

「エバン」トニーはできるだけ陽気な声で言った。なぜか今日は彼を前にして不安を覚えずにはいられなかった。

「馬の世話をしてたんです」エバンは厩舎のなかを指さして言った。

「そう、ありがとう」トニーは快活に言った。

「あのかしげは……なんだか元気がなさそうで」

「かしげ？」トニーはききなおしたあとで、彼が言っているのは糟毛《かすげ》の馬のことだと気づいた。「まあ、そうなの。あとでライアンに見てもらいましょう」彼女は言った。

「あんたがちょっくら見てやっちゃあどうですかね？」

エバンとふたりきりであの暗い厩舎へ入れっていうの？　そんなの絶対にいや！

「うーん……わたしが見たって、馬が病気かどうかわからないわ。馬に詳しいのはライアンなの。でも、本当に具合が悪そうだったら、獣医を呼んだほうがいいんじゃない？」

「あんた方の誰かに見てもらいもしないで勝手に獣医を呼ぶのは、まずいんじゃないかと思って」

「かまわないわ。わたしが許可する」トニーは言った。彼女はエバンに無理強いされている気がした。この人はわたしを暗い厩舎のなかへ誘いこもうとしているんだわ。でも、エバンがこんなに薄気味悪くなかったら、わたしはこれほど気にするかしら。

するわ！　だって、この近くで女性たちが殺されたんだもの。そして、その死体が森のなかで発見されたんだもの。好き嫌いはともかく、この小柄な老人は不気味すぎる。

わたしたちがこんなにびくびくするようになったのは、ブルース・マクニールとジョナサンのせいだわ、とトニーは思った。それでもやっぱり厩舎のなかへ入る気はなかった。

「お願いだから獣医を呼んでちょうだい。教えてくれてありがとう。わたしはもう行かなくちゃならないの」

気持がせくあまり、トニーは一目散に車へ駆けだしそうになった。つくり笑いを顔に張りつかせてエバンに手を振り、足を速めた。

身についた習慣はなかなか消えない。トニーは左側のドアへ駆けつけてから、ここはイギリスだったことを思いだした。

エバンが見守るなか、彼女はきまり悪そうに苦笑いをして右側のドアへまわった。

「いいですね、注意して運転するんですよ！」エバンが大声で言った。

「わかっているわ。ありがとう」

運転席へ乗りこんだトニーはエンジンをかけ、ごつごつしたドライブウェイを進みだした。自分に腹が立ってならなかった。彼女は昨日みんなで川遊びをしたときに森へ入った地点のそばで車をとめた。

手が震えていた。

ばかばかしいったらない、とつぶやきながら車のギアをパーキングに入れた。今まで自分はこれっぽっちも偏見を抱いていないと誇りに思ってきたけれど、それもこれまでだ。

エバンにおびえたのは、彼があんなに奇妙な容貌をしているからだ。

だけどそれをいうなら、わたしはエバンのことを実際はなにも知らない。彼はいつもただ……近くにいる。城の管理をしているのだ。わたしたちが仕事をしているときに何度か手伝ってくれた。彼の姿を見かけるときもあれば、見かけないときもある。でも、たとえ見かけないときでも、きっと彼はどこかそのあたりにいて、わたしたちを見張っているのに違いない。

トニーは本当にばかばかしくなり、深呼吸をひとつしてから車のギアを入れようとした。エバンはブルース・マクニールのために城の見張りをしているのだ。わたしたちは知らなかったけれど、ブルースに報告するのが彼の仕事なのだろう。

そのとき森のほうでなにかが動いたので、トニーは視線を向けた。

大きな黒馬にまたがったブルースが、川へ続く森の入口にいた。彼女は手をかざしてまぶしい日差しを遮り、もっとよく見ようとした。ブルースは彼女を手招きしていた。じりじりしているように見える。

「なんなのよ?」トニーはつぶやいた。「わたしたちに森へ入るなと言っておきながら、今度は入ってこいと手招きしているなんて!」

それに、今朝のジョナサンのサングラスの話のこともあるし……。

トニーは眉をひそめ、サングラスを持ってくるんだったと思いながら車から出た。ブルースが再び手招きする。大きな黒馬が向きを変えて小道を進みだした。

「いったいどうしたっていうの……?」トニーはつぶやいた。

彼は森のなかに姿を消した。彼女がついてくることを少しも疑っていないようだ。

「はいはい、わかったわよ」トニーは言った。ブルースと一緒にいる限り、森へ入っても安全だろう。だが、彼は森に捨てられたふたつの死体の片方を発見したのだ。「わたしが行くのはそこまでですからね」そう言ったあとで、トニーは相変わらずひとりごとを言っている自分に気づいた。森の目の前まで来ると、昨日抱いたのと同じ奇妙なためらいに再び襲われた。昨日はみんなと一緒だったのに！　それに、そのときはまだ死体のことを知らなかったのに！

こんなの、ばかげている。ブルースを信用しちゃいけないわ。そうは思ったものの……トニーは彼を信用した。心のどこかにブルースに対する不安があったものの、彼女の魂がそれに逆らった。

なぜか今は、彼のあとをついていかなければならない気がした。

森のなかへ入ったとたん、またなにも見えなくなった。明るい日差しのもとから、うっそうと葉を茂らせている暗い森へ入ったからだ。

「ブルース！」トニーはいらだって呼んだ。「ここより奥へは行かな――」

馬をおりた彼がトニーの目の前にいた。

「驚かさないで！」彼女は言った。

〝頼む、一緒に来てくれ〟

トニーはブルースがそっとささやいた気がした。だが、実際に発せられた言葉なのかどうかわからなかったので、自分は頭がどうかしたのかもしれないと思った。

彼女は身を翻して逃げだしたかったが、なぜかできなかった。どうしても。彼についていかなければならない。彼女は引き寄せられるのを感じた。

「だったら先へ行ってしまわないで、待っていてちょうだい！」トニーは怒りのこもった声で言った。彼女はB級ホラー映画に出てくる、狂気の殺人者に襲われる寸前の頭のよくないティーンエイジャーみたいな気分だった。

でも、そんなのばかげている。ブルースがちゃんと目の前にいるじゃない。彼は絶対にわたしを傷つけない。それは直感的にわかる。

とはいえ、直感には頼りたくない。そう、夢を見たくない。残虐な場面をまざまざと見せつける、あのおぞましい幻影をしめださなかったことを、断じて認めたくない。

「ブルースったら。待ってよ！」

だが、彼は待っていなかった。トニーは今さら引き返せなかった。

彼女は追いつこうとして急ぎ、足場の悪い小川のほとりまで来てよろめいた。爪先を岩にぶつけ、立ちどまって悪態をつく。足をさすりながら思った。本当に頭にきたわ。今度こそブルースにさっさとどこへでも行ってちょうだいと言ってやろう。だが、トニーが目をあげたときには、彼の姿はどこにもなかった。

それと気づかぬうちに、トニーは思ったより森の奥深くへ入りこんでいた。

周囲の大きな木々は緑濃い枝葉を茂らせて、不気味な暗がりをつくっている。しかも突然あたりは深い静寂に閉ざされて、小鳥のさえずりも虫の羽音もしなくなった。

まるで世界がじっとなにかを待っているかのようだ。

「ブルース！」ためらいがちに呼んだ声が、静けさのなかでぎょっとするほど大きく聞こえた。

するとそのとき……。

トニーは小川の流れをたどって進んだが、せせらぎの音さえ静寂を乱しているようには思えなかった。前方で水が小さな岩と落ちた枝にぶつかって跳ねていた。彼女は友人たちと笑いながらずぶ濡《ぬ》れになって水遊びをしたときのことを思いだし、その光景を必死に脳裏にとどめようとした。

だが、できなかった。

トニーは落ちた大枝を見つめた。水の上に青々とした葉があるのが、いかにも場違いに見える。たしかに森の一部ではあるが……人の手によってそこへ置かれたかのようだ。

だめ！　心のなかで声が叫んだ。

トニーは恐怖にとらわれた。相変わらずあたりは静寂に包まれている。森や木々、茂み、魚、鳥、虫、そして空気さえもが、じっと息をひそめて待ち構えていた。そしてなにかを見張っている。

前進する勇気を奮い起こすずっと前から、トニーは自分がなにを発見することになるのかわかっていた。わかってはいたけれど、わかりたくなかった。やがて平静さをとり戻すと、恐怖はやわらいだ。

彼女は決然たる足どりで進み、枝を持ちあげようとした。思ったよりもはるかに重く、数センチだけ引きずった。

悲鳴が喉までせりあがってきたが、口から発せられはしなかった。

骨。彼女が見つけたのは骨だった。

8

「ああ、丈高い草に覆われ花の咲き乱れる丘、心地よいそよ風、なんてすがすがしいんだろう！　これ以上の贅沢《ぜいたく》は望めないよね」ケヴィンがブランケットの上へ仰向けに寝そべって言った。

ライアンはシャンパンをすすりながら、自分もほかのみんなと同じようにのんびりできたらいいのにと思った。

「これでビールさえあったらな。冷えたバドワイザーなんかがさ」彼は言った。

「ぼくたち、不満が多すぎやしないか」デーヴィッドが言った。

ライアンは肩をすくめ、立ちあがってのびをした。「トニーも一緒に来ればよかったのに」彼はつぶやいた。

「もちろん、わたしだってそう思うわ」ジーナが言った。「だけど……どうして？」

「さあね。たぶんぼくはトニーが心配なんだろう。誰もいない城をうろついているなんて……それにひとりで村へ行くっていうし」ライアンは言った。「いったい彼女はなにをするつもりだろう。いろいろ質問を浴びせて……村の人たちをいらだたせてしまうんじゃないかな」

ケヴィンが笑い声をあげた。「やめてくれ、ライアン！　きみの話を聞いていると、あの『光る眼』をつい思い浮かべてしまう」

ライアンが振り返って彼らを見た。「実際にそうかもしれないぜ」

「まあ、ライアン！　あなたはここが気に入ったとばかり思っていたわ」ジーナが言った。

「好きだよ」

「だったら……？」デーヴィッドがきいた。

ライアンは首を振った。不安が心に居座っていた。彼はジーナを見つめた。ジーナはライアンをよく知っているだけあって彼の気分を感じとったらしく、幸せそうには見えなかった。ジーナは彼の腕にふれて言った。「わたしたちは今、お友達とピクニックに来ているのよ、ライアン」

「わかってる」

「きっとなにもかもうまくいくよ。こういう状況で望める限りだけど」デーヴィッドがライアンを慰めた。

「ああ、そうだろうとも。背の高い男がどでかい馬に乗って現れたと思ったら、ぼくらは今までためた貯金をだましとられたのがわかった。次にその男が殺人の被害者の死体を森で発見したと知らされた。そして今はトニーがひとりで城にいる。ブルースがぼくらより先に戻ったらどうする？　ぼくらはあの男のことを、ほとんどなにも知らないんだ」ライアンは一気にまくしたてた。

「彼は領主だよ」デーヴィッドが言った。

「それがどうした？　バートリ伯爵夫人は大勢の処女を切り刻んで、血の風呂に入ったんだぜ」ライアンが言い返した。

ジーナがこちらをにらんでいた。警告しているのだろうか、と彼は思った。

「あの領主はやけに親切だったな」デーヴィッドが言った。

「なんだって？　彼が自分の城のなかでぼくたちを切り刻むとでも？」ライアンが言った。

「まあ、ライアン、やめて！　お願い」ジーナが懇願した。

「ぼくはブルースが好きだよ、本当だ」デーヴィッドが言った。「それよりライアン、きみは一緒に馬で出かけたり、馬の話をしたりと、ぼくらのなかでいちばん彼と親しいじゃないか」

「もちろんだ。最初の晩、ブルースは昔の猛々《たけだけ》しい戦士みたいに登場したが、それはぼくらが彼の城にあがりこんでいたからだ。それに彼は馬の扱いがうまい。ああ、たしかにぼくは彼が好きだよ」ライアンは言った。「尊敬さえしている」考えこむようにつけ加えた。

「ぼくもだ。ブルースは敬意を払うことを要求するが、ぼくらにずいぶん親切だった」ケヴィンが同意した。「あのさ、例の若い女性たちが行方不明になったとき、きっと彼は国内にさえいなかったんだよ」

　ジーナが激しく身震いした。「彼はいなかったかもしれないけど、でも……」

「でも、なんだい？」ケヴィンが尋ねた。

「なんでもない」ジーナは言った。「本当になんでもないわ」

「きみがなにを言おうとしたのかわかるよ」デーヴィッドがジーナを見つめて言った。「ぼくたちはたぶんこの国にいた……そう、少なくともふたりの女性が行方不明になった時期に」

「いったいなにが言いたいんだ？」ライアンがきいた。

「ぼくらはいつも一緒にいるから大丈夫だってことさ」デーヴィッドが答えた。「ジーナとトニーに気をつけていてやれるからね」

「ええ、それにわたしたちが売春婦ではないってことも幸いしているんじゃないかしら」ジーナが現実的なことを言った。

「たしかに」デーヴィッドが同意した。

「ねえ、そんな話はやめてピクニックを楽しもうよ。シャンパンでもなんでも飲んでさ」ケヴィンが言った。

　それでもライアンの緊張は解けなかったが、彼はブランケットの上のジーナの横に座って目をつぶり、妻が肩の筋肉をもみほぐしてくれるのに任せた。

トニーは泥と岩から突きでている頭蓋骨《ずがいこつ》や、土で黒くなったと思われるわずかな肉を見た。骨に張りついている長い髪や服の断片も見える。小川のほとりで形成された黒い腐葉土によってくっつけられたかのようだ。

〝逃げなさい！〟頭のなかで生存本能の声が叫んだ。〝叫ぶのよ！　すぐに叫び声をあげて、死にもの狂いで駆けだしなさい！〟

だが、彼女は叫ばなかった。それ以上見るまでもなかった。被害者が誰であれ、この骸骨はかなり長いあいだここにあったのだ。今さら脈を調べる必要はないし、水から引きあげようとしたところで無駄だ。

〝逃げなさい！〟声が繰り返した。〝さあ！　早く！〟

トニーは甲高い悲鳴をあげながら、薄暗い不気味な森のなかを逃げだそうと思った。けれどもそうしなかった。彼女はその場にとどまって、今この瞬間目にしているものを細部に至るまで脳裏に焼きつけようとした。それがあとで重要になるかもしれない。

そのあたりは水の深さがせいぜい五、六十センチしかなく、骸骨は巨岩に引っかかって、トニーが大きな枝を動かすまでほとんど隠れていた。近くを通る人がいても、長いあいだ気づかれなかったに違いない。いつからここにあったのだろう。雨でよそから運ばれてきたのだろうか。それとも雨で土が流され、長いあいだ埋まっていたのが表に出てきたのだろうか。

ようやくトニーはゆっくりと体の向きを変えた。駆けだしたりしたら、下生えに足をとられて転び、怪我《けが》をするかもしれない。ブルースに追いつこうとあせって小川をたどるうちに、森の奥深くへ来てしまった。だが、道に迷うことはないだろう。流れをたどっていきさえすればいい。

彼女は恐怖について考えないようにした。恐怖はパニックを引き起こす。転んで足首をくじいたりしたら、森を出られないうちに夜になってしまう。

さっき、トニーは前方にブルースがいるのを確信して叫びながら来たけれど、今は口を閉ざして慎重に足を運んだ。

彼女は相変わらず感じた……見られているのを。しかし不思議なことに、見られているという感覚は恐怖をもたらさなかった。木々が動きだして枝を腕のようにのばし、彼女をつかまえてしまうことはなさそうだ。彼女はただ帰っていくのを見られていた。

あの骸骨は、わたしたちがティリンガムへ来るずっと以前から隠されていたのだ。緑色の暗がりから自分を見つめているなにかを見るのが怖くて、トニーは視線を前方に据えていた。

まっすぐ前を、まっすぐ前を見て歩くのよ。走ってはだめ。落ち着いて、落ち着いて、流れをたどっていけば出られるわ。

とうとう彼女は森の外へ出た。そこはさっき森へ入ったときと同じ地点だった。

車がなくなっているかもしれないと思ったが、ちゃんとそこにあった。運転席に乗りこんだトニーは、自分がおびえきっていることに気づいた。ほかの死体もティリンガムの森で発見された。今見つけたのは殺人犯の最初の犠牲者の死体だろうか？　行方不明の届けが出されていない女性の？　社会とも人生とも縁が切れた誰かの？

恐怖がじわじわと心にしみこんできた。ここは大量殺人の現場なのだ。たしかに、女性たちが誘拐されたのはほかの土地だ。しかし連れてこられたのはこの場所なんだわ。

それはつまり、殺人者がこの土地に詳しいということ？　ここへ死体を捨てれば、発見される確率はきわめて低いとわかっていたの？　こういう環境では死体はひどく腐乱するので、手がかりはなにも残らないと知っていたの？

トニーは震える手でハンドルを握り、これからどうしようかと考えをめぐらした。いちばん手っとり早いのは城へ戻って電話をかけることだ。

でも、城にはエバンがいる！　エバンを思い浮かべただけで、トニーはヒステリーの発作を起こしそうになった。彼がこんな行為を働いたなんて、ありうるかしら。

エバンは決して城を離れないように見える。たとえ離れることがあっても、そう遠くへは行かないようだ。

だけど、誰も知らないときに、彼がこっそり車に乗って、誰にも顔を知られていない大都市へ出かけていたとしたら？　金のために通りで客を拾っている女たちは、とうてい魅力的とは言えない男性に応じることにだって慣れているのでは？

トニーはふいにハンドバッグに携帯電話が入っているのを思いだし、振り向いて探そうとした。そのとき、すぐ脇《わき》の窓をたたく音がした。

彼女はぎょっとして向きなおった。

エバンだった。窓ガラスに顔を押しつけている。ぞっとするほど気味が悪かった。いわれのない恐怖がトニーの全身を駆けめぐり、ついに甲高い悲鳴がほとばしりでた。

イグニッションキーをまわそうとしたが、キーがついていなかった。彼女はエバンに目を据えたまま座席を手探りした。彼は不思議そうな顔で後ずさりした。

キーを見つけたトニーは、三度試みたあとでやっとイグニッションに差しこんだ。

トニーがアクセルペダルをいっぱいに踏むと、エバンは文字どおり飛びのいた。

彼女は後ろも振り返らずまっしぐらに村へ車を走らせた。

ロバート・チェンバレン警部補は三十五歳、背が高く筋肉質で、黒褐色の髪には早くも白いものがまじりはじめている。苦労の多い仕事のせいだと、いつだったかブルースは本人の口から聞いたことがある。

ふたりはともに警察に入ったときからの知りあいだった。しばらくエディンバラのロジアン・アンド・ボーダーズ警察で一緒に働き、その後ブルースは退職してロバートは異動になった。最初に会ったときから今日に至るまで、ふたりの友情は少しも変わっていない。一年前に森で死体を発見したとき、ブルースは現場へ駆けつけたジョナサンやその部下たちの捜査技術の欠如に愕然《がくぜん》とした。なるほど彼らはそうした事件を扱った経験がない。しかし経験がないのなら、専門知識のある警察の部署へただちに連絡すべきではないか。ブルースが警察をやめてもう何年にもなるが、ロバートは今でもしばしば事件について相談を持ちかけてくる。ブルースはこれまで何度も適切なヒントや手がかりや情報を与えて、ロバートの役に立ってきた。そして今、ふたりの大きな心配ごとは、行方不明の女性とその殺人事件だった。

ロバートとブルースはエディンバラのグレイフライアーズ教会の墓地近くにあるパブに座っていた。そこの墓地には、主人の墓を十年間守りつづけたあの有名なテリア、忠犬ボビーが主人のかたわらに眠っている。ロバートの表情はずいぶん暗かった。

「ジョナサンは部下たちに捜させたと言っている」ロバートは言った。「森をくまなく捜索したが、死体を発見できなかったそうだ」彼は白くなりかけている髪に指を走らせた。

「難しい事件だ。これまでわかっているのは、女がひとり一週間前から行方不明になっているということだけ。彼女はきみがエディンバラへ到着した直後に姿を消した可能性が高い。きみに戻ってきてもらう必要があることは明らかだ。だから、きみが来てくれたことを感謝している」

　ブルースは肩をすくめた。「気持が落ち着かなかったんだ。いずれにしても来る必要があった。実際のところ、戻ってきてよかったよ」

　ロバートがうなずいた。「アニーに関しては推測の域を出ない。彼女がいつ消えたのかも正確にはわからない。彼女の〝友人たち〟が注意を払っていなかったからだ」彼はテーブルの上のファイルをブルースのほうへ押しやった。「アニー・オハラ。北アイルランド出身で、五年ほど前にベルファストからやってきた。わかっている限りでは仕事についていない。合法的な仕事にはという意味だが。五年間に三度逮捕されている。麻薬常用者だが、今はまだ常習者特有のやつれた顔にはなっていない。ロイヤルマイルで客を拾っているところを二度しょっぴかれ、二度とも釈放された。そのあたりの事情はきみも知ってのとおりだ。それはともかく、五日ほどしてからやっと友人のひとりが彼女がいないことに気づいた。しかし、アニーがいつどうやって姿を消したのかは、まったく知らなかった」

　ロバートは肩をすくめた。「誰にもわかりゃしないさ。彼女はアイルランドへ帰ったのかもしれない。だが、ヘレン・マクドゥーガルが一年前に同じような形で姿を消して、きみがその死体を森で発見した。半年前にはメアリー・グレンジャーが姿を消して、エバンがその死体を森で発見した。そのことからして、残念ながらアニーも死体となって発見される可能性が高いと踏んでいるんだ」

「あの森のなかで」ブルースは苦々しげにつぶやいた。

ロバートは肩をすくめた。「そうとも言えない。殺人犯は死体を捨てるのに都合のいい別の場所を見つけたかもしれないぞ」

「なぜわざわざそんなことをする？　ジョナサンは死体が発見されたことをたいして気にしちゃいない。自分がなんとかすべきだとはまったく考えていないんだ。なにしろ女たちが行方不明になったのがグラスゴーやスターリングやエディンバラだからな」

「まあ、殺人犯が大都市を舞台に活動していると彼が考えるのも理解できるよ」

「たしかにぼくらの村に歓楽街はないからね」ブルースは言った。しかし、ジョナサンに対する憤りは消えなかった。あの古くからの友人は、変質者が自由にうろつきまわっていて、しかも日ごとに危険の度を増している事実を心配するよりも、ブルースの行動のほうに疑惑を抱いているらしい。今日もここへ出かけるときに、村でばったりジョナサンと会った。どうやらブルースを捜していたと見え、最近財布をなくさなかったか、とか、ひょっとして〝なりすまし詐欺〟の被害に遭わなかったか、などとしつこくきいてきた。たしかにジョナサンの考えにも一理あることは認めざるをえない。あの城が貸しに出された事実を、ほかにどう説明したらいいのだろう。ジョナサンによれば、あの城に関するウェブサイトはひとつもないし、これまで調べた限りでは合法的なウェブサイトのなかにあの城のことを載せているものはひとつもなかったという。

　それでもブルースは詐欺事件を調べるにあたってさえ、ジョナサンよりもロバートの知識を――そして当然ながら大きな警察署の詐欺担当部署を――はるかに信頼していた。ジョナサンが憤慨するのも理解できなくはないが、ティリンガムのような小さな村では、そうそう大きな犯罪は起きないのも事実なのだ。

「ああ。もちろんこれはジョナサンが考えているよりもずっと深刻な事件だ」ロバートが言った。「だからといって、彼が地元の警官を総動員してティリンガムの森を徹底捜査しないことを非難するつもりはないよ。この女が姿を消したのはわかっていても、彼女が犯罪に巻きこまれた証拠は今のところなにもないんだからね」

　ブルースは椅子の背にもたれて首を振った。「きっと殺人犯は被害者の死体とともにティリンガムへ戻ってくるだろう。われわれが死体をひとつ発見しただけなら、あの森が殺人犯にとって死体を捨てるのに便利な場所だっただけという仮説も成り立つ。しかし、ふたつめの死体が発見されたとなれば？　殺人犯はティリンガムの森を自分のごみ捨て場として使っているに違いない。やつはこれからも同じことを繰り返すだろう。ぼくはその背後に〝理由〟があるのではないかとさえ考えているんだ」

　ロバートも困惑した様子だった。「なあ、ブルース、きみはこの事件に対して主観的になりすぎているよ。ティリンガムの森は深くて木々が生い茂っている。ふたつの死体は、発見されたときには腐敗がひどくて、犯人につながる手がかりはなにひとつ得られなかった。毛髪も繊維も精液もわれわれの手もとにはない。殺人犯が忌まわしい犯行の痕跡《こんせき》をあの場所に隠したことには、なんら個人的な理由はないんだ。そこからわかるのは、やつが考え抜いて犯行に及んだこと。そして、どうすればしっぽをつかまれずにいられるかを知っている、きわめて狡猾《こうかつ》な殺人者であることだけだ」

「ぼくの家の裏庭とも言える場所に死体を捨てられたら、主観的にならないわけにいかないよ」ブルースは言った。「考えられるのはふたつにひとつ。殺しのスリルを楽しんだ狡猾な異常性格者が、はるばるティリンガムまで死体を捨てに来ているのかもしれない。あるいはティリンガムの森が死体の捨て場所としてもってこいだと知っている地元の誰かが、被害者をあさりに遠くへ出かけているのかもしれない」

「きみは警察にとどまるべきだったよ、ブルース」ロバートが残念そうに言った。「きみは優秀だった。きみがいなかったら、われわれはハイランドヒルズの殺人犯たちを永久につかまえられなかっただろう。きみが犯人の心を読めることは、かなり気味が悪かったがね」

「行動科学というやつさ」ブルースは手を振って言った。十年ほど前に警察が展開した大がかりな捜査は、思いだしたくもない。あの事件では、男が十代の少女を誘拐しては強姦《ごうかん》し、切断した死体をエディンバラやその郊外にばらまいたのだった。全部で四人の少女が殺害された。ブルースにとって胸の痛む捜査だった。「あのときは被害者の友人たちから手がかりを得ることができた。被害者を最後に目撃した友人のひとりが、少女が車の助手席の女性に道を教えているのを見たと話してくれなかったら、ふたりの人間が犯行に関与していたとは絶対にわからなかっただろう。そのときでさえ、ぼくは最初、自分を疑ったんだ」

嘘《うそ》だった。ブルースは自分を疑いはしなかった。彼がどれほど強く殺人犯たちと結びついていたかは、考えると恐ろしいほどだった。ある日、エディンバラ郊外の丘の中腹に立っていたとき、彼は突然、殺人犯は単独で行動しているのではなく、女もひとりかかわっているに違いないと察したのだ。そうでなかったら、どうして殺人犯は、見知らぬ男に警戒心を抱いている少女たちを誘いだせただろう。それからは小さな手がかりのつじつまが合いだした。タイヤ痕は犯人の車が大都市へ戻ったことを示していた。誘拐された少女のひとりが通う学校の周辺地区にはパブがひとつしかないので、ブルースはそこで見張りながら空き時間を過ごすことにした。彼の注意を引いたのは、テーブル越しに手を握りあって絶えずくすくす笑ってはささやきあっている魅力的な若い夫婦だ。ふたりの会話が聞こえたのでも、どんな会話を交わしたのかを頭に思い浮かべたのでもなかったが、ふいに彼は確信を抱いてふたりのあとをつけた。

ある日の午後、ブルースは想像してみた。あの若い夫婦が本当にぐるになって少女たちをこそこそつけまわしているとしたら、どの道筋をたどるだろう。そして学校の周辺を車でまわりながら、男の心のなかに入りこみ、殺人犯と同じように考えたり感じたりしようとした。すると、少女たちを追いかけるスリルと妻をいたぶる快感が見えた。

そしてとうとうブルースは、その夫婦がいつ、どのように行動したかを確信するに至った。妻が迷ったふりをして少女に道を尋ね、その少女がひとりで帰宅するときをねらって再び近づき、言葉巧みに車のなかへ誘いこむ。少女は車中で薬を打たれる。死体にモルヒネを打った跡があったので、ブルースはその点に関して自分の直感が働いたとは考えなかった。それから少女は夫婦の住まいへ連れていかれる。一階建ての彼らのアパートメントは労働者の住む地区にあるので、巻かれた寝具や絨毯《じゅうたん》を夫が運びこんでも気にとめる者はいない。いったんなかへ入ったら、妻は夫の命令に従って少女が逃げないよう見張っている。男はおびえた少女を強姦したあと、気を失っている少女のかたわらで妻とセックスをする。それから哀れな少女はバスルームへ連れていかれ、血を洗い流せるようにバスタブのなかで殺される。

その筋書きを上司たちに話すと、彼らはブルースの頭がどうかしてしまったと考えた。たとえそうでないとしても、彼がパブで夫婦を見かけて住まいまで尾行したという理由だけでは、そのふたりを逮捕できないという。

けれどもある嵐《あらし》のあと、ブルースは友人に頼んで、夫婦の車がパブのそばに残していったタイヤ痕の型をとらせた。それは、少女の死体が発見された場所に残っていたものと一致した。その証拠だけでは有罪はおろか裁判に持ちこむのにも充分ではなかったが、司法制度を通して真に必要なもの、すなわちＤＮＡサンプルを入手するためには申し分なかった。解決までに数カ月を要したその事件は、ブルースの心をむしばみ、マギーとの最後の貴重な時間を彼から奪った。

ブルースが退職願の理由にしたのはマギーの病気だった。彼が決して復職しなかったのは、自分が殺人犯の心に接近できるとわかったからだ。

「そうだろう。ああいう男が自分と同じくらい残虐行為に熱心な妻を持っていたなどと、誰が想像しただろう」ロバートは嫌悪感をあらわにした。「少し前にカナダで似たような事件があって、妻にはばかばかしいほど軽い刑が言い渡された。弁護団は彼女自身も被害者だったと主張したのさ。もはやその犯罪行為の責任が誰にもないかのようだ。ハイランドヒルズの事件でも、夫には終身刑が言い渡されたが、妻はあと十年もしたら刑務所から出てくるかもしれない。しかし肝心なのは、きみのおかげであの事件が解決したということだ」

ブルースは一瞬、深い不快感を覚えた。「当時、警察は全力をあげて捜査にあたった。ロバート、きみも知ってのとおり、仮に被害者が著名人の娘だったら、マスコミが大騒ぎして、ジョナサンだっておざなりなとり組み方はせず、部下たちに真剣に森を捜索させただろう」

「悲しいことに、それが世の常ってものだ」ロバートは同意して、机を指でとんとんとたいた。「そうとも、小さな国にだってそれなりに頭の変なやつはいるものさ」彼は手をあげて都会を指さした。「エディンバラ。その昔、バークとヘアが金儲《もう》けになると思えば人を殺すという残虐非道を繰り返した都会だ。五年前には郊外に住む男が月にひとりずつ移民を殺害した。そいつに言わせると社会正義のためなんだと！　わが国の民族がもはやそれほど〝純粋〟でないのが気にくわなかったらしい。しかしティリンガムは……きみもよく知っているように何世紀も暴力沙汰《ざた》がなかった。たとえそこで悲劇が繰り広げられたとしても、常に戦争絡みや敵対する氏族同士のものだ。今度の事件は氏族による復讐《ふくしゅう》劇では断じてない。とはいえ……あの森に関しては、ジョナサンもそれなりに頭を悩ませているようだ。いかがわしい行為にふけろうと森へ入った若者が十人以上、なにかがいるとすさまじい悲鳴をあげながら逃げだしてきたんだからな。迷信は誇張されていく。地元の警官たちは森へ入るのがいやだから、適当な捜索しかしない。よし、ぼくが中央の警察署にかけあって森を調べさせるように手配しよう。それできみも少しは安心できるんじゃないか？」

「ああ、そうしてもらえたらありがたい」ブルースは言った。

「さてと、ほかの問題……きみの城に居座っているアメリカ人たちは？」ロバートがきいた。

「彼らはどう見ても本物としか思えない賃貸借契約書と観光ガイドの許可証を持っているんだ」ブルースはそう言ってにやりとした。「今でも彼らはこう思いたいんじゃないかな。ぼくが税金不払いで土地を没収されたのに、土地が自分のものではないという事実を受け入れられないでいるってさ」

「まさか！」ロバートが笑って言った。

「いいや、本当だ。現に彼らのひとりが今の考えを口にしたんだからね」

「彼らはきみがなにをしているのかを、つまりきみが何者なのかを、知らないいんじゃないのか？」ロバートが尋ねた。

「ああ、彼らのなかのスコットランド人でさえも知らないんだ。正直なところ、その男はかなり疑わしいと思っている」

ロバートは肩をすくめた。「今のこの時代にかい？　まあ、そういうことだってないとも限らんさ。グラスゴーでは人々はなにかというと……そうか、グラスゴー出身だったな」

ブルースはロバートに向かって眉をつりあげた。

「なあ、ブルース、きみはローモンド湖のほとりのぼくの生まれ故郷を知っているよな。あそこにはなにもない。警官になりたかったぼくとしては、グラスゴーへ出る以外に道はなかった。本当だ。それはともかくとして、彼がスコットランド人なら、明日までに彼の経歴を調べてやるよ。きみの城にいる全員についても調べられるが、アメリカ人となれば少々時間がかかるかもしれない。それから彼らが持っている書類についても、コピーを入手できさえしたら、さっそく詐欺担当の連中に指示して、城を貸した人物の割りだしやユーロチェックを受けとった人物の捜査にあたらせることができる。ユーロチェックだったよな?」

ブルースは肩をすくめた。「トニーはそう言った」

「ポンドではなく?」

「確認はしなかったが、耳には自信がある。彼女はたしかにユーロチェックと言った。おそらく仲介業者はヨーロッパ発見を手助けする会社とかなんとか称していただろうから、たとえスコットランドの不動産であれ、ユーロチェックで支払うのはそれほど不思議でもなかったんじゃないかな」

「で、きみはすぐに彼らを追いだしはしなかったんだな?」ロバートが言った。

ブルースはかぶりを振った。「ぼくの城で彼らが芝居を演じていると知ったのは、金曜の夜遅くだったからね」

「まったくうまいことを考えついたものだ」ロバートが考えにふけりながら言った。「彼らは墓場ツアーやなんかで大儲けしている。人々が残忍なことを喜ぶのは否定できない事実だ。みんなちょっとしたスリルを味わいたいのさ。悪人が邪悪な行為を働いたのは何世紀も昔だとわかっていれば、わが身に危険は及ばないと安心していられるからな」

「彼らがあのアイデアを思いついたのはエディンバラにいたときらしい」ブルースは言った。

「それはどれくらい前の話だ？」ロバートが尋ねた。

「正確なところは知らない」

「すると彼らは以前にもスコットランドへ来たことがあるんだな？」

「ああ、そう話していた。なぜだ？　それが重要なのか？」

ロバートは首を横に振った。「興味を覚えただけさ。彼らがこれまで何度かスコットランドへ来たことがあるからといって、ああいうちっぽけな村について詳しく知っているはずだと決めつけられるわけじゃない。それにきみの話では、彼らはよくやってくれたそうじゃないか。事実、きみの城は大いに手を入れる必要があった」

「まあね、ほったらかしておいたから。しかし、以前はいつも……うん、あの城をきれいに修繕して名所にするのがマギーの夢だった。彼女が亡くなって……」

「あれからもう十年以上がたつぞ」

「わかっている。お説教はごめんだ。ぼくは自分の生活を続けてきた。ちゃんと社会的役割を果たしているよ。世界じゅうを旅してまわって、金持から金をせしめては貧乏な人々に分け与えようと努力しているんだ。ただ自分の城にまで資金がまわらないだけでね」

「じゃあ、きみのところに寝泊まりしている連中は、きみがなにをしているのか、きみが何者なのかを全然知らないのかい？　それから、あの城はきみが家と呼ぶようなしろものではないってことも？」ロバートが言った。

「ああ」

「なにか理由があって秘密にしているのか？」

「そうじゃない。誰からもきかれなかっただけだ。自分でもよくわからないが、たぶんそんなところだろう」ブルースはそう言ったあとで訂正した。「ぼくらは互いに相手を少し警戒しているのかもしれない。なるほど彼らは自分たちで言っているとおりの人間に見える。とはいえ……正直なところ、帰宅して彼らの計画について話を聞き、それからトニー・フレーザーが城にまつわる物語を創作しただけでなく、彼女が考えだしたブルース・マクニールの妻の名前さえ史実どおりだったと知ったときには、奇妙な気分になったよ」

ロバートがばかばかしいとばかりに手を振った。「そういうことはしょっちゅう起こるよ。人は前に聞いたことがあるのを忘れてしまって、自分が独自に考えだしたと思いこむんだ」

「ああ、たしかにそういうことは誰にでもある」ブルースは同意した。「しかし、トニーといろいろ話してみたが、彼女は自分で考えだしたと確信しているんだ。それだけではない」
「なんだ?」
「トニーはおびえている。血の滴る剣をさげたぼくの祖先が、ベッドの足もとに立ってい
る悪夢に悩まされているんだよ」
それでもロバートは動じなかった。「そんなの不思議でもなんでもないさ。彼女は昔の
領主の城で寝ているんだから」
「そんなことを言えるのは、きみがその場に居合わせなかったからだ。悪夢から覚めたと
きの彼女の表情ときたら」
ロバートは彼に向かって眉をつりあげた。「彼女は女優なんだろう?」
「ああ」
「ひょっとして、そう、単なる可能性としてだが、きみは自分がだまされているかもしれ
ないとは考えないのかい?」
「歴史上まれに見る詐欺師ならともかく」
「たしかにきみはだまされるような人間じゃないからな」ロバートは考えこむように言っ
た。「詐欺事件はぼくの管轄外だが、いいとも、調べてみよう」
「ありがとう」
ロバートの携帯電話が鳴った。彼は失礼、と言って電話に出た。ブルースは友人の顔に

驚きの色が浮かび、それから気づかわしそうな表情が浮かぶのを見た。

ロバートが電話を切ってブルースを見つめた。

「今すぐきみと戻らなくちゃならない」ロバートは言った。

「なにがあったんだ?」ブルースはきいた。彼の胸に早くも不安が芽生えていた。

「死体が発見された」

ブルースは寒気を覚えた。それでも驚きはしなかった。

「死体って……アニー・オハラのか?」

「わからない。部下の巡査部長が緊急連絡を受けて、すぐにこっちへ知らせてきたんだ。ジョナサンと検死官が現場へ向かっているそうだ。たとえ腐敗がそれほど進んでいなくても、持ち帰って死体解剖をしなければ、彼らには誰の死体かわかりゃしないだろう」

「なんてことだ。見つかったのは、あの森のなかでか?」

「ああ。しかもそれだけではない」ロバートは奇妙な目つきでブルースを見つめた。

「なんだ?」

ロバートは信じられないといった様子で立ちあがった。「道すがら話してやろう。彼らが現場を台なしにしてしまう前に着きたいんだ」

「待てよ、ロバート。それ以外になにがあるというんだ?」ブルースは答えを迫った。

「死体を発見したのは、きみのところの宿泊客のひとり、ミス・フレーザーだ」

9

トニーは奇妙なほど落ち着きをとり戻した。村に着くと、ぶらぶらしていた警官は彼女がヒステリーを起こしているとは思わなかったようで、ジョナサン・タヴィッシュに連絡をとってくれた。そのころには、彼女は早くもエバンに対する振る舞いを後悔していた。彼を疑う理由はなにもなかったのだ。うっそうとした暗い森から離れて、無残な死体が目の前から消えてみると、彼女は気持がしっかりするのを感じた。

ジョナサンが来たので、トニーは森へ入っていって枝を動かしたいきさつを語った。ふたりが座っているのは彼のオフィスだ。彼女のすぐそばに座っているジョナサンは、日曜日に普段着で出てきた隣の家の少年みたいに見えた。

「なあ、トニー、なぜひとりきりで森の奥へ入っていったんだ？　今朝、ぼくは森へ入らないほうがいいと説明したんじゃなかったかな」

「ブルースを見たの」彼女は言った。

ジョナサンは首を振った。「そんなはずはない。きみたちと別れたあと、ぼくは彼とカフェで会ったんだから。これから車でエディンバラへ行って友達と昼食をとると言っていたよ」

それを聞いてトニーはぞっとしたが、数時間前ならともかく、今はパニックに陥りはしなかった。

「そう」彼女は目を伏せてつぶやいた。「たしかにブルースを見たと思ったんだけど」

ジョナサンがため息をついた。「こんなことを頼むのは気が進まないが、一緒に森へ行ってもらわなければならない。現場へ案内してもらう必要があるからね」

「ええ、いいわ」

トニーは乗ってきたミニバンではなく警察の車に、ジョナサンや彼の部下のひとりと乗りこんだ。後ろをついてくるもう一台の車には、現場の状態をそのまま保つための立ち入り禁止テープなどさまざまな備品を積んである。

現場へ到着すると、死体に手をふれる前に写真が撮られた。ダニエル・ダローという検死官はやけに親切で陽気な性格の、小柄な男性だった。彼は発見現場やほとんど骨だけの死体の予備検査をしながら、携えている小型録音機に観察結果を吹きこんだ。

トニーは少し離れた場所に立って、人が大勢いることに安心しながら眺めていた。そのときでさえ見られているのを感じた彼女は、こちらを見張っているものと目が合うのが怖くて、木々のほうを見ないようにしていた。その目は見ている。待っている。なにを?

ドクター・ダローがジョナサンに話しているのが聞こえた。「うむ、これは行方不明になっているアニー・オハラじゃないね。それはたしかだ」

「アニー・オハラじゃない？」ジョナサンが問い返した。

「ああ、絶対に違う」

「ほう？」ジョナサンが言った。「なぜそう断言できるんだ？」

ダニエルはうなずいた。「この女の死体は何世紀ものあいだここにあったと見て、まず間違いないだろう」

「何世紀も！」トニーは思わず声をあげた。

「そうとしか思えない」

「それで、きみは女の死体と言ったよな？　何世紀も前のものなのに、どうして女だとわかるんだ？」

ダニエルはそっけない笑みを浮かべた。「これだけ年月がたっても服の切れ端が残っているからね。当時はドラッグクイーンがそんなに大勢いたとは思えないだろう？　それに医学的見地からも女だとわかる。いいかい、ジョナサン、女の骨盤は男のものと全然違うし、顔の骨は華奢《きやしや》にできていて、背丈も肋骨《ろつこつ》の幅も男とは違う……。心配はいらないよ、死体を持って帰って詳しく調べるからね。しかし繰り返すが、女だというのはたしかだ。死体を運びだすだけでなく、これからこのあたりの地面を掘り返してみようと思う。それに調査には法人類学者にも加わってもらわなきゃならないだろうね。これはきわめて注目に値する出来事だ。このような状態に保たれていたということは、彼女は相当地中深くに埋められていたに違いない。奇妙ではあるが、彼女の死因はかなりはっきりしている」

トニーとジョナサンはうつろな目で彼を見た。

ダニエルはうなずき、棒で死体を指し示した。

「ほら、これを見てごらん。スカーフか、アスコットタイか、ハンカチか……いずれにしても首を絞めるのに使われた布だ。気の毒に、彼女は絞め殺されたんだよ」

見てもトニーにはわからなかった。しかし、こういう事柄についてはダニエルのほうがはるかに詳しく知っている。

ジョナサンがため息をついた。「喜ぶべきかどうかわからないが、ともかくアニー・オハラではないってわけか」

ダニエルが鋭い目で彼を見た。「きみはアニー・オハラを見つけるために森を捜索したんだろう？　この場所を発見してもよさそうなものだったのに」

「われわれはアニー・オハラを捜していたんだ」ジョナサンがぴしゃりと言った。「見ればわかるとおり、このあたりは暗い。おそらく最近の大雨で地面がえぐれるかなにかして、死体が外へ出てきたのだろう。それにミス・フレーザーの話によれば、枝を動かしてはじめて死体に気づいたという。いいか、ダニエル、森じゅうの枝を全部動かすとなったら、わが署の警官だけではとても人手が足りやしないぞ」

トニーはダニエル・ダローに感銘を受けた。録音機に情報を細大もらさず吹きこんだ彼は、発見されたのが昔の死体らしいにもかかわらず、現場に誰も立ち入らないようとり計らった。

そこへ来てどのくらい時間がたったのかわからなくなったころ、ブルース・マクニールがスーツ姿のいかにもまじめそうな男性を連れてやってきた。トニーはその男性をひと目見て、なにか法の執行に携わる人物に違いないと思った。

ふたりの男性は現場の周囲に張りめぐらされた黄色いテープの前で立ちどまった。ブルースは森のなかでも相変わらず堂々としていたが、同時になんとなくやつれて見えた。彼の視線はまずテープで仕切られた場所と死体に注がれ、次いでジョナサンに向けられた。それから周囲を見まわした彼は、木々のそばに立っているトニーに目をとめた。

「トニー！」ブルースの声は厳しかったが、感情がこもっていた。トニーはそれを喜びの感情と受けとった。ブルースは大股で彼女のところへやってくると、両手を彼女の肩に置き、青みがかった灰色の目で心配そうにこちらを見た。「大丈夫か？」

トニーはブルースが来てくれたのがうれしくてうなずきながらも、彼を前にしても弱々しく震えたりしませんようにと願った。「もちろんよ」彼女は言った。

「きみをここから連れだそう」ブルースがトニーに言った。「ちょっとだけ待っていてくれるかい？」

「わたしなら大丈夫よ」トニーは言った。「死体を見つけたのはわたしなんだし、ご想像のとおり、もうたっぷり見てしまったんだもの。それに、これは最近の連続殺人犯による被害者ではないの。ドクター・ダローの話だと、彼女の死体は何世紀もここにあったそうよ」

ブルースの額に深いしわが刻まれ、気づかわしそうに顔の筋肉がこわばった。

トニーはうなずいた。「何世紀も」彼女は繰り返した。

ブルースは彼女に背を向けて、ほかの人たちのところへ歩いていった。

「ブルース」ジョナサンが慎重な口調で言った。「ここにはぼくがいるし、ダニエルもいる。ロバートも来たことだし、きみは無理してとどまる必要はないよ」

「いや、そうはいかない」ブルースは厳しい調子で言った。「この森にいちばん近いのはぼくの城だ。この死体は昔のものだって？」彼はダニエルを見て、疑惑と安堵《あんど》のまじった声で尋ねた。

「そう信じているよ。ぼくは法人類学の専門家じゃないけれど、誓ってもいい、死体は何百年も昔からここにあった」ダニエルがブルースに言った。「さっきジョナサンにも話したが、このあたりの地面を掘り返してみる必要がある」彼はちらりとトニーのほうを見た。彼女は恐怖もしくは困惑のまなざしでダニエルを見つめていたらしく、彼は慌ててつけ加えた。「死体をここへ残していくつもりはないよ。そうとも、まわりの土と一緒に、できるだけ損なわないように運ぶつもりだ。そうすれば専門家が調べて、いったいなにがあったのかを突きとめられるかもしれないからね」彼はトニーに向かってほほえんだ。「ミス・フレーザー、きみは今日ここで歴史に手を貸したんだよ。彼女は絞め殺された。それは否定しようのない事実なんだ」

「アナリーズだ！」突然、ジョナサンがそう言ってブルースを見つめた。彼は喜んでいるようにさえ見えた。「騎士党員として戦場で名をはせた英雄は、結局妻を絞め殺したようだな」

「そうかもしれないし、違うかもしれない」ブルースが落ち着いた声で言った。

「何世紀も前のものだとドクター・ダローは言っている」ジョナサンは言い張った。

「ああ、だからといって領主が妻を殺害したことにはならないよ。たとえこの死体がアナリーズのものだと証明できたとしてもね。死体解剖はエディンバラで行われることになるだろう」ロバートが言った。

「ここはぼくの管轄内だ」ジョナサンが怒りを含んだ声で応じた。

「しかし、この森は国有地だぞ」ロバートが指摘した。

「きみに決定権はないよ」ジョナサンが言った。

「なあ、ジョナサン、ロバートが正しいってことは、われわれみんなわかっているじゃないか」ダニエル・ダローが穏やかな口調でとりなした。「ここで発見されたのはまさしく古い歴史の一ページだ。当然ながらこれまでに起こったことを考えれば……そりゃあ、ミス・フレーザーはたまたま別の誰かを見つけたんだと思う。しかし、この気の毒な女性がわれわれの考えていた人物とは別人だとしても、われわれの手に非常に重要な歴史がもたらされたことははっきりしている」

ダニエルの口ぶりからして、ジョナサンが落胆しているからといって、あるいは捜査技術を欠いているからといって、誰も彼を非難できないと言っているのは明らかだった。ここへ駆けつけた者はみな、発見されたのは最近の殺人事件の被害者だと確信して緊張していたのだ。それでもジョナサンは意気消沈しているように見えた。

「とりあえず」ダニエルが続けた。「この死体を掘りだして死体安置所へ運ぼう。ジョナサン、ロバート、きみたちふたりとも手を貸してくれるだろうね。それから専門家にここへ来てもらえるよう手配する必要がある」

死体の管轄権に関する法律など、とりわけ何世紀も前の死体に関するものになると、トニーはなにも知らなかったが、ダニエルの決定は全員を納得させたようだった。実際、仕事に対する彼の冷静な態度が、ほかの者たちのいらだつ気持を静めたようだ。もっとも彼らは職業柄、表面的にそう振る舞っただけかもしれないが。

ブルースはテープのなかへ入りはしなかったものの、その場にしゃがんで再び死体をつくづく眺めた。

彼につられて死体へ目をやったトニーは、胃がきゅっと縮むのを感じた。

死はいつだって残酷なものだ。頭蓋骨《ずがいこつ》の角度からして、彼女は首を折られ、朽ちるまま放置されたようだ。彼女に加えられた暴力は、死んだあとも続いたかに見える。

うつろな眼窩《がんか》に見つめ返されてもなお、トニーは死体から目をそらすことができなかった。

「何百年も朽ちるままになっていたのに、どうしてまだ肉や骨の断片が残っているんだろう？」ブルースがきいた。

ダニエルが彼の横にしゃがんだ。「たぶん地中深くに埋まっていたからさ。それで保存状態がよかったんだ」

「最近見つかった被害者の死体も、同じように保存状態がよければよかったのに」ジョナサンが言った。

ダニエルが周囲を見まわした。「しばしば空気が腐敗の原因になる。最近の大雨で埋められた場所がえぐれたのだとしたら、この死体は空気にあまりさらされてはいなかっただろう。ああ、かわいそうに。どうしても彼女は絞め殺されたとしか思えない。あの跡と……」彼は小さな懐中電灯をとりだした。「ほら、あれが彼女に結わえてある様子が見えるだろう」明かりを消す。「気の毒に。この死体について、すでにいろんなことがわかったよ。過去一年間に殺害された娘たちを解剖してわかったより、もっと多くのことが」

ブルースは立ちあがった。もう充分すぎるほど見た。「ぼくはトニーをここから連れだす」彼はそう言って、反対意見があるなら言ってみろとばかりに一同を見まわした。異議を唱える者はいなかった。

「ああ、それがいい」ジョナサンがあっさり承諾した。彼は本当にトニーをここから連れだすのがいいと思っているのか、それとも邪魔なブルースが一緒にいなくなるのを喜んでいるのだろうか、とトニーは思った。

ロバートがトニーのほうを向いて手を差しだした。「ぼくは警部補のロバート・チェンバレンです。こんな奇妙な状況でお会いすることになったが、はじめまして、ミス・フレーザー」

「トニーです」彼女はロバートの手を握って言った。「どうぞトニーと呼んでください。それと、ええ、はじめまして、警部補さん」

彼は苦笑した。「ロバートでいいですよ」

「ロバート」トニーは小声で言った。

「ここが片づいたら城へ寄るよ」ロバートがブルースに言った。

「わかった。それから、ありがとう」ブルースはそう言うと、トニーの肩に腕をまわしてその場から離れた。

ふたりは口をつぐんだまま川に沿って歩き、森の近くを通っている道路に出た。そこには検死官の死体運搬車のほかに五、六台の車がとまっていた。

ずっと黙りこくっていたブルースが、突然、怒りもあらわに言った。「そもそもなんできみはあんなところにいたんだ？　あんな森の奥に！　森へは入るなと、あれほど言っておいたじゃないか」

トニーは驚いてブルースを見つめた。憤りがわいてくるのを感じ、あなたのあとをついていったんじゃないの、と言ってやりたかった。しかし、そんなことをしたら彼に嘘《うそ》つき呼ばわりされるに決まっているし、もっと悪ければ、頭がどうかしていると言われかねない。それに彼女自身、なんだか自分がまともではない気がした。今朝、ブルースがまっすぐエディンバラへ向かったとしたら、馬に乗った彼が森のなかから彼女を手招きしたはずはない。

だが、車でエディンバラへ行くと言っておきながら、途中で戻ってきて馬を厩舎《きゅうしゃ》から出し、彼女を森へ誘いこんでおいて、あそこへ残したままエディンバラへ向かったのだとしたら？　時間的に可能だろうか？　可能かもしれない。たぶん可能だろう。

そのほうが、馬にまたがった幽霊を見たというより現実的だ。

「あなたを見たと思ったの」彼女はそれだけ言った。

「ぼくを？」ブルースが問い返した。

トニーは肩をすくめた。「きっと見間違いだったんだわ」

「森へは入るなと言いつづけているぼくが、なんできみをそこへ誘いこまなくちゃならないんだ?」ブルースが憤慨してきいた。

「あのね、わたしはあなたを見たと思ったの。見間違いだったのよ」トニーは彼の腕を振り払った。

ブルースが怒りをこらえているのは明らかだった。「悪かった。きみはいろいろと大変な目に遭ったからね」

「大変な目になんか少しも遭っていないわ」トニーはやんわりと言った。「まるでわたしが……お願い、わたしをおびえた子供みたいに扱わないで。大丈夫なんだから」彼女はまたふつふつと怒りがわいてくるのを感じた。「あなたはティリンガムの森で死体が発見されたことを、しかもそのひとつを発見したのはあなただったことを、わたしたちに話してくれてもよかったんじゃないかしら」

「このところ殺人事件が起こっていることを、きみたちに理解させるだけで充分だと思ったんだ。それにきみたちをぼくの城に泊まらせてやっているのだから、森へ入ってはいけないというぼくの言葉を、きみたちが尊重してくれるだろうと思ったしね」

「正直に言うけど、本当にあなたがあそこにいて、わたしを森のなかへ招いていると思ったのよ」

「誰に招かれようと、森へ入ってはいけない。たとえぼくに招かれようと」

奇妙な不安がトニーの胸を満たし、戦慄《せんりつ》が背筋を走って消えた。ブルースが彼女に危害を加えようとしているとは、とても考えられなかった。

「震えているね」彼が言った。

「大丈夫よ」

「本当に？　きみが見つけたのはアニー・オハラではないだろうが、ああいう死体はやっぱり……気味が悪い。正直に打ち明けると、森でひとつめの死体を発見したとき、ぼくはそれほど〝大丈夫〟ではなかったよ」ブルースは言った。

「今回は別よ」

「楽しい経験だとでも？」

トニーは目を伏せた。「まさか！　楽しいわけがないでしょ。そうね、わたしは動揺している。だけど大丈夫よ」

「城へ戻ろう」ブルースはささやいて車を指さした。「それにしても、どうしてきみはぼくを見たと思ったんだろうな」

「見間違いだったたと言ってるでしょ」

トニーは落ち着かない気分で短い距離を歩き、車に乗りこんだ。じゃあ……わたしはまた嘘をついているんだわ。いいえ、嘘とは言えない。わたしはブルースだと思った誰かについて森へ入った。もしかしたらブルース・マクニールにそっくりの頭がどうかしている人がいて、人々を森へ誘いこんではおもしろがっているんだわ。それともやっぱりブルースだったのかしら。

だが、トニーはどちらの考えも信じられなかった。やがて前と同じように、奇妙なほど落ち着きをとり戻した。

「お願い、信じてちょうだい。わたしなら大丈夫よ。もちろんびっくりしたし、怖かったわ。でも今はなによりも悲しいことだと考えているの」トニーは、ハンドルを握っているブルースを見て言った。彼はうなずいたものの、顔はこわばっていた。トニーの心の奥には、ブルースだったのかもしれないという疑惑が居座っていたが、のみで彫ったような彼の横顔や意志の強そうな顎、そして今回のことを真剣に考えているらしい表情を、うっとり眺めずにはいられなかった。たしかにブルースは自分の城をほったらかしておいたかもしれないが、生まれ育った土地を慈しむ気持や、残虐な仕打ちを受けてここで死体となって発見された人たちへの人間的な思いやりを持っている。

彼も動揺しているのだ。ジョナサンが確信に満ちた口調で、発見されたのはアナリーズで、彼女は何百年も前に本当に夫によって殺されたのだと断言したから。

ほどなく車は城に着いた。

ジーナ、ライアン、デーヴィッド、ケヴィンがドアから駆けだしてきた。真っ先にトニーのところへ駆けつけたジーナが大声で言った。「まあ、トニー！　かわいそうに」

ジーナの次にデーヴィッドがトニーを抱きしめた。「エバンが来て全部話してくれたよ」

ライアンはふさふさした長い茶色の髪を後ろへ払って、トニーのそばで困惑したように

うろうろしていた。「きみのところへ駆けつけたかったんだけど、警察が一緒にいて、誰

も森へ入れないようにしているとエバンが言うものだから。少なくとも彼はそう言ったん

じゃなかったかな」

「トニー、酒でも飲みたいんじゃないか？」ケヴィンが提案した。「こんなときはなんと

いっても酒を飲むに限るよ」

トニーは深く息を吸って悲しげな微笑を浮かべ、彼らを抱きしめ返した。「みんな、あ

りがとう。でも、わたしなら大丈夫、心配しないで。わたしは温室育ちの花じゃないんだ

から」

「わたしだって違うわ」ジーナが言った。「だけどそんな目に遭ったら……それよりもブ

ルース、ごめんなさい。そんな恐ろしいことがあったなんて」

「なぜ謝るんだい？」ブルースが言った。

ジーナはきまり悪そうな顔をした。「それは……このティリンガムで殺人の被害者の死

体が発見されたなんて、わたしたち知らなかったんです。ひとつはあなたが、もうひとつ

はエバンが見つけたんですってね。それに、今度の死体が行方不明になっている女性のも

のでないと知ってエバンはほっとしていたけれど、死体が発見されたことによって、あなたの一族にまつわる言い伝えが真実だと証明されたと言っていました。いずれにしてもわたしたち、とても申し訳ないと思っているんです。わたしたちが演じていた殺人劇は悪趣味もいいところでした。それからもちろん、わたしたちは絶対に森へは入りません。トニーも入るべきではなかったのに」

「そうだね、森へは入らないほうがいい。警察は別だが」ブルースが言った。「ぼくの一族にまつわる言い伝えについては、死体が発見されたからといって、なにかが証明されたことにはならないと思う」

デーヴィッドがトニーの肩に腕をまわした。「トニー！　森の奥でいったいなにをしていたんだ？　領主マクニールにあそこへ入ってはいけないと言われたじゃないか」

トニーは深く息を吸った。何度同じ説明を繰り返せばいいのかしら。「見間違いをしたの。それだけ。光線のいたずらだったのね。ブルースがわたしを手招きしているのが見えたと思ったのよ」

全員が動きをとめて彼女を見つめた。「ブルースは今朝早くに出かけたのよ」ジーナがふたりを見て言った。「ピクニックの計画を立てているときに、わたしが言ったのを覚えていないの？　ブルース、あなたは朝早くに外出したんですよね？」

「ああ」

「ねえ、森だったから、光の加減でそう見えたのよ」トニーは繰り返し、みんなの不審そうな視線から逃れようと城のなかへ入った。

ほかの者たちもなかへ入り、無意識のうちにキッチンへ向かった。みんなで集まるときはキッチンという習慣が、いつのまにかできあがったようだ。すぐにケヴィンが飲み物の用意を始めた。「こういうときこそお茶にウイスキーを入れなくっちゃ」彼はテーブルの椅子に座ろうとするみんなに聞こえるように言った。

「セイヤーはまだ戻っていないの？」トニーは彼がいないことに突然気づいて尋ねた。

「ええ、まだ出かけたきり」ジーナが答えた。

「携帯電話を持っているから、かけようと思えばかけられるんだけど」デーヴィッドが言った。「夜になってから伝えればいいと思ったんだ」

トニーは仲間たちがまたもやブルースに対して、そして午後の出来事の成り行きに対して、神経質になっているのを感じた。ブルースはトニーたちの芝居や本物の殺人事件が発生している事実を気にしていたのに、彼らが注《つ》ぎこんだ金をいくらかでも回収できるよう城にとどまることを許してくれた。そして今回、彼らはアナリーズを発見したようなのだ。

ブルースのほうでもなにが彼らを悩ませているのかに気づいたようだった。彼は他人を不安な気持にさせてほうっておける人間ではない。「きみたちはこれまでどおりツアーを続けてかまわない」彼はひとりひとりを見て言った。「ただし、絞め殺す場面は禁止だ、いいね？」トニーを見る。「きみが創作した〝歴史〟を変える必要があるだろう。新しい筋立てを考えたまえ。そうしたら、上演してかまわない」

ジーナが咳払《せきばら》いをした。「ブルース、あなたはトニーが見つけた骨をマクニールの妻のものと考えているんですか？」

ブルースはため息をついた。「骨はアナリーズのものと判明するかもしれないし、しないかもしれない。ぼくの祖先が怒りに駆られて彼女を殺したのかもしれないし、そうではないかもしれない。勝手な推測はしたくないんだ。それに調査が続行しているあいだは、それに便乗して観光客を呼ぶようなまねもしたくない。たとえきみたちの金をとり戻すためであってもね」

テーブルの周囲でいっせいにため息がもれた。

「ありがとう」ライアンが言った。

ブルースはうなずき、飲み物を一気に飲み干して立ちあがった。「ジーナ、できるだけ早く書類を用意しておいてくれないか。エディンバラの警察にいる友人がここへ来ることになっているんだ。彼に書類を見てもらおうと思う。彼のところには国際的な詐欺事件を調べる専門家がそろっているから、当然、ここの警察よりも能力が高い」

「わかりました」ジーナは言って、ぱっと立ちあがった。

「あなたの友人のためにディナーを用意してもいいですよ」ケヴィンが言った。格式にのっとって供される立派な食事が、あらゆる難問の解決に役立つと、彼は本気で信じているようだった。

そんなケヴィンの態度には、ブルースでさえほほえんだ。「それまでいられるか彼にきいてみないことには」ブルースはほかの者たちに言った。「じゃあ、失礼させてもらうよ。用事があったら、ぼくは部屋にいるから」

彼が出ていくと、全員がいっせいに口を開いた。

「ああ、よかった！」ジーナがささやいた。

「彼は本当にたいした人物だ」デーヴィッドが言った。

「ひどい目に遭ったね」ケヴィンが同情してトニーに言った。「考えただけでもぞっとするよ。きみはたまたま死体があるところへ行ってしまったんだ」

「トニー、本当に大丈夫なのか？」ライアンがきいた。

トニーは立ちあがった。森のなかを歩きまわったせいで疲労感に襲われ、服や体に泥が付着しているのに今になって気づいた。紅茶とウイスキーは心をほぐしてくれたけれど、今なによりも必要なのはあたたかい風呂だ。

「わたしなら大丈夫よ。みんな、心配してくれてありがとう。でも、体を洗いたいの。少ししたら戻ってくるわ」

「ぼくは馬を見に戻らなくちゃ」ライアンがそう言って首を振った。「ウォレスのやつ、どうして具合が悪くなったんだろう。全然わからない」

トニーは立ちどまった。エバンから馬の具合が悪いと言われたことをすっかり忘れていた。「獣医を呼んだ?」

ライアンがうなずいた。「ぼくらがピクニックから戻ったら、もう来ていた。ウォレスに水をかけていたけど、獣医も原因がわからなくて首をひねっていたよ。悪いものを食べたのかもしれないって。しかし、ブルースのショーネシーも同じ厩舎で飼っているのに、あいつは全然平気だ。ぼくが買ったのは最高の馬だ。ぼくが馬のことをどう思っているか、みんな知っているよね」

ウォレスを買うのに大金を投じたのはたしかだが、あの馬の値打ちは金額では計れない。それにトニーはライアンほどの専門知識を持ちあわせていなかったが、彼と一緒にウォレスを選んだのは彼女なのだ。ライアンは馬としてあらゆる点ですぐれているウォレスを選んだ。なにより今回、いちばん求められたのはおとなしい性質だ。一方、トニーがあの馬を選んだのは、馬が彼女を気に入り、鼻面を撫《な》でてやると喜んでくれたからだ。名前がウォレスというのも歴史的な響きが感じられて、彼らの計画している事業にぴったりという気がした。ウォレスは幸運の前兆に思われたのだ。

「わたしもあとで見に行くわ」トニーは心配になって言った。

「あの獣医は優秀みたいだよ」ライアンが言った。「このあたりの人々は家畜で生計を立ているから、最高の獣医でないとだめなんだろうね」

「それを聞いて安心したわ」トニーはささやいた。「すぐに戻ってくるわね」彼女はキッチンを出て、二階の自分の部屋へ急いだ。

バスルームのドアは閉まっていた。軽くノックしたけれど返事がないので、彼女はドアを開けた。反対側へ目をやると、ブルースの部屋へ続くドアも閉まっていた。鍵《かぎ》はかかっていないが、閉まっている。

トニーは鍵をかけないことにしてバスタブに湯をためた。

着ていた服を脱ぐ。二度とこの服は着られない。彼女は脱いだ服を洗面台の下に置き、バスタブにバブルバスを入れた。

ありがたいことに、誰もまだシャワーや風呂を使っていないらしく、湯はたっぷり出た。トニーはバスタブにゆったりと体を沈めた。そうしてはじめて体が冷えきっていることに気づいた。湯のあたたかさが心地いい。周囲に立ちのぼる湯気が、氷のような骨の髄までしみこんでくる。

トニーは目を閉じてバスタブの縁に頭をのせた。するとまもなく彼女は森へ戻っていた。

再びトニーを手招きしている男の姿が見えた。それから川の流れや、岩にあたって砕ける白い波も。やがて彼女は枝を持ちあげている自分を見た。恐ろしくて仕方がなかったが、突然、目に飛びこんできたものから視線をそらせなくなった。なぜならそこにあるのは何世紀も前に殺された犠牲者の古い骨ではなかったからだ。

彼女が見ているのは別の死体だった。まだ少しも腐乱していない、若い女の死体。裸で泥と水のなかにうつぶせに倒れ、髪には黒い土がこびりついているものの、かつては長い金髪だったことがわかる。

死体を引っくり返して顔を見ている自分が見えた。恐怖でどんよりした目がトニーを見あげた。彼女はなんとかその幻影から逃れたかったが、できなかった。

ふいに、エディンバラの街角に立っているその若い女の姿がトニーの眼前に浮かんだ。トニーにはおおよその場所がわかった。ロイヤルマイルではないが、中心街を少し外れた通りで、とても暗く、明かりがついたり消えたりしている。パブからもれてくるのか、くぐもった音楽がどこからともなく聞こえてくる。笑い声や話し声、飲んで浮かれ騒いでいるらしい人々の声も遠くから届いてきた。トニーは若い女の顔や目を見て、彼女の心のなかへ入っていった。

お金。お金がいる。街角に立っている女は、パブへ戻って店内で男をつかまえたほうがいいだろうかと考えた。もっともさっきパブにいたけれど、知っている顔はひとつも見かけず、見込みはなさそうだった。その晩、選んだのは肉体労働者がよく行く店で、男たちは誰も彼も懐が寒そうだった。それで見切りをつけて出てきたのだ。もちろん用心しなければならない。町をパトロールしている警官の目を引かないようにしながらも、女を求めている男たちの目にとまるように立っていないと……。

女が着ているのは、自慢の脚を目立たせるチェックのミニスカートだった。ブラウスはそれほど胸を露出させるものではないが、とはいえけっこう襟ぐりが深い。

ここに来たことは正しかったのだろうか？　ほんの一瞬、自分はなにをしているのだろうと思った。どうしてわたしはこんな生き方を選んでしまったのかしら。進んでこういう生き方を選んだのではない。ただ、床を磨いたり工場で働いたり、安っぽいファーストフード店でハンバーガーを出したりする生活から抜けだしたかったのだ。あのままだったら、ちゃんとした教育を受けていないわたしは、同じようにつまらない仕事についている男と結婚して、子供を大勢つくり、貧しい一生を送ったに違いない。

もう少しお金があったら、そしてパブへなど出入りしない賢さがあれば、きっとロンドンへ行ける。ロンドンへ行きさえすれば……ええ、きっとなにかいいことが待っているわ。こんなことをしていてはいけないとわかっているけれど、ほかに道はない。それに経験から学んだ……醜くて、酒のにおいをぷんぷんさせている、太った年寄りを相手にするときは、ただ目をつぶって我慢していればいい。そのうちに終わってしまう。それに忘れるすべだって覚えた。

もしかしたら今夜は、それほど太っていなくて、下品でもなく、すえたウイスキーのにおいもさせていない、いえ、それよりもっといやな羊のにおいがしない男をつかまえられるのではないかしら。

きっとそんな男はどこにもいない……。

視界に入ってくるより先に、車の音が聞こえた。女のかたわらにとまったその車の窓のなかを、彼女は身をかがめてのぞきこんだ。胸が高鳴った。なかにいるのは野性味のあるハンサムな男だった。魅力的な笑顔。

女は車に乗りこんだ。


「トニー！」

彼女はぱっと目を開けて、ぐいと体を起こした。たちまち映像が薄れ、跡形もなく消えた。あとに残ったのは、かすかな不安と恐怖だけだ。

ブルース・マクニールが額に深いしわを寄せてドアのすぐ内側に立っていた。トニーは彼を見つめた。体の周囲の泡が消えているのに気づいたが、少しも意に介さなかった。

トニーはわざとドアに鍵をかけなかった。それなのにそのときは、いくら思いだそうとしても、心の目になにが見えたのかほとんど思いだせなかった。

わたしはあの女性の顔や目や、細かな表情をもっとはっきり見たはずよ。それに他人のなかに入って、その人と同じことを感じたんだわ。

「すまない。邪魔をするつもりはなかったんだ」ブルースが低い声で言った。「きみがおぼれているんじゃないかと心配になって」

トニーは彼が来てくれたことがふいにうれしくなり、喜びをこらえきれなかった。彼女はあたふたと立ちあがり、あせって足を滑らせながらバスタブを出ると、濡《ぬ》れた体のまま腕のなかへ飛びこんでいってブルースを驚かせた。

「おいおい」彼は穏やかな声で言った。着ているものがびしょ濡れになろうと全然気にしていないようだ。トニーの体にまわされたブルースの腕が、彼女が切望していたあたたかさや安心感、そして生きているという実感を与えてくれる。やがて彼はわずかに身を引いてトニーの顎を上向かせた。「大丈夫だと言ったんじゃなかったっけ？」ブルースがやさしくきいた。

「ええ、大丈夫よ」トニーは言った。実際そのとおりだった。ブルースの腕のなかにいる今は。彼に抱かれていると少しも怖くない。さっきの幻影は見えなくなったわけでも忘れたのでもないけれど、安心感に浸っていられる。そして安心感以上のものに。突然トニーは、あんなものを見たにもかかわらず、というよりはあんなものを見たからこそ、話をしたりふれあったりするたびに彼とのあいだに飛び交う熱と、そこからもたらされる性的興奮を感じたくなった。

ブルースが眉をつりあげて言った。「怖がっているのなら、ぼくが守ってやる。きみが必要とする限り、そばについていてやる。だが、こんなふうにぼくの胸へ飛びこんできてはいけない。もっとも、きみが本心からそれを望んでいるなら別だが」

うなずいたトニーの口もとにいたずらっぽい笑みが浮かんだ。「わたしにはあなたが必要なの」

「わかった、じゃあついていてやろう」

トニーの口もとに笑みが広がった。「あなたならきっとそう言うだろうと思ったわ……なにも要求しないでそばにいてくれるだろうって。それにすごく奇妙に聞こえるかもしれないけど、もう怖くはないわ。あなたと一緒にいたいの。それで……わたしがあなたとベッドをともにしたがっているって話、覚えてる？　ねえ……？」

ブルースがしばらく返事をためらっていたので、不安に襲われたトニーは危うくパニックを起こしそうになった。きっとこの人はわたしを拒絶するわ。わたしときたら、なんて愚かな振る舞いをしているのだろう。

だがそのとき、ブルースがトニーの顎を上へ向かせて、燃えるような目で彼女の目を見つめた。「きみが誰かと寝たいという理由で……そんな理由だけで、ぼくとベッドをともにしたがっているとしたら、そんなのはこちらからごめんこうむる」

トニーは彼を見あげて首を振った。「誰でもいいわけじゃないわ。あなたでなくては」

「ほう」ブルースが彼女を見つめたままつぶやいた。

「じゃあ、あなたは……わたしとベッドをともにしたくないの？」トニーはきいた。

「いいや、そんなことはない」ブルースのかすれて震える声を聞いただけで、トニーの全身を渇望と期待が衝撃波となって走り抜けた。「そう、ぼくは望んでいる。きみがこれ以上は我慢できないというのなら、ぼくだってきみとベッドをともにしたい。きみがぼくをこれまで出会ったなかで最高にセクシーな男だと考えているなら。ぼくのこの手で全身をくまなくさわってほしいと願っているなら。ぼくを思い浮かべるたびに、興奮して官能的な気分になるなら」彼の声がいっそう深みを帯び、青みがかった灰色の目が銀色に光って、密着している彼の肌から伝わってくる熱がトニーをめくるめく思いへと駆りたてた。「きみがぼくの素肌に手をふれたくて仕方がないとか、スコットランドの男がキルトの下になにをはいているのかぜひとも知りたいというんだったらね」

「あなたはキルトをはいていないじゃない」

「ああ、きみが本当にそう望んでいるなら、ぼくはなにも身につけないつもりだよ」

トニーは手をあげてブルースの頬を撫で、その感触に驚嘆すると同時に、なぜ今までふれずにいられたのだろうと思った。彼女はブルースの香りを吸いこみ、彼の胸のたくましさを感じて、彼が発散している男らしさを味わいつくそうとした。その印象を、その雰囲気を、髪の色を、容貌《ようぼう》を、彼女にはふれることのできなかったすべてを。

「あなたの肌をくまなくさわりたい」トニーはブルースの目を見つめたまま、心からささやいた。

彼が後ろへさがった。トニーは一瞬、自分の心をさらけだしたことで無防備な気分になった。少なくとも欲望の激しさを見せてしまったのだ。そのときになってはじめて、自分が裸であることや、目に欲望の色をありありと浮かべていることを意識した。

だが、ブルースは彼女を置き去りにはしなかった。彼はボタンがちぎれて飛ぶほど勢いよくシャツを脱いだ。

「ぼくの肌は全部きみのものだ」彼は言った。「隅から隅まで」

トニーはほほえんで再びブルースの腕のなかへ飛びこみ、自分の肌にふれる彼の肌の感触を、乳房が彼の胸の筋肉に押しつけられるエロティックな感触を、彼の胸毛が肌をくすぐる感触を、存分に味わった。指の長い大きな手が顎に添えられて、彼女の顔を上へ向けさせた。唇が唇を覆い、舌が大胆に押し入ってくる。最初のキスはやさしいものではなく、世界を彼女の脳裏から追いだしてしまうほど激しかった。彼女の五感は目もくらむほど鋭くなり、ブルースがふれた箇所とふれない箇所を痛いほど意識した。彼女の肌は彼の手を求め、あらゆるところを撫でてもらいたがった。口のなかへ舌が強引に押し入ってきたとき、トニーは次の展開を予感して胸をときめかせた。息が苦しくなってきたけれど、呼吸をしようという考えすら浮かばなかった。彼女はぴんと張りつめて震えている弓になったような気がして、膝から力が抜けて今にもくずおれてしまうのではないかと心配だった。

きっと彼にはそれがわかったのだろう。ブルースがトニーを抱きあげた。鋭さを増した感覚のせいで、彼女はまたもやふれるものすべてを痛いほど意識した。彼のはいているジーンズの生地、ベルトのバックル、彼の手、彼の肌、デニムを通して伝わってくる彼の下腹部。この人と知りあってまだ二日にしかならないんだわ、とトニーはぼんやり考えた。それなのに、ずっと昔から知っていたような気がする。肌にこすれる彼の裸の胸は、焼けるような熱さで彼女を誘惑し、魂のなかにまで入ってきて忘我の境地へといざなった。ブルースは金襴《きんらん》の天蓋《てんがい》の下の、古いつづれ織りをかけてあるベッドに彼女を横たえた。靴とジーンズを脱ぐために彼が身を離したとき、トニーはうずくような喪失感と寒さを感じた。すぐに戻ってきたブルースが彼女にまたがると、トニーは彼の下腹部が直接ふれるのを感じ、燃え盛る情熱の波に襲われた。ああ、なんてすてきな瞬間かしら。これ以上のものを望んだことは一度もないわ。けれどもブルースはトニーの目を見つめたまま身をかがめ、指で彼女の腕を先までなぞってから、両腕を頭の上へあげさせて、再び唇に唇を重ねた。

そしてそこから……。

濡れた唇と舌を乳房と乳首に押しつけられ、トニーは耐えきれなくなった。ブルースの手が彼女の上半身を愛撫《あいぶ》する。トニーは彼の髪に指を差し入れて身もだえし、あえいだ。

「あなたとひとつになりたい」

一瞬、ブルースの目が彼女の目と合った。青みがかった灰色の厳しい目、明るく輝く銀色の目。「ああ、だけどまだ早すぎるかもしれない」彼はトニーの腹部に顔をうずめ、舌で彼女のへそをもてあそんだ。それからさらに下へ移動して腰のくぼみをたどる。彼の両手は……トニーの腿のあいだに入り、指が……ためらうことなくふれ……そのあとに彼のキスが……。

驚いたトニーは、こらえきれない欲望に駆られて叫び声をあげた。衝撃の激しさと官能にわれを忘れ、ブルースの下で体を反らして頂点に達した。絶頂感は驚くべき速さで彼女の体を走り抜け、揺さぶり、いつまでもとどまり、彼女をわしづかみにした。

そしてトニーは再びブルースを感じた。ふたりの体がこすれあうのを、彼がゆっくりと入ってきて自分のなかにすっかりおさまるのを。すると彼女は、潮が引いていく前に、また高みへと駆けのぼった。トニーはブルースの香りや熱を、彼の脈動を、ひとつに結ばれたふたりの体を意識しながら至福の感覚に浸り、彼と一緒に体を動かした。世界が徐々に薄れて消失し、存在するのは絡みあったふたりの手足と肌のこすれあう感触だけになった。彼女の内部で脈打っている欲望が高まり、再び快感が頂点に達した。

恍惚《こうこつ》の境地に達したトニーは、これ以上ない満足を味わいつくしたと思った。なにものも二度とこれほどの衝撃と高揚感をもたらしてはくれない、彼女を喜びのなかで燃焼させてはくれないだろうと。だが、それは間違いだった。ブルースの律動的な動き、愛撫、接触、それらが彼女のなかに存在するとは夢にも思わなかった荒々しさを呼び覚ました。トニーは叫びながらブルースにすがりつき、彼の下で身をくねらせ、体をのけぞらせて大きなうめき声をあげた。彼女のなかで欲望がはじけ、やがて強烈な絶頂感がもたらされて、震えが何度も体を走る。トニーは畏怖《いふ》の念に打たれて体をわななかせながらぐったりと横たわった。周囲の世界はほとんど意識に入ってこなかった。ブルースが汗で湿っている彼女のほてった体をじっと抱いている。早鐘のように打っていた鼓動が次第にゆっくりになって……。

トニーの体にしっかりまわされたブルースの腕、額に垂れているもつれた漆黒の髪、とても官能的な銀色の目。彼の言葉……。

トニーはブルースがなんと言うだろうかと息をつめて待った。

そのとき……ふたりはドアがノックされる音を聞いた。

「ブルース？　そこにいるんだろう？」

彼の目にあきらめと愉快そうな表情が同時に浮かんだ。

「ロバート・チェンバレンだ」ブルースは申し訳なさそうにつぶやいた。「ここへ寄るように言っておいたんだ」

トニーは子供ではないのだから、どこへ行ってなにをしようと他人からとやかく言われる筋合いはない。それなのに思わずベッドを飛びでて、ブルースに向かって顔をしかめた。

「わかっているわ」彼女はそれだけ言うと、バスルームを通って自分の部屋へ逃げ帰った。

10

セイヤーが帰ってきたころには、あたりはすっかり夜の闇《やみ》に閉ざされていた。ドライブウェイを城へ向かって運転していた彼は、丘のふもとの森のそばに警察のしるしをつけた車が何台もとまっているのを見て速度を落とした。例の巡査の車のほかに、遠くのエディンバラやスターリングから来た警察車もある。

なにがあったのかは、たいして頭を働かせなくてもわかった。

それでもセイヤーは速度をゆるめた。警察車のそばに制服姿の警官がひとり見張りに立っている。その警官がセイヤーの車の運転席側のドアへ近づいてきたので、彼は車をとめた。

「こんばんは」警官が言った。

「こんばんは」

「城へ行かれるんですか？　ツアー客の方でしたら、残念ですが今夜のツアーはなくなりそうですよ」

「ぼくはツアーを主催している側の人間です」

「ああ」警官はそう言って、ますます探るような目でセイヤーをのぞきこんだ。「アメリカ人たちがスコットランドの歴史に関する芝居を演じていると聞いたが、あなたはグラスゴー出身の方？」

「ええ、そうです。アメリカ人のなかのひとりと親戚《しんせき》なんです。ぼくらが主催しているのはきちんとしたツアーですよ」セイヤーは言った。なぜこんな弁解じみた言い方をするのか自分でもわからなかった。警官に対して挑戦的な態度をとりたくなかったのはたしかだ。とりわけ車中にあんなものを積んでいる今は。「ここでなにがあったんです？」セイヤーは警官に尋ねた。

「どうせすぐに耳に入りますよ」警官が言った。

セイヤーは緊張した。

「見つかったんですか……死体が？」

「そうです」警官が重々しい口調で答えた。

「今度も森のなかで？」

「そう、今度も」

「じゃあ……」セイヤーは上唇に汗が噴きでるのを感じながらゆっくりと言った。「行方不明になっていた若い女性が見つかったんですね？」

警官は急に顔をしかめてかぶりを振った。「そう思いましたか？　まあ、無理もないでしょう、以前にもここで若い女性たちの死体が発見されているんですから」彼は続けた。「いいえ、今回発見されたのは大昔の死体……いや、骨というべきかな。あの城に住んでいた領主の妻らしいですよ。それで警察だけでなく大学からも何人か調査に来ているんです。わたしの知っているのはそれだけ。で、あなたがあの城でツアーを主催している側の方なら、行ってかまいません。用心してくださいよ。行方不明の女性はまだここで発見されたわけではないが、過去に発見されたのなら、今後も発見される可能性があるんですから。それと、この近辺であやしい人物を見かけたら、すぐにあの巡査に知らせたほうがいい。もちろんアメリカ人たちは別です」

警官は冗談のつもりで言ったようだ。セイヤーは弱々しい笑みを浮かべた。

「まじめな話、疑わしいと思ったらすぐに連絡してください」警官が言った。

「ええ、そうします」セイヤーは約束した。

警官が車のボンネットを軽くたたいた。セイヤーは彼に手を振り、ギアを入れて城への道を進みだした。

彼はドライブウェイに車をとめてためらった。それまで自分が汗をかいていることにも、てのひらがじっとり湿っていることにも、体が爪先まで小刻みに震えていることにも気づかなかった。

興奮しているように見えなかっただろうか？　そう見えてどこが悪い？　森で死体が発見されたと聞けば、誰でも興奮するのが当然だ。

セイヤーはしばらく座っていたあとで車から出た。城へ歩きかけたところで引き返し、車のドアに鍵《かぎ》がかかっているのを確かめた。

それから髪を後ろへ撫《な》でつけ、再び城へ歩きだした。

実際のところ、こういうことにでくわすとスリルを感じずにはいられない。


「まさかこんな時刻に寝ていたんじゃないだろうな？　しかもこんな状況だっていうのに」ロバートが階段をおりてくるブルースを見あげて言った。

「寝ていただって？」ブルースは問い返した。「違うに決まっているだろ」正直に言うと、きみはぼくの人生最高の瞬間を邪魔したんだぞ、と皮肉っぽく思った。しかしそれをいうなら、ロバートに城へ寄るように頼んだのはブルースなのだ。「このところバスルームを共同で使っているもんでね」彼はそっけなく言った。その説明に嘘《うそ》はない。ふたりの親密な関係をトニーがまだ言いふらしてもらいたくないと考えているかもしれないので、ブルースは急いで話題を変えた。「ほかの人たちにはもう会ったのか？」

「会ったよ」ロバートが言った。「ミス・フレーザーにも。きみがバスルームを共同で使っているのは彼女なんだろう？」

「ああ、そうだ」ブルースは顔をしかめた。「彼らは今どこにいる?」

「キッチンにいる。例のセイヤーとかいうグラスゴー出身の男がちょっと前に帰ってきた。みんなが口々になにがあったのか、どうして丘のふもとに警察の車が何台もとまっているのかを、彼に説明しているところだ。みんなの気持がいくらか落ち着いたら、ジーナ・ブラウンが書類をコピーして、原本を渡してくれることになっている。彼女は問題の会社をもう一度インターネットで調べようとしたらしいが、当然ながらそんな会社はもうどこにも存在しない。だからインターネットの専門家に調べさせるしかないだろう。きみが話したとおり、彼らの書類はどこもかしこも本物に見えるが、よこしまな人間が本気で偽物をつくろうと思ったら、それほど難しくはないだろうね」

「彼らはここでコピーをとろうとしているのかい?」

「きみはミセス・ブラウンの部屋をのぞいたことがないんだろう」ロバートが言った。「彼女の部屋にはコンピューターやプリンター、ファクス、移動電話回線なんかがそろっていて、まさに〝旅のお供に電子技術を〟といった様相を呈しているんだ」

ブルースはうなずいた。ロバートの話を聞いてもたいして驚かなかった。「じゃあ彼らはきみを信用しているんだな?」彼は尋ねた。

ロバートの目が一瞬きらりと光った。「まあね。丘の下で調査にあたっている犯行現場担当の専門家たちがぼくを認めたんで、彼らも信用したのだろう。もっともミセス・ブラウンはエディンバラへ電話をして、ぼくの身元を確認したに決まっているが」

　ブルースは苦笑した。「それはよかった。今では彼らもこの城がぼくのものだと心から信じているに違いない」

　ロバートが愉快そうに眉をつりあげた。

「あの場所でもっとなにか見つかったのか？」ブルースは尋ねた。

　ロバートがかぶりを振った。「これまではなにも見つかっていない。どうやらあの骨はつい最近になってあそこへ出てきたようだ。ダニエルは興奮しきっているよ。死体を発見したくらいであんなに大騒ぎするのは、めったにないことじゃないかな。過去にあの森で死体が発見されているから、ぼくも付近を徹底的に調べてみた。アニー・オハラが見つかればと期待したが、なんの形跡もなかったし、それ以外の不審物もなにひとつ見つからなかった。足跡に関しては、ミス・フレーザーや警官たちのものはあったが、ほかの人間のものはなかった。ぼくがここへ来るとき、警察はまだあたり一帯を捜索していたよ。ちょうど警官が大勢集まっていることだし、この際、徹底的に捜索しておくに限るのさ。ただし、これまでのところ、なにも出てきていない。煙草《たばこ》の吸殻ひとつ、折れた枝一本も。それにこう暗くなってしまってはね。森を隅から隅まで調べる必要はあるが、なにしろジョナサンの言うとおり、うんざりするほど広大な森だから」

「たしかに」ブルースは同意した。

ロバートが首をかしげてブルースをしげしげと見た。

「きみは森でジョナサンが口にした言葉に憤慨したんじゃないか？」

ブルースはロバートに向かってゆっくりと苦笑いをした。「この土地の英雄が怒りと嫉《しっ》妬《と》に駆られて妻を殺したという言い伝えは、ずっと昔からあるんだ。たぶん事実だろう。例の骨はぼくの先祖のものと判明するかもしれない。ジョナサンはぼくと血のつながっている人間を怪物に仕立てては喜んでいる。それが腹立たしくてならないんだ」彼は肩をすくめた。「彼とは今でも友達だと信じているよ。ずっと昔から友達だった」

「彼はきみをねたんでいるのさ。ずっと昔から」

「そんなばかな。たしかにぼくは見捨てられた城と古い称号を持ってはいるが、今の世の中、そんなものにたいして意味はない」

「彼をいらつかせているのはきみの称号ではないと思う」ロバートが言った。

「じゃあ、なんだ？」

「きみの名声さ。警察にいたころ、きみは全国民の注目を集めていた難事件を解決に導いただろう」

「ぼくが警察をやめて十年になるんだぜ」

「ところが彼はいまだに田舎の巡査ときた」

「ジョナサンがねたみを抱いているとしたら、それは彼が間違っているんだ。そんなのは彼自身の問題だよ」ブルースはうんざりして言った。

「じゃあ、きみはそれほど気にならないんだな……あの骨が大昔のアナリーズのものだと判明しても？」

「それで謎《なぞ》がひとつ解明されるだけさ」ブルースはあっさりと答えた。「あれが誰の骨であれ、ぼくに歴史を変える力はない」

「ああ、昔のものであれ最近のものであれ、歴史を変える力なんか誰にもありはしない」ロバートがため息まじりに言った。彼が、殺人犯を逮捕できさえしたら多くの哀れな娘の人生を変えられるかもしれないと考えているのが、ブルースにはわかった。「夕食に招かれてね」唐突にロバートは話題を変えた。「きみを連れてくるように頼まれたんだ」

「そうだったのか」

「しかし、ミス・フレーザーはまだ二階にいるのだろう？」

「すぐにおりてくるんじゃないかな」

「彼女は大丈夫だろうか？」ロバートがきいた。

「ああ、大丈夫そうに見える。さあ、キッチンへ行こう」

ロバートに奇妙な目つきで見つめられたが、ブルースは無視して歩きだした。ふたりが第二広間へと続くドアの前へ来たときには、おいしそうなにおいが漂っていた。キッチンのドアを開けたブルースの目に、料理がきれいに並べられた食卓が飛びこんできた。ライアンを従えたジーナがワインを注《つ》いでまわり、ケヴィンはローストビーフを切り分けていて、セイヤーとデーヴィッドは野菜を盛りつけるのにふさわしいボウルを探して駆けずりまわっている。肉とパールオニオンがのっているトレーを両手で持ったケヴィンが、振り返ってブルースを見た。

「領主マクニール、来てもらえてよかった。大変な一日だったけど、人は生きている限り、食べないでいるわけにはいきません。そうでしょう？」

「ああ、そうだとも。おいしそうな料理だね、ケヴィン」ブルースは言った。

ケヴィンはトレーをテーブルに置いた。

「トニーはどこですか？」デーヴィッドがやきもきして尋ね、ブロッコリーの皿を置いて焦げ茶色の髪に指を走らせた。

「もうじきおりてくるだろう」ブルースは安心させようとして言った。

「彼女が来なくても始めなくてはならないわね」ジーナがつぶやいた。「だって冷めてしまうもの」

「呼んでこようかな」デーヴィッドが言った。

ケヴィンが彼の腕に手をかけてうなずいた。「それがいいよ」

「デーヴィッドが行くと、ふたりでおしゃべりを始めてしまって、かえって遅くなるよ」セイヤーがデーヴィッドを見送りながら言った。

「デーヴィッドはトニーにとてもやさしいんです」ジーナがブルースとロバートに教えた。最後のグラスにワインを注ぎ終え、テーブルを見まわして満足そうな顔をする。「トニーが動揺しているなら……そうね、デーヴィッドは彼女と仲がいいから」

「ぼくたちみんな、彼女と仲がいいよ」ライアンが妻をにらんで抗議した。

「ええ。でもデーヴィッドとトニーは……デーヴィッドに任せておきましょう」ジーナは言った。「チェンバレン警部補、あなたと夕食をご一緒できて、わたしたち、とてもうれしいんです」彼女は入ってきたロバートにほほえみかけた。

「それればかりか、助けてもらえることを感謝しています」ライアンが礼を述べた。「死体が次々に発見されている事実に比べたら、ぼくたちが金をだましとられたことなど、たいして重要な事件じゃないのに」

「次々にですって、ライアン！」ジーナが夫の言葉にぞっとして言った。

「ごめん。だってさ、ほら、死体が……森で。古いのや、新しいのが……ごめん」ライアンはまた謝った。

ロバートがなんでもないと手を振った。「きみたちの問題はぼくが自分で扱うわけじゃない。警察にはコンピューター詐欺や国際犯罪を専門に手がける部署があるんだ。それに感謝なんかする必要はまったくないよ。法を守らせるのがぼくの仕事なんだから。とにかくきみたちの件は、ぼくではなくて、その方面に詳しい者たちに調べさせる。いいにおいがするね。おいしそうだな」

「ありがとう」ケヴィンが顔を輝かせて言った。

「ケヴィンが肉料理の達人なのはたしかだけど」ライアンが口を出した。「この完璧《かんぺき》なポテトとブロッコリーの料理は、ぼくの妻がつくったんですよ」彼はロバートに教えた。

「見た目もにおいもこんなにすばらしい料理ができたのは、かかわった全員の努力のたまものだろうね」ロバートはそう言ってちらりとブルースを見やり、きみの城に滞在しているアメリカ人は愉快な人たちだと表情で伝えた。

「ロバート、あなたの席はここに用意してあります。領主の真向かいに」ジーナが努めて軽い口調で言った。

デーヴィッドとトニーを除く全員が席に着いた。ケヴィンが咳払《せきばら》いをした。「感謝の祈りをささげたほうがいい？」彼は意見を求めてセイヤーを見た。

セイヤーは愉快そうな笑みを浮かべた。「そうしたいのなら」

「うーん……じゃあ」ライアンがつぶやいた。彼はうつむいたものの、目は閉じないで周囲を見まわした。

彼らはけっこう敬虔《けいけん》な一団なのだ、とブルースは思った。もっとも、日曜日の朝には必ず教会の最前列に座るような人たちでもないだろう。セイヤーと同じようにブルースも愉快になる一方で、スコットランド式の日曜日の食事の礼儀に合わせようとする彼らの気づかいに感心した。

　だが、誰も祈りの文句を唱えなかった。

　言いだしたケヴィンが狼狽《ろうばい》してみんなを見まわした。

「あの……領主であるブルースが唱えるのにふさわしいんじゃありませんか？」彼は問いかけた。

「アメリカ人のシェフのほうがふさわしいと思うよ」ブルースが言った。

「そうですか」ケヴィンは同意した。「わかりました。主よ、この食事を、そしてこの城の主人の寛大な処置と親切を、さらにまた彼の友人の助力を、感謝します。世界には飢餓や、この森で気の毒な女性たちが発見されたように悲しい出来事が充満していることを、わたしたちは知っています。けれども主よ、お願いします、わたしたちの努力にも手を貸してください。わたしたちは心底よかれと思ってやったのです。みなスコットランドを愛しています。わたしたちは本当に――」

「アーメン」ジーナがきっぱりと遮り、ケヴィンをにらんだ。

　ロバートが笑い声をあげた。「立派な祈りの文句だったよ、ケヴィン」彼は言った。「しかし、アメリカとわが国とでは唱え方が違うようだね。われわれはもっと手短にすますんだ。〝偉大ですばらしい神よ、この食事に感謝します。いただきます〟ってな具合にね」

　ケヴィンは顔を赤らめ、ほかの者は声をあげて笑った。

「そのお料理をこちらにちょうだい」ジーナがてきぱきと言った。

トニーがドライヤーを置いたとき、ドアをノックする音がしてデーヴィッドの声が聞こえた。「トニー？」

彼女はドアを開けた。「ごめんなさい。手間どりすぎちゃったわね」

「なあに、なんならひと晩じゅうかかったってかまいやしないよ。きみが大丈夫なのか確かめに来たんだ。食事が冷めちゃうかどうかなんて、森で骨を発見したことに比べたら全然どうってことない」デーヴィッドが慰めるように言った。

「いくら繰り返しても誰ひとり信じてくれないようだけど、わたしは大丈夫」トニーは言った。「ただ……」

「ただ、なんだい？」デーヴィッドがやさしくきいた。

トニーは室内へ引き返してベッドの端に腰をおろした。デーヴィッドが横に座って彼女の肩に腕をまわした。

「きみは今でも、昔のスコットランド人が血の滴る剣をさげて立っている夢を見るの？」彼がきいた。

トニーは即座に否定の意を示したが、そのあとでちらりとデーヴィッドを見た。

「デーヴィッド」彼女はささやいた。

「ぼくに話してごらん。そのために来たんだよ。きみは才能ある女優だ。発見されたのが行方不明になっている女性の死体ではなかったので、安心したとみんなに信じこませた。だけどぼくはきみという人間を知っているから、あの骨のことですごく動揺しているのがわかるんだ」

「彼女は死んでいるわ」トニーはつぶやいた。

「なんだって？」

トニーは彼の思いやり深いハンサムな顔を見てかぶりを振った。「なんでもないわ」

「頼む、話してくれ。きみから聞いたことは絶対にほかの人にもらさないから」

「でも、話を聞いたら、あなたはわたしに病院へ行ったほうがいいって言うかもしれないわ」

「そんなことは言わないよ」デーヴィッドが断言した。

彼女は深く息を吸った。「誓ってもいいけど、わたしはブルースが森のなかへ入っていくのを見たの」

デーヴィッドが顔をしかめた。「彼は朝早く城を出ていったんだよ」

彼女はうなずいた。「ええ、そう聞いたわ。それに行き来には時間がかかることも知っている。でもやっぱり……」

「ブルースにきいてみた？」

「彼はエディンバラにいたんですって。友達と一緒に」

「で、もちろんきみはそれを信じているんだ」

「ブルースにはそれ以外にもなにかが……ええ、彼を信じているわ」

「だったら……？」

「デーヴィッド、わたしはまた目の前にないものを見ているようなの」突然、トニーの口から言葉があふれた。「今日の午後……あれがブルースでなかったなら、わたしがつくりだした何世紀も前のブルースだったんだわ。それでもないとしたら、大きな黒馬を手に入れることのできる、彼の扮装《ふんそう》をした誰かだったのよ。さもなければ、わたしは頭がどうかしてしまったんだわ」

「トニー」デーヴィッドがゆっくりと言った。「きみはどうかしてなどいないよ。そんなふうに考えないほうがいい。今夜、城へ戻ったとき、きみは光線のいたずらだったとかなんとか言っていたよね。その可能性は？」

「あるかもしれない」彼女は言った。

「しかし、きみはそう信じてはいない」

「ほかにもあるの」

「話してごらん」

彼女は困惑した様子で言った。「さっきお風呂に入っていたとき……突然わたしが彼女になったみたいだったの」

「なんの話かさっぱりわからないよ。彼女って、誰？」デーヴィッドも困惑している。

「大昔に死んだアナリーズかい？」

「いいえ。だけど、わたしもそう思いこむところだった。わたしの創作した話が全部史実だと判明したあとだったから、きっとアナリーズの身になって想像しているに違いないってね。でも、いいえ、急にわたしが……行方不明の女性になったようだったの」

「アニー・オハラに？」デーヴィッドがびっくりしてきいた。

トニーは真顔でうなずいた。

「どういうこと？」

「なんていうか、まるで彼女がいた場所にわたしがいて、その夜の彼女の思考をそっくりたどれるようだったの。彼女が連れ去られて殺された夜の。彼女が飲んでいたパブの外の様子が見えたわ。彼女はこれからどうしようかと考えていた。そのとき一台の車がやってきて目の前にとまり、彼女はすごく喜んだ。乗っていたのがいやらしい年寄りの男性ではなかったからよ」

「その男を見たの？」デーヴィッドが鋭い口調できいた。

「いいえ」トニーは否定した。「見なかった。ちょうど……ちょうどそのとき、注意をそらされたから。そうでなくても、その男の人を見ることになったかどうかはわからないわ」

デーヴィッドがため息をついて彼女の肩をもんだ。「ときとして心が奇妙な働きをするのは知っているだろう？　とりわけ強い暗示を受けたときなんか」

「ええ、知っているわ。まあ、いやだ、デーヴィッド！　わたしだって自分が考えたり感じたりしていることや、自分の行動を合理的に説明できる理由を求めているのよ。それがわからないの？」

「被害妄想にとらわれてはいけないよ。だって、考えてもごらん。ここで起こっていることはどれもすごく暗示的だ。それに、うん、村にはブルース・マクニールを憎んでいる人間がいて、そいつが彼を面倒な立場へ追いこもうと、彼の扮装をして現れたのかもしれない」

「ほかにも誰か大きな黒馬を持っている人がいると思う？」トニーはきいた。

デーヴィッドはほほえんだ。「その可能性は充分にあるんじゃないかな。このあたりではどの家も馬を飼っているからね。それに大きな毛むくじゃらの牛も！」彼はトニーを笑わせようとしてつけ加えた。

彼女はほほえんだが、すぐに真剣な顔に戻った。

「ああ、トニー」

「それでもやっぱり……怖い。ううん、怖いんじゃなくて不安なの。わたし、弱気になっているのかしら」

「きみは死体を、誰かの骨を見つけたんだ。そんな恐ろしい体験をすれば不安になって当然さ」

トニーは納得しなかった。「いいえ、あなたにはわからないんだわ。ええ、死体を見つけたのはたしかにぞっとするほど恐ろしい体験だったし、わたしはたいていの人と同じ反応をしたのだと思う。その気の毒な女性のために悲しみ、心から同情したのよ。その一方で、ほとんどの人が感じるような隔たりを感じてもいる。彼女が誰であれ、ずっと昔に亡くなったんだもの。わたしをすごく不安にさせているのは、アニー・オハラに対して感じるつながりなの。どう説明したらいいのかわからないけど」

「それでもきみが他人に同情するのは当然だし、きみが錯覚した可能性だって充分にありうるよ」デーヴィッドが言った。

「子供のころの経験をあなたに話したことがあったわね。わたしは長いあいだ、それを心の奥に押しこめてきた。ああいう夢を見るのは恐ろしいものよ」

彼はしばらく黙っていたあとで言った。「そういう話は、ほかの誰にもしてはいけないよ」

「みんながわたしを病院へ入れようとするからでしょう?」

デーヴィッドはにこりともしなければ、すぐに答えようともしなかった。「いいや、そんなことを言っているんじゃない。ただ……誰にも話すべきではないと思う。話すと、ほかへもれるかもしれないからね」

「話さないわ。本当はあなたにも話すつもりはなかったのよ。でも、みんなにわたしの頭がどうかしていると思われること以外に、いったいどんな問題があるの？」

彼はためらった。「きみが見つけたのは昔の骨かもしれないけど、実際に殺人者が世の中をうろついているんだ。やつはおそらく変質者だろうし、この近辺にはいないかもしれない。しかし、話は伝わっていく」

「それで？」

デーヴィッドは大きく息を吐いてトニーを見据えた。「人は残酷な話が好きなんだ。新聞はそういう話をなんでもとりあげる。彼らはきみを頭のおかしい目立ちたがり屋のアメリカ人と考えるかもしれないが、いずれにしても記事にするだろう。そしてそれを読んだたいていの人間は、きみを頭のいかれた女と思うだろう。しかし殺人者が読んだらきみのことを、ほかの人間には見えないものが見える人間と考えるかもしれない。そしたらきみは脅威と見なされるんだよ」

デーヴィッドを見つめているうちに、トニーには彼の言っている意味がゆっくりと理解できてきた。

「脅威だ。わかるかい？　きみは自分を危険な立場へ置くことになるんだ！」

彼女は最初、否定するそぶりを見せたが、やがて寒気が背筋を伝わるのを感じた。「心配しないで」しばらくしてトニーは小声で言った。「誰にも話さないから。ええ、絶対にひとことだって話さないわ。さっきも言ったように、あなたにも話すつもりはなかったのよ」

「だけどぼくはきみが大好きだし、いちばんの親友だからね」デーヴィッドが言った。「ジーナは自分こそがいちばんの親友だと主張したがるだろうけど、ぼくもきみも、いちばんの親友はぼくだと知っているものね」ふざけてつけ加える。

トニーは笑った。「あなたもジーナもいちばんの親友よ」彼女は断言した。「頭がおかしくなりそうだと感じたら、いつでもぼくに相談したらいい。約束するよ。きみがどうかしているなんて考えないようにしてあげる。必要なときにはいつでもぼくがついているからね」デーヴィッドはそう言って、もう一度彼女を抱きしめた。

「ありがとう」トニーはささやいて彼を思いきり抱き返した。「いいわ、今回はあなたの言うとおりってことにしておきましょう。あなたは世界でいちばんの親友よ」

「ぼくはきみのいちばんの親友だけど、きみがいちばん性的魅力を感じるのは領主マクニールなんだろう？」デーヴィッドがからかった。

トニーは頬が真っ赤に染まるのを感じた。

「ほら！　図星だったみたいだね、違うかい？」

「下へ行ったほうがいいわ」トニーは言った。

「彼には性的魅力があるって言ったんだ」デーヴィッドは目に奇妙な光をたたえ、興味津々といった感じでトニーを見つめている。

「ええ、ええ、彼は魅力的だわ」トニーは言った。「さあ、下へ行きましょう」

デーヴィッドが同意して立ちあがり、彼女の手をとって歩きだした。ドアまで来たところで振り返り、室内を見まわす。「ふーん。ベッドがやけにきちんとしているな。ぼくがそこにいて……。待てよ！　もうひとつ部屋があるんだね？　バスルームを抜けたところに」

彼が室内へ戻りかけたので、トニーがシャツをつかんで引きとめた。「やめなさいよ。人の部屋をこそこそ探るのはよくないわ」彼女はさも軽蔑《けいべつ》したように言った。

「こそこそ探るだって？　きみはさっきまで、なにをこそこそ探っていたんだろうな」デーヴィッドがからかった。

トニーはうめき声をあげた。「下へ行かなくっちゃ。食事よ、ディナーよ、忘れたの？」

「詳しく知りたいな」彼がうるさくせがんだ。

「あなたにはなにも話してあげない」

「ふーん。じゃあやっぱりなにかあったんだね？」

「ディナー！」彼女は言い張った。

「いいよ、わかった。きみに話してもらうよりもっとおもしろい物語をぼくが創作しよう」

トニーは一瞬ためらった。デーヴィッドときたら、人を困らせずには、そして笑わせずにはおかないんだもの。本当に彼は世界でいちばんの親友だ。

「もっといい物語なんてありっこないわ」彼女はそう言って片手をあげた。「あなたに話してあげるのはそこまで。さあ、下へ行きましょう」

デーヴィッドは笑って、階段へ急ぐトニーのあとを追いかけた。

「森のあたりは大変な騒ぎだったよ」セイヤーが肉料理をよそって隣へまわしながら言った。彼はブルース・マクニールと、はじめて会うロバート・チェンバレンとを興味深そうに見つめた。

もちろんセイヤーはロバートについていろいろ耳にしていた。表向きはエディンバラの警察勤務だが、しばしば要請を受けて全国を駆けまわっており、政府からも警察仲間からも高い評価を得ている。彼に関する記事を読んだ限りでは、刑事というよりも外交官とか政治家と呼ぶほうがふさわしいように思われた。けれども今夜、セイヤーはその考えが間違っていたことに気がついた。この男にはなにかがある。

「それに車の数からして、あちこちから人を呼び集めたようだね。こんなことを言ってはなんだけど、あの巡査は少々縄張り意識が強いという印象を受けたよ」

「ジョナサンなら大丈夫だ」ロバートがちらりとブルースを見て言った。

「こういう小さな村では大都市みたいな機器をそろえられないからな」ブルースが言った。

「じゃあ、森を今しらみつぶしに調べているのは専門家たちなんですか?」セイヤーはきいた。「科学捜査班かなにかの人たち?」

「そうだ」ロバートが答えた。

ブルースがうなずいた。「彼らは法人類学者や専門家の応援が得られるのを期待して、大学に連絡したのだろう」

「ああ、それは賢明ですね」セイヤーは言った。「昔の骨を掘り返しているうちに、若い女性たちを殺害している犯人についてなにかつかめるかもしれないし、そうなればやつの犯行をとめられるかもしれない」

「やつの犯行は、われわれがなんとしてもとめてみせる」ロバートが言った。

「トニーが見つけたのがアニー・オハラの死体でなかったのは残念だな」セイヤーは言った。

全員が彼を見つめた。

「ごめん。トニーをそんな恐ろしい目に遭わせたいと思っているわけじゃないよ。アニー・オハラは生きているという望みを捨てるべきだと言ったのでもないんだ。ただ……彼女の死体が発見されていたら、殺人犯をつかまえるのに役立ったかもしれないだろう？　それにしてもやりきれないな。アニー・オハラが三番めの被害者にすぎないのかどうか、それすらもわかっていないんだから」

「彼女が殺されたのかどうかわからないよ」ロバートが指摘した。

「そいつはそんなに前から悪事を働いていたんですか？」ライアンが顔をしかめて尋ねた。

ブルース・マクニールを見て、かすかに顔を赤らめる。「無神経な言い方でした。すみません。いつから犯行が繰り返されていたのか知らなかったもので。なんで驚いたのか自分でもわかりません。アメリカには何年も野放しになっていた連続殺人犯たちがいたというのに。今日では誰もが殺人犯は……その、すぐに逮捕されるだろうと期待しているんです。『CSI：科学捜査班』を見たら、犯罪は一日で解決できると思いこみかねない」

「残念ながら、そううまく運ぶことはめったにない」ブルースはつぶやいた。

「最初の女性が行方不明になったのは一年以上も前だ」ロバートがブルースをちらりと見て言った。「彼女はひどい腐乱死体となって発見された。二番めの女性は半年くらい前に行方がわからなくなり、やはり腐乱死体となって発見された。捜査を進めようにも、われわれの手もとには手がかりがほとんどない」

「死者は多くを語るっていうのに」ケヴィンがつぶやいた。

「死者が医学や科学を通じて話をできるというのは、たしかに真実ではある」ロバートが言った。「しかし、犯行の手口を比較するためには容疑者がいなければならない」

ケヴィンはフォークを置いた。

ブルース・マクニールはセイヤーを見つめた。「なあ、セイヤー、きみはぼくの名前を聞いたことがなかったかもしれない。あるいはこの城や森についてなにも知らなかったかもしれない。しかし、この殺人犯については耳にしたことがあるんじゃないか？　最初の若い女性が行方不明になったときは、ぼくが森で死体を発見するまではほとんど騒がれなかった。だが二番めの女性が行方不明になってエバンが死体を発見したときは、国じゅうの新聞が書きたてたからね」

セイヤーは背筋に奇妙な寒気が走るのを感じ、不安になった。ブルースはどういうつもりだろう。探偵ゲームをしようとでも考えているのだろうか。「ええ、その事件については知っていました。新聞で読んだんです。だけど、この国ではほかにもいっぱい犯罪が起きていますからね」

「しかし、森の名前を覚えていなかったと？」ブルースがしつこくきいた。

「ここは〝堀をめぐらした城〟として宣伝されていました」セイヤーはむきになっていると思われないよう気をつけて言った。「ぼくたちが読んで署名した書類には、ティリンガムの森についてはなにも書かれていませんでしたよ」

「なるほど」ブルースのつぶやきには納得していない響きがこもっていた。

そのときトニーがデーヴィッドとともにキッチンへ入ってきた。デーヴィッドの顔にはほがらかな笑みが浮かんでいたが、室内の緊張を感じとると、たちまち消えた。「みんな、どうかしたの？」彼はきいた。

「いや、どうもしない」セイヤーは邪魔が入ったことを感謝して答え、グラスを掲げた。「ケヴィンのすばらしい肉料理に乾杯しよう。それにぼくらを受け入れてくれた領主マクニールと、その親友のチェンバレン警部補にも」

「乾杯か」デーヴィッドが言った。「そうだ、ぜひともしなくっちゃ」彼は立ったままワイングラスをとって掲げた。「ケヴィンのすばらしい肉料理に」

ジーナが咳払いをした。

「ジーナの」デーヴィッドは笑ってつけ足した。「例によってすばらしい野菜料理に！　チェンバレン警部補には心から感謝をこめて！　それから計り知れない便宜を図ってくれた領主マクニールには深い感謝と尊敬の念をこめて！」

「乾杯！」彼らは声を合わせた。

セイヤーはトニーが領主ブルース・マクニールの隣に座るのを見た。トニーの目がきらめき、口もとに笑みが浮かぶ。それからブルースが彼女を見つめ返した。微妙ではあったが、セイヤーが見たなかでもっとも雄弁なやりとりだった。

ふたりの関係に変化があったのだ。だからといって不思議ではない。セイヤーの筋肉がこわばり、胃がきゅっと引きつった。すると……彼らはベッドをともにしたのだ。

トニーの深みのある青い大きな目、ぽってりした官能的な唇、ふさふさした金髪、しなやかですらりとした体、豊かな曲線、人をうっとりさせる笑い声、そして香り……。

セイヤーは彼女の親戚で友達にすぎない。ふたりは近すぎる、とトニーは言った。そんなのくそくらえだ。ふたりが会ったときのことを、セイヤーは今でも覚えている。その気になれば彼はトニーに真実を、嘘偽りのない真実を話すことだってできた。けれどもそうしないで、ふたりの親戚関係がどれほど〝遠い〟かをことあるごとに強調しようとした。だが、それはまったく効果がなかった。

現実を直視しろ。セイヤーは自分に言い聞かせた。彼女はおまえを魅力的だと感じなかったんだ。おまえは宦官《かんがん》、あるいはケヴィンやデーヴィッドみたいな別の種類の人間と見なされたも同然なのだ。ばかなやつ。おまえは愚かな夢を見ていたのだ。時間をかければどうにかなると考えた。ところが彼女は、会ってわずか二日にしかならない男と寝ているんだ。

ワイングラスを握っているセイヤーの指に力がこもった。

まるで彼らふたりが見えるようだ。トニーはあの目でじっとブルースを見つめていて、彼の視線は彼女の体に注がれている。くそくらえ、大マクニール。城と、称号と、筋骨隆々の二の腕にたくましい胸を持った男。

突然、セイヤーの手のなかでグラスが砕けた。

驚いて最初に立ちあがったのはトニーだった。彼女はナプキンを手にして彼に駆け寄った。

「大丈夫、大丈夫だ！」セイヤーは慌てて言った。

トニーの目には心配そうな表情が浮かんでいた。

「柄の持ち方がまずかったらしい」セイヤーはぼそぼそと言った。

「血が出ているじゃない。ガラスの破片が刺さっていないか見てあげる」トニーが言った。

「救急箱をとってくるわ」ジーナが言った。

「いいったら！」セイヤーはそう言って立ちあがった。

怒鳴り声に聞こえたかもしれない。全員が彼を見つめていた。名高いチェンバレン警部補と大領主マクニールの目に浮かんでいるのは疑惑の色だろうか？

セイヤーは無理に笑顔をつくった。「ごめん。ぼくときたら、まるでばかみたいに振舞って」彼はつぶやいた。

「いいのよ、気にしないで」トニーは相変わらず心配そうに言った。「それよりも血が出ているわ」

「こんなのかすり傷さ。ちょっと失礼して、手当てをしてこよう。そうだ、ガラスの破片が料理に飛び散っていなければいいけど」セイヤーが言ったので、全員がテーブルの上をじろじろ見まわした。

「大丈夫、大丈夫、料理の近くにはひとかけらも落ちちゃいない」デーヴィッドが快活に言った。

どんなときもその場の雰囲気をとり繕おうとするなんていかにもデーヴィッドらしい、とセイヤーは思った。

「深く切ったんじゃないでしょうね?」ジーナが心配そうに尋ねた。

セイヤーは首を横に振った。「ぶざまなまねをしたのが恥ずかしいよ。すぐに戻ってくる」

ジーナとトニーがガラスの破片を拾いだした。

「料理のなかには入っていないみたい」ジーナがささやいた。「全部拾い集められそうよ」

「ああ、ちっとも心配はいらない」ロバートが言った。「料理にひとつでも破片が入っていたら、領主が見つけてくれるよ」

「視力がいいんですね、ブルース」デーヴィッドが言った。

セイヤーはドアを出たところで思わず立ちどまり、手から血が滴るのもかまわず聞き耳を立てた。

「ブルースは非常に目がいいんだ」ロバートがほかの者たちに話している。「警察勤めをしていたころはあちこちから引っ張りだこで、くたくただったに違いない。彼はどんな捜査においてもあてにされていたからね」

　驚きが沈黙となって漂った。

「警官だったんですか？」ライアンがブルースにきいた。

「ああ、一時期」ブルースは答えた。彼の口調には、その事実を知られたくないと思っているかのようなとげとげしさが、かすかにこもっていた。

　ドアの外に立っていたセイヤーは、危うく歯をむきだして笑いそうになった。そうとも、その男は警官だった！　そんなことも知らなかったとは、ばかなやつら。疑うことすらしなかったとは。

　だが、どうして彼らにわかっただろう。あれについて読むとしたら、スコットランド人だけに違いない。

11

ジーナはベッドルーム内の仕事用の場所をきれいに整頓《せいとん》した。彼女はライアンとふたりで選んだその部屋を気に入っていた。いちばんの理由は、谷を一望できる大きな窓がついているからだ。おそらく昔は警護隊長あたりの部屋として使われていたのだろう。十九世紀初頭にしつらえられたと思われるその窓からは、丘の斜面を見渡せる。この窓際に立っていれば、城へ侵入を図ろうとする者がいても簡単に見つけることができただろう。

ジーナは書類のコピーをきちんと整え、コピー機の電源を切った。

ライアンはもうベッドのなかにいる。ジーナは昔と変わらない深い愛情をもって夫を見つめた。彼女はライアンと会った瞬間に、自分が求めているのはこの人だと悟った。彼は愉快でやさしいときもあれば、怒ってあたり散らすときもある。ジーナにはとても商才があるので、うわべではライアンが彼女に一歩譲っている。しかし、本当に支配権を握っているのはライアンだ。最初からそうだった。

ライアンは仰向けに寝そべって頭の下で手を組み、天井を見つめていた。白いシーツが腰のあたりまで覆っている。彼の褐色に焼けた肩と胸を前にして、ジーナは夫を見るたびに感じるぞくぞくするような興奮を覚えた。彼女はライアンのなにもかもが好きだった。

今日はふたりにとって完全な息抜きの日になるはずだったのに、そうはいかなかった。ジーナは疲れきっていて、早く夫の隣へもぐりこみたかった。ライアンはベッドのなかでもすてきな夫ぶりを発揮する。

彼女はドアの横へ歩いていって、照明のスイッチを切った。窓から差しこむ月の光が室内をぼんやり照らしだしている……。

ジーナはベッドの足もとのほうで立ちどまり、これから夫と親密な行為にふけるのだという考えに胸をときめかせて、ゆっくりと服を脱ぎだした。まずシャツを脱いでブラを外し、ジーンズとパンティーを脱ぎにかかる。ライアンは喜びと興奮を感じながら待っているに違いない。

ベッドをまわって夫の隣へもぐりこもうとしたジーナは、彼が自分のほうを見ていないことに気づいた。ちらりとも見ようとしない。

やがてライアンは彼女のほうを向いて顔をしかめた。

「いったいどうしたらいいんだろうな？」彼がきいた。

「どうするって？　あれをするんじゃない」ジーナは答えた。

ライアンはかぶりを振った。

「トニーをどうしたらいいんだろうな?」彼は繰り返した。

ジーナは血が冷たくなるのを感じた。

「どういう意味……トニーをどうしたらって?」彼女はごくりとつばをのみこんで言った。

「彼女は……彼女はいつものトニーじゃないの。どうするもこうするもないわ」

「すべきことがあるはずだ」ライアンが怒って言い張った。

「なぜ?」ジーナは彼の勢いに恐れをなしてつぶやいた。こういうときのライアンをよく知っている。

「彼女は危険だからさ」ライアンが険しい口調でぴしゃりと言った。

ジーナは骨の髄まで寒気を感じ、血が凍ったような気がした。


その夜、トニーはロバート・チェンバレンと話をしているブルースを残して先に二階へあがった。念入りに歯を磨いて顔を洗い……白いナイトガウンを見つけて着る。これならすっかり体を覆っているとまではいかなくても、裸体をさらしているわけではない。

最初に行動に出たのは彼女のほうで、しかも慎み深い振る舞いとはほど遠かった。真っ裸でバスタブを飛びだし、水をぽたぽた垂らしながら男の腕のなかへ飛びこんでいくなんて、ひどく軽率な行為と思われただろう。今夜、ブルースはわたしのところへ来る。来ないはずがない!

ブルースはなかなか二階へあがってこなかった。トニーは自分のベッドに横たわって、あれこれ考えては心を乱した。彼はわたしと同じようには感じていないのだ。わたしときたら、ついさっき味わった経験をまた味わいたくて、いつまでも未練がましく待っている。あの人はわたしにとって特別な存在だ。でもわたしは、たぶん彼にとって特別でもなんでもないのだろう。とはいえ、裸の女が胸のなかへ飛びこんでいったのよ。赤い血が流れる男ならほかにどうしようがあるっていうの？

トニーは顔を赤らめた。わたしはばかなまねをしているのではないかしら。あの人は今一階で、どうしたらわたしとかかわらずにいられるか頭を悩ませているのかもしれない。目をつぶり、歯をくいしばって不安を払いのけようとする。この城にはなにかがある。ひとりきりになりたくなかった。夢を見たり、実在しないものを想像したり、幻影に悩まされたりしたくなかった。それに彼には巨岩のような頼もしさがあって、夜中にでくわしそうな得体の知れないものや恐怖を追い払ってくれそうな気がする。

でも、ブルースの胸のなかへ飛びこんでいった理由は、それだけではなかった。デーヴィッドがからかったように、ブルースには……性的魅力がある。謎《なぞ》めいたあの目がトニーの全身を眺めまわし、探るように彼女の目を見つめる。そして彼女にふれる彼の手……彼の顔立ち……。

トニーはベッドの上で何度も寝返りを打った。二階へあがってどれくらいになるだろ

ない。

彼女は起きあがってベッドを出ると、ドアへ歩いていって細く開け、まだ下から話し声が聞こえてくるかどうか確かめた。聞こえてこなかった。廊下を見まわしたが、人の姿はない。

誰かと出会ってばかみたいに思われるのはいやだったので、トニーはそっと廊下へ出て足音を忍ばせながら階段のそばまで歩いていった。そして自分が創作した、偉大な英雄である騎士党員マクニールが戦場から戻って妻を殺した物語を、観客に語って聞かせた場所に立った。

そのとき、トニーは彼を見た。

彼は大きな暖炉のかたわらに立って炉棚にもたれかかり、物思いに沈んだ表情で燃えさしを見つめていた。一瞬、トニーは彼が服を着替えたことに気づかなかった。彼はディナーのときのようなジーンズとテーラードのシャツを着てはおらず、キルトをはいていた。彼の一族特有のチェックの肩掛けをかけて、大きな盾形紋章のブローチでとめている。

トニーがいるのを感じたらしく、彼は彼女を見あげてゆっくりとほほえんだ。

言葉を発しようにも、トニーの喉からは声が出そうになかった。彼女は再び、森の外れにいたときのような感覚を抱いた。彼が実際にしゃべったとは思えなかったのに、彼の声がはっきりと聞こえた。

〝来てくれ、頼む。きみが必要なんだ〟

本能がトニーに行ってはいけない、ここにいるようにと警告していたが、彼女は胸がどきどきして、どうしても従わずにはいられなかった。

トニーは階段をおりだした。彼女が一階の近くまで来たとき、彼は大きな暖炉に背を向けて第二広間のほうへ歩きだした。

「ブルース！」トニーの口からやっと言葉が出た。

彼はためらって立ちどまり、手招きして姿を消した。

「なんなのよ」

トニーはつぶやき、狂気の沙汰《さた》とわかっていながらも、あとについていった。怖くて仕方がなかった。彼に恐ろしい場所へ連れていかれるかもしれないからではない。彼が見えるからだ。そして彼についていかなければならないからだ。

「とまって、お願い！」

だが、彼はとまらなかった。トニーは大広間を駆け抜けて、その向こうの彼が消えた第二広間へ入った。

彼はそこにいた。部屋の反対側の、錆《さ》びた蝶番《ちょうつがい》のついた古いドアの前で待っている。しっかり鍵《かぎ》がかかっていたので、トニーたちが開けようとしなかったドアだ。たぶんこのドアは地下へつながっているんだ、とセイヤーがみんなに言った。こういう城にはたいてい地下墓所が、さもなければ単なる地下室がついているものだ、と。

今、トニーはそれが地下墓所に違いないと確信した。ドアが開いていて、地下へと続く石の螺旋《らせん》階段が見えたからだ。

彼女は入口へ歩いていって最初の段に足をおろした。真っ暗なはずなのにぼうっと明るくて、階段をおりていくブルース・マクニールの姿が見える。

トニーは一歩おりた……続いてもう一歩。埃《ほこり》が積もっていて、蜘蛛《くも》の巣が張っているに違いない。鼠《ねずみ》だっているだろう。だが、垂木《たるき》に張られた細い巣に蜘蛛の姿はなかった。床には古くてかびくさいむしろも敷かれていなければ、土や埃も積もっていない。いつも掃除されているかのようで、城そのものよりもずっときれいに見える。

アーチ型の天井がついた通路と横道がたくさんあって、トニーは古い教会の地下墓地《カタコンベ》へ入ったような気がした。

「ブルース？」彼女はささやいた。そのとき、彼の姿が見えた。通路の先に立って彼女を見ている。待っているのだ。

トニーはそちらへ歩きだしたが、彼はずんずん先へ進んで、通路の突きあたりの暗がりに消えた。彼女は小声で悪態をつきながら足を速めた。通路の突きあたり近くへ来てはじめて、トニーは自分がいる場所と壁に沿って並んでいるものに気づいた。

墓。

実際のところ、不気味なものはなにもなかった。棚の上で崩れつつある骨はひとつもない。家族の一員はみな平らな大理石の蓋《ふた》で覆われた最後の安息の場に横たわっていた。蓋には英語とゲール語の両方で名前が刻まれており、妻たちのものには出身一族の名前も添えられている。支柱なしで立っている墓石のひとつにメアリー・ダグラス・マクニールという名前が刻まれていた。彼女は十九世紀初頭に没していて、碑文には偉大なマレイ族の生まれとあった。

ゆっくりと振り返ったトニーは、墓に囲まれていることに気づいた。薄暗がりのなかで死者たちに囲まれていることに、当然ながら恐怖を覚えた。

もう一度振り返ると、通路の突きあたりがさっきよりもよく見えた。その奥まったところに大きな墓があり、その上に腕組みをして腰に大きな剣をさげた領主の大理石像が立っていた。トニーは激しい震えと血も凍るような恐怖に襲われた。像の出来栄えは見事だ。彼女が少し前に撫《な》でた頬がそこにある。大理石を彫った頬が。ブルースだ。わたしの知っているブルース……。

今生きている人間がこんなにも祖先に似ているなんてことがありうるだろうか？　この石の祖先に！

その隣にもうひとつ墓があったが、像はついていなかった。それに像のある墓には〝ブルース・ブライアン・マクニール、ティリンガムの領主、あらゆる暴政に勝利した者、真のスコットランド人の大領主にして真の王〟という大胆な文句が刻まれていて、ほかの墓にはなにも刻まれていない。

トニーは長いあいだ墓地を見つめていた。周囲には地下墓所特有の冷気が漂っている。明かりが薄れだし、闇《やみ》がまるで生き物のように迫ってきた。

「ブルース!」トニーは大声で呼びかけた。声が震えているのが自分でもわかった。

彼女は身を翻して、死者たちに挟まれた長い通路を階段めざして走った。彼女の通ったあとを闇が包む。

トニーは階段を駆けあがった。出口へ着いても、あの錆びた蝶番のドアが閉まっていて、鍵がかかっていたらどうしよう。そう考えたとたん、彼女はヒステリーの発作を起こしそうになった。ここに閉じこめられてしまったらどうなるの? 闇が迫ってきてわたしをのみこみ、何世紀にもわたる死と恐怖と悲劇の瘴気《しょうき》のなかにわたしを押しこめてしまったら?

トニーはドアに体をぶつけた。勢いよく第二広間へ飛びだした彼女は、方向感覚を失って足をもつれさせ、床にばったり倒れた。

彼女は深呼吸をひとつして気持を静めた。すると怒りがわいてきた。

立ちあがってナイトガウンの破れ目を悔しそうに見おろし、もう決してこんなまねはしないと誓った。わたしを地下へ誘いこんだのはブルースだ。そうに違いない。昼間わたしを森へ誘いこんだのもブルースだ。彼はわたしたちに仕返しをしたくて、あるいはわたしたちをいやというほど懲らしめたくて、わたしを誘いこんでは苦しめているのではないだろうか？

トニーは怒りに駆られて二階へあがり、廊下をずかずかとブルースのベッドルームへ歩いていった。

ドアをノックせずになかへ入る。そして凍りついた。

彼がいた。暖炉のそばの椅子に座って本を読んでいる。ディナーのときと同じジーンズとシャツ姿だった。

エバン・ダグラスはドライブウェイをくだったところに立って城を見あげた。そして聞き耳を立てるように首をかしげた。

「彼らは彼女を見つけたよ！」エバンはささやき声とも笑い声ともつかぬ声で言った。「彼らはあなたの花嫁を見つけたんですよ、領主マクニール。気の毒な娘。恐ろしい光景だったそうだ。骨に髪や皮膚がこびりついて……そんなの、あなたは聞きたくないんでしょう？　彼らはわたしに彼女を見せてくれないんです。わたしなら彼女を手厚く弔ってやるものを」

一陣の風が起こって吹き過ぎ、雲が月の前をよぎって光を遮った。

エバンは上を向いて笑いだした。「そう、娘たち、娘たち！　みんな絞め殺されて、あの森にいる。きれいな娘たちだが……むごい殺され方をした。ああ、領主マクニール、許してください。彼女は悪口を言われたんでしょう？　あなたの貞節な奥方は。だがほかの娘たちは違う。そうとも、ほかの娘たちは違うんだ」

エバンは悲しそうに首を振った。

「哀れな罪深い娘たち！　道を踏み外し、ひとりぼっちで」ふいに彼の頬を涙が伝い落ちた。「そうとも、ほかの娘たちは違う」彼はつぶやいた。

そしてため息をついた。エバンは意気消沈して肩を落とし、丘の上の城に背を向けて自分の小屋のほうへ歩きだした。大領主マクニールの情けで住まわせてもらっているみすぼらしい舟小屋へ。彼はマクニールのためならなんでもするつもりだった。そう、なんでも。おそらくはマクニール自身も必要だと気づいていないことさえ、やるつもりだった。嘘《うそ》もつけば、盗みもする、人を欺くことだってする。そうとも、マクニールのためなら人殺しだってしてやる。

エバンはひとり悲しそうに笑った。そうさ、それだけのことだ。もう小屋へ引きあげよう。人目につかずひっそりと暮らしているあの小屋へ。

トニーは凍りついたまま何時間もその場に立ちつくしていたような気がした。だが……

そんなに長い時間が過ぎたのだろうか？

　彼がトニーに視線を据えたまま立ちあがった。あれはやさしい目かしら？　それともあざ笑っている目？

「そこにいたのか」ブルースは穏やかに言ってほほえんだ。「なにをしていたんだ？　冷蔵庫をあさっていたのかい？　捜しに行こうかと思っていたんだよ。この部屋にいなかったし、きみのベッドのなかにもいなかったから」彼の笑みが広がった。「それにバスタブのなかにもいなかったしね」

　トニーは動けなかった。話すこともできなかった。頭のなかはめまぐるしく回転していた。

　わたしを地下へ誘いこみ、それから駆け戻ってもとの服に着替えるなんて、たいしたいかさま師だわ。彼はわたしたちを怖がらせて城から追いだそうとしているのかしら。だけど、どうしてそんなことをしなくちゃならないの？　彼にはわたしたちを追いだす法的権利があるのだから、ただ出ていけと言えばすむ話なのに。

　暖炉のところにいたのはブルースではなかったのだろうか。いいえ、やっぱりブルースだったに違いない。さもなければ、わたしは幽霊を見ていたことになる。

　トニーを見つめるブルースの目が細く鋭くなった。彼は本を閉じて机に歩み寄り、引きだしのなかにしまった。それから彼女のところへ歩いてきて肩に両手をかけ、灰色の目に心配そうな色を浮かべて彼女の目をのぞきこんだ。「どうしたんだ？」

トニーはまだ言葉を発することができずにかぶりを振った。どうにかなりそうだ。でも、彼にそんなことを知らせる必要はない。頭のおかしな女とつきあいたいと思う男性など、そうはいないだろう。それともわたしは勝手な空想をしているだけなのだろうか。デーヴィッドが言ったように、暗示的な出来事が多かったせいだろうか。

トニーは震えながら目をしばたたいた。ブルースがそばに来て、こんなふうに見つめてくれるなら、肩に両手を置いて安心させてくれるなら、ほかのことはどうだっていい。

「トニー？」

彼女は恐れを振り払って気力をとり戻した。わたしはすぐれた女優なんでしょう？

「わたし……喉が渇いて」トニーは嘘をついた。「それで、なにか飲もうと思って下へ行ったの」

ブルースは眉根を寄せた。「飲み物ならここにだってある。ブランデーだけじゃなく、そこの小さい冷蔵庫には水やソーダも入っているんだ」

トニーは唇を湿らせた。「知らなかったの」

「顔が真っ青だよ」ブルースが言った。

「本当？」

彼は相変わらず心配そうな目でトニーを見つめている。

まるで……わたしの頭が正常ではないみたいに。

慎みなんかどうだっていいわ。

「わたしの望みは」トニーはささやいた。

「なんだい？」

「あなたと一緒にいることよ」

「ずっときみを待っていた」ブルースの言葉は穏やかながらも真剣そのものだったので、トニーは愛撫《あいぶ》されたように感じた。

どちらも動いたようには思えなかったのに、気がついてみるとトニーはブルースの腕のなかにいた。生命力にあふれた彼の体は、トニーの凍った肉と血と骨をあたためる炎熱のかたまりだった。彼女が上を向いてふたりの目が合ったとたん、彼に唇を覆われた。

ブルースは上掛けをはいでトニーをベッドに横たえた。彼が身を離すと、彼女は起きあがってナイトガウンを肩から脱ぎ捨てた。それから、ベッドの足もとのほうに座って服を脱いでいるブルースのところへ膝立ちで進んでいく。トニーは彼の背中にすり寄って、唇と舌で広い肩にキスを浴びせた。ようやく服を脱ぎ終えたブルースが振り返ったときも、彼女は衝動を抑えきれず、猛烈な勢いで彼の肌を味わっていた。

とうとうブルースはトニーをつかんで引きあげ、激しくキスをむさぼった。ふたりは体を絡みあわせてベッドに倒れこみ、手と唇で相手の体を求めた。トニーが体をこすりつけようとすると、ブルースが低くハスキーな声でささやいた。「おっと、気をつけてくれ。あまり激しく動くと、あれが曲がったり折れたりしてしまう」

トニーは欲望のさなかにありながらも思わず笑い声をあげ、にっこりして下側になると、息をつめて静かに彼を迎え入れた。ブルースはとうてい曲がったり折れたりするとは思えないほど力強かった。

トニーはぼんやりしながら、下のシーツとベッドのやわらかさを感じ、消えかけている火の音を聞いていた。部屋は赤とオレンジの光に包まれていて、ブルースの顔と肩と胸に炎の影が揺らめいていた。やがてあらゆるものがぼやけてひとつの暗い炎になった気がしたとき、彼女のなかの欲望が一気に高まって解放され、信じられないほどの激しさで全身を焼きつくした。

ブルースの腕に抱かれたトニーは、湿ったシーツや、さっきよりもずっと小さな火の音、燃えさしの輝きを再び意識した。彼が体をどかしたが、彼女にまわした腕は離さなかった。だめよ、絶対に離さないで、お願い！　トニーは祈った。ブルースが彼女を抱き寄せて体を密着させると、彼の胸や胸毛や息が感じられた。腰が押しつけられる。ブルースが彼女の髪をかきあげた。

幸福のうちに時間が過ぎた。やわらかな音、やさしい抱擁、軽やかな……。

「きみは……」ブルースがささやいた。

　トニーは待ったが、それきり彼はなにも言わなかった。彼女はほほえんでささやいた。

「あなたもよ」

　ブルースの腕に力がこめられた。トニーはふたりの鼓動を感じた。ほとんど一緒に打っているものの、ほんのわずかにずれているので、心臓がふたつあるのがわかる。

　やがて訪れた眠りは夢のない眠りだった。夜中にはっと目を覚ましたトニーは、体にまわされているブルースの腕を感じた。そこで彼女は再び目をつぶり、深い安らかな眠りをむさぼった。


「あの人、不気味としか言いようがないわ」ジーナが身震いして言った。

「エバンのこと？」トニーはびっくりしてきいた。

　彼らがいるのは村の中心地だった。ロバート・チェンバレンに書類の原本を渡してあったが、ジョナサンにもコピーを一部渡しておこうということになったのだ。ロバート・チェンバレンのほうを信用しているとはいえ、彼らはジョナサンにも少し同情していた。なんといってもあの城や森は彼の管轄下にある。

　彼らは〈アンガス・アレー〉というパブの庭の錬鉄製のテーブルを囲んで座っていた。この店は大都市からの観光客に昼食を提供しているおかげで、かなり繁盛しているようだ。ブルースは一緒ではなかった。仕事があると言って朝早く城を出ていったのだ。いつもの六人組に戻った彼らは、気兼ねする相手がいないのをいいことに、好き勝手なことを言って楽しんでいた。

ジーナも今は言葉を慎むつもりがなさそうだった。

「そう、エバン」彼女は不快そうに言って、頭をぐいと右へ傾けた。彼らからたいして離れていない道路脇《わき》で、エバンはなにごとか話しかけながら、犬に餌《えさ》をやっていた。

ライアンはたじろぎ、目をきらりと光らせて妻を見た。「ぼくだって馬に話しかけるけどな」

「ええ、それにトニーだって偶然出会った動物に話しかけるわ。ふたりがそうしているのを見たことがある」

「だったらどこが違うっていうのさ?」ケヴィンがジーナに尋ね、ステーキにかぶりついた。「うまい。アメリカにスコットランド料理のレストランがもっとたくさんあればいいのにね」

「ニューヨークに一軒あるよ」デーヴィッドがうわのそらで言った。

「どこが違うんだい?」セイヤーがケヴィンの質問を繰り返し、少々間の抜けた人間を見るような目で彼らを見まわした。「みんな質問をしっぱなしで、返事なんかどうでもいいんだね。全然気にしないでさっさと次の話題に移っちゃうんだから」

ケヴィンが肩をすくめた。

「どこが違うかですって?」ジーナが言った。「エバンを見てごらんなさい。動物たちが彼に返事をしているみたいに見えるじゃない。そりゃ、ライアンやトニーも動物に話しかけるけど、返事なんか期待していないわ」

「彼はちょっと頭がおかしいんだ」セイヤーが言った。「気の毒に」

「わたしは気の毒だなんて思わないわ」ジーナは体の震えを隠そうともしないで言った。「わたしは……怖い」

「きっとあの人に悪気はないのよ」トニーはそう言ったものの、つい昨日、彼に心底ぞっとさせられたことを思いださずにいられなかった。しかしそれは、彼女の空想が理性を打ち負かしたからだ。

　昨夜の出来事も空想だったのだろうか。それとも頭がどうかしていたのだろうか。今朝、地下へと続くドアには、いつものように鍵がかかっていた。けれども彼女にはわかった。無理やりにでもドアを開ければ、その向こうに昨夜見たとおりの階段と地下墓所があることが。

「エバンは一生懸命に働いているわ。彼が働いているのをよく見るじゃない」トニーは言い添えた。

「結婚していてよかったわ」ジーナがささやいた。「ライアンが一緒でなかったら、とてもじゃないけど怖くて、あんな城の部屋に寝泊まりできないもの」

「こいつはいい」ライアンが言った。「彼女がいつもぼくをそばへ置いときたがるのは、怖いからなんだとさ」

ジーナが警告するようににらんだが、ライアンはにやっとしただけだった。

「よし！　あの老人がきみたち女性にあんまり迷惑をかけるようだったら、ぼくが近くにいるってことを彼に思いださせてやるといい」セイヤーがそう言ってウインクした。

「ほら、あなたもそのくらいのことを言ったらどう」ジーナがライアンに言った。

「あの……万一の場合、ジーナはデーヴィッドとぼくの部屋にある古いダンカン・ファイフ様式のソファーで寝ればいいよ」ケヴィンが言った。

ジーナは身震いした。「あなたたちのあいだにはとても入れそうにないわ」

「わかった、わかった、もうたくさんだ！　のろけあうのはやめてくれ。ぼくらのうちの何人かは……」セイヤーはためらい、ちらりとトニーを見た。「いや、もうぼくひとりのようだな。とにかく、誰かと一緒に寝ているわけじゃない者もいるんだから、刺激的な会話はしないでほしい、いいね？」

ジーナは大声で笑いだした。「セイヤー、あなたがその気になれば、いくらでも女の子をものにできるのに。みんなでパブやなんかに入ったとき、女の子たちがどんな目つきであなたを見るか、わたしは気づいていたわ」

セイヤーは肩をすくめた。

「あなたはえり好みが激しすぎるのよ」ジーナが言った。

セイヤーはしばらく考えたあとで言った。「そうかもしれない。それにぼくはアメリカ人女性とつきあおうと思っているんだ」

「それはまたどうして？」トニーがきいた。

セイヤーは肩をすくめた。「アメリカの流儀が好きなのさ。堅苦しい伝統だとか堕落した因習なんかに縛られていないのが」

ジーナが笑った。「でも、あなたはあの城を利用したわたしたちの計画に喜んで乗ったじゃない。そうでしょう？」

「まあね。だけど、当初の計画からはすっかり変わってしまった。今のぼくらは借りた金でルーレットをやっているようなものだ。賭《か》けた金をとり戻すのに四苦八苦している」

「なんとしてもとり戻すわ」ジーナが決意をこめて言った。

「城主が気前のいい男でよかったよ」デーヴィッドがつぶやき、突然、テーブル越しにセイヤーを見た。「なあ、きみはブルースが警官だったことを知っていたかい？」

「どうしてセイヤーがそんなことを知っているの？」トニーが問い返した。「セイヤーはブルースが存在することすら知らなかったのよ」

「ああ、そうか、そうだよね」デーヴィッドが言った。

「発音がイギリス人みたいになってきているよ」ケヴィンがデーヴィッドに言った。

デーヴィッドはケヴィンを見てため息をついた。

「ほら、郷に入ってはなんとやらというじゃないか」ライアンが言った。

「だけど領主マクニールが……警官だとは！」

「かつて警官だった」ジーナが言った。「今はなにをしているのかしら」彼女は考えこみながらみんなを見まわした。

「おい、ぼくにきかないでくれ」ケヴィンが言った。「ぼくは領主が……そう、仕事についているなんて知らなかった。なにもしないで食べていける……領主ってのはそういうものだと思っていたよ」

「今はもうそういうわけにいかないんじゃないかしら、どう？」トニーはにっこりしてセイヤーに尋ねた。

「そうだな、最近では広大な土地の所有者は地代を集めて暮らしているよ」彼は答えた。

「ブルースは広大な土地を所有しているの？」ジーナがきいた。

セイヤーはトニーに視線を据えたままうなずいた。「巡査の話では、領主マクニールは村の半分を所有しているということだった。覚えているだろう？」

「ふーん」ジーナは小声で言った。「じゃあ……彼はお金持なのね」

「変だよな。金持だったら、あの城に住みこみの使用人が大勢いたってよさそうなものなのに」デーヴィッドがつぶやいた。

「それなのにひとりもいやしない」ライアンが首をかしげて言った。

「エバン・ダグラスがいるよ」ケヴィンがライアンに指摘した。

「あの人、不気味だわ」ジーナがまた言った。

「最初の話題へ戻ったというわけだ」ライアンがそう言って立ちあがった。「ジーナ、例の書類をジョナサンのところへ持っていこう」

「今日は領主マクニールの証書を見ることになっていたんじゃなかったっけ？」セイヤーがぼそぼそと言った。「どうやらぼくらは彼の証書が本物だと認めざるをえないようだね。結局、彼はぼくらと一緒に来なかった」

ジーナはため息をついた。「ライアンとわたしはこれからジョナサンのところへ行くわ。たぶん被害届の書類にも書きこむことになるでしょうけど、とりあえず誰かひとりがいきさつを説明して書類に署名をすればすむんじゃないかしら」

「ふたりだろ」ライアンが彼女に言った。

「そう、ふたり。ほかの人たちは好きにしていていいわ。トニー、あなたは古い教会や墓地を見てまわりたいと言っていたんじゃない？」

デーヴィッドがうめいた。「ぼくが書類をジョナサンのオフィスへ持っていこうか？」

トニーは立ちあがった。「デーヴィッド、買い物に行ったらどう？　ケヴィンとセイヤーは……もう少しパブの雰囲気に浸っていたいのなら、そうしたらいいわ。わたしはひとりでも大丈夫よ」

「お茶やスコーンをのせるのにふさわしい高級な紙製品がないか見に行こうっと」デーヴィッドが言った。

「アメリカと違って、ここの人たちは紙皿をめったに使わないようだね」ケヴィンが応じた。「だけどすてきな店があるよ。きっと適当なのが見つかるだろう」

「ぼくはきみと一緒に行ってもいいよ、トニー」セイヤーが申しでた。

「本当に？」トニーはきき返した。

「ああ、いいとも」セイヤーが断言した。

「でも……」

「ねえ、誰かここの代金を忘れずに払っておいてちょうだい」ジーナが言った。「それから、二時間以上ぶらぶらしていてはだめよ。四時に丘のふもとのパブに集まりましょう。いいわね？」

　六人はそれぞれの方向へ向かった。ライアンとジーナは村の広場がある西へ行き、デーヴィッドとケヴィンはほんの数メートル進んだだけで、店のショーウインドーに目を奪われて立ちどまった。セイヤーとトニーは東の丘を少しのぼったところにある教会と、それをとり巻く墓地をめざして歩いていった。

　セイヤーは心ここにあらずだった。トニーは彼の肩に手をのせた。「大丈夫？」彼女は尋ねた。

セイヤーは一瞬トニーに笑いかけた。「うん、大丈夫だよ。どうして?」

トニーは首を振った。「最近のあなたは……あなたらしくなかったから」

「ぼくらの夢みたいな計画がつぶれてしまって以来ってこと?」セイヤーがきいた。

「ええ、まあ」

セイヤーはほほえんで教会を指さした。「この地方の歴史を少し教えてあげよう。あそこにはじめて教会が建ったのは十三世紀で、今の建物がつくられたのは十六世紀だ。当然、最初はカトリック教会として建てられたけど、現在はスコットランド教会になっている。見事なステンドグラスの窓があるよ。教会のなかには美しい彫刻を施した墓碑がある。政治家や詩人や騎士や貴婦人なんかの立派な墓をつくらせるために、イタリアの芸術家たちが連れてこられたそうだ。クロムウェルが支配した陰鬱《いんうつ》な時代、ここの牧師は勇敢な人物で、多くの宝物をうまく隠したものだから、失われたものはほとんどなかったらしい」

トニーは感銘を受けてセイヤーにほほえみかけた。「じゃあ、あなたは見たことがあるのね?　わたしたちと来るまで、あなたはこのあたりへ来たことがないんだとばかり思っていたわ」

「あのなかに入ったことは一度もないよ。インターネットで調べたのさ。とても趣味のいいウェブサイトを開設しているんだ」

トニーは笑った。「なあんだ」

教会と墓地の周囲に低い石塀がめぐらされていて、白い杭《くい》でできた通用門がついていた。セイヤーがトニーのためにその門を開けた。

セイヤーと一緒に教会へ足を踏み入れたトニーは、畏怖《いふ》と驚愕《きょうがく》の念に打たれた。こんなに小さな村にこれほど立派な教会があるのは驚異としか言いようがない。ぐるりとめぐらされたステンドグラスの窓は、ティファニーをもうらやましがらせるほど美しい青い色をしている。トニーは入口の横にあったパンフレットをとりあげ、説教壇が一五四〇年代に一本の樫《かし》の巨木を彫ってつくられたという説明文を読んだ。説教壇へ歩いていった彼女は、そこに施されている複雑なライオンの彫刻に目を見張った。

「なんという見事な出来栄えだろう」セイヤーがささやいた。

トニーはうなずいた。「本当にすばらしいわ」

「ここにマクニール家の人が埋葬されているかどうか見に行こう」セイヤーが言った。

「わたしはてっきり……」トニーは一瞬ためらってから続けた。「マクニール家の人たちは城の地下のお墓に葬られているものと思っていたわ」

セイヤーは肩をすくめた。「きっと何人かはそうだろう。だけど、こっちへ来てごらん。ほら」彼は西壁に面した一角を占める比較的新しい墓を指し示した。「われらがマクニールの祖父か大叔父に違いない。〝パトリック・ブレナン・マクニール大佐、イギリス空軍所属。一九二一年四月十五日生まれ、一九四四年六月八日没。神と国に仕え、異国にて神に召される。その御霊《みたま》が天使たちとともにあらんことを〟」

「第二次世界大戦で連合軍がノルマンディーに上陸した日の直後に亡くなったのね」トニーは言った。「なんて悲しいことかしら」

「まったくだ。きっと何千もの兵士が同じ目に遭ったんだね」セイヤーが感慨深げに言った。「ここを見てごらん。もっと古いものがある。〝領主ブルース・エイモン・マクニール、部下と名誉の偉大なる擁護者。フロッデンフィールドにて正義と自由のために命をささげる〟」

「彼らは戦いで間違った側につきがちだったのね」トニーはささやいた。

「間違った側かどうかは、常に歴史が決めるんだ」セイヤーが小声で応じた。

トニーはうなずいた。「そのとおりだわ。それにわたしたちは敗北者にロマンティックな空想を思い描きたがるのよね」

「外を少しぶらついてみようか？　それともきみはマクニール家の墓にしか関心がないのかな？」セイヤーが尋ねた。

トニーは驚いてセイヤーの目を見たが、彼に他意はなさそうだった。

「外を歩いてみましょう」

「どうして墓地なんかに興味があるんだ？」セイヤーはそう尋ね、にっこりした。「グラスゴーでも一緒に墓めぐりをしたね。覚えているだろう？」

「たぶん芸術的なところに魅力を感じるんだわ。それに詩や墓碑銘に」

「ディズニーワールドにあるような？〝善良な老フレッド、頭に石が落っこちて、死んじゃった、死んじゃった、死んじゃった〟みたいなものにかい？」

「そんなひどいのじゃないわ」トニーは抗議した。「問題は年月とともに石が浸食されたり苔《こけ》が生えたりして、文字が読みにくくなることね」ふたりは建物の外に出た。教会に附属している墓地には美しい大理石像や、時間とともに危なっかしく傾いた大きな墓石などがあった。そうしたものを前にすると、トニーは魅了されずにはいられなかった。「ここにこんなものがある！」彼女はセイヤーに呼びかけて、文字が読みやすいように墓石から苔をこそげ落とした。「〝ジャスティン・マクラレン。生前のわたしは足が速く、若い妻をめとるも、妻をないがしろにした。争いごとを好み、ミサには一度も出席せず、今は見捨てられてひとり寂しくこの墓に眠る〟」

「ふーん。頭に石が落っこちて死んだ善良な老フレッドのと同じくらいひどいじゃないか」セイヤーがそう言って彼女を笑わせた。

「でも、このとおりなんだわ。こういうのを読むと、その人の人生の一面がわかるような気がするじゃない」

トニーはセイヤーにほほえみかけた。そのとき若い女性がふたり墓地へ入ってきて、トニーたちと同じように墓のあいだをぶらぶらし始めた。ひとりはきれいな赤毛で、もうひとりはブルネットだ。

「こんにちは」トニーは愛想よく呼びかけた。

「こんにちは」赤毛の女性が快活に応じた。「あなた方はアメリカの方ね？」

「わたしはそうよ」トニーは言った。「セイヤーはグラスゴー出身なの」

「わたしはアバディーンの生まれだけど、しばらく前からこの村に小さなコテージを借りて滞在しているの」赤毛の女性が言った。「わたしはリジー・ジョンストン。こちらは友達のトリッシュ・マーティン。彼女はわたしと一緒に休暇を過ごすために、ヨークシャーから来たのよ」

「すてきね」トニーは言った。

「ああ、するとまたイングランドからの侵入者ってわけだ」セイヤーがからかって、まずトリッシュに手を差しだした。

彼女は大きな焦げ茶色の目と、長い髪、美しいクリームがかったピンクの肌をした、とても愛らしい女性だった。けれどもセイヤーはリジーにも同じくらい丁寧に挨拶《あいさつ》をした。彼女は乱れた赤い髪とそばかすのある顔、それとにこやかな笑みの持ち主で、スコットランド人というよりもアイルランド人に見えた。

「ぼくはセイヤー・フレーザー。こちらはアメリカからの侵入者の」彼は愉快そうにつけ加えた。「トニー・フレーザー」

「あら、じゃあ、あなた方はご夫婦なの？」リジーが落胆もあらわに言った。

「はじめまして」トニーはふたりの女性に言った。「いいえ、わたしたちは夫婦じゃなくて、親戚《しんせき》なの」

「まあ！」リジーは新たな興味をもってセイヤーを見つめた。

セイヤーはにっこりした。表情や身ぶりから、互いの考えが容易に読みとれる。なんとなく気づまりな瞬間だった。リジーはセイヤーに気があり、彼はトニーに気がある。

「すると、あなた方も古い墓地をぶらぶらするのが好きなのね？」トニーは尋ねた。

「いい加減うんざりしてもよさそうなのに、いつまでたっても飽きないの」トリッシュが言った。「近ごろは誰も彼も遺跡を見てまわりたがるけど、そんなものよりずっとおもしろいわ。遺跡なんて地面に岩が転がっているだけでしょう。でも、こういう古い墓地は……」

「物語を語ってくれるのよね」トニーは言った。

突然、トリッシュが息をのんだ。「あなた方を知っているわ！　あの城でツアーを主催している人たちよね」

「本当だわ」リジーが言った。

セイヤーがトニーをこづいた。「ぼくたちって有名なんだ」彼は愉快そうに言った。

「悪名高いのかもよ」トニーは声をひそめた。

「そんなことないわ。今日のエディンバラの新聞に記事が載っていたの……読みたいんだったら、丘のふもとの〈イオイン〉という小さなカフェで買えるわ。そこは新聞も販売しているから」トリッシュが言った。「いい記事だから、きっとあなた方も気に入るんじゃないかしら。それによれば、あなた方は歴史を題材にしたすてきな劇を上演していて、地元の人たちも大いに楽しんでいるんですってね。絶対にその新聞を買うべきよ。残念ながら、わたしたち、買った新聞をそのカフェに置いてきちゃったの」

トニーはセイヤーを見て肩をすくめ、口もとに笑みを浮かべた。その表情には満足感と後悔が入りまじっていた。「教えてくれてありがとう」彼女は言った。

「気がつかなかったけど、これまでに来たふたつの団体客のどちらかに記者がまじっていたんだね」セイヤーが言った。

「記者だったら、気づかれないでこっそり忍びこみたいんじゃないの、きっと」リジーが言った。「記者だとわかってても、ほかの観光客と同じように扱うんでしょう?」

「そりゃあそうさ」セイヤーは答えた。「でも、城へ観光に来るのは全部アメリカ人だとばかり思っていたよ。ぼくらは旅行会社と提携していて、宣伝と客の募集はそちらに任せてあるんだ。旅行会社はツアーの対象をアメリカ人にしていたからね」

「なんですって?　わたしたちイギリス人はこの国の歴史を小さなころから知っているか

ら、今さら楽しい思いをしなくてもいいっていうの?」トリッシュがそう言って、セイヤーに向かって目をぱちくりさせた。

「そんなことはないよ。現にぼくたちはみんな楽しい思いをしているだろう?」セイヤーがハスキーな声で穏やかに言った。彼にとっていいことだわ、とトニーは思った。たまま墓地のなかではあるけれど、セイヤーは魅力的な女性たちとのたわいないおしゃべりを楽しんでいるようだ。

骨粗鬆症《こつそしょうしょう》になりかけているのか、少し背中の丸くなった老婦人が傾いた墓石のあいだをやってくるのに、トニーは目をとめた。ほかの者たちも気づいて話すのをやめた。

後ろへさがったトニーは、周囲の何百年もたつような風化しかけた墓石のなかに、新しい墓標もいくつかあることに気づいた。

老婦人は花束を手にして彼らのほうへ歩いてくる。

「わたしたち、邪魔をしているみたい」トニーはつぶやいた。セイヤーが彼女の肘をとってもっと後ろへさがらせた。今あたふたと立ち去ったら、足音やらなにやらで、かえって注意を引くだろうと、彼らはその場にじっと立っていた。

老婦人のあとから中年の男女がやってきた。頭が薄くなりつつある男性と、四十五歳前後のほっそりした魅力的な女性だ。

「こんにちは」男性が彼らのほうへ会釈した。老婦人はこちらに目もくれなかったが、男性の妻と思われる女性は愛想よくほほえみかけてきた。

老婦人は墓の前にしゃがんで花を手向け、祈りの文句を唱えた。それから笠石《かさいし》に手を突いてゆっくりと立ちあがり、振り返って彼らがそこにいるのを認めた。

トニーは、顔の深いしわのなかにはめこまれたような輝きのない青い目が自分に据えられていることに気づいた。

「あんた方は城から来た人たちだね」老婦人が言った。質問ではなくて、事実を述べたにすぎなかった。

トニーとセイヤーはうなずいた。邪魔が入ったにもかかわらず、ふたりはツアーが好評だと耳にしたばかりだったので、いい気分に浸っていた。だがトニーは、輝きのうせた青い目で値踏みするように見つめられるうちに、心の底で不安が頭をもたげるのを感じた。

老婦人は骨張った長い指をトニーに突きつけた。

「あんたは知っているんだろう?」

「なんですって?」トニーは小声できき返した。

「もっと大きな厄介ごとが待ち構えていることを。え? 長いあいだ行方の知れなかった女性が発見された。あんたは過去の平穏を乱したんだよ。幽霊をよみがえらせてね。そうしておいて、あの森でいったいなにが起こっているのだろうと不思議がっているのさ。彼はかつて殺人を犯し、彼女を土のなかへ埋めた。その彼女が掘りだされたんだ。彼はこれからも殺人を繰り返すだろうよ、何度も何度も。わたしたちは知っていたよ、彼が長いあいだこのあたりをうろついていたことを。ああ、知っていたとも。自分の城や森をうろついては、裏切られた復讐《ふくしゅう》をしようとしているんだってね。彼はまた動きだして、復讐してやろうとこのあたりをさまよっている」トニーに向けられた老婦人の指が震えた。「あんたは知っているんだ。彼が目覚めて起きあがり、怒りに駆られてうろついていることを。あんたは知っている。ブルース・マクニールが起きあがって、人殺しをしていることを。これからも平穏を踏みにじるようなまねをするなら、今度はあんたが死んで水のなかにいるはめになるよ。そうとも、あんたが水のなかにいるんだよ！」

12

ブルースがダニエル・ダローのオフィスへ到着したのは正午を少しまわったころだった。彼は携帯電話に入っていたダニエルの、すぐに来てくれという興奮気味のメッセージに驚いて駆けつけたのだった。

なぜすぐに来てもらいたいのか、その理由をダニエルはなにも説明しなかったので、ブルースはいったいなにごとだろうと首をひねった。本来ならブルースはトニーら六人組に同伴して村へ行き、役所の記録係から証書をもらって彼らに見せる予定だったが、今となっては急いで見せる必要もなさそうだった。彼らはブルースが城の所有者である事実を受け入れたようだ。

それに彼はダニエルのメッセージに強く興味をそそられた。

ティリンガムという村は、多くの場合、死が自然に、それも老人に訪れる土地のひとつだ。ハイランドのふもとに広がる村周辺の田園地帯は豊かな農場で、大都市や町へ出なかった人々は品質のいい羊毛や乳製品や牛肉を生産して暮らしを立てている。たいていの人がこの土地を心から愛しており、いまだに昔風とはいえ、何世紀にもわたる隷属と戦の時代よりははるかにましな生活におおむね満足している。

　ブルースは広い土地のほかに、市街地にビルをいくつも持っているが、そうした資産のすべてを親から譲り受けたのではない。カリフォルニア大学ロサンゼルス校《UCLA》で学んだ彼には、アメリカの株式市場に関する知識が豊富にあり、長年の博打《ばくち》で——彼は株への投資を博打と見なしていた——大いに儲《もう》けてきた。不況の時期でさえ、株を安値で買って高値で売り抜けるという幸運に恵まれた。それでも彼は父親からひとつの伝統をたたきこまれていた。世襲制が、そしてチャールズ二世のイングランド国王への復位が、彼ら一族を領主にしたのだ。それはつまり、彼らはティリンガムの村に対して責任があることを意味する。

　もちろんそれ以外の要因もあった。ティリンガムはブルースの故郷だ。彼はこの地を愛している。今でもこのあたりには藁《わら》ぶき屋根の家があって、カフェや商店、アパートメント、戸建住宅として使われている。中心部から農地まではそう離れておらず、城は何世紀も変わることなく丘の上に立っている。この土地にどんなすばらしい歴史や忌むべき歴史があろうと、ここは彼の土地なのだ。

　ダニエル・ダロー検死官の仕事場は広場に面していて、すぐ近くにジョナサンのオフィスや、登記所や認可局や法律事務所などが入っている美しい中世の建物があった。ブルースはすぐにダニエルに会うことにしたとき、トニーたちに役所の近くまで行くと連絡することができた。だが、そうしなかった。ひとりで検死官のところへ行きたかったからだ。

ダニエルの秘書のロウィーナがにこやかに挨拶《あいさつ》をし、目をきらきらさせてブルースを見た。「あの人、あなたが早く来ないかとそわそわしっぱなしです！」ロウィーナはそう言って立ちあがり、ダニエルがティリンガムとその周辺の死体を調べるのに使っている死体保管室のほうへブルースを案内した。「なぜそんなに興奮しているのか、わたしにも理由を教えてくれないんですよ」彼女は言った。

ブルースがダニエルの仕事場のドアを開けてくれたロウィーナに礼を言うと、彼女はほほえんで手を振り、ドアを閉めて去った。

ダニエル・ダロー検死官は常に助手をふたり雇っているが、彼らはもっと大きな施設やほかの小さな村の、より高い地位を求めて移っていき、長く居ついたためしがない。今の時間、助手はどちらも近くにいないようだ。ダニエルにとってかえって好都合なのだろうと、ブルースは思った。ダニエルは発見された〝死体〟のなかでもきわめて珍しいものをひとり占めすることになったのだ。

ダニエルは頭に前照灯をつけて大きな眼鏡をかけ、解剖台の上に置かれた死体を調べていた。ブルースに気づいて彼が視線をあげたとき、眼鏡の奥の目が巨大に見えた。白衣や器材を身につけた彼は、頭のおかしな科学者《マッドサイエンティスト》を連想させた。

「ブルース！」ダニエルはうれしそうに言った。「来てくれたんだね」

「あんなメッセージを受けとったら来ないわけにいかないよ」ブルースは言った。

ダニエルはうなずいた。「まあね。なあ、きみが今までぼくを好きだったとしたら、これからは大好きにならずにはいられないよ」

「ほう?」

彼はブルースに近くへ来るよう手招きした。

死体を眺めるのは妙な気分だった。長い年月が、かつては生きていた女の体から人間性を完全に奪っていた。うつろな眼窩《がんか》、頭蓋骨《ずがいこつ》にへばりついている髪、干からびた皮膚、どれひとつとっても不気味としか言いようがない。骨のなかにはつながっていないものもあるが、ちゃんと骨格どおりに並べてある。黒ずんだ布切れから、彼女が最期を遂げた瞬間にどんな服を着ていたのかがしのばれる。頭蓋骨はところどころ皮膚が失われているものの、ほかの部分にはかつての生の名残がしつこく張りついていた。

年月はまた、見る者の心にも錯覚を起こさせる。ブルースは若い女性の死体をティリンガムの森で発見したときのような感情を、今回は抱けなかった。あのときは被害者の生きた時期が目の前の死体よりもずっと最近のせいか、はるかに生々しい感情を抱いた。とはいえ、ここにあるのは先祖のひとりの死体で、彼女が存在しなかったら現在の自分も存在しないのだと考えると、ある種の感慨を覚えた。

「まったくすばらしい発見をしたものだ!」

ダニエルは再び死体の上半身をつくづくと眺めて言った。

ブルースは小さく咳払《せきばら》いをした。ダニエルはブルースを見て、自分の不適切な言葉遣いに気づいたようだった。「すまない。つい忘れてしまうんだ……その、何世紀もたっているってことを。きみは知っていたよな？」

「ああ、もちろん」ブルースは答えた。

「驚くべき保存状態のよさだ」ダニエルが言った。「骨を持ち帰りはしたが、まだ切って調べたり、サンプルをとったりはしていない。専門家がこちらへ向かっているんでね」

「だったら、どうしてぼくを呼んだんだ？」ブルースは、ダニエルが発見したものに夢中になってまた説明を忘れるのではないかと心配になって尋ねた。

「それだ！」ダニエルはそう言うと、頭につけている前照灯で死体の首の周囲に残っている布切れを照らした。

それ？　ブルースは見つめたが、泥で黒ずんだ布切れしか見えなかった。

「悪いが、ダニエル、なにを見せたいんだ？」

ダニエルは驚いた声を出した。「おいおい、そうやすやすと答えを教える気はない。きみは以前、刑事だったじゃないか」

ブルースは彼に向かって眉をつりあげ、再び死体へ視線を戻した。

そしてそれを見た。

泥による変色のせいで、首に巻かれた布の織り方を見分けるのは不可能だ。しかし、かつては鮮やかな盾形紋章が縫いとりされていたことはわかる。しかもマクニール家の盾形紋章ではない。

調べるのにしばらく時間がかかったが、明かりの下でよくよく見ると、泥のこびりついている紋章の細かな模様と、その周囲に配された文字が読みとれた。断言はできないが、剣のてっぺんの隼《はやぶさ》の上に凝った〝GD〟の文字があるようだ。とたんにブルースはぞくぞくする興奮を覚えた。

剣の上の隼に〝GD〟の文字が添えられているのが、大マクニールを殺した裏切り者、グレイソン・デーヴィスが選んだ同盟の紋章であることは、この村の近くで育った人間なら小学生でも知っている。

「じゃあ……！」ブルースは言った。

「ああ、そのとおり」ダニエルが楽しそうに言った。「マクニール夫人を殺したのは彼女の夫ではなく、グレイソン・デーヴィスのようだ。たしかに、大マクニールがデーヴィスの紋章のついた布を使ったという説も成り立つだろうが、マクニールが敵方の布なんか持ってなにをしていたというんだ？　やったのは彼じゃない。ぼくは歴史家ではないけど、われらが地元の英雄は嫌疑が晴れたと言っていい」

ブルースは目をあげてほほえんだ。「ならいいが。ここへ向かっているという専門家の意見を聞いてみよう」

ダニエルがうなずいた。

「きみが言ったなかで確実に正しいことがひとつあるよ」ブルースは言った。

「なんだい？」

「たしかにぼくはずっときみが好きだった。だが、今では大好きだ」


「母さんったら！」男性が歩みでて老婦人の腕をとった。「母さんにはときどき昔の人が見えるってことは知っているよ」彼はやさしく老婦人を引っ張った。「だけど、そんなことを言ったらこの人たちがおびえてしまうじゃないか」彼はトニーたちに向かって目をくるりとまわしてみせた。

「彼女たちには見えていないんだよ。誰にも見えていないんだ」老婦人が言った。

彼女の視線は相変わらずトニーに据えられていた。その薄い青色のうるんだ目には、ほかの人間には見えないものが見えているようだった。

「あんたは用心しなくちゃいけないよ」老婦人は熱っぽい口調でささやいた。

トニーはうなずいた。喉が引きつり、手足も血も冷えきっているのが感じられる。この老婦人はもうろくしているんだわ、と自分に言い聞かせようとした。それで迷信にとりつかれてしまったのよ。

セイヤーがトニーの肩に腕をまわした。会ってまもないリジーとトリッシュさえもトニーのそばへ来て、この奇怪な攻撃から彼女を守ろうとしているようだった。

「お母さん、さあ行きましょう。もうお父さんにお花を供えたんですもの」男性の妻らしい女性が言って、トニーたちに向かって申し訳なさそうにほほえんだ。「通りを少し行ったところに、とてもおいしいスコーンを出すお店があるの。そこでお茶を飲みましょうね」彼女はもう一度すまなそうな視線を向け、老婦人の腕をとってやさしく連れていこうとした。肩越しにほほえもうとした彼女の表情がすべてを語っていた。

あの老婦人は頭がいかれているけれど、ふたりの身内であり、ふたりは彼女を愛しているのだ。

「お茶を楽しんでください」トニーは老婦人によってもたらされた寒気が薄らぐのを感じながら呼びかけた。老婦人の娘だか義理の娘だかに、ふたりの彼女への気づかいに感銘を受けたと伝えたくて、なにか言わずにはいられなかったのだ。

あとに残っていた男性が首を振って言った。「フィナン・マッケンリーです。どうか許してください。母のあんな言葉を聞いたら、誰でもぞっとしますよね。でも、気になさらないように。すみませんでした。この土地の者たちは、ええ、われわれは、まさかあのブルースが城を貸すなんてと信じがたい思いで見ていたのです。でも、あなた方のおかげでわれわれは恩恵を受けているわけですから、みな喜んでいるんですよ」彼は悲しそうに顔をしかめた。「わたしはパブを経営しているのですが、ほんの数晩で、あなた方のところへ来る観光客にずいぶん儲けさせてもらいました。どうか母の言葉を気にしないでください。母はブルース・マクニールを、といっても現在の領主ではなくて昔の騎士党員ですが、森で見たと信じこんでいるのです。そして彼は無実だと信じてきたものですから、少々がっかりしているんですよ。なにしろ今回、骨が発見されたので……」

「ありがとう、ミスター・マッケンリー」トニーは手を差しだした。「あなたも奥さんも、お母さんをとても大切になさっているんですね。それから、わたしたちがここにいるのをみなさんが喜んでくださっていると、ご親切にも教えていただいたことに感謝します」

　彼はうなずいた。「どういたしまして。繰り返しますが、母があんな恐ろしいことを言ってすみませんでした。母は……」頭がどうかしているとか、もうろくしているという言葉を、彼は使わなかった。「年をとっているものですから。わたしたちにとっては大切な人間です。たぶん母はあなたのことが心配だったに違いありません。楽しんでいたところを邪魔してすみませんでした。では、失礼します。これからお茶とスコーンを食べに行くとしましょう。さようなら」

「さようなら」彼らは去っていくマッケンリーに言った。

「やれやれ、なんてことだ」セイヤーがつぶやいた。「トニー、大丈夫か？　彼女ときたら、まったく変な目つきできみを見るんだから」

「あの人は年をとっているのよ」トニーはフィナン・マッケンリーの言葉を繰り返した。

「ええ、少しもうろくもしているし。それにしても気味が悪いわね」トリッシュが言った。

「あなたをぞっとするような目でにらんでいたわ」リジーがそう言って身震いした。「あんな目でにらまれなくてよかった。あ、ごめんなさい」

「いいのよ」トニーは応じた。「そんなことより、あのご夫婦がお母さんを大切にしているのを見てとても感動したわ」

「いかにもスコットランド的に見えるでしょうね」リジーが言った。「わたしたちは少し迷信深くて、奇抜な考え方をし、かなり理屈っぽいことで知られているもの。さあ、もういやなことは忘れましょう。正直な話、あなた方の主催しているツアーにぜひ参加したいわ。もっともわたしたちはアメリカ人ではないし、よそからバスに乗って来るわけにもいかないけど」

「明日の晩、ツアーがある。よかったら少し早めに来るといい」セイヤーが言った。

「わたしは運営管理の担当じゃないけど」トニーは言った。「たぶん、あなた方のためになにか特別な手配ができるんじゃないかしら」

「ぼくらはもうじき〝運営管理担当者〟のもとへ集合することになっているんだ」セイヤーが言った。「そろそろ、そのパブへ行かないか？　きみたち魅力的な女性に飲み物をごちそうしてあげるから、それを飲みながら明日の晩のことについて話しあえばいいよ」

リジーとトリッシュは視線を交わした。どうやらふたりは暗黙の了解に達したらしく、同時にセイヤーのほうを向いた。「ええ、いいわ。なんだかとても楽しそう」

「あなた方は先に行ってちょうだい」トニーは言った。「わたしはもうしばらくこのあたりを歩いてみたいの」

セイヤーが黙ったままかすかに顔をしかめた。トニーが一緒でなければ、知りあったばかりの女性たちも行かないと言いだすのではないかと心配しているようだ。

「もちろんわたしもすぐに行くわ。ほかの人たちも着くころじゃないかしら」トニーは慌てて言い添えた。

トリッシュが身震いした。「あんなことがあったのに、ひとりで古い墓地にとどまりたいの？」

「わたしはこういう場所が好きなの」トニーは言った。

「よし、わかった」セイヤーは早く女性たちを連れていきたかったが、トニーと一緒にここへ来た責任があるので、彼女を残してさっさと行ってしまうわけにはいかない。「本当だね？　本当に大丈夫なんだろうね？」

「もちろんよ。ここは通りのすぐ近くだもの。お墓のなかから手が出てきたら、脱兎《だっと》のごとく逃げだすわ」

三人は笑った。

「なにか注文しておきましょうか？」リジーがきいた。

「いいえ、ありがとう。きっと頼んだらすぐに出てくるでしょう」トニーは答えた。

「そうか、じゃあ……行こうか？」セイヤーが言った。

「ええ、そうしましょう」リジーは同意した。「先に行って待っているわ」

三人が去ったとたん、トニーはまたもや寒気に襲われた。道路がすぐ近くだという事実も慰めにはならなかった。通りに人影はなく、おまけに早くも暗くなりだしている。こんなのばかげているわ。今すぐセイヤーたちを追いかけて、一緒にパブへ行こうかしら。たとえビールは生ぬるくても、パブではあたたかくもてなされるだろうし、仲間と一緒なら心強い。この墓地で死者たちに囲まれていると、城の地下を連れまわした幽霊をどうしても思いだしてしまう。

トニーはぶるっと体を震わせて不吉な考えを振り払った。大丈夫よ。ひとりになりたかったんでしょ、怖がってどうするの。わたしは昔からこういう墓地が好きだった。教会が何世紀も前と変わらず日曜の礼拝を行っているように、現在と過去が結びついているこういう場所は、生きている歴史の一部なのだ。そう思ったトニーは、老婦人の奇妙な振る舞いと言葉を頭から追いだそうと決意し、振り返って墓地を眺めた。

とりわけ目を引く墓標がひとつあった。トニーはいつも古い墓に興味をそそられるのだが、その墓は新しく、ほかのたいていの墓よりも意匠を凝らしつつ実用的なつくりだった。

土台の部分は弓形をした大理石のベンチになっており、きちんと手入れされた庭に面したそのベンチのてっぺんには、見事な出来栄えの翼を広げた天使像が飾られている。近づいたトニーは、彫像の細部のすばらしさに目を見張った。天使は悲しそうにうつむき、その下には大きな文字でこう彫られていた。〝マーガレット・マリー・マクマノン、ローズとマグナスの愛娘《まなむすめ》。あまりに早く天国に召されるも、善良な彼女の記憶は永遠にこの世にとどまる〟

トニーはもっと小さな文字を読んで、彼女が十年余り前に二十三歳の若さで亡くなったことを知った。そこにはさらに、彼女が教師だったこと、歴史や音楽やダンスや人間を愛したことが刻まれていた。

ベンチに座って先を読んでいったトニーは、教会が領主ブルース・マクニールに対して庭と墓標の永代管理を感謝する文章が、非常に小さな字で刻まれているのを見つけて驚いた。

「するときみは、城と同じように古い教会や墓地が好きなんだ！」

ぱっと振り返ったトニーは、ほかならぬブルース・マクニールが近づいてくるのを見てびっくりした。

今日の彼はカジュアルなスーツ姿で、上着を脱いでさりげなく腕にかけていた。サングラスをかけているので、目の表情を読むことはできない。漆黒の髪はきれいに後ろへ撫《な》でつけられている。歴史と伝説に彩られた朽ちかけの石の城からではなく、『GQ』のページから抜けだしてきたように見えた。

「ブルース」トニーは他人の日記を盗み読みしているところを見つかったようなやましさを覚え、もごもごと言った。「ここに……ここにわたしがいることを知っていたの？」

ブルースはかぶりを振り、ベンチの彼女の隣に腰をおろした。「いや、知らなかった。だが、きみに会えてよかった」

トニーはまだやましさをぬぐいきれないままほほえんだ。そして、ただこう尋ねることにした。「マーガレットって、どういう人だったの？」

ブルースは気分を害したそぶりを見せなかった。天使の像のはるかかなたになにかが見えるとでもいうように像を見あげ、わずかに肩をすくめた。「ぼくが若いころ真剣に愛した女性なんだ」彼は穏やかに言ってトニーを見た。だが、濃いサングラスのせいで相変わらず目の表情は読めなかった。「彼女はこの土地の生まれで、人々を、人生を……子供たちを、心から愛していた。ぼくらは婚約していたが、結婚には至らなかった」

「彼女になにがあったの？」個人的な問題に立ち入りすぎではないだろうか、身の毛もよだつ物語を聞かされるのではないだろうかとびくびくしながら、トニーは尋ねた。

「白血病だった」ブルースが言った。「彼女ほど素朴な生き方を愛した人はほかにいないだろう。彼女は空や丘や草を……木々を、子供たちを愛した。とりわけ子供が大好きで、十人は産みたいと言っていたよ。このあたりは人口が少ないし、世界にはもっとスコットランド人が大勢必要なのだから、子供をたくさん産むのはいいことだと言ってね」

「お気の毒に。とてもすてきな方だったのね」

ブルースはうなずいて目をそらした。それ以上話す気はないのだろうとトニーは思ったが、ブルースは再び彼女のほうを向いて口を開いた。「ぼくが城をほったらかしておいたのは、そのせいだ。彼女はあの城が大好きで、生活の場にしようとしていた。彼女と一緒にいると、ああ、この世に生きていてよかったとつくづく思えたんだ。人に人生の喜びを与えられる女性だった……それなのに、彼女自身の生命があれほどはかなかったとは、なんという皮肉だろう」

「本当にお気の毒だわ」トニーは繰り返した。

「ありがとう。彼女が死んで、もうだいぶたつ。だから実は、ぼくが城をほったらかしておいたことへの言い訳にはならないんだ」ブルースは口もとをゆがめて皮肉っぽい笑みを浮かべた。「きみはもう一族のほかの墓を訪れたのかい？」彼は丁寧な口調で尋ねた。

「ええ、古い教会のなかのマクニール家のお墓をいくつか」

「で、ひとりでここへ？」

「四時に丘のふもとのパブへ集合することになっているの」トニーは教えた。「ライアンとジーナは書類のコピーをジョナサンのところへ持っていったし、デーヴィッドとケヴィンは買い物に出かけたわ。セイヤーとわたしはこの墓地で魅力的なふたりの女性に出会って、今、三人はそのパブへ向かっているところ」

「そうか。セイヤーにとって刺激的なことができてよかった」ブルースはそう言って、明るくトニーに笑いかけた。「今日はぼくにも刺激的な出来事があったよ」

「あら?」

「検死官のところへ行ってきたんだ。ぼくたちは、祖先の汚名をそそぐ発見をしたんじゃないかな」

「本当?」トニーはきいた。

ブルースはうなずいた。「どうやらアナリーズは、ブルース・マクニールの仇敵《きゅうてき》であったグレイソン・デーヴィスという男のスカーフで絞め殺されたらしい。デーヴィスはこの近辺の出身だったが、戦争においては負ける側に長くとどまるような男ではなかった。同郷の人間が敵味方に分かれて戦うのは、当時は少しも珍しいことではなかったんだよ。わが国の歴史を見ても、スコットランド人はイングランド人相手に戦うのと同じくらいスコットランド人同士で戦ってきたからね。ただグレイソン・デーヴィスのけしからんところは、途中で寝返って、それまで友人と称していた人間を大勢敵に売ったことだ。彼はブルース・マクニールを追いかけて森でつかまえ、その場で形ばかりの裁判を行って処刑した。そのあとはきみも知ってのとおりだ」

トニーは驚いてブルースを見つめ、小声で言った。「もしかしたら……」

「もしかしたら、なんだい？」

「なんでもないわ」トニーは慌ててかぶりを振った。

ブルースは彼女の手をとり、親指でてのひらをもみだした。彼は心ここにあらずという様子だったが、そのやさしい仕草にトニーの気持は和んだ。「きみがアナリーズを発見したことは、ぼくの一族にとってすごくありがたいことなんだ。今度の件で、きみには大きな借りができた」

「それを聞いてうれしいわ」トニーは言った。彼のすぐそばにいるのがなんとなく怖かったけれど、なぜだかわからなかった。「さっきここへ来た老婦人にもぜひ教えてあげなくては。村の人たちはアナリーズが発見されたことをひとり残らず知っているみたいよ。その老婦人はとても動揺していたわ。あなたの祖先がこのあたりをうろつきまわっていて、都会へ出かけて女性を誘拐してきては、森で絞め殺していると信じこんでいるようなの」

ブルースはさっと顔を曇らせ、鋭い口調で言った。「なんだって？」

トニーは彼がそんなにも激しく反応したことに驚き、慌てて否定した。

「それほど大げさに受けとらないでちょうだい」彼女は急いで言った。「その老婦人はわたしたちが城に滞在しているのを知っていて、アナリーズが森で発見されたことにすごく心を乱しているようだった。彼女は、あなたの祖先は妻殺しの犯人なんかではなく、英雄なのだと信じたがっていたわ。ブルース・マクニールがいまだにこのあたりをうろついていると思いこんでいるようね」

ブルースは腹立たしげに鼻を鳴らして言った。「エルウィン・マッケンリーだ！」

「ええ。彼女は息子さんや義理の娘さんと一緒だったわ。とても仲のよさそうな家族ね」

「仲のいい家族ではあるが、エルウィンはみんなから〝頭がどうかしている〟と思われているんだ。彼女は何年も前からブルース・マクニールが野原や森をうろついていると言いふらしてきた」ブルースは愉快そうにトニーを見た。「しかし彼女によれば、ブルース・マクニールは月夜に馬に乗ってうろついているだけなんだそうだ。彼は妻を絞め殺したことになってはいたが、都会へ出かけて女をさらってきては絞め殺しているなんて、エルウィンは一度も言ったことがないよ」

「じゃあ、真実を教えてあげたら、エルウィンはきっと喜ぶでしょう」トニーは言った。

ふいにブルースが立ちあがって、彼女を立たせた。「ぼくはここが好きだが、いつまでも死者といたって仕方がない。そろそろ生きている人間たちのところへ行こうか」

午後はまたたくまに過ぎて、夕方になった。ブルースは終始機嫌がよかったし、セイヤーもリジーとトリッシュを相手に浮かれっぱなしだった。ジーナはジョナサンが誠意のある応対をしてくれたと報告した。ジョナサンはジーナとライアンに、書類の原本を捜査手段に富むロバート・チェンバレンに渡したのは賢明だったと言ったそうだ。それによってジョナサンは面倒な捜査をする手間が省けたからだ。さらにジョナサンはふたりに、彼らの主催しているツアーを地元の人々が大いに感謝していると教えてくれた。客を乗せたバスが村でとまり、観光客たちがTシャツをはじめとして馬のぬいぐるみ、ジャム、ゼリー、宝石、タータンチェックの布、カシミヤの服、ネクタイ、ブローチ、スノーグローブ、城の模型など、いろいろな品物を買っていったという。

　皿やプラスチック製品の買い物に時間を費やしたケヴィンとデーヴィッドは、気に入った品が手に入ったと喜んでいた。

　ジーナがみんなでハギスを食べようと言いだした。それがここの郷土料理だと聞いたからだ。ところがブルースは、ハギスだけはやめてくれと頼んだ。

「ハギスなんか大嫌いだ」彼はジーナに言った。

「だけど、ハギスは郷土料理でしょう」ジーナが言い返した。

「ああ、たしかに郷土料理だ。どうしてだか知っているかい？」ブルースは愉快そうに目をきらめかせて尋ねた。「そいつはいちばん安い肉で――」

「臓物で」デーヴィッドが口を挟んだ。

「そう、臓物でつくるんだ。なぜかというと、われわれはほとんどいつの時代も貧乏だったから、上等な肉なんか使えなかったのさ。だけどかまいやしないよ、ジーナ、ハギスを頼んだらいい。この店のサーロインステーキは最高なんだけどね。それにラム肉だってびっくりするほどうまい。田舎にこんな味のいい店があるなんて、信じられないくらいだ」ブルースは言った。

トニーは鮭《さけ》を注文することにし、セイヤー、デーヴィッド、ライアン、ケヴィンはブルースと同じくサーロインステーキに決め、リジーとトリッシュはラム肉を選んだ。

「本気でハギスを食べたいのか、ジーナ?」ライアンがきいた。「あとでとり替えてくれと泣きついたってお断りだぞ」彼はジーナにきっぱりと申し渡した。

彼女は夫に向かって顔をしかめたが、注文する番になるとウエイトレスに尋ねた。「ハギスなんてどうかしら?」

ウエイトレスはちらりとブルースを見やった。「本当のところをお教えしていいかしら、領主マクニール?」

「いいとも、キャサリン、教えてやりなさい」彼は重々しい口調で言った。

「それをメニューに載せているのは観光客のためなんです」ウエイトレスの言葉に全員が笑った。ジーナはサーロインステーキに変えた。

食事を終えるころには、セイヤーは来週の月曜日に車でリジーとトリッシュをグラスゴーへ連れていって名所案内をする約束ができていたし、ケヴィンとデーヴィッドは休暇に備えて城を飾りつける計画を立てていた。ほろ酔い気分のジーナは夫の腕のなかで甘えている。ブルースはといえば、目を愉快そうに輝かせてちらちらと親しげな視線を向けてくるので、トニーは心をそそられた。

　彼に関して、そして彼の祖先の幽霊に関して、どれほどばかげた疑惑と恐怖を抱いていたにせよ、それらはすっかり消えうせたように思われた。トニーはすぐにでも城へ帰ってブルースに抱いてもらいたかった。

　だが、望みどおりには運ばなかった。彼らが城へ帰り着くと、エバンが外で待っていた。ウォレスの具合がいっそう悪化したので、彼はつききりで世話をし、馬を元気づけようと歩かせたりしていたのだという。そのせいか、エバンは疲れきっているように見えた。トニーはライアンと一緒に厩舎《きゆうしや》へ駆けていこうとしたが、ブルースにとめられた。

「ぼくがライアンと一緒に見に行こう」彼は言った。

「でも、ウォレスは本当に病気みたいよ」トニーはうろたえて言った。「それにわたし、最初にエバンから聞いたときに見に行くべきだったのに、そうしなかった――」

「ぼくが獣医に電話するよ、トニー。大丈夫、心配ないから」

「こんな夜中に獣医が来てくれるかしら？」彼女はきいた。

「そこが小さな村のいいところさ。みんな知りあいだから、頼んだらすぐに駆けつけてくれる」ブルースは言った。「平気だから、任せてくれ。これでもぼくは馬のことにけっこう詳しいんだ」

「トニー」デーヴィッドが彼女の体に腕をまわした。「彼らに任せておくのがいちばんだよ」

デーヴィッドの言うとおりだ、と彼女は思った。わたしは感情的になっている。わたしなんかが行ったところで邪魔になるだけだろう。

ブルースがトニーの腕をとって城のほうへ連れていった。「待っていてくれるかい？」彼はきいた。「できたら少し眠るといい……ぼくのベッドで、いいね？」

トニーはブルースの目をのぞきこんでうなずいた。馬のことが心配でときめく気持はかなり弱まっていたものの、彼の言葉とやさしいまなざしに、トニーはそれ以上のものを感じた。安らぎと心強さを。

「獣医がウォレスの世話をしてくれる」ブルースが言った。

そこでトニーは二階へあがってシャワーを浴び、ナイトガウンを着てブルースのベッドに入った。けれどもすぐにそわそわと起きあがり、窓へ近づいて外を見た。厩舎の明かりがこうこうとともっていた。

トニーはベッドへ戻って寝返りを繰り返した。ここへ来てからの出来事が次から次へと脳裏をよぎっていく。一時間が過ぎてもまだ彼女は天井を見つめていた。だが、とうとう目を閉じて眠りの世界へ入っていった。やがて……彼女はふれられたのを感じた。目を開けると、彼がいた。ベッドの足もとのほうに。

今回は血の滴る剣を手にしてはいなかった。剣は鞘《さや》におさめられて、腰のベルトにさげられていた。

トニーは起きあがって彼を見つめた。悲鳴をあげて誰かに駆けつけてもらったら、幽霊が消えてくれるかもしれないと思ったが、声が出なかった。それに彼はブルースの顔をしているけれど、もはや彼を自分の知っているブルースだとは思わなかった。

彼の目をじっと見つめる。わたしが眠っているあいだにブルースが二階へあがってきていますようにと願いながら、かたわらのシーツを手探りした。だが、ブルースはいなかった。それにベッドの足もとのほうに立っている男があまりにもブルースそっくりなのでた。

……彼女は自分の正気を再び疑いだした。そして、自分が恋をしている男性にも疑惑を抱き始めた。

「わたしにこんな仕打ちをするのはやめて！」トニーはささやいた。

しかし彼は消えず、向きを変えてドアのほうへ進んだ。

「いやよ！」彼女は言った。

彼はトニーが立ちあがってついてくるまで、ドアの前で待っていた。それから廊下を階段のほうへ向かった。

トニーはナイトガウンをまとった体を震わせながら、はだしであとを追った。そうしながらも、わたしはなぜ悲鳴をあげないのかしら、なぜ大声でほかの人たちを起こさないのかしら、と疑問を抱いた。駆けつけたみんなに彼の姿が見えなかったら、わたしは頭がどうかしていることになる。

でも、少なくとも彼がわたしの知っているあの人でないことは確実になる。血肉を備えたあの人がわたしにいたずらをしているのでないことは。

とはいえ、みんなに彼が見えなかったら、わたしが見ているのは幽霊ということになるんだわ。

彼は階段の前で立ちどまり、まるでそこに苦悩の原因を見つけたとでもいうように、突然表情をこわばらせた。それから彼女がついてきているのを確かめようとしてか、背後を振り返った。

「知っているでしょうけど」トニーは穏やかに言った。「ここにはあなたの子孫がいるのよ。その人の前に姿を現すわけにはいかないの？」

返事はなかった。彼は階段の下を見おろした。

トニーの心臓は早鐘のように打っていた。叫ぶのよ！　そう自分に命じた。だが、叫ばなかった。

彼は大広間まで来てまた立ちどまった。トニーが階段をおりきろうとしているのを確認すると、再び第二広間へ向かって進みだし、さらにそこから……地下墓所へと続くドアめざして進んでいく。

「やめて、お願い！」トニーは頼んだ。

〝いいや、お嬢さん、こちらこそぜひきみにお願いしたい〟

幽霊がしゃべったのだろうか？　それともわたしの頭のなかに言葉が聞こえただけなのだろうか？

「わたし、地下にあるあのお墓が大嫌いなの！」トニーはささやいた。

昼間は鍵《かぎ》がかかっていた錆《さ》びたドアが開いていた。彼が螺旋《らせん》階段をおりていく。トニーはあとに従った。前と同じように、彼はトニーを自分の墓へ導いていった。そして姿を消した。

死者に囲まれたかびくさい暗がりのなかで、トニーはあたりを見まわし、必死に彼を捜し求めた。「なにが望みなの？　あなたはいったいどうしてほしいの？　アナリーズは発見されたわ。そしてわかったのよ……あなたが殺したんじゃないって！」

けれども返事はなく、トニーはまたもや、彼を見失ったとたんに明かりが消えたような気がした。恐ろしいのと同時に憤ってもいた。なぜ彼はわたしをここへ連れてきては、寒い暗がりに残して消えてしまうの？　ただ階段を死にもの狂いで駆けあがらせるため？

トニーは走った。転びそうになりながら螺旋階段を駆けあがり、一階へ出るドアから走りでて、第二広間を、さらに大広間を駆け抜ける。そして二階への階段を駆けあがったところで立ちどまり、考えた。残念ながらデーヴィッドとケヴィンは今夜のセックスを、あるいは仲よく寝ているひとときを中断しなければならないわ。なぜなら、わたしがこれから部屋へ飛びこんでいって、今すぐ城を立ち去りましょうと言ってやるから。

だが、階段の上に立っているトニーの耳に、誰かが鼻歌を歌っているのが聞こえてきた。階下を見ると、コーヒーカップを手にしたライアンがキッチンから出てくるところだった。彼は階段を見あげてトニーに目をとめた。

「トニー?」ライアンは眉をひそめた。

きっとわたしはひどい様子をしているんだわ、と彼女は思った。生きているライアンが広間を歩いてくるのを見て、トニーの恐怖はやわらいだ。

「ええ、あの、ウォレスの具合はどう?」彼女は尋ねた。

「今夜のところは大丈夫だろう。獣医の話では、なにか悪いものでも食べて腹痛を起こしたんじゃないかって。悪いものなんか与えていないのに、ウォレスのやつ、いったいなにを食べたんだろうな。だけど、心配はいらないよ。嘘《うそ》じゃない。ブルースにきけばよかったじゃないか。彼はとっくに二階へあがっているよ。うん、かなり前にあがった。きみはもう寝たらいい。ウォレスは大丈夫だから、安心していいよ」

トニーはほほえんだ。わたしがナイトガウン姿で、しかもはだしで、階段の上に立っていたのは、ウォレスが心配で仕方がないからだとライアンは考えたに違いない。彼女はそう思ってほっとした。

「おやすみなさい、ライアン。それと、ありがとう」トニーは言った。

それから身を翻して廊下を走り、ブルースのベッドルームへ駆けこんだ。彼はシャワーを浴び終えてバスタオルを腰に巻いていた。物思いにふけったような表情をしていたが、駆けこんできた彼女を見て、顔に緊張をみなぎらせた。

「捜索隊を編成しようかと思っていたんだ」ブルースは言った。「馬の世話はぼくがすると言っただろう、トニー。ウォレスなら大丈夫だ」

彼女はうなずいた。「そう、ありがとう」

トニーはドアのそばを動こうとしなかった。

「こっちへ来るかい？」ブルースがきいた。

彼女はうなずいたが、やはりその場を動かなかった。

「いったいどうしたんだ？」

トニーはごくりとつばをのみこんだ。「あなたは十五分ほど前にキルトをはいてベッドのそばに立っていなかった？」

「なんだって？　ぼくは馬たちのところにいたんだよ、ライアンと一緒に」ブルースはため息をついた。「きみはまた夢を見たんだね？」

トニーはかぶりを振った。「いいえ……いいえ、夢なんかじゃないと思うわ。わたしが見たのは、あなたの祖先の幽霊ではないかしら」彼女は歯をくいしばり、彼の顔に驚愕《きょうがく》と疑惑の色が広がっていくのを見つめた。

「幽霊なんか存在しないよ」ブルースが言った。

「わたしはあなたの祖先の幽霊を見たんだったら」トニーはかたくなに言った。「彼はわたしを地下のお墓へ連れていったのよ」

「あのドアには鍵がかかっているんだ」ブルースが厳しい声で言った。「その鍵はぼくしか持っていない」

「一緒に来て」トニーは彼に言った。

「ぼくはバスタオルしかまとっていないんだよ。下へ行くなら服を着なくちゃならない。きみだって、ほら、そんなものしか着ていないじゃないか。体がすっかり透けて見える」

「早く来て」トニーは言い張った。

「この格好でかい？」

「起きているのはわたしたちだけよ」トニーはそう言うと、向きを変えて廊下を戻り始めた。

「くそっ」ブルースは悪態をついたものの、彼女を追って部屋を出た。

気がついてみるとトニーは駆け足になっていた。ブルースが階段で追いついて、ぶつぶつ言いながら彼女の腕をつかんだ。バスタオルが外れかけていた。

「狂気の沙汰《さた》としか思えないよ」

「あなたに見せてあげる」

トニーは腕をもぎ離して大広間と第二広間を駆け抜けた。そして地下墓所へ続くドアの前まで来て、はたと立ちどまった。ドアは閉まっていた。

取っ手をつかんで引いてみたが、鍵がしっかりかかっている。背後にいるブルースから、疑惑と不信の念が伝わってきた。彼女自身も信じがたい気分だった。

トニーは振り向いて彼の腕のなかへ身を投げた。「彼を見たわ！」彼女は言い張った。「ドアが開いていて、わたしは下へおりていったの」

「さあ、ベッドへ行こう、いいね？」ブルースが言った。

トニーは氷のように冷たい体を震わせていた。ブルースは彼女を抱えあげて胸に抱き、今来た道を逆にたどり始めた。ブルースは彼女をなだめようとした。「体をくねらせないでくれ。バスタオルがとれてしまうよ」

トニーは体をくねらせてなどいなかった。

「トニー……！」彼女の恐怖を感じとったブルースが、とまどいながらささやいた。

トニーは首を振り、彼の首に両腕をまわした。

ブルースは半開きになっていたマスターズルームのドアを足で開け、足で閉めた。そしてトニーをベッドへ横たえて言った。「きみにお茶をいれてこよう……ブランデーかなにか入れようか？」

「いいえ」トニーは起きあがり、再び彼の腕のなかへ身を投げた。「だめ、だめ、わたしをひとりにしないで。一秒だってだめよ」

「ここにいれば大丈夫――」

「いいえ、どこへも行ってはだめ。わたしを抱いて。あなたがあたたかい血の流れている生きた人間だってことを感じさせてちょうだい。世界を、あなた以外のすべてを、忘れさせてちょうだい！」

「トニー」ブルースはささやき、青みがかった灰色の目で彼女の目を探るように見た。

「さあ、早く、お願い」トニーは懇願した。

ようやくブルースは従った。彼は唇を重ねてきたが、今夜のキスはゆっくりしていてやさしく、ためらいがちでさえあった。だが、トニーは満足しなかった。そんなキスでは。彼女は熱に浮かされたようにブルースにしがみつき、唇を押しつけてキスをむさぼった。トニーは早く彼とひとつになりたくて、ふたりのあいだの障害物をとり除こうと、彼の腰からバスタオルをはぎとった。そしてブルースの肌に肌を密着させ、彼の肉体のあたたかさを、熱を、感じようとした。

ブルースがトニーを組み敷き、彼女の手首をつかんでゆっくり動き始めた。唇で、歯で、舌で、手で、彼女の肌をそっといたぶる。トニーは肌に焼けるような感触を覚え、愛されていると感じると同時に、欲望をかきたてられて……。

やがて彼女の願いどおりに世界が薄れた。あらゆる考えが消失して、残ったのはただ彼とひとつに結ばれているという思いだけ。密着したふたりの体、激しく打つ鼓動の音、彼の腰の動き、彼女自身の激しい身もだえ。

天高く駆けのぼったトニーは、ブルースの下ではじけた。そして自分のなかにあたたかいものがあふれ、彼が絶頂に達したのを知った。それからしばらくのあいだ、彼女は彼の腕に抱かれたまま、彼を自分のなかに感じていた。

「トニー……」

「だめ、今夜はだめよ。お願い、今夜はなにも言わないで」トニーは懇願した。「ただ……わたしを抱いていて」

ブルースはそのとおりにした。

幕間

「ブルース、お願い。神様に誓ってもいい。その人がなんと言ったか知らないけど、わたしにとって大切なのはあなただけ。ああ、本当よ！　あなたを愛しているわ」アナリーズはささやいた。

ブルースは妻の澄んだ青い目を、最初からふたりを固い絆《きずな》で結びつけてきた誠実さと愛情のこもったサファイアのような目を見つめ、彼女が真実を語っているのを悟った。彼は妻を立たせた。

「ああ、するとあの男は嘘《うそ》をついたのだ。やつはまだここへ来ていないが、いずれやってくるに違いない。おそらくクロムウェル卿《きょう》は、わたしのような領主一族を根絶やしにしろという命令までは出していないはずだ。しかし、彼はこのスコットランドを野蛮人どもの住む未開の地と見なしているから、女を捕虜にする男が……そして虐待する男がいても、そいつを罰しはしないだろう。フランスへ逃れた国王につき従っているわれわれの息子に危険が及ぶことはあるまい。だが、きみはもうここにいてはいけない」

「わたしをどこへ行かせようとお考えなの？」アナリーズが小声で尋ねた。

「ハイランドへ。そこには名誉を重んずる一族がいる。彼らなら、必ずきみを守ってくれるだろう」

「その人たちを危険にさらすことになるのではないかしら。それにこの城が、わたしたちの息子が継ぐべき城が、敵の手に渡ってしまうわ」

「城などは漆喰《しっくい》と石のかたまりにすぎん。それに、まだ敵の軍隊は襲ってきていないが、彼らはこの城を政府が没収したと考えている。だめだ、ここにはいられない。われわれの希望はひとえに国王の帰還にかかっている。彼がイングランド国王チャールズ二世として凱旋《がいせん》したときにはじめて、われわれの正当性が認められ、すべてがもとどおりになるだろう」

ふいにアナリーズが身震いした。「その日が永遠に来なかったら？」

「必ず来る」ブルースはかたくなに主張し、妻の顎を撫《な》でて、彼女の肌のやわらかな感触と整った容貌《ようぼう》の美しさにうっとりした。そこに見えるのは単なる美貌だけではない。現世を超越したなにかがあった。彼を見る彼女の目つきに。そしてふたりが分かちあったすべてに。「今夜のうちにきみを連れださなければならない」

「あなたのお望みどおりにするわ」アナリーズは言った。

ブルースは妻を抱きしめて、彼女の体のあたたかさを、ふたりの鼓動が次第に同調していくのを、しばらく感じていた。妻の香りを吸いこんだ彼は、激しい情熱で愛し愛される相手とこうして一緒にいられるのは最高に幸せだと実感した。だが、敵は迫っている。

彼は妻から体を離した。

彼女がほほえんだ。唇が濡《ぬ》れ、顔には渇望に満ちた官能的な表情が浮かんでいた。

「出かける前にひと晩だけでも一緒に過ごせないかしら？」

「この城のなかではだめだ」ブルースはそう言ったあとで後悔した。「森へ入ったほうがいい」

アナリーズはうなずいた。「持っていくものをまとめるわ……」

「少しだけにしなさい。急がなければならないからね」

アナリーズは夫の言うとおりだと思い、さっそく荷物をまとめにかかった。彼女が支度をしているあいだに、ブルースは執事や家来たちを集めて、これから妻を連れて遠方へ行くことを説明し、世の中が正常に戻るまで戦いに身を投じて尊い命を失うようなことがあってはならないと説いた。クロムウェル配下の軍隊がやってきたら、抵抗せずになかへ入れて、彼らの好きなようにさせ、欲しがるものをなんでも与えるがよい。彼らがこの城をとり壊そうとしても、手出ししてはならない、と。アナリーズが旅支度を整えておりてくると、召使いたちは涙を流したが、彼女はやさしくほほえんで、きっとすべてうまくいくわと快活に言った。

ふたりはブルースの大きな黒馬に乗って城をあとにした。

森のなかへと馬を進ませたブルースは、樫《かし》の古木の陰になった安全な場所に着ていたマントを広げ、その上で妻と愛を交わした。やさしく吹き渡る夜のそよ風のなかで。うっそうと茂る森のなかで。厚く散り敷いた松葉の上で。月が天高くのぼったころには、彼はアナリーズをしっかりと胸に抱いていた。手足を絡ませたふたりは、穏やかな美しい夜に安らぎを覚えた。

太陽がのぼるころ、ブルースは枝の折れる音を耳にした。彼はさっと立ちあがって剣を握った。どうやら裏切り者がいたようだ。

音はまだ遠かったので、ブルースはひざまずいて妻を起こし、口に指をあてた。「急いで服を着るんだ。馬を残していくから、きみはそれに乗って北西の方角をめざし、ハイランドへのぼって、そこでわたしを待ちなさい」

「あなたはどこへいらっしゃるの？　これからどうなさるつもり？」彼女が驚いて尋ねた。

「やつらをまいてくる」

「やめて！」彼女は夫に身を投げかけた。

「アナリーズ！　わたしは戦に慣れているから、やり方がわかっている。きみは行ってくれ、頼む。きみが無事だとわかってさえいたら、わたしはどんな相手とでも戦える」

妻が立ちあがって散らばっていた服を着るあいだに、ブルースは黙ってチェックのキルトを身につけた。それからもう一度、彼女を抱いて最後のキスをした。

「行きなさい」彼は促した。

最初のうち、ブルースは身をかがめて静かに移動した。そして彼らとのあいだに充分な距離がとれたところで音をたて、自分の居場所を知らせた。やがて森のなかを動きまわる気配がして、ひづめの音がいくつも聞こえてきた。今や彼らは用心深く振る舞うこともなく、木々のあいだを大胆に迫ってくる。

ブルースは敵が待ち伏せしているのに気づき、男たちが身を潜めていた場所から躍りでてくる寸前に身をかわした。

そして力強く剣を振るい、ふたりの男を瞬時に切り伏せた。

だが、敵は思ったよりも多かった。

彼はあっというまにとり囲まれた。

背後の木々のあいだに一本の細い道があるのを見つけたブルースは、敵をそちらへ誘導していった。もはや逃げきれないのを悟ったが、大昔にスコットランドへやってきた凶暴な戦士のごとく戦った。ブルースの体には、凶暴な戦士の体に流れていた古代ノルマン人やデーン人の血と、それよりも昔からこの地に住んでいた民族の血が流れているのだ。彼が戦ったのは自分が生きのびるためではなく、時間稼ぎのためだった。そのあいだにアナリーズは北方の擁護者たちのもとへ逃げることができるだろう。

その日、ブルースは襲ってくる者たちを次から次へと切り倒した。しかし、いくら倒してもきりがなかった。敵はひとつの軍隊を構成するほど数が多く、しかも前の戦闘でこうむった仲間の死に激高していたので、彼の振るう剣にもひるまなかった。彼はひとりで襲撃を引き受け、体にいくつもの傷を負いながら戦いつづけた。

周囲に死体の山が築かれたが、頑丈な剣もついに折れて、ブルースはがっくりと膝を突いた。額を伝い落ちた血が目へ流れこんでいた。まわりをとり囲んだ男たちが道を空け、グレイソン・デーヴィスが雑木林へ入ってきた。

「英雄とほめそやされた男も、こうなったら惨めなものよ」デーヴィスがあざけった。

ブルースは彼を見あげた。「英雄？　今も英雄に変わりはない。理想を信じ、己の信念を貫きとおす者は、永遠に英雄として記憶されるだろう」

デーヴィスが彼のそばへ歩み寄った。

「きさまは自分がどんな死にざまを迎えるか知っているか？」

「ああ、知っているとも」

「悲鳴をあげ、早く殺してくれと懇願するだろう。だが、そうやすやすと殺しはしない」

ブルースはにやりと笑って敵の怒りをいっそうあおった。「おまえごときに悲鳴をあげさせられはしないさ」

「ほう？」デーヴィスが言った。「だったら、よし、死ぬ前にいいものを見せてやろう」

13

トニーは朝になったらなにもかもブルースに話すつもりだった。頭がどうかしたと思われるかもしれないけれど、間違いなく彼の祖先が出現しつづけていること、このあいだはその幽霊に森のなかへ誘いこまれ、昨夜は地下墓所へ導いていかれたことを、すべて話そう。ところが彼女が目覚めたときには、すでにブルースは出かけたあとだった。

キッチンで新聞を読みながらコーヒーをすすっていたデーヴィッドが、ブルースはジョナサンに会いに村へ行ったと教えてくれた。

「大丈夫かい?」デーヴィッドがトニーにきいた。

「ええ……どうして?」彼女はちらりとデーヴィッドを見て、自分でコーヒーを注《つ》いだ。

「どうしてだって?」デーヴィッドは首を振ってドアのほうを見やり、ほかに誰もいないことを確認した。「きみが見ているからさ……ある存在を。幽霊を。きみを悩ませる、はなはだ迷惑な存在を」彼は咳払《せきばら》いをした。「それにセイヤーから聞いたけど、昨日、どこかの老婦人が奇妙な目つきで見てきて、きみが森のなかで発見されることになるとかなんとか、すごく恐ろしいことを言ったそうじゃないか」

「その人、年をとっていて、迷信深いだけなんだわ」トニーは言った。

デーヴィッドは新聞を置いて隣の椅子をぽんとたたいた。「座って、ぼくに話してごらん。で、彼女はきみを怖がらせはしなかったんだね？」

「そりゃあ、老婦人のあんな言葉を聞いたらすっかりおびえちゃったわ」トニーは笑った。「でも、ほんの一瞬だけ。彼女は白内障を患っていたから、目が少し……気味悪く見えたのよ。彼女が行ってしまったあとで息子さんと話したの……そしたら、全然気にならなくなったわ。そのあと、ひとりで墓地に残ったくらいよ」

デーヴィッドがほほえんだ。トニーは夜中に城の地下にある墓所を訪れたことは、彼に話さないでおこうと思った。ただでさえデーヴィッドは彼女が心配でたまらない様子なのに、これ以上不安にさせたくない。

「領主マクニールはすごく機嫌がよさそうだったよ」デーヴィッドが言った。

「わたしが思うに、ブルースの日常生活は古い伝説に影響されてはいなかったわ」トニーは言った。「でも、やっぱり、名高い祖先が妻殺しの犯人ではなかったらしいとわかって、彼はとても喜んでいるんじゃないかしら」

「それに、われわれも村の役に立っているようだし」デーヴィッドはしばらく口をつぐんでコーヒーカップを見つめていた。「正直なところ、ぼくらはこの土地の人々から村八分にされるんじゃないかと心配だったんだ」

「アメリカ人だから?」トニーはきいた。

デーヴィッドは顔をしかめた。「ううん、そうじゃない。それにぼくが〝ぼくら〟と言うときは、ぼくとケヴィンを指すんだよ。村八分にされるのは、性的傾向がほかの人たちと違うからさ」彼は軽い口調で言った。「だが、みんなとてもいい人たちだ。昨日、ぼくらは村で楽しく時間を過ごした。もちろん年配者、とりわけ男たちのなかには、すごく興味深そうな目でぼくらを見る人もいたけど……みんながみんな、そうだったわけじゃない。昨日の感じからして、これからは地元の人たちも大勢、城でわれわれがしていることを見に来るよ、きっと」

「そうなればいいわね」

「だけど、われわれにはこの城に対する権利がないから、領主マクニールがいつまで興行を続けさせてくれるかわからないよね」

トニーは目を伏せた。そうだわ、いつまで続けられるのかしら?

「わたしね」トニーは目をあげて言った。「祖先の嫌疑が晴れたことを領主マクニールが喜んでいるのなら、芝居のその部分を変更したほうがいいんじゃないかと思ってたの」

「へえ、そうなんだ」

彼女はうなずいた。「大領主が馬に乗って登場するところはこれまでと同じよ。彼はアナリーズに会いに階段をあがっていくの。そして息づまる劇的な再会の場面があって、アナリーズがわが身の潔白を申し立て、そのあとふたりが階段を駆けおりているところへ、あの悪玉が馬で登場するってわけ」

デーヴィッドがトニーに向かって眉をつりあげた。「うわ、大変だ。ぼくをその悪玉にあてないでくれよ」

トニーはにっこりした。「その役はライアンにやってもらうわ。ショーネシーが広間にいるとき、ウォレスをおとなしくさせていられるのは、ライアンだけですもの」突然、彼女は顔をしかめて立ちあがった。「ウォレスといえば……具合はどう、よくなった？」

デーヴィッドはうなずいた。「座ってコーヒーを飲んでしまうといい。今朝、ウォレスはすっかり元気をとり戻したらしいよ」

トニーは座った。「そう、よかった。あなた、さっきの筋書きをどう思う？」

「気に入った。それにブルースも気に入るだろう。ライアンなんか飛びあがって喜ぶんじゃないかな。また騎士の役を演じられるんだから」

彼女はうなずいた。「ほかの人たちにも説明しなくちゃ。もちろんブルースにも」

ケヴィンがぶらぶら入ってきた。

「ほかの人たちにも説明するって、なにを？」

トニーはため息をついて、もう一度考えを最初から話した。

「ぼくにも仕事をさせてくれよ」ケヴィンは言った。「朝食を食べたいよね？　なにがあるの？　ねえ、デーヴィッド、昨日、客用の食料品をたっぷり買いこんだけど、ぼくたちが食べる分をもう一度買いに行く必要があるね」

「卵があるよ」デーヴィッドが言った。「腐るほどある」

「じゃあ、オムレツにしよう」

「手伝いましょうか？」トニーが尋ねた。

「だめだめ」ふたりが声をそろえて言った。

「わたし、それほど料理下手じゃないわ」彼女は抗議した。

「凝った料理をつくるんじゃないから、きみの手を借りるまでもないよ」デーヴィッドが言った。「ケヴィンとふたりのほうが手早くできるしね。きみは厩舎《きゅうしゃ》にでも行ってウォレスの様子を見てきたらどうだい？　そしたら安心できるじゃないか」

「いい考えね」トニーは同意して出口へ向かった。


朝の空気はさわやかで、美しく澄み渡っていた。トニーは城から厩舎へ歩いていく道すがら、エバンが近くにいませんようにと願って、ついあたりを見まわさずにいられなかった。いまだに彼がそばへ来るとそわそわする自分がいやだったけれど、どうしようもなかった。みんなの前ではいつだって彼を弁護したいと思っている。だが実のところ、彼を前にすると不安で仕方がない。

　厩舎の外でもなかでもエバンの姿を見かけなかったが、ショーネシーの姿もなかった。ブルースが乗っていったのだろう。しかしウォレスは馬房のなかに立っていた。トニーが近づいていくと鼻を鳴らしたので、わたしを見て喜んでいるんだわ、と彼女は思った。

　トニーは馬の目を見ながら鼻面を軽くたたき、頭からしっぽまで入念に調べた。「今朝は具合がよさそうね」馬に話しかける。「とても元気そうに見えるわ」

　ウォレスは仕切り扉の上から頭を出してトニーの胸に鼻を押しつけ、餌《えさ》をねだるように彼女を押した。

「ごめんね、なにも持ってこなかったの」トニーはやわらかな鼻面を軽くたたいた。「どうして具合が悪くなったのかしら。りんごかにんじんにアレルギーでもあるの？　うーん、可能性がなきにしもあらずってところね。おまえを診た獣医さんにまだ会っていないけど、今度会ったら、それについてきいてみなくっちゃ」

　馬はトニーの言葉が理解できるかのように、大きな茶色の目で彼女をじっと見つめた。そしてりんごやにんじんみたいなごちそうが病気の原因になるわけがないとばかりに、やわらかな鼻先で再びトニーの胸を軽く突いた。

「おまえは本当にお利口さんね」彼女は言った。

　ふいに馬が両耳を後ろへぴったり伏せたので、トニーはびっくりした。振り返ったが、なにも見えなかった。とはいえ、突然馬が彼女に対して怒りだしたとは考えられなかった。そのとき、トニーは物音を聞いた。頭上の垂木《たるき》になにかがこすれるような音。彼女のなかで警戒心が頭をもたげた。

垂木にはしごがかけられている。はしごは彼女と厩舎の出口のあいだにある。トニーは深く息を吸った。じゃあ、上に誰かがいるの？　だからどうなの？　きっとエバンが干し草を棚にのせるかなにかしているのだ。

音がやんだものの、トニーの神経の高ぶりは静まらなかった。

「じゃあね、ウォレス、わたしはもう行くわ……おまえをひとりにしてあげるから、歩きまわるなり寝るなり好きにしてくつろいで」トニーはわざと大声でそう言った。けれども厩舎からは出ていかず、そっと掛け金を外して馬房のなかへ入り、馬の横に立った。そのままじっと待つ。

最初はなにも起こらなかった。やがて頭上で動きまわる音がした。トニーは息をつめてその場にじっとしていた。誰かがはしごをおりてこようとしているのだ。彼女は馬の陰に隠れて目を凝らしつづけた。

ウォレスの脇腹《わきばら》の陰からそうっと首をのばすと、はしごをおりてくる男の姿が見えた。男はジーンズに普段着のデニムのシャツを着ている。まず彼女の目に入ったのは、砂色の髪をした男の後頭部だった。

セイヤーだ。

彼ははしごの残りをひょいと跳びおりて、ジーンズで手の埃《ほこり》を払い、周囲を見まわした。ほっと安堵《あんど》の吐息をついたようだ。それから厩舎のドアへ歩いていってためらい、外の様子をうかがう。少しして彼はすばやく外へ出た。

トニーは不審に思いながら、しばらく馬のかたわらに立っていた。どうしてセイヤーはあれほど緊張していたのだろう。ほかのみんなと同じように、彼にもこの厩舎へ来る権利があるのに。

「いい子ね」トニーはウォレスの首を軽くたたいて言った。それから馬房を出て中央の通路を歩いていき、はしごを見あげた。

この上で彼はなにをしていたのかしら？

彼女がはしごの一段めへ足をかけようとしたとき、声が聞こえ、ぎくっとした。

「ウォレスのやつ、今朝はずいぶん元気そうだ。そう見えませんかね、お嬢さん？」

トニーは狼狽《ろうばい》してくるりと振り向いた。エバンが入口のすぐ内側に立ち、ウォレスの馬房のほうを見ていた。

トニーはごくりとつばをのみこんでつくり笑いを浮かべた。そのときになって彼女は、エバンが出口をふさいでいるのに気づいた。

「とても元気そうに見えるわ、エバン。ウォレスを気づかってくれてありがとう。本当にすばらしい馬なの」

「そうですね」エバンが同意した。

彼は入口の前からどこうとしなかった。トニーが出ていこうとするなら、エバンの脇をすり抜けなければならない。

「あの、本当にどうもありがとう」トニーはぎこちなく言って、出口のほうへすたすた歩いていった。エバンの横を通るとき、彼の存在を痛いほど意識した。彼がふいに手をのばして行く手を遮るのではないかと不安だった。

だが、エバンはそうしなかった。その代わり、言葉でトニーを立ちどまらせた。

「彼はあんたに話をしたがっているんですよ、お嬢さん」

トニーは体をむんずとつかまれたような気がした。エバンのそばへ戻る。

「なんですって?」

「領主ですよ。誰にでも彼が見えるわけじゃない。だがあんたは……あんたはやり方を心得ていなさる。接触するこつを」

エバンは彼女に近づいてささやいた。

「ああ、用心しなくちゃいけませんよ。とことん用心しなくちゃ。彼らに知られないよう気をつけないと。悪いことをたくらんでいる人間どもが、いつもそこらをうろついているからね。だが領主が……領主があんたに教えてくれるだろう」

トニーは体じゅうの毛が逆立つのを感じた。顔に張りつかせている笑みが、ぴしっと音をたてて崩れそうだった。

「なんのことかさっぱりわからないわ」彼女はきっぱりと言って体の向きを変えた。ゆっくり歩いているつもりだったが、城の近くへ来たときには知らず知らず駆け足になっていた。

彼女が大広間へ入ったとき、ライアンが階段をおりてきた。「ウォレスを見てきたんだね。あいつが元気をとり戻してよかったよ」

「そうね」

トニーは階段をあがっていって、急いで彼の横を通り抜けようとした。

ライアンが彼女の腕に手を置き、いぶかしそうにトニーを見つめた。「どこへ行くんだい？　今、ケヴィンが朝食の支度ができたと大声で呼んだところだよ」

「ちょっと……ちょっと手を洗いたいの」トニーは言った。「すぐにおりていくわ。でも、わたしを待っていないで、先に始めてちょうだい、いいわね？」

トニーは腕をもぎ離すようにしてライアンから走り去った。まっすぐ部屋へ行った彼女は、ハンドバッグをとってきて、中身をばらばらとベッドの上へ空けた。そして財布のなかから一枚の名刺を探しだした。断じて使うまいと思いながらも持ち歩いていた名刺だった。

トニーは室内を見まわした。土曜日に、携帯電話をヨーロッパ用のアダプターで充電しておいてよかった。

彼女はアメリカの国番号を打ちこんだところでためらい、名刺を見て、そこに書かれている番号に電話をかけた。


「聞くところによれば、ドクター・ダローが大発見をしたそうじゃないか」ロバートが、パブへ入っていったブルースに手を差しだして言った。「おめでとう」

ブルースは友人と握手をしてブース席に座った。ふたりはロバートの提案で、スターリングで会うことにしたのだ。

「大昔のことでこんなに大喜びするのはばかげているかもしれないが……」ブルースは肩をすくめた。「たしかにぼくはうれしくて仕方がない。勇ましかった自分の祖先が妻殺しの犯人でないとわかってほっとしたよ」

ロバートがにやりと笑った。

「どうしてスターリングにしたんだ?」ブルースはきいた。

「きみにわざわざエディンバラへ来てもらうのは悪いからさ。それにこっちに用事があったし。それ以上に、きみとしょっちゅう会っていることをジョナサンに知られたくなかったんだ。彼の機嫌を損ねたくないんでね。彼にはまだまだ協力してもらわなければならないから」

　ブルースはうなずいた。「わかった。それで？」

「その前になにか頼まないか？」

「そうだな」ブルースは店内を見まわし、かすかに眉をつりあげた。スターリングにはきちんとしたパブがたくさんあるのに、ここはやけに薄汚い。実際のところ、ブルースはスターリングを国内で一、二を争う、きちんとしたパブのある都市と考えていた。

「ここのフィッシュ・アンド・チップスは最高にうまい。脂肪とコレステロールがたっぷりで」ロバートはそう言ったあとで顔をしかめた。「今日は注文をとりに来るのがずいぶん遅いな。またひとりウエイトレスがやめたせいだ。店主のせいで、ウエイトレスが雇う端からやめてしまう。それほどろくでなしの男なんだ。とはいえ、ここのフィッシュ・アンド・チップスは待つだけの値打ちがある」

「いつまで待てばいいんだ？」

　ロバートはにやりとした。「そう長く待つ必要はないさ。店主はぼくが何者か知っているからね」それを証明しようとして、ロバートは片手をあげた。エプロン姿の太った男があたふたとやってきた。

「お待たせしました。なんにします、警部補さん？」

「フィッシュ・アンド・チップス」彼はブルースを見た。

「フィッシュ・アンド・チップス、それと黒ビール」ブルースは言った。

「急いで用意しましょう」店主は首を振った。「近ごろの娘たちときたら！　ちっともあてになりゃしない」

「またひとりやめたんだろう、ジョージ？」

「日曜の朝に来たと思ったら、日曜の午後にはいなくなっちまって、それっきり姿を見せないんですよ」ジョージはぶつくさ文句を言いながら歩み去った。

「ウエイトレスが片っ端からやめてしまうのは、店主がろくでなしのせいだと、いつか誰かが教えてやらなきゃだめだな」ロバートが言った。

すぐにジョージが戻ってきて、黒ビールを乱暴にブルースの前へ置いた。

「それで？」店主が去ると、ブルースはきいた。

「正直に言って、まだそれほど詳しく調べたわけではないんだ。急いできみに電話したのは、偶然の一致が気になったからだ」ロバートは説明した。「まずはグラスゴー出身のセイヤー・フレーザーだが、彼には前科がある」

「重大なものか？」

「若いころに麻薬で検挙されている。しかし、ここ数年間は一度も挙げられていない。〈キンクド・キルツ〉というバンドで演奏していて、最後の出演契約はピアノバーだった」

「セイヤーが自分で話したとおりだ」ブルースはつぶやいた。

「彼はあちこちのいかがわしい場所で働いていた」ロバートが言った。「疑わしいところはあるが、犯罪者ではない」

「その男に関してはそれだけか？」

「ああ、これまでのところは」

「で、ほかの者たちについては？」

「合法的に入手できる記録を調べてわかった限りでは、かなり奇妙だと言っていい。おおよそのところ、彼らは見かけどおりの人間らしい。ニューヨーク大学の記録や仕事関係の経歴なんかも調べてみた。あのアメリカ人たちのなかに前科のある者はいない。しかし興味深い点として、彼らのうちのふたりがコンピューターの達人であるとわかった」

「彼らにとっては好都合だな」ブルースは言った。「どのふたりだ？　それに、なぜそれが重要なんだ？」

「なぜって、われわれは今ふたつの謎《なぞ》を追っているだろう？　彼らが観光ガイドの許可証を取得できたということは、賃貸借契約書がかなり本物に近かったに違いない。それはつまり、何者かがきみの実際の称号や、古いイギリス社会におけるきみの地位など、きみ本人しか知らないはずの情報を相当詳しく知っていたということだ。優秀なハッカーは他人に関する情報をなんでも入手できる。今日、なりすまし詐欺がこれほど大きな問題になっているのは、それが理由なんだ」

「するときみが言いたいのは、ぼくの存在を知った彼らのひとりが、ぼくの個人情報を探りだし、それからぼくになりすまして彼らに城を貸したということか?」ブルースはきいた。

「ああ、ひとつの可能性としてね」

ブルースは首を振った。「しかし、誰がやったにせよ、そいつはぼくがいずれ姿を現すことを知っていたはずだ」

「そのとおり。だが、そいつがまんまとほかの人たちから金をせしめ、ウェブサイトを消してしまう方法を知っていたら……きみが現れようと現れまいと、いっこうにかまわないんじゃないか?」

「セイヤー・フレーザーについては?」

「これまで調べた限りでは、彼はウェブサイトをひとつ持っていることがわかっている」ロバートが言った。「ああ、それとコンピューター・ゲームにのめりこんでいることも。インターネットで遊ぶ中世もののゲームさ。ほら、知っているだろう、グラスゴーのコンピューターの前に座った人間が、ロンドンやニューヨークやモスクワの、あるいはここスターリングでもいいが、遠くの人間を相手に延々とゲームを繰り広げるやつさ」

ブルースはうなずき、今の話に考えをめぐらした。「だが、あのアメリカ人たちに犯罪歴がないと聞いて安心したよ」

ロバートは組んでいた両手を離し、また組んだ。「まあな。しかし、もうひとつわかったことがある。そして……たぶん、なんの意味もないのだろうが、とにかく興味深い」

「なんだ?」ブルースはきいた。

「事件の起きた時期に奇妙な共通点を見つけたんだ。おそらく偶然の一致だとは思うが」

「なんだ?」ブルースはじれったくなって繰り返した。普段のロバートは持ってまわった言い方をしない。

「ヘレン・マクドゥーガルは一年前の六月三日にグラスゴーで姿を消した」

「そして八月三十日に、ぼくが川のなかで彼女を見つけた」ブルースは顔をしかめて言った。

「メアリー・グレンジャーが消えたのは、去年の十一月十一日だ」

ブルースの額のしわがいっそう深くなった。「ああ。彼女の腐乱死体を、エバンが一月のはじめに発見している」

「正確には一月十日だ」

「ロバート、いったいなにを言いたいんだ?」

「アニー・オハラが姿を消したのは、われわれの考えでは二週間ほど前だ」

「それで?　それになにか意味があるのか?　きみがなにを言いたいのかさっぱりわからないよ」ブルースは言った。

「知ってのとおり、ホテルはチェックインするときにパスポートの提示を求める」ロバートが言った。

「ああ、もちろん」

「そこできみの友人たちだが、少なくともトニー、ブラウン夫妻、ケヴィン、デーヴィッドの五人は、去年の六月にグラスゴーのホテルに宿泊していた」

ブルースは眉根を寄せた。「彼らは休暇で何度もこっちへ来たと話していたよ」

ロバートはうなずき、かたわらから書類を出して開いた。「去年の十一月、メアリー・グレンジャーがスターリングで行方不明になった」

「同時期にぼくの友人たちがスターリングに滞在していた、そう言いたいのか？」

「いいや。彼らが滞在していたのはグラスゴーだ」

ブルースはそれを受け入れて顔をしかめた。「で、二週間前は？」

「彼らはエディンバラへ戻って、観光ガイドの許可証取得の手配やなんかをしていた」

ブルースは首を振った。「そこになんらかのつながりを見いだそうとしているのなら――」

「そうじゃない。ぼくはこれまでにつかんだことをきみに教えたいだけだ。それに日にちに関する偶然の一致はぼくの目には明らかだというのに、それをきみに黙っているのは怠慢だと思ってね」

「たしかに、きみの言うとおりだが、それにしても……」ブルースは受け入れがたいとばかりに言った。「彼らについて、ひとりひとり考えてみようじゃないか。トニーは？　売春婦殺しの犯人に思えるかい？　ケヴィンとデーヴィッドは？　あのふたりはまったく犯人像にあてはまらない。ジーナとライアンは？　率直に言って、ぼくにはとても犯人とは思えないね」

「犯人像などまだ浮かんでいない――」

「しかし、おおよそのところは想像がつくよ。白人、異性愛者、二十代か三十代の若い男、定職についているが、おそらくは単調な仕事、たぶん妻なり決まったガールフレンドなりがいる」

ロバートはうなずいた。「そうだな、なかなかいい線をいっている。しかし、犯人像を特定しても外れることが多い。それはきみも知っているはずだ。数年前の事件を覚えているだろう？　どれほど優秀な犯罪心理分析官《プロファイラー》でも、夫と妻の殺人チームという現実の筋書きは思いつかなかったんだからね」

ブルースは肩をすくめた。「ぼくらはわずかな望みにすがりつこうとしているんじゃないかな。彼女たちが殺害された、あるいは行方不明になったときに、たまたま国内にいた外国人に片っ端からあたるとなれば、膨大な名簿を調べなくちゃならない。それに、犯行に及ぶ機会のあった人間を調べるとなれば、わが国には対象になる人間がごまんといるだろう」

「きみの友人たちを弁護する必要はないよ。今話したのは、これまでの調査の過程で偶然見つけた事実にすぎない。そもそもぼくはきみの依頼で調査したんだ」

ジョージがせかせかとやってきて、料理をほうりだすように置いた。「まいっちゃいますよ。ひとりぐらいまともなウエイトレスが来てくれたらいいのに」彼は言った。

ブルースは急に顔をしかめ、戻りかけたジョージの腕をつかんだ。

「ジョージ?」

「なんです? すみませんが急いでくださいよ」

「ウエイトレスは店をやめたのか? それともただ姿を見せなくなったのか? つまり、ぼくがききたいのは、彼女はちゃんと断ってからやめたのか、それとも黙ってやめたのかってことだ」

ジョージはいらだたしそうに手を振った。「例によって根なし草みたいな女のひとりだったんですよ。言葉に変な訛《なまり》があった。たぶん北の生まれでしょう。オークニー諸島から来たと言っていたっけ。で、断ってやめたのか、黙ってやめたのかって? 冗談言っちゃいけません。ああいう女は、やめると断ってくるような礼儀なんぞわきまえちゃいませんよ。彼女は出勤してこなかった、それだけです。金ができたんで、次の町へでも移ったんでしょう。そうに決まってますよ。さあ、もう放してください。ほかのお客さんが料理をお待ちかねなんで」

　ブルースはテーブル越しにロバートを見た。「きみもいくつかきいておきたいことがあるんじゃないか？」彼は穏やかに言った。

　ロバートはテーブルを見おろして考えこんだ。「ああ」彼はあれほど待ち焦がれていたフィッシュ・アンド・チップスの皿を脇へ押しやった。


　断じて電話をかけるまいと思っていた番号に、トニーがせっかくかけたのに、アダム・ハリソンは留守だった。若い男性が出て、名前と伝言を教えてもらえれば伝えておくと言ったとき、トニーは危うく切りそうになった。でも、わたしは携帯電話を持っているのだから、アダム・ハリソンが折り返し連絡してきても、ほかの人が出る心配はないのだ。ためらったあとで、トニーは名前と電話番号を教えた。

「ああ、あなたでしたか！」電話の向こうの声が言った。「トニー・フレーザー……あなたから電話があったら気をつけて応対するようにと、アダムから言われていたんです。さっそく誰かにあなたへ連絡させましょう」

　誰かに？

　トニーは若い男性の言葉になんとなく不安を覚えたが、とにかく礼を述べて電話を切った。

これからどうしよう。そのとき、まだ手にしていた携帯電話が鳴りだしたので、トニーはどきっとして飛びあがった。あせって小さなボタンの操作を誤り、かかってきた電話をもう少しで切るところだった。

「もしもし?」

「こんにちは。トニー?」

返ってきたのは女性の声だった。

「そうですが?」トニーは慎重に言った。

「わたしの名前はダーシー。ダーシー・ストーン。アダム・ハリソンのところで働いているの」

トニーは黙っていた。わざわざアメリカへ電話をかけたのは、自分を知っているアダムと話をしたかったからだ。幼い子供の世界が崩壊しかけたとき、そばについていてくれたやさしい心の持ち主に。ヴァリーナ・デーヴィスを主人公にしたトニーのひとり芝居を観に来てくれて、彼女が今ではもう悪夢も幻影も見ないから大丈夫だと言うと、黙って立ち去った人に……。

「トニー?」

女性の声はまるで隣町からかけているように明瞭《めいりよう》だった。

「ええ、聞いています」

「心配しないで、アダムはあなたの問題を人任せにしたんじゃないのよ。数時間後には彼と話ができるわ。彼は今、飛行機のなかなの。あなたは特別な人だから、電話がかかってきたら折り返し電話をするようにと、彼から常々言われていたわ。誓って、あなたから聞いたことはいっさい他言しません。だから、どれほどばかげていると思えるようなことでも、気にしないで話してちょうだい。どんなことでもいいから、すべてを」

トニーは疑わしそうに携帯電話を見つめた。じっと見つめていたら、相手の言葉が真実かどうかわかるような気がした。

「最初から始めましょう」電話の向こうでダーシー・ストーンが言った。「あなたは今、どこにいるの？」

「スコットランドのティリンガムという小さな村です。そこの……そこの城にいます」

「城。ティリンガムの？」

「ええ」トニーは大きく息を吸った。「わたし、幽霊を見ているんじゃないかと思うんです」

「だったら、きっと見ているんだわ」落ち着き払った声が返ってきた。

「そうですか？」

「ええ」ダーシーが忍び笑いをもらした。「ごめんなさい。こんなことを言ったら電話を切られてしまいそうだけど……ええ、わたしも幽霊をたくさん見るわ」

トニーは電話を切りたくなった。

「お願い、切らないで。どうかわたしに話してちょうだい」トニーの考えも行動もお見通しだとばかりにダーシーが言った。

「何人かの友達と一緒にスコットランドの城を借りたんです、将来買いとることができる特約つきで」トニーは言った。「ところがあとになって、本当は借りていなかったことがわかりました。少なくとも城の持ち主からは借りていないことが。一族は死に絶えたと聞いたのに、当主が存在したんです。わたしが創作した彼の祖先にまつわる物語は、史実であったことが判明しました。領主の妻の名前まで同じだったんですよ」彼女はためらったのちに先を続けた。「わたしは夢のなかで幽霊を見ました。あるいは、目覚めたら幽霊がいたと言ったほうがいいかしら。とにかくその幽霊は、生きている領主にそっくりなんです。最初、わたしはだまされているのだと思いました。ちょうど城を貸しだした会社にだまされたように。それから殺人事件も起こっているし」

「殺人事件ですって？」

「女性たちが行方不明になっているんです。わたしが耳にしたところでは、これまでに三人。そのうちのふたりは、城の近くの森で発見されました。先日、わたしは幽霊に導かれて森へ入り、骨を見つけました。みんなは三番めの被害者だろうと考えたのですが、どうやら何百年も前に死んだ昔の領主の妻らしいんです。十七世紀に生きていた領主の。わたしの言っていること、支離滅裂ですよね。わたし……」トニーは躊躇《ちゅうちょ》して言葉を切り、わたしは頭がどうかしちゃったのかしらと思った。相手はアダムではなく、全然知らない女性なのに、こんなに心の内をさらけだしてしまうなんて。「わたし、若い領主と、現在の領主と、たちまち深い関係になってしまったんです。困っているわたしたちに対して、彼はとても親切なんですよ。わたしたちは城を借りて、というか借りたと思って、観光客相手に芝居を演じ――」

「あなたの『クイーン・ヴァリーナ』を観たわ」ダーシーが口を挟んだ。「とてもすばらしかった」

トニーは、芝居を批判されようが賞賛されようが過剰反応しないことにしていた。けれども今、彼女は電話の向こうの女性を好きにならずにいられなかった。

「ありがとう」トニーはそっと言った。「えーと……彼には、つまり領主には、幽霊たちが見えないんです。いえ、幽霊が」彼女はためらった。「幽霊はひとりしかいません」

ダーシーはしばらく黙っていたあとで言った。「森で女性たちが死体となって発見された。それなのに幽霊はあなたを、昔死んだ妻の骨のところへ連れていったのね？」

「そうです」

「そのあとで彼を見た？」

「ええ。今度はわたしを地下墓所へ連れていくんです」ほかの言い方を思いつくことができずに、トニーは言った。

「答えは簡単だわ」電話の向こうでダーシーが言った。

「そうですか?」

「彼は妻にそばに来てほしいのよ。あなたによって彼女が発見されたので、今度は彼女を本来の場所に、そう、自分の隣に葬ってもらいたがっているんだわ」

驚いたことにトニーは興奮を覚えた。ええ、そうよ！　それだと筋が通るわ。わたしがいまだに幽霊を見つづけている理由も、骨が見つかったあとで彼がわたしを地下墓所へ連れていこうとする理由も、完全に納得できる。

「そうね」トニーはささやいた。

「もちろん、それほど単純なことではないかもしれないわ」ダーシーが忠告した。

「いいえ、あなたの言葉を聞いて確信しました。それに違いありません」トニーは言った。

「最初にベッドのそばに立っている彼を見て、それから森のなかへ誘いこまれ、そのあと……地下の墓へ。あっ！」彼女はうめいた。

「どうしたの?」

「あれは大変な歴史的発見と考えられているんです。わたしが見つけた彼の妻は。もしかしたら、研究材料になったり、博物館へおさめられたりするかもしれません」

「そのことなら容易に解決できるんじゃないかしら。あなたが心配する必要はないと思うわ。彼の子孫が拒否すればいいだけのことよ。それはそれとして、そちらではもっといろいろ起こっているのかもしれないわね」

「この城のなかではなにも」トニーは言った。「恐ろしいことが起こっているのは――」

「森で発見された被害者たちは城に関係なかったのね？」

「ええ、まったく。その人たちは売春を副業にしていたらしくて、エディンバラ、グラスゴー、スターリングといった大都市で誘拐されたんです」

「絶対に城とは関係がないって、確信をもって言える？」

「関係があるとは考えられないんです。本当に。わたしたちがここへ来て、まだそれほどたっていません。それにわたしたちのほかにいるのは、領主と、彼のために働いている男の人だけなんです」

「そうなの」

　トニーはためらった。エバンに死ぬほど怖い目に遭わされた事実を話すべきではないかしら。それと、現在の領主が幽霊の身なりをして現れたとしか思えないときがあるってことも。だって、わたしはふたりを同時に見たことがないんですもの！

「すぐにそちらへ行くわ」

「なんですって？　スコットランドへ？　そんな……そんな必要はありません」トニーは言った。大声でうめきそうになった。わたしはなんてことをしでかしたのだろう。ここへ誰かを呼び寄せたりしたら――それも幽霊たちと話ができると称しているオカルト信者なんかを招いたりしたら――城からほうりだされるに決まっている。そんな事態にブルース・マクニールが耐えられるとは、とうてい思えない。

「あなたの置かれている立場は少々複雑なようね」ダーシーは間を置いてから続けた。「トニー、あなたのことはアダムから聞いているわ。彼の話によれば、あなたは……あなたは、彼が会ったなかでも最高にすばらしい霊媒のひとりだそうよ」

「霊媒ですって！」トニーはショックを受けて言った。

「あなたには幽霊が見えるんでしょう」電話の向こうの声が言った。

トニーは携帯電話を壊れそうなほど強く握りしめた。そしてごくりとつばをのみこみ、深呼吸をひとつした。「ごめんなさい」ようやく言う。「電話をしたのは……間違いでした。わたしは霊媒じゃありません。子供のころに何度か異常な夢を見たけど、霊媒ではないし、そんなものになりたくもありません。だから、お願い、絶対にこちらへ来ないで。くれぐれもお願いします。わたしたちは弱い立場にあるんです。お時間をとらせてすみませんでした。発見した骨は領主の隣に埋葬してあげられるよう、なんとかやってみます。話を聞いていただいてありがとうございました。感謝しています。でも、こちらへは絶対に来ないで。では失礼します」

トニーは電話を切ってベッドの上へほうりだし、こわごわ見つめた。それが蛇に変身して襲いかかってくるとでもいうように。彼女はダーシーがすぐに電話をかけてくるのではないかと半ば期待して待った。だが、ベッドの上の電話は静かなままだった。

トニーは身を翻して部屋を出た。誰かひとりくらいは近くにいるはずだ。誰かと一緒にいたかった。誰か……生きている人間と。

14

バスのやってくる時刻が迫っているのに、ブルースは帰ってこなかった。

「せっかくあなたが全部新しく書き替えたっていうのに！」ジーナが困惑して言った。「どうしたらいいのかしら？」

「ほかの人がブルースの役を演じるしかないわ」トニーは言った。

彼らはこれから演じる役柄の衣装で大広間に立っていた。全員がトニーを見つめた。

「なんなの？」彼女は尋ねた。

ケヴィンが咳払《せきばら》いをした。「あのさ、ブルースの役なんか誰にも演じられないよ」

「彼は役者でさえないのよ」トニーは反論した。

「それそれ」デーヴィッドが言った。「彼は偉大なマクニール以外のなにものでもない」

トニーは首を振った。「さあさあ、みんな、あの人をあてにしてはだめ。最初はブルースが参加する予定じゃなかったんだから。彼に領主役を演じてもらっているけど、出演料は払っていないんですからね」

「ぼくたちみんな出演料をもらっていないよ。そうだろう?」セイヤーが言った。

「セイヤー、あなたがブルースを演じたらいいわ」トニーは提案した。

「あんな馬に乗れないよ」

「ぼくは悪党を演じるために、朝からずっと邪悪そうなにたにた笑いを練習してきたんだよ」ライアンが言った。

トニーはため息をついた。「ブルースがいないんじゃ、ほかの方法を考えるしかないわね」

「そうだ!」ライアンが言った。「よし、こうしよう。さすがにぼくも彼の馬に乗れる自信はないから――」

「あなたならどんな馬にでも乗れるわ」トニーは遮った。

ライアンは首を横に振った。「ショーネシーは自分の主人が誰か心得ているのさ。でも、ウォレスがすっかり元気をとり戻したから、ぼくはあいつに乗って登場し、それから善悪両方の人格を備えた人物として階段をあがっていく。ほら、ジキルとハイドみたいな二重人格者を演じるんだ。ぼくはまずトニーと争い、次に自分自身と闘う。おもしろくなるぞ」

彼らは黙りこんでライアンをまじまじと見た。

「セイヤー」トニーは親戚《しんせき》を見て言った。「あなたがブルースを演じて。馬に乗らなくていいわ。徒歩で勢いよく城へ駆けこみ、そのまま階段を駆けあがってちょうだい。そのあと悪役のライアンが馬で乗りこんでくるの」

「最初の筋書きどおりにやったらどうかしら」ジーナが言った。

「そうだよ」デーヴィッドが言った。「それがいちばん筋が通っているよ」

「そうそう」ケヴィンが同意した。

トニーはかたくなにかぶりを振った。「それはだめ。わたしたちは領主に妻殺しの汚名を着せていたんだわ。今ではそのことが明らかなんですもの」

「トニー、わたしたちは誰にも汚名を着せていなかったわ。だって、彼が実在したなんて知らなかったんだもの」ジーナが抗議した。

「だけど、今は知っているじゃない。それに、最初の筋書きどおりには上演したくないの。だってそうでしょ。わたしたち、彼が潔白だったと知っているんだから」

「いいや、そんなこと知らないよ」ケヴィンが言った。

「いいえ、知っているわ」トニーは譲らなかった。「だから、セイヤーは歩いて登場し、ライアンは馬で登場する。いいわね？」

「うん、わかった」セイヤーが言った。

「それはどうかなあ」ライアンが首を振りながら反論した。「ぼくのジキルとハイドのバージョンのほうが、ずっとうまくいくと思うけどな」

「残念ね。それが演じられることは永遠にないわ」ジーナが言って、トニーにウインクした。

ドアをノックする音がした。

ケヴィンが手をたたいた。「みんな配置について。これからデーヴィッドとぼくがドアを開けに行くからね！」

「違う、違う！　まだバスは来ない」セイヤーがとめた。「来たのはリジーとトリッシュだろう。彼女たちは早めに来ることになっていたんだ」

セイヤーはドアを開けに行った。彼の言ったとおり、リジーとトリッシュだった。ふたりは入ってきて城のなかを見まわし、興奮して感嘆の声をあげた。「あなた方はここに住んでいるのね。なんてすてきなところかしら」リジーが言った。

「たしかにすてきなところだ」デーヴィッドがささやいて周囲を見まわした。「ぼくたちは感謝すべきだろうね。いつまでいられるか知らないけど」

ライアンがため息をついた。「死ぬまでここにいられると思ったのにな」

「少なくとも、いたいだけいられると思ったわ」ジーナが言った。

「それにしても本当にすばらしいところね」トリッシュはそう言うと、セイヤーの腕をとってきつく握った。「たとえ短期間でも、こんなところにいられるのは運がいいと思わなくちゃ」

「ええ、そうよね」ジーナは応じた。

「バスだ！」ケヴィンが言った。「音が聞こえる。みんな、配置につこう。トリッシュとリジーは観光客のあとについてまわるといい。彼らが帰ったあとで、また話をしよう」

トニーは階段をあがって物陰に身をひそめ、合図を待った。壁に寄りかかって階下の音に耳を澄ました彼女は、仲間の演技に対する観客の反応を聞いてうれしくなり、顔をほころばせた。観客に乗せられているのか、大いに楽しもうとやってきたリジーとトリッシュが観ているせいか、みんないつもより演技に熱が入っている。今夜の興行も大成功をおさめそうだった。

やがてトニーの出番になり、白いナイトガウンをまとった彼女はアナリーズを演じるために階段の上へ出ていった。仲間たちのせりふや観客の反応を聞いているうちに、トニーもすっかり気分が高揚していた。彼女は部屋じゅうに響き渡る声で、領主マクニールの英雄的行為を情熱的に語った。彼の帰還を告げたそのとき、ショーネシーにまたがったブルースが完璧《かんぺき》なタイミングで入ってきて彼女を仰天させた。

彼は前と同じように憤怒《ふんぬ》の表情で階段をあがってくる。トニーは思わずひざまずいて命乞《ご》いを始めたが、彼女自身の耳にも本当に命乞いをしているように聞こえた。

そのうちに領主の怒りがやわらいだ。妻にかけられた疑いが晴れ、貞節だったという彼女の言葉を受け入れて彼がひざまずいたとき、その目に愉快そうな光が宿っていなかったら、トニーは彼が示した情熱や怒りを本物だと思ったに違いない。ライアンが巧みな馬術を披露しながら広間へ入ってきた。ブルースは立ちあがってライアンと戦うべく階段をおりていった。

トニーは目を見張った。もちろんライアンは前の仕事で剣を使ったことがある。それにブルースがどこかで剣術を学んでいたとしても不思議ではない。だが、ふたりは一度も一緒に稽古《けいこ》をしていない。普通、こういう立ちまわりは入念な振りつけがなされているものだ。

ふたりの演技はすばらしかった。彼らは怒鳴りあい、即興のせりふを投げつけあった。大づめの場面になり、ブルースの振るった剣が、ライアンの剣を客のいない暖炉のほうへはじき飛ばす。ブルースは床に倒れているライアンを死んだものと思い、トニーのほうへ戻ってきた。ブルースが彼女のそばまで来たとき、ライアンがゆっくりと立ちあがり、背中を向けているブルースめざしてよろよろと階段をあがってくると、彼の肩をむんずとつかんで階段の下へ投げ落とした。それからトニーの首に両手をまわし、彼女にウインクして絞め殺すふりをした。

それまでふたりの演技に見とれていたトニーは、すぐに役になりきって、今目撃した剣《けん》戟《げき》の場面に劣らない劇的な死の場面を演じてみせた。彼女は階段の上に死体となって横たわり、ライアンは階段の下へ転げ落ちていった。

広間に静寂がみなぎった。

やがてリジーが気をきかせて大声で叫んだ。「ブラボー！」その声につられて起こった大きな拍手喝采《かっさい》は、いつまでもやみそうになかった。

「お茶とスコーンを用意してあります。みなさん、キッチンへ移動してください」ケヴィンが声を張りあげた。

「こちらへどうぞ」デーヴィッドがそう言って、観客を案内した。

トニーが起きあがると、ライアンとブルースも立ちあがろうとしていた。「やったぞ！大成功だ」ライアンが言った。「最初にきみの提案を聞いたときは、どうかしているんじゃないかと思ったよ。一度も練習をしてないのに、できるわけないと思ったんだ。だけど、見事にやってのけた」

「まったくそのとおりだ」セイヤーがやってきて言った。

ジーナも身をひそめていた二階から駆けおりてきた。彼女は興奮して夫にキスをし、それからブルースの頬にもキスをしたあとで、顔を赤らめた。「ごめんなさい、領主マクニール」

「かまわないよ。すばらしい劇だったからね、ミセス・ブラウン」ブルースはジーナにそう言ってから、トニーのほうを向いた。「遅くなってすまない。用事があって抜けられなかったんだ」

トニーはかぶりを振った。「謝る必要などまったくないわ。あんなに見事な場面を演じてくれたんですもの。あなたたちふたりの立ちまわり……最高だったわ。驚きよ」

ブルースは彼女のほうへ首をかしげた。「ありがとう、アナリーズ」

トニーはほほえんだものの、内心、歯ぎしりした。ブルースに悪気はないとわかってはいても、その名前で呼ばれるのは居心地が悪い。ふいに、今日一日の奇妙な体験が脳裏によみがえる。今朝、なんとしてもブルースに昨夜の話をしなければと思ったことも。

ところが彼女はブルースに話をする代わりに、幽霊の調査会社へ電話をかけたのだ。

トニーはブルースの目をのぞきこんだ。そこにはたしかに愉快そうな色が浮かんでいたが、驚いたことに、彼はどことなくぼんやりしていたようだ。ブルースは演技に没頭しているように見えたが、ひょっとしたら決まった型をこなしていただけなのだろうか。

トニーは困惑して顔をそむけた。「ケヴィンとデーヴィッドを手伝いに行かないと」小声で言ってキッチンへ向かう。「本当に大勢来てくれたわね」

「ぼくは馬の世話をしてくる」ライアンが言った。

「きみはウォレスの世話をしたらいい。ショーネシーはぼくが見るよ」ブルースが言った。

ジーナとセイヤーとトニーはキッチンへ行った。トニーは大勢の客を見て、やっぱり手伝いに来てよかったと思った。もっともケヴィンはぬかりなく準備を整えておいたので、彼ひとりでも百人の客を相手にできただろう。バスケットにはスコーンが入っていて、あちこちにクリームと砂糖をのせたトレーが置かれている。紅茶は、客たちがキッチンへ移動する前に、ケヴィンがいつでも出せるようにしてあった。

人が集まれば自然と話が弾む。だが、今夜の客はいつにもましておしゃべりだった。昔の死体が発見されたというニュースが早くも伝わっているらしく、彼らは大領主マクニールを潔白な人間として描いた芝居の、最初の観客になれたことに興奮していた。

やっとバスが出発したが、リジーとトリッシュはあとに残った。全員が協力して後片づけをしたあと、トニーはセイヤーがふたりに愛想を振りまいていることに気づいた。彼女たちの相手は彼に任せよう。トニーはお先に失礼と言って二階へあがった。

「今までにこういう症状を見たことがありますか?」ライアンがきいた。

ブルースはショーネシーの馬具を片づけてライアンを振り返った。ライアンはウォレスの鼻面を撫《な》でながら、馬の目と大きな頭を丹念に調べていた。

「正直に言って一度もないね」ブルースはそう答えてはじめて、実際にそのとおりだと気づいた。馬には詳しいが、こういう事態には一度もお目にかかったことがない。獣医はなにか悪いものを食べたに違いないと言っていた。そこでエバンはかびた干し草や悪くなった穀物が原因かもしれないと、厩舎《きゅうしゃ》のなかを徹底的に掃除した。それにしても不思議なのは、病気になったのがウォレスだけであることだ。獣医の話では、子供がなにかよくないものを食べて夜中に苦しみ、悪いものを体外へ出したあげく、翌朝は元気になって起きてくるようなものだという。

　ブルースは馬をもっとよく見ようと近づいていった。ウォレスの目は澄んだ輝きをとり戻している。すっかりよくなったしるしだ。

「もう大丈夫そうだな」ブルースは馬を軽くたたいた。「よしよし、いい子だ」彼はささやきかけ、ライアンに言った。「今度の週末にこの馬をよそへ移そうと思うが、どうだろう。きみがこのなかをきれいに片づけ、そのあとでエバンが徹底的に掃除をしてくれたが、馬を二頭ともよそへ移しておいて、ここを専門の業者に消毒してもらったほうがいい。近ごろは……そう、知らないうちに微生物や細菌が繁殖している可能性があるからね。獣医が血液を採取していったから、すぐにもっと詳しいことがわかるだろう。幸い、今ではこの馬の体調は申し分なさそうだ」

　ライアンが急に明るく笑った。「申し分ないと言えば、ぼくたちもなかなかのものでしたよね。アメリカだったら、とてもじゃないけどあんなまねはできなかった。どちらかが相手にほんのかすり傷を負わせただけで、たちまち訴訟沙汰《ざた》になってしまう。いったいどこで剣術を学んだんです？」

「それはまあ、ここでさ。模擬試合が行われるし、きみたちアメリカ人が独立戦争や南北戦争の再現イベントを行うように、われわれも昔の戦争の再現イベントを催すんだ」

ライアンはにっこりした。「へえ、そうなんだ。自慢するつもりはないけど、本当にぼくらは最高でした」

「ああ、そうだね」ブルースは彼に手を振って厩舎をあとにし、城へ戻っていった。夜空に浮かぶ石の建物を見あげ、自分は特別なものを持っているのだと改めて噛《か》みしめる。生まれたときからここに住んでいるので、感謝の念を失っていたのを、アメリカ人たちが思いださせてくれたのだ。

あとからやってきたライアンとともに城へ入ると、キッチンからにぎやかな笑い声がしていた。昼間、彼らが村で会ったというふたりの女性の車がまだドライブウェイにとまっていたから、にぎやかなのも不思議ではない。ブルースにとっても楽しい晩だったが、これ以上彼らと一緒に騒ぎたい気分ではなかった。

「まだあの子たちが残っているようだ」ライアンが言った。

ブルースはうなずいた。「ああ。きみも行って楽しんだらいい」彼は小声で言って、階段のほうへ歩いていった。ここは自分の城だ。他人に気兼ねする必要はない。

部屋へ入ったブルースは、トニーが暖炉の前に座って燃えさしを見つめているのに目をとめた。寝巻き代わりにしている現代風のコットンのTシャツを着た彼女は、深刻な顔つきをしている。金髪が明かりを受けて輝いていた。彼女はブルースを見て、口もとに弱々しい笑みを浮かべた。

「どうかしたのかい？」ブルースは尋ねた。

トニーは頼りない笑みを浮かべたまま首を横に振った。ブルースは彼女のそばへ歩いていって、ベッドの端に腰かけた。そして、彼女と知りあってからの時間を計算しようとした。彼の人生のうちのほんの一瞬でしかない。それなのに彼女はずっと前からここにいるような気がする。彼女とベッドをともにすることは間違いなくすばらしいが、彼女がここにいるという事実はさらにすばらしい。ブルースにはわかっていた。階段をあがっていけば、彼女が待っているということが。そう考えると、心が和んだ。

トニーはそれまで彼女を悩ませていた考えを振り払うことにしたようだ。「あなたとライアンは……最高よ。ふたりともあれほど見事な立ちまわりを演じるなんて、本当に信じられないわ」

「なかなかのものだっただろう？」ブルースは彼女の指を握って手をぼんやりと撫でた。

「もちろんここがアメリカで、わたしが雇い主だったら、即刻あなたを首にするところだけど」トニーはそう言って、きらきらする目でブルースの目を見た。「あんなに遅れるなんて」

ブルースは眉をつりあげた。「スターリングでロバートと話しこんでいたんだ」

「そうなの？」

彼は顔をしかめてみせた。「パブでロバートと話しているうちに、そこのウエイトレスのひとりがなんの連絡もせず出勤してこなくなったことを耳にした。そのパブの主人というのがろくでもない男でね、彼女の身がどうなったのかちっとも心配していない。しかし、ぼくたちは確かめておいたほうがいいと思い、住所を調べて行ってみたんだ。部屋はきれいに片づいていたから、たぶん彼女は荷づくりして――」

「だけどよかった」トニーが言った。「運よく、あなたたちには稽古の必要がなくて」

「ぼくらはどちらもなにを演じたらいいか心得ていたからさ」

「そうね」トニーは同意した。

「要するにぼくの一日はそんなふうだった。このところの出来事のせいで疑い深くなっているのか、ちょっとした異変を耳にしただけで、なにかまずいことがあったのではないかと考えてしまう。で、もう一度きくが、どうかしたのかい？」

トニーはすぐには答えないで、消えかけている燃えさしに視線を戻した。「ブルース、この城は幽霊が出ると言われているの？」

ブルースは笑ったが、彼女に見つめられて真顔に戻った。それでもつい笑みがこぼれるのをこらえられなかった。「何世紀も前に建てられた城だからね。きみはどう思う？」

トニーは顔を赤らめた。「そうね、はっきり言って幽霊が出るわ」

彼はため息をついた。「ぼくはこの城を荒れるに任せておいた。それは否定できない。しかし、子供のときからこの城はぼくのものだ。ずっとここで暮らしてきたんだ。そのあいだに一度も幽霊の訪問を受けたことはない」

「わたしは頻繁にあなたの祖先を見るの」トニーが言った。

ブルースはうめき声をあげた。「きみがしばしば悪夢を見るのは知っているよ。この城に幽霊が出ると言われているかだって？　ああ、たしかに言われている。ブルース・マクニールが森やここの古い広間をうろついているという噂《うわさ》があるからね。それ以外にもいろんな言い伝えがあるし、現にわれわれには血なまぐさい歴史がある。しかし、それだけのことだ。ぼくが思うに、きみはどこかで耳にした過去の物語を自分で創作したと思いこんでしまったんじゃないかな。スコットランドの幽霊に関しては、本がたくさん出版されてきた。スコットランドの羊と同じで、どこへ行ってもあふれ返っている。この城に関する物語も、人名や地名が正確に書かれていないかもしれないが、きっとどれかの本にとりあげられているだろう。きみはそれをどこかで聞くなり読むなりしたんだ」

トニーは唇をそっと噛んだ。「あなたは今まで一度も……なにかを感じたことはないの？　既視感とか予感とかを抱いたことは？」

予感だって？　ああ、あるとも。水のなかにいたのはきみだった。うつぶせに倒れていたから、見えたのは漂っている髪だけで顔は見えなかったが、ぼくは心臓がとまりそうになった。もっとひどいことだってある。昔、警官として悲惨な事件を担当したとき、ぼくがそれを解決できたのは、犯人の心のなかへ入ることができたからなんだ。

「トニー……」

　彼女は軽く握られていた指を引き抜き、ブルースの両手をぎゅっとつかんだ。

「わたしを地下墓所へ連れていってちょうだい」

「なんだって？」

「お願い！」

「そんなところへは行かないでおくに限るよ」

　彼女はかぶりを振った。そしてサファイアのような目でブルースの目を見つめた。そこにこめられていたのは熱意と真剣さ、そして必死の思いだった。

「あのね」トニーは言った。「わたしたちが知りあってまだ間がないけど、あなたを立派な人だと思うし、大いに尊敬しているわ。そればかりか、あなたに好意を抱いている。あなただってわたしにある種の感情を抱いているでしょう。だからこうして頼んでいるの。どうかわたしの頼みを聞き入れてちょうだい。正気の沙汰ではないように聞こえるのはわかっているわ。でも、あなたはわたしの奇妙な夢にとても理解を示してくれた。それだけでなく、わたしのそばにいて、救いの手を差しのべ、わたしは頭がどうかしてなどいないと安心させてくれた。だから今度も助けて……お願いよ」

「きみを地下墓所へ連れていけって……今すぐにかい？」

　トニーはうなずいた。「わたしは夜中にそこへ行ったわ」

「あのドアにはいつも鍵《かぎ》が――」

「わたしは行ったの」彼女は言い張った。「あなたに地下の様子を話してあげるわ。ドアを入ってすぐのところに螺旋《らせん》階段があって、それから中世の教会のカタコンベのように、アーチ型の天井のついた通路がいくつもあるの。その通路のひとつを突きあたりまで行くと、王に忠誠をつくした騎士党員、ブルース・マクニールの墓と大理石像があるわ。たぶん、それらは彼の死後数年してつくられたものではないかしら」

ブルースはびっくりしてトニーをまじまじと見つめた。彼女たちアメリカ人グループが彼の留守中に地下墓所へ入ったとは思えないが、それにしては……。

「一族の墓を見世物にするのはいやなんだ」ブルースは言った。

「セイヤーも、もうこの時刻にはあのふたりを帰してしまったわ」トニーがほほえんだ。

「こんなことを言ってはなんだけど、彼はここではみだし者だったの。恋人のいないわたしと彼は気楽にやっていたけど、あなたが城へ帰ってきてからは……その、ジーナとライアンは仲むつまじいし、デーヴィッドにはケヴィンがいるし……」

トニーが〝そしてわたしにはあなたがいる〟と言わなかったことに、ブルースは気づいた。しかし、彼女は絶対にそんなせりふは口にしないだろう。それほど厚かましくはない。とはいっても……。

ブルースは手をのばしてトニーの金髪を撫でた。

「わかった」

トニーが顔にありありと感謝の色を浮かべてほほえんだ。ブルースは彼女の鼓動の高鳴りを聞いたような気がした。

「ありがとう」トニーが言った。

「もうみんないなくなったと思うかい?」

「確かめてみればいいわ」

ブルースはうなずいた。「鍵を持っていかないと」大きな親鍵はクロゼットの引きだしに入っている。その鍵はドアや金属製のかんぬきと同じくらい古い。

彼は鍵を持ってトニーのところへ行き、彼女の手をとって部屋を出た。ふたりは静かに廊下を歩いていって、階段の降り口まで来て立ちどまった。

「話し声が聞こえるかい?」ブルースが低い声できいた。

トニーは首を横に振った。「みんなはまだキッチンにいるのかも」彼女は言った。

「確かめてみよう」ブルースは言った。「もっとも、自分の家の墓へ行くのに人目をはばかる必要はないのだが」それを聞いてトニーがほほえんだ。

ふたりは階段をおりてキッチンへ行った。そこはきちんと片づけられていて、誰もいなかった。

「地下へ行く前にブランデーをどうだい?」ブルースがきいた。

「わたしなら大丈夫よ、本当に」トニーが答えた。

「ぼくは大丈夫じゃない」

「そう、じゃあわたしも一杯いただくわ」

ブルースはふたつのグラスに少量のブランデーを注《つ》いで片方をトニーに渡し、彼女が焼けるような液体をすするのを見守った。「もっとなにか話したいんだろう？」彼は尋ねた。

「地下へおりてから話すわ」トニーがブランデーをすすりながら言った。そして再び探るような目で彼の目を見つめ、首をわずかにかしげた。「あなたは昔の領主の服装をして真夜中にうろつきまわったりしないでしょうね？」

ブルースは眉を弓なりにあげた。「まさか、そんなことはしないさ」

トニーはブランデーを飲み干して、彼が飲み終えるのを辛抱強く待った。

「こんな夜中に、きみは本当に地下墓所へ行きたいのかい？」ブルースは念を押した。

「本当は行きたくないわ。でも……そうしないとあなたに理解してもらえそうにないもの。わたしだって自分自身を納得させられないし」

「よし、わかった」ブルースはふたつのグラスをシンクへ置いた。「さあ、行こうか？」

彼は再びトニーの手をとって第二広間へ戻り、地下墓所へと続くドアへ歩いていった。

古い金属がたてたあえぐようにきしむ音を聞いて、トニーがたじろいだ。ブルースはドアを押し開いた。「そこからすごく古い石の螺旋階段になっている。ぼくが先に行くから、足もとに気をつけてついてくるんだ」

「あなたはまだ信じていないけど、わたしはここへ来たことがあるのよ」トニーがささやいた。声をひそめて話す必要はないのだが、夜中で、しかも状況が状況なだけに、そうしないといけないような気がした。

ブルースがドアのなかへ入り、壁についている照明のスイッチを入れた。ふたりは慎重に階段をおりていった。だが下まで来ると、トニーは立ちどまった。

「どうした？」

「なんでもないわ……ただ、前に来たときは蜘蛛《くも》の巣なんてなかったし、明かりのスイッチがあるのも知らなかった」

「ここに照明が設置されたのは十九世紀のことらしいよ」ブルースは少し愉快そうに言った。照明といっても薄暗い電球が数個ついているだけなので、とうてい地下全体を照らすことはできず、あちこちに不気味な闇《やみ》が生まれている。

棚や彫像のあいだをそろそろと歩いていったふたりは、通路の突きあたりの、歴史上に〝偉大な〟マクニールとして歴史に残る人物が埋葬されている場所へ来た。

「彼に本当はなにがあったのかを、きみは知っているね」ブルースは言った。「彼はやつらが〝裏切り者の最期〟と呼ぶ死を迎えた。しかし彼の処刑は、森のなかで行われた形ばかりの裁判によるものだったんだ。帰国して王位についたチャールズ二世は、ブルース・

マクニールの遺体を森から回収して墓を建てるように命じた。この墓も大理石像も、国王が費用を出したんだよ」

トニーはしばらく物思いにふけりながら墓を見つめていた。

「これ、あなただわ」彼女はささやいた。

「違う。ぼくじゃない。ぼくはここにいる」ブルースは言った。

トニーは顔を赤らめて彼をちらりと見た。「それにしても不思議としか言いようがないわ。あなた方のあいだには何百年もの隔たりがあるのに、それでいて……こんなにも似ているなんて」

ブルースは肩をすくめた。「勝手に似ていると思いこんでいるだけじゃないかな」

「そうは思わないわ」トニーが言った。

「遺伝子は不思議きわまりない働きをすることがあるから」

「そうね」トニーはささやいた。「だけど、似ていることに、あなたは全然不安を覚えないの？」

「不安を？」ブルースは問い返し、彼女の肩に腕をまわした。「生まれたときからここに住んでいるが、不安を覚えたことは一度もない。子供のころ、よく友達をここへ連れこんだものだ。みんなで幽霊話をしては、悲鳴をあげながら階段を駆けあがって、父にこっぴどくしかられたよ。ぼくらはどこにでもいる普通の子供だったのさ。しかし、偉大なマクニールはもう存在しない。彼の人生はあの時点で終わったんだ。厳しい人生を情熱的に生きて、すべての人間と同じように死を迎え、今はこの墓に横たわっている。ぼくは歴史が好きだ。マクニールが示した忠義に対し、チャールズ二世が彼の死体を手厚く埋葬させることで報いたという事実が気に入っている。マクニールの生涯は伝説なんだ。歴史でありが神話にすぎないんだよ」

トニーはほほえんで、相変わらず先祖の墓と大理石像に目を据えたまま、ブルースのほうへ身を寄せた。

「ひとつめの石棺の背後にふたつめの石棺があるわ」

「当時の人々は、彼の愛妻の遺骨をいつか発見できると信じていたんだろうね」

「現に発見されたものね」

「ああ。だけど警察がいつ遺骨を返してくれるかわかったものじゃない」

彼女は大いに気づかわしそうな顔をしてブルースのほうを向いた。

「アナリーズをきちんと葬ってあげる必要があるわ。ここに、領主の隣に」

「きっとそうなると思うよ。いつかは」

トニーは激しくかぶりを振った。「アナリーズはずっと返してもらえないかもしれないのよ。かなり異様な状態で保存されていたもの。誰かが博物館へおさめようと言いだすかもしれない。絶対にそんなことをさせちゃだめよ」

ブルースはかすかに笑みを浮かべて彼女を見おろした。「そうか、きみはぼくの祖先が夜中に出没してはここへきみを連れてきたのは、自分の隣へ妻を埋葬してもらいたがっているからだと考えているんだね？　ぼくは血液を採取されるだろう。アナリーズがぼくの祖母の祖母の、また祖母の、とにかく遠い先祖であることを確認するためにね。それが終われば骨を返してくれるさ。たとえだめだと言われても、先祖であることがはっきりすれば、とり返すよ」

「できるだけ早くとり返したほうがいいんじゃないかしら」トニーは言った。

ブルースの笑みが顔いっぱいに広がった。「わかった。だが……」

「だが？」彼女がきき返した。

「それに関して、ひとつ問題を抱えているんだ。ぼくはそれほど信仰心の厚い人間ではないが、この世にはより大きな力、神が存在するという抜きがたい信念を持っている。誰もが同じだろうが、ぼくも自分を単なる死ぬべき定めにある存在とは考えたくないから、来世があると信じているんだ。しかし同時に、われわれ現世の人間も単に肉と骨の脆弱《ぜいじゃく》なかたまりなどではなくて、もっとすぐれたものだと信じたがってもいる。だから……ブルース・マクニールは伝説になるためだとか、死後に心の平安を得るためだとか、そんなことのためにここへ埋葬してもらいたかったんじゃないと思う。もちろん、ぼくだって先祖の死体は充分な敬意をもって扱ってほしいと願っている。だが、現世に残していった死体なんかのために、ぼくの祖先が幽霊となって出没してはきみをしつこく苦しめるなんて、どうしても信じられないんだ」

「彼はわたしを苦しめているとは考えていないのかもしれないわ」トニーは言った。「ただ、かつて自分が愛した女性の死体を、あなたが言うように敬意をもって扱ってほしいと伝えたがっているだけではないかしら」

ブルースは墓所にいるにもかかわらず、サファイアのように青いトニーの瞳に浮かぶ苦悩に満ちた真剣さに心を打たれ、彼女の体に腕をまわしてしっかりと抱きしめた。

「敬意を払って扱うように手配するよ。それでいいかい?」ブルースはやさしくきいた。

「さてと……今日は大変な一日だった。きみさえよければ、上へ戻ろうと思うんだが」

トニーはほほえんでうなずき、先に立って歩きだした。だが、螺旋階段の下まで来て立ちどまった。

「今度はなんだい、ミス・フレーザー?」

彼女はちらりとブルースにほほえみかけてかぶりを振った。「わたし……いいえ、なんでもないわ」

「どうしたんだ?」

「いいえ、本当になんでもないの。ただ、なんとなく……」

ブルースはため息をついた。「トニー」

彼女は大きく息を吐いた。「わたしたちの後ろに誰かがいるような気がしたの」

「あそこへ戻ってみるかい？」ブルースがきいた。

「いいえ」

ふたりは階段をあがりだした。ブルースはコットンのTシャツが彼女のしなやかな体にまつわりつくさまを眺めながらついていった。階段をのぼりきったところでトニーは再び立ちどまり、彼を振り返った。

「なんなの？」彼女が当惑して尋ねた。

「先へ進んで」ブルースは言った。

広間へ出ると、彼はきしむ音をたてながら、ドアを閉めて鍵をかけた。

「わたしはあそこがどうなっているかを正確に知っていたわ」トニーがささやいた。「話してあげたとおりだったでしょう？　わたしはあそこに墓があることも、昔のブルースとあなたがうりふたつであることも知っていたのよ」

「ああ」ブルースは言った。

「それで？」

「それでって？」

「その……なんて言ったらいいかしら。あなたは認める気にならないの、ここにはなにかとても不思議なことがあるって？」トニーがきいた。

彼は首を横に振った。

「認める気がないのね？」

「今夜のところは」

「だったら、どうしてそんな目でわたしを見るの？」

ブルースは彼女の目に純粋な混乱の色が浮かんでいるのを見てとった。

「こんなときに卑しい感情を抱いていたなんて認めるのは気が進まないが、正直に言うと、ぼくはきみの腰を眺めていたのさ。心をそそるきみの腰の動きを眺めながら、大昔に死んだ人間や過去なんかにはかかわりたくないと考えていたんだ。今のぼくの関心はすべて、現在のものごとに向けられている。今この瞬間にね。もっと露骨に言おうか？　ぼくはきみのヒップを眺めていたんだ」

トニーの目から混乱の色が消えた。彼女のあげる穏やかな笑い声にこめられた予感と期待が、ブルースの欲望を刺激した。

彼はトニーを抱き寄せて、彼女の背中を撫でおろし、ヒップにてのひらをあてがって体を密着させた。「ここはぼくの城で、ぼくは領主なのだから、どんなときに、どんな性的幻想を抱いてもかまわないはずだ。大きな暖炉の前であれ、キッチンであれ、階段であれ……。しかし、この城にはきみの仲間たちがいて、夜中にあちこちうろつきまわっているかもしれない。それに正直なところ、石の上で抱きあったら、背中や骨が痛くてたまったものではない。だから……」

「あなたにはすてきなベッドがあるじゃない」トニーが考えながら言った。

「そしてきみには最高にすてきな魅力がある」ブルースはからかった。

　トニーはブルースの腕のなかから逃れて広間を走り、軽やかな足どりで二階への階段を駆けあがった。そしてあがりきったところで立ちどまり、彼を振り返った。その顔にはまだ笑みが浮かび、目は明るく輝いて、髪は薄暗い明かりのなかで後光のようにきらめいた。そのときになってブルースは、今夜に限ってトニーがコットンのTシャツを着ているのは、最初から彼に地下墓所へ案内させるつもりだったからだと確信した。友人の誰かとでくわしても困らないようにするためだ。

　やわらかな生地に包まれた彼女の体がどれほどブルースの欲望をそそるか、トニーは想像もしなかっただろう。たとえ彼女が粗末な衣類をまとって廊下に立っていたとしても、彼は熱に浮かされたような激しい欲望を抱いたに違いない。

　トニーが身を翻して廊下を駆けだした。ブルースはあとを追いかけていって、彼女が部屋へ駆けこんだところで追いついた。トニーが小さく驚きの叫びをあげる。ブルースは彼女を両腕に抱くとドアを蹴《け》って閉め、ベッドへ向かった、ふたりはベッドへ倒れこんですぐに手足を絡みあわせた。

　その夜、ブルースは彼女のすべてを愛した。トニーはただ美しいだけではなく、その均整のとれた体の線、胸、肌、顔、唇などで男の欲望を極限まで高める才能を備えている。ハスキーでつやっぽい笑い声や、興奮を伝える目の輝きにも、ブルースは男の自尊心をくすぐられ、欲望がうずくのを覚えてしまう。

ふたりは着ているものを脱ごうともせずに、生地と生地を、肌と肌を激しくこすりあわせて結ばれた。今さら前戯は必要なかった。階段を駆けあがってドアを閉めるという単純な行為のなかで、すでにすんでいたからだ。彼女がほほえみ、ささやき、青い目をきらめかせたあいだに。もう準備は整っていた。

ふたりは笑ってもつれあいながら服を脱ぎ、あとで引き寄せられるようにシーツを足もとへ蹴りやった。そしてキルトについて冗談を言いあい、愛の言葉をささやき、目を見つめあって手で互いの体を撫で、肌と肌をふれあわせて甘い快楽の余韻に浸った。

そのとき、ほんの心の片隅でではあったが、ブルースはトニーにここを去ってほしくないと思った。セックスの相手は簡単に見つかる。だが、トニーは違う。かつて一度だけ彼は……。

心の準備ができていなかったブルースは、その考えを振り払った。そしてもう一度トニーと愛を交わした。今度はさっきと違ってゆっくりと、彼自身がじれったくなるほどゆっくりと。彼の指がトニーを愛撫《あいぶ》する。彼女はブルースに体を巻きつけるようにして、彼を再び絶頂へと導いた。

ふたりが並んでベッドに身を横たえ、ようやくまどろみ始めたときには、もうかなり遅い時刻だろうとブルースは思った。だが、闇にのみこまれようとする寸前、彼は目を開けた。聞こえたのがなんの音かわからなかったが、長年の経験で耳は鋭い。その彼が聞いたのだ……なにかを。

ブルースは音をたてないようにそろそろと起きあがり、チェックのキルトをとってすばやく腰に巻きつけた。上半身裸のまま静かにドアを開けて廊下を進み、石の床を足音もたてずに歩いていく。

階段のそばまで来て立ちどまり、広間を見おろした。

誰もいない。

ブルースは肩をすくめた。城に宿泊させている客のひとりが起きだしてきて、それからベッドへ戻ったのだろう。〝客〟がここへ寝泊まりするようになるまで、入口のドアに鍵をかけようと考えたことは一度もなかった。ティリンガムに犯罪率などというものは存在したためしがない。地元の若者のなかに、城へ押し入ろうと考える者はひとりもいないだろう。盗みを働くつもりなら、レジのある商店をねらうに違いない。また、この城には幽霊が出没すると断言する人々がいるのも事実だ。ブルース・マクニールみたいな血なまぐさい伝説のある人物の怒りを買うような行為を、誰が好き好んでするだろう。

ブルースはためらったあとで階段をおりていった。入口のドアは、ブルースとライアンが厩舎から戻ったときに鍵をかけたまま、誰もいじった様子がなかった。そこでブルースは二階へ戻り、静かに部屋へ入ってトニーの横へもぐりこんだ。

彼はトニーを抱き寄せた。彼女は眠ったままそっとため息をついた。ブルースはいい香りのするシルクのような髪に鼻をこすりつけて目を閉じた。


なぜ目が覚めたのか、トニーにはわからなかった。それまでぐっすり眠っていたのに、突然、目を開けて闇を見つめていたのだ。彼女は寒気に襲われた。いったいなぜかしら。こうしてブルースにしっかり抱かれているというのに。

トニーはおびえて身を縮め、ベッドの足もとのほうを見た。

彼がいた。

もうひとりのブルースが。遠い昔から戻ってきたのだ。トニーを見つめる彼の顔はいかめしく、緊張している。表情は悲しそうに……あるいは気づかっているように見える。心配しているのだろうか。わたしのことを？

トニーは息を吐いた。「今夜はだめ！」彼女は声に出してささやく。「お願い、お願いだから、今夜はやめて」

彼女はきつく目を閉じて、幻影が消えてくれますようにと祈った。目を開けてみると、驚いたことに幻影は消えていた。

「トニー?」

生きているブルースが、かたわらの血肉を備えたブルースが、彼女にふれて名前をささやいた。トニーは彼の胸にぴったりと体をすり寄せた。ブルースがぼんやりと彼女の髪を撫でる。

そしてふたりとも眠りこんだ。

15

朝一番にブルースの電話が鳴った。たしかジーンズのポケットに携帯電話が入っているはずだと思い、彼はベッドから手をのばした。しかし考えてみると、昨夜は芝居用にはいたキルトで部屋へ戻ったから、ジーンズはベッドのそばにはない。音をたててトニーを起こしたくなかったので、ブルースは静かに立ちあがってジーンズを探しに行った。ジーンズを見つけ、なかなか電話をポケットから出せずに何度か舌打ちしたあとで、ようやく電話に出た。

「ブルース」かけてきたのはジョナサンだった。

「ああ、ジョンか。おはよう」

「おはよう。実はちょっと知らせておきたいことがあるんだ」

「ほう?」

「オフィスまで来られるかい?」

「いいよ」ブルースは焦点の定まらない目で腕時計を見た。まだ八時にもなっていない。

「電話では話せないことなのか？」

　ジョナサンがため息をついた。「できれば直接会って話したい。内容が内容だから……その、ぼくがそちらへ行くよりも、きみにこっちへ来てもらうほうがいいと思うんだ」

「わかった。たった今起きたばかりなんだ。シャワーを浴びる時間をくれ」ブルースは顎をこすった。「それとひげをそる時間も」

「コーヒーを用意して待っているよ」ジョナサンが言った。

　ブルースは電話を切ってベッドを見やった。トニーはぐっすり眠っているようなので、ほっとした。彼女の身を案じた彼は、かすかに眉をひそめた。

　トニーが地下墓所の様子を知っていたのは不思議としか言いようがない。あそこのドアだけは鍵《かぎ》をかけてある。いつでも。地元の人や観光客が城のなかをうろつくのはかまわないが、あのドアの奥へ入って螺旋《らせん》階段から転げ落ち、先祖の墓に囲まれた寒くて湿っぽい通路で倒れて怪我《けが》をするようなことになっては困る。もっとも、地下墓所がどんなふうかを知っている人間は大勢いるし、この村やその近隣の人々なら誰でも、通路の突きあたりに大領主マクニールが眠っていることや、チャールズ二世の命令によってつくられた彼の大理石像があることを知っている。

　ブルースはシャワーを浴びてひげをそり、手早く服を着ると、眠っているトニーを残して静かに部屋を出た。ドアを閉めて階段をおりていくときにキッチンで物音がしたが、大広間には誰の姿もなかったので、急いで外へ出て車に向かった。村へ下る道を運転しながら右手の森に目をやり、またもや怒りを覚えるとともに、あそこでいつか必ずアニー・オハラの死体が発見されるだろうという確信を抱いた。たとえ発見されなくても、あの森のどこかにあるのは間違いない。

アナリーズの死体だって何世紀ものあいだ発見されずにいたのだ。

車をとめたブルースは、有名な祖先の像を見あげて首を振った。「なあ、ご先祖様、あんたが幽霊になって現れてはトニーを悩ませているのだったら、頼むからやめてくれ！」彼はそう言ったあとで、ばかげたことを考えた自分自身に腹を立てた。

大股でめざす建物へ歩いていくと、ジョナサンがオフィスでブルースを待っていた。

「おい、きみは体じゅうのひげをそっていたのかい？」ジョナサンがきいた。

「電話をもらったときはまだ寝ていたんだ」ブルースはそう言って肩をすくめた。「で、話というのはなんだい？」

ジョナサンは薄茶色の髪に指を走らせた。「なんでもないのかもしれないし、大いに重要なことかもしれない。この情報をくれたのは、ロジアン・アンド・ボーダーズ警察のコンピューター犯罪を専門に扱っている男だ。きみにとって非常に興味深い話だと思ったが、城のなかでこの話はしないほうがいいと思って来てもらったんだ」

ブルースは眉根を寄せて、手渡された書類にすばやく目を走らせた。

トニーたちが城を借りたという〝会社〟はエディンバラに私書箱を持っていた。しかし、ブルースの城の広告を出したウェブサイトはグラスゴーで開設された。

ブルースは目をあげてジョナサンを見た。「ふん、どうやら詐欺師はグラスゴーを本拠地にしているようだな」

ジョナサンは眉をつりあげた。「次の書類を見てみろ」

それはブルースがすでに知っている情報で、セイヤー・フレーザーの過去に関するものだった。ブルースは書類を机の上へほうって顔をしかめた。「この件なら知っている。あの男には後ろ暗い過去があるんだ。それにコンピューターはわれわれに、詐欺を働いている人物がグラスゴーを根城にしていることを教えている。だからといって、セイヤーを逮捕することはできない」

「わかっている。しかし、これはどう見たってあやしい。グラスゴーから来たこのスコットランド人さ。この国で生まれ育ち、アメリカ人グループと一緒にここへ来ておきながら、きみのことは一度も聞いた覚えがないし、ティリンガムの城の所有者であるマクニールが生きていることなどまったく知らなかったと主張しているんだぜ」

「小さな城だからな」

「おい！　きみはあの男を疑いたくないんだろう。なんといってもやつはトニーの親戚《しんせき》だから」

「そうかもしれない」ブルースは認めた。

「まだあるんだ。断っておくが、この情報は合法的な手段で手に入れたんじゃない。その男は銀行口座に十万ポンド以上の預金がある」

「金を持っていたからって罪にはならないよ」ブルースは言った。「それにしても、どうやってその情報を入手したんだ？」

ジョナサンは首を振った。「仮にやつを訴えることになった場合でも、絶対にこちらの足がつかない方法でさ。信用調査員を装ってあちこちの銀行へ電話をしたんだ」

「なるほど」ブルースは言った。

ジョナサンは机に視線を落とし、再びブルースを見た。「きみは友達だから、少々危険を冒して調べてやったんだ。なんならきみが自分で電話してみたらいい。たしかに今はまだやつを逮捕できる段階ではないが、コンピューターの専門家がいずれもっと調べあげるだろう。それできみに教えておきたかったんだ。城のなかで話したんじゃ、彼らに聞かれる恐れがあるからね」

ブルースは感情をまったく顔に出さず、重々しくうなずいた。「ありがとう、ジョナサン」

「金めのものを盗まれないように気をつけていたほうがいいぞ。いっそのこと、彼らを追いだしてしまったらどうだ。きみにはその権利があるんだからな」

「そうだな」ブルースは立ちあがった。「しかし、今はまだやめておこう。コンピューターの専門家たちが彼に関する動かぬ証拠をつかめそうだというなら、追いだしてしまって、どこかへ雲隠れされたくない。そうだろう？　絶対にしっぽをつかまれないと考えている限り、彼は安心してここにいるだろう」

ジョナサンは同意した。「最初からあの男は気に入らなかった。スコットランドの歴史を演じられると思いこんでいるアメリカ人なんかとつきあっていやがるんだからな」

ブルースは笑った。「実際のところ、彼らの芝居はなかなかだよ」

「あの男のしたことは重大な犯罪なんだぞ」

「彼がしたかもしれないとわれわれが考えていることは、だろ？」

「悪いことでもしなきゃ、どうしてピアノバーなんかで演奏しているやつが、そんな大金を手にできるんだ？」

「なあ、ジョナサン、今は疑わしいというだけで人を縛り首にできる時代じゃないんだ。わざわざ電話してきて情報をくれたことを感謝するよ。これからは注意深く見張っているとしよう」

ジョナサンのオフィスを出たブルースは、もう一度ダニエル・ダローのオフィスを訪ねてみることにした。

秘書のロウィーナが彼を迎えた。「今日は調査団が来ているんです。過去から来た女を調べるんですって」彼女が言った。

「その過去から来た女は、ぼくの先祖かもしれないんだ」ブルースは軽い口調で応じた。

「まあ！　失礼なことを言うつもりはなかったんですよ、本当に」

「そんなふうに受けとったりはしないよ」

「あなたが来たのを知ったら、みんな喜ぶんじゃないかしら。ダニエルはあなたの血液を採取したいようなことを言っていたわ」

「そんなことだろうと思った。いつでも血をとってもらっていいよ」

「機械を使って作業しているんです。残っている組織を切りとる前に、磁気共鳴映像法《MRI》で、できるだけ詳しく調べるんだとか。ここでお待ちになります？」

「ああ」

　椅子に腰をおろしたブルースは、今日の新聞があるのに気づいて〝行方不明の女性の手がかりは依然としてなし〟という見出しを見た。新聞をとりあげて記事にざっと目を通す。今までわかっている情報を繰り返したあとに、迷宮入りになっている昔の事件の再捜査が開始されたという文章があった。未解決事件の担当刑事は一九七七年までさかのぼって、現在発生している犯罪と当時の事件との類似性を調べるという。だが、ブルースが先を読む前に、ロウィーナが部屋へ戻ってきた。

「どうぞこちらへ、ブルース。ダニエルと一緒にいるのは、エディンバラから来たドクター・ホームズです。彼女は法人類学者だけど、あなたの腕に針を刺す資格も持っているんですって」ロウィーナが快活に言った。

「みんなのためなら喜んで血を提供するよ」ブルースはそう言って新聞をもとの場所へほうり、別室へ入った。

「これを見てごらん！」トニーがキッチンへ入っていったとたん、デーヴィッドがぱっと立ちあがって言った。彼はエディンバラの新聞を手にしていた。

トニーは見出しに視線を走らせてから、デーヴィッドとケヴィンを見た。キッチンにいるのはそのふたりだけだった。

「新しいことは載っていないわ」彼女はそう言って、ふたりを見つめた。

「いいから読んでごらん」ケヴィンが促した。

トニーは眉をつりあげ、記事を読み始めた。ケヴィンがコーヒーを持ってきたので礼を言い、ふたりはなにをそんなに興奮しているのだろうと思いながら読み進んだ。

記事は主として、警察が古い事件を調べるのに用いる新技術について書かれていた。二〇〇二年、サウスウェールズ警察はＤＮＡ鑑定によって、一九七三年に殺された三人の若い女性の殺害犯をついに特定したとある。

未解決になっている凶悪犯罪の数に関する悲観的な統計と、警察の献身的な仕事ぶりやプロ意識に関する記述もあった。それらなくしては、いくら科学技術が進歩しようと事件の解決には結びつかない、と。

記事はさらに領主ブルース・マクニールや彼がロジアン・アンド・ボーダーズ警察に勤めていたころの事件についてもふれていた。どういう人間が被害に遭ったのか、その事件がいかに世間を震撼《しんかん》させたのかが書いてあって、ブルースへの賞賛の言葉が述べられている。トニーは、残虐な殺害事件の犯人が夫婦であったことや、ブルースが直感に従って捜査を進めた結果、その事件を解決に導いたと知って驚いた。

彼女はデーヴィッドとケヴィンを見あげた。ふたりはトニーがどんな反応を示すだろうかと彼女を見つめていた。

「彼が警官だったことは、わたしたちみんな知っていたわ」トニーは言った。

「全部読んだ?」デーヴィッドがきいた。

「ほとんど」

ケヴィンがため息をついた。「最後の部分を読まなかっただろう? 当時、ブルースは犯人の心のなかへ入ったと上司に話したんだよ。犯人と同じように考え……犯人と同じように行動したって」

トニーはうつろな目でふたりを見た。「ええ。だけど犯罪捜査にあたるＦＢＩのプロファイラーも、それと同じことを言うんじゃなかった?」

「それにしてもぞっとするな」デーヴィッドが言った。

「デーヴィッド！　ブルースは優秀な警官だったのよ」

「だったら、どうしてやめたんだい？」

「知らないわ。たぶん連続殺人者の心のなかへ入るのがいやになったんでしょ」

「それとも……」ケヴィンがつぶやいた。

「それとも、なんなの？」

「自分の思考が犯罪者とあまりに似ていたからかもしれない」あとを引きとってデーヴィッドが続ける。

「まあ、やめてよ」トニーはそう言って、新聞をテーブルへほうった。

「最初の死体を発見したのは彼だ」ケヴィンが言った。

「二番めの死体もあの森で発見された」デーヴィッドがだめを押す。

「ふたりともどうかしているわ」トニーは彼らを非難した。

「かもね」デーヴィッドがつぶやき、ケヴィンを見てからためらいがちに言った。「でも……彼はここでは地元の英雄みたいな人物だ。だから、たとえなにか悪事を働いても、村の人たちは彼をかばうんじゃないかな。ひょっとしたら彼は、自分の頭がどうかしていることにさえ気づいていないのかもしれない」

　トニーは憤慨してふたりをにらみ、指で新聞をとんとんたたいた。「ブルースは大勢の若い女性の命を救ったとしか思えないわ。それもつらい仕事をして。だってそうでしょ！彼は犯人夫婦をつかまえたのよ。想像できる？　夫と妻が共謀して罪もない若い女性たちを殺していたなんて」

間の悪いことに、まるでその瞬間を選んだかのように、ライアンとジーナが元気な足どりでキッチンへ入ってきた。

「みんな、おはよう」ライアンが挨拶《あいさつ》をしたあとで、はたと足をとめた。三人がまじまじと自分たち夫婦を見ているのに気づいて、不思議そうな顔をする。

「みんな、なにをしているの？」ジーナが尋ねた。

「新聞を読んでいるの」トニーは答えた。

「ここの城主が、かつて重要な連続殺人犯を逮捕したらしいんだ」ケヴィンが言った。

「夫婦を」デーヴィッドが言う。

ジーナが憤然と三人のほうを向いた。「だから、そんな目でわたしたちを見ているのね。結婚しているというだけで犯罪者扱いするの？」

「まさか、ばかなことを言わないで」トニーは反論した。

「まったくばかばかしいったらないよ」ライアンが言った。「じゃ、なにか？　ゲイのやつらは人殺しをしないってのか？」

「そりゃあするさ」ケヴィンが顔をしかめ、落ち着き払って言った。「統計によれば、ゲイが殺す相手はゲイらしいよ」

　トニーはうめき声をあげた。「怒らないで。デーヴィッドもケヴィンもあなたたちを疑っているんじゃないの。ふたりは、わたしがブルースに用心すべきだと考えているの」

「きみが彼とあまり親しくしないほうがいいと思っていたんだ」ため息まじりにデーヴィッドが言った。

「毎晩、彼と寝るのはやめたほうがいいかもね」ケヴィンがつけ加えた。

「殺人犯をつかまえたのはブルースなんでしょう？」ジーナがきいた。

「ええ、そうよ」トニーはそっけなく答えた。

　ジーナが眉をつりあげてデーヴィッドとケヴィンを見た。

　デーヴィッドは両手をあげた。「だけどさ、ぼくたちは彼のことをどれだけ知っている？」

「ねえ、考えてもみてよ」トニーは言った。「ブルースはお金持で、村の半分を所有していて、ここの人々は彼に深い忠誠心を抱いている。彼は警官だった。そしてわたしたちにとても親切だった。彼はわたしたちを追いだすこともできたのよ」

　デーヴィッドが彼女をさげすむように見た。「やれやれ。きみはブルースに首ったけだもんな。だが、ひとつきいていいかい？　彼がそんなに金持なら、どうして自分の城を荒れ放題にしておいたんだ？」

　トニーはため息をついた。「ブルースをそんなに疑うなんて、ふたりともどうかしているわ。わかった、それじゃ、なぜこの城がひどい状態に捨て置かれていたのか、その理由を教えてあげる。彼はかつてある女性と婚約をしていて、彼女はこの城が大好きで、修繕して昔の立派な状態に戻すのが夢だったの。でも、彼女は亡くなり、彼は生きがいを失った。だから、この城をほったらかしてきたのよ。ここにいないで、しょっちゅう海外へ出かけているのも、きっとそれが理由なんだわ」

「その話……もっともらしく聞こえるわ」ジーナが言った。

「まあね。聞くも涙の物語ってところだ」ライアンがつぶやいた。

「おいおい、無神経な言い方をするなよ」抗議したのはデーヴィッドだ。

「だけどわたしたち、この土地のことをどれだけ知っているのかしら？　とりわけこの城の持ち主について」ジーナがつぶやいた。

　ケヴィンがデーヴィッドを見てからトニーを見た。「ぼくたちはほとんどなにも知らないんだってことを認めるべきだと思うな。それと……トニー、きみは夢のなかで剣をさげた男を見るそうだね」

　トニーはすかさずデーヴィッドをにらみつけた。「あなた……裏切ったわね！　絶対に口外しないと誓ったくせに。あれは内緒の話だったのよ」

「口外はしていないよ。たしかにケヴィンには話したけど。きみのことが心配で仕方がなかったから」デーヴィッドは言い訳をした。

トニーはうめいた。

「なんの話をしているのか、さっぱりわからないわ」大声でジーナが言った。

トニーは再びうめいてテーブルに突っ伏した。

「誰か説明してくれよ」ライアンが要求する。

トニーは頭をもたげた。デーヴィッドに説明させるものですか。「わたしね、何度か怖い夢を見たの。とても現実的な夢を。あの伝説のブルースがよみがえって、剣をさげてベッドの足もとのほうに立っている夢。それだけのこと、いいわね？」彼女はデーヴィッドをにらんだ。これ以上、彼女の過去にまつわる話を言いふらされたのではたまらない。

「そういえばセイヤーから聞いたけど、墓地で気味の悪い老婦人と会ったんだってね」ケヴィンが穏やかな口調で言った。

「セイヤーのおしゃべり」トニーはつぶやいた。

「ああ、そうそう、ぼくらも聞いたんだった」ライアンがそう言って、ジーナを見た。

「覚えているだろう？　セイヤーが話してくれたじゃないか、トニーと一緒に墓地でリジーやトリッシュと会ったときのこと。そのとき不気味な老婆が息子や義理の娘とやってきて、わけのわからないことをまくしたてたって。なんでも昔のブルースが墓のなかからよみがえって、森や野原をうろつきまわり、若い女を見つけては、昔、自分の妻を絞め殺したように絞め殺しているんだとか」

「ばかなことを言わないで」トニーは抗議した。「わたしたちはもう知っているじゃない。昔のブルースは妻を絞め殺さなかった。やったのは彼の敵のひとりだったのよ」

「それが事実かどうかは、わからないよ」デーヴィッドがぼそりと言った。

「そうね。殺されてばらばらにされる前に、彼は敵にスカーフをくれと頼んで、それで妻を絞め殺したのかもしれないわ」トニーは皮肉たっぷりに言った。

「いいや、彼は敵のスカーフを盗んだのかもしれない」

トニーは両手をあげた。「みんなの言うことを聞いていると、ばからしくって。もうこれ以上、相手にしていられない」

「トニー」デーヴィッドが言った。「ごめん、悪かった。あんなことを言ったのは、きみが心配だったからだ、それだけだよ。たぶんきみは……ブルースとは寝ないほうがいいんじゃないかな。というか、彼と寝るのはいいけど、彼のベッドで眠ってしまわないほうが。彼のことがもう少しわかるまではさ」

トニーは憤慨して首を振り、キッチンをあとにした。

ブルースはダニエルのオフィスに思ったよりも長居をする結果になった。そうせずにはいられなかった。アナリーズの発見に興味を引かれて、最新の装置を携えて小さなティリンガムの村へやってきた専門家集団に、ブルースもいつしか加わっていた。彼はＭＲＩの画像を何枚も見たあと、死体の首のまわりから苦労してスカーフの切れ端をはぎとるのに立ち会った。科学者たちはスカーフの質に関心を示し、ブルースは自分の祖先が妻殺しの犯人でなかったことを示す証拠を見て満足した。

彼が城へ戻ったのは午後になってからだった。キッチンをのぞくと、デーヴィッドとケヴィンが芝居の衣装を用意していた。彼らはカナリアを腹いっぱい食べたばかりの二匹の猫のように慌てた顔でブルースを見たが、ブルースがどうかしたのかと尋ねると、なんでもないと答え、そそくさと仕事に戻った。ふたりによれば、ライアンはウォレスを見に厩舎《きゅうしゃ》へ行っているらしく、ジーナは二階で借金をなくすにはあと何回ツアーを主催すればいいか計算しているという。セイヤーとトニーの姿は何時間も見かけていないとのことだった。

トニーが二階にいなかったので、ブルースは城を出て厩舎へ向かった。ショーネシーが彼を見てうれしそうにいななないた。

頭上で誰かが働いている音を聞いた彼は、後ろへさがって二階を見あげた。エバンが熱心に干し草を積みあげていた。

「これは、領主マクニール」

一風変わった小柄な男は熊手《くまで》を置き、はしごをおりてきた。敏捷《びんしょう》な身のこなしで、最後の一メートルほどを猿のように飛びおりる。
「やあ、エバン」ブルースは言った。
エバンはいたずらっ子みたいに歯を見せて笑った。「あの糟毛《かすげ》は元気ですよ。あれから
また変な具合にならんよう、ずっと気をつけてますんで」
「ありがとう」
「あの、どうもここのところ、誰かがうろつきまわっているようなんです」エバンはまじ
めな口調で言った。
「うろつきまわっている?」
「あなたのご先祖だっていう人たちもいるんですよ。ほら、昔のマクニール」
ブルースは大きく息を吐いていらだちをこらえた。「おいおい、死んだ人間はうろつき
まわったりしないよ」
「それに、死んだ人間は健康な馬を病気にしたりはしない。そうでしょ?」エバンは小声
で言って首を振った。「でも、誰かがうろつきまわっているのはたしかです」
ブルースは小柄な男の両肩に手を置いた。「根も葉もない噂《うわさ》だよ。伝説だ。暗い夜に語
って聞かせるためのつくり話さ。昔のマクニールがうろつきまわっているなら、自分の城
がきちんと手入れされているのを見て喜ぶとは思わないか?」
「ええ、なにしろあなたは何年もほったらかしにしてきたから」

「ああ、そのとおりだ」

「あの、彼女も昔のマクニールを見ているんです。わたしだけじゃないんですよ」

「彼女?」ブルースはきいた。

エバンは真剣な面持ちでうなずいた。「あの娘さんですよ、アメリカ人の。わたしのような者にはわかるんです。彼女の目を見ればね。彼女は〝接触〟された人間のひとりなんですよ」

「ぼくがそういうことを信じていないのは知っているだろう」

エバンはにたっと笑った。「信じようが信じまいが事実なんです。とにかくあの糟毛は大丈夫だって伝えておきたくて。わたしが見張っているから心配はいりません」

「ありがとう、エバン。もう仕事に戻っていいよ」

「ああ、領主マクニール! 昔と同じですね。あなたはわたしに家を与えてくれた。住む場所を。ほかの者じゃあ、そう親切にしてくれません。ちゃんとわかってますよ」エバンは謎《なぞ》めいた微笑を浮かべ、はしごのほうへ戻りだした。「昔と同じだ。目に見えようが見えまいが、事実に変わりはないんですよ」彼はそれだけ言って首を振り、はしごをのぼっていった。

ドアのところで音がしたので、ブルースは誰かが厩舎へ入ってこようとしているのを察して、さっと振り返った。セイヤーだった。

ブルースの口もとはこわばり、筋肉は緊張した。ジョナサンには隠していたものの、ブルースは最初からセイヤーに疑惑を抱いていた。グラスゴーに住んでいながらブルースの名前を聞いたことがない――あるいはブルースの存在を知らない――などということがありうるだろうか。そう考えるのはうぬぼれからではない。たとえこの男が世間と隔絶した暮らしをしてきたとしても、仲間たちが借りようとしている城の名前を聞いたら、なにかに思いあたってもいいはずだ。

「ブルース、帰っていたんですね」セイヤーが言った。

「ああ」

セイヤーは落ち着かない様子だった。ここへ来てブルースに会うとは予想もしていなかったのだろう。

「あの、ウォレスの様子はどうかなと思って」セイヤーは言った。

「ウォレスはいない。ライアンが連れだしたんだろう。それはそうと、ちょうどいいところへ来た。話があるんだ。きみに最初に伝えるほうがいいと思ってね」ブルースは慎重に言葉を、そして〝伝える〟べき情報を選ぶつもりだった。

「なんですか?」セイヤーはいつでも逃げだせるようにと考えてか、戸口のそばを離れないで用心深く言った。

「警察はこの城の広告を出したウェブサイトの出所を突きとめた」ブルースは言った。

「どこです？」

セイヤーは引きしぼった弓のように緊張しきって見えた。

「グラスゴーだ」

「グラスゴー？」

ブルースはセイヤーに視線を据えたままうなずいた。

セイヤーは肩をすくめた。「そうか、そうなんだ。それである程度説明がつく」

「どういう意味だ？」

「その、ウェブサイト以外にも広告があったんです。地元のパブに配られたちらしや、壁やバス停に張られたポスターなんかが」

「ほう」ブルースは言った。

「だけどよかった。早くその詐欺師がつかまればいいな」セイヤーはまっすぐブルースを見て言った。

役者だ。ここにいるのは役者集団だ。ブルースは胸の内でつぶやいた。

突然、セイヤーが顔をしかめた。「馬に乗っていったのはライアンじゃないな。少なくともぼくの知る限りでは。つい二十分ほど前に、二階の部屋でジーナと話しているのを見かけたから」

「馬はいない」ブルースも顔をしかめて言った。馬に乗っていったのはトニーだ。そう気た。


づくと、いわれのない不安がむくむくと頭をもたげた。

セイヤーも彼なりの理由から心配になったようだ。「トニーだ！」

「ぼくが捜しに行こう」ブルースはそう言うなり、ショーネシーを馬房から出しにかかった。

トニーは美しい風景と地形を前にして、なぜもっと早く馬で出かける気にならなかったのだろうと思った。

メリーランド州の片田舎に育ってよかった点は、父親に白黒まだらのポニーを買ってもらったことだ。けれども大人になって都会で働くようになると、その馬を古くからの隣人のアンダーソン夫妻に預けなければならなかった。だが、今年で二十二歳になるバートというその馬にとっては、そのほうがよかったのだ。今はめったに鞍《くら》を置かれることもなく、上等な餌《えさ》を与えられて老犬のように大事にされている。

トニーはこのところほとんど愛馬に会っていなかったが、スコットランドへ移ってからは引きとることをきっぱりあきらめて、アンダーソン夫妻の孫娘に譲り渡した。バートはトニーを乗せていたころから、幼い子供の相手にふさわしいおとなしい性格をしていた。

ウォレスはどこから見ても立派な馬だ。鎧《よろい》と武器を身につけたライアンを乗せるだけのたくましさと、軽快に走るしなやかさを兼ね備えている。具合が悪くなった原因がなんであれ、回復したのは奇跡としか言いようがない。ウォレスは外へ出られたのがうれしいらしく、生き生きとしていた。

トニーは気分がむしゃくしゃしていたので、鞍をつけようともせず、ただ口にくつわをはめて頭におもがいをつけただけのウォレスにまたがり、丘の斜面を下ってきた。そのあたりはいかにも田舎といった感じで、美しい場所がいっぱいあった。野原で草をはんでいた羊の群れが、馬が来たのに恐れをなして逃げていったが、長い毛の牛たちはトニーとウォレスがすぐそばを通っても平然としていた。

どのくらいの距離を来たころだろうか、トニーはティリンガム警察のしるしのある白い車が垣根の脇《わき》にとまっているのに気づいた。興味をそそられて近づいていくと、ジョナサンが野原にいた。どうやら一頭の羊を調べているらしい。

トニーはウォレスを促して、車がとまっている谷への緩斜面を下っていった。ひづめの音を聞きつけたジョナサンが顔をあげて羊を放し、手の汚れを制服のズボンで払う。そして垣根のほうへ歩いてきながら陽気に挨拶をした。「やあ、こんにちは。楽しそうだね。こういう田舎は、そうやって馬で見てまわるのがいちばんなんだ」

「こんにちは。ええ、楽しんでいます。本当に美しいところですね。調子はいかがですか？」トニーは尋ねた。

「ああ、元気そのものさ、ミス・フレーザー。で……きみのほうはすべて順調に運んでいるのかな？　知っているだろうが、きみの友人たちがオフィスへ来たよ。うちは大きな警察署と違って人手も資金もないけど、きみたちのために懸命に調査を進めている。今朝もブルースに、例のウェブサイトがグラスゴーで開設されたことを突きとめたと話したところなんだ」

「本当に？　今日はまだブルースに会っていないんです」トニーは言った。「グラスゴーなんですね」彼女は繰り返した。「もうそこまで調べてくださってありがとうございます。でも、犯人を突きとめて逮捕するには、もっといろんなことがわからないとだめなんでしょう？」

「そう、グラスゴー」ジョナサンが言った。彼が奇妙な目つきでこちらを見ているのに、トニーは気づいた。まるで、きみには心あたりがあるのではないかと言わんばかりだ。

「グラスゴーは大都市だわ」彼女はつぶやいた。

「そう、大都市だ」ジョナサンは相変わらず奇妙な目つきでトニーを見つめている。

「ごめんなさい、それがなにかわたしに関係しているのかしら？」彼女は尋ねた。

「きみの親戚はグラスゴー出身だよね」ジョナサンが念を押した。

トニーはたちまち心のなかで身構えた。「グラスゴーは大都市です」彼女は繰り返した。今日はどうしたのだろう。飲み水になにか入っていたのかしら。みんなが非難するなんて。それもわたしにとって大事な人を。

「きみの言うとおり、グラスゴーは大都市だ」ジョナサンが認めた。「きみは真実を知りたいだろうと思って話したんだ。たとえそれがどんなものであれ」

「たしかに、わたしたちは真実を知りたいと思っています。ごめんなさい、くってかかるつもりはなかったんです。でも、ウェブサイトがグラスゴーで開設されたからといって、セイヤーを中傷するのはお門違いじゃないかしら。ワシントンDCの近くで犯罪が発生したという理由で、わたしを犯人だと決めつけるようなものだわ」

「ワシントンDCはグラスゴーよりもはるかに大きい」ジョナサンは苦笑して言った。

「でも、言いたいことはわかるでしょう」

「ああ、わかるよ。気にしないでくれ」彼の口調は真剣だった。

「教えていただいて、どうもありがとうございます」

「どういたしまして。どんなに残念な結果になろうと、法を守るのがぼくの仕事だからね。知ってのとおり、わが国には昔からすぐれた警察機構がある。実は少し自責の念を感じているんだ。きみたちが城の修理やなんかに大金を注《つ》ぎこむ前に、ブルースが城を貸すはずはないと教えればよかった。ただ、彼はこのところ留守にすることが多くて……それで、ひょっとしたら貸すことにしたんじゃないかと思ったものだから」

「どうかご自分を責めないで。本当のところ、ブルースはとてもよくしてくれるんです」

ジョナサンは目を伏せた。「ふーん、そうなんだ。あの男は……心が広いから。そうだろう?」彼は尋ね、目をあげてトニーを見た。

　彼女は話題をそちらへ持っていきたくなくて、うなずくにとどめた。「ここにいるのはあなたの羊?」

「そうだ」

「美しい土地を持っているんですね」

「正直に言うと、ぼくの土地じゃないんだ。しかし、ここを放牧場として使っている。そういえば、その馬の具合が悪かったと聞いたが、けっこう元気そうじゃないか。今日ここへ来たのは、羊たちの様子を調べて、悪い病気がはやっていないか確かめるためだったんだ」

「この馬なら大丈夫。獣医はなにか悪いものを食べたに違いないと言ったけど、もうすっかり元気になったわ。アイスキャンデーを食べすぎて腹痛を起こした少年みたいなものね」トニーは言った。

「そうか、きみの言うとおり、きっとなにか悪いものでも食べたのだろう……。いずれにせよ、羊たちも元気そうだし、ぼくは村へ戻ることにするよ」

「お会いできてよかったわ」トニーは言った。

「乗馬を楽しむといい」ジョナサンは手を振って車のほうへ歩きだした。トニーはウォレスの向きを変えて斜面をのぼっていった。馬はまた走りたがっているようだ。

彼女は馬を走らせながら、ジョナサンのことを考えた。彼はトニーたちのためにできるだけのことをしようと考えているらしい。しかしその一方で、トニーたちの事業によってこうむる影響をより気にしているように思える。外国人たちの馬が病気になったので、自分の羊たちを調べているってわけ？

城でみんなと交わしたばかばかしい会話のことも気になる。それから……幽霊がいる。幽霊はもう満足したはずよ。それなのにまだ、わたしのベッドのかたわらに出現しつづけるなんて。

トニーは体を低くし、風を切って馬を駆った。しばらくはなにも考えたくなかった。長いあいだ馬を走らせて丘や谷をいくつも越えたころ、ようやくトニーは、いくらウォレスが元気でも、病みあがりに無理をさせすぎではないかと心配になった。なにしろこの一週間で二度も獣医に来てもらわなければならなかったのだ。彼女は馬の首を軽くたたいてとまらせると、背中からおりて前へまわり、目をじっと見つめた。

馬はトニーを見つめ返し、鼻を鳴らして唾液《だえき》の泡を彼女にかけた。「ウォレス！」トニーはしかった。「ひどいじゃない！　どうしてそんなことをするの？　ライアンにならを立ててつばを吐きかけたくなることもあるでしょうけど、わたしはあなたの友達なのよ。少なくともわたしはそう思っているわ。おまえ、喉が渇いたのね。もう少し行ったら、きっと水を飲む場所があるでしょう」

トニーはここがどこなのか確認しようと周囲を見まわし、やみくもに馬を乗りまわしたのはまずかったと今さらながら思った。遠くに羊の姿は見えるが、家や小屋はおろか、道路さえどこにも見えない。

けれども耳を澄ますと、右手の木立の向こうから小川のせせらぎが聞こえてきた。散り敷いた松葉の上に大きく枝をのばした木々が、トニーを差し招いているようだった。「あのなかへ入って川を見つけましょう。いいわね？」彼女はウォレスの鼻を撫《な》でた。

馬はトニーの言葉を理解したかのように、鼻を彼女の胸にこすりつけてそっと押した。

木立のあいだから差しこむ明るい光が、木々や藪《やぶ》の周囲に暗い陰と明るい部分のまだら模様をつくり、それがたとえようもなく美しかった。道はよく使われていると見えて広かったが、音を頼りに進んでいって、ついに川へ達したトニーは、ばかなことをしたと悔やんだ。

「どういうことかわかる？　わたしたち、またあの森へ入っちゃったのよ」

でも、大丈夫。馬を歩かせてきたから、それほど奥へは入っていないはず。来た道をたどれば難なく森の外へ出られるだろう。トニーは怖くもなければ心配もしていなかった。ウォレスに水を飲ませたら、すぐに引き返そう。だが馬が頭をあげたとたん、雨が降ってきた。

「まあ、なんてこと！」彼女が大声で悪態をついたので、ウォレスが鼻を鳴らした。

　空気は冷え冷えとしてきたし、上着をなにも着ていない。防水であろうとなかろうと、なにか羽織ってくればよかった。

「本当にここは雨の多い土地ね」トニーは馬に語りかけた。備えを怠った自分に腹が立ったけれど、城を出るときは憤慨していて、一刻も早く馬で遠乗りに出かけることしか頭になかったのだ。

　トニーはあっというまにずぶ濡《ぬ》れになった。ついさっきまで明るくて美しかった景色が、今は薄暗く……陰気な様相を呈している。

　彼女は来た道を引き返すことにした。簡単に森の外へ出られるだろうと思ったが、そうはいかなかった。生い茂る木々に行く手を阻まれ、たちまち道に迷ってしまった。

　トニーはウォレスを見た。そろそろ餌の時間だ。馬の好きにさせたら、城へ連れ帰ってくれるのではないだろうか。

「おまえに任せるわ」彼女は言った。

　馬の背にまたがろうとして三度失敗した。滑るせいであって、わたしの運動神経が鈍いからじゃないわ、と自分に言い訳する。やっと成功したときには、雨は小降りになっていた。だが、陰気な薄暗さはそのままで、霧さえ立ちこめてきた。森全体が不吉な感じに包まれている。

「やめて」トニーは大声で言った。またもや目に、森の目に、じっと見つめられているのを感じたからだ。「帰りましょう、ウォレス」大声を出せば周囲に漂う不気味な雰囲気が消え去るかもしれない。こんなふうに感じるのはばかげているわ。あれらはどう見てもただの木々よ。木々、藪、樹皮、葉、勢いよく流れる水の音……。

手綱をゆるめたままでいても、ウォレスはその場を動こうとしなかった。

「この裏切り者!」トニーはなじった。

ウォレスは小さくいななないてひづめを踏み鳴らした。

「おまえはどういう馬なの? 馬なら帰り道くらい知っているはずよ」

目……目が見ているのを感じる。

「わかったわ。今のは忘れてちょうだい」トニーは手綱を引いた。どれだけ遠くまで来たのかわからないが、森はひとつしかないのだから、川もひとつしかないのではなかろうか。それをたどっていけば森の外へ出られるだろう。

川は浅い。トニーは馬を流れのなかに入れて川のなかを進み、深くなっているところは岸へあがって歩いた。口笛を吹こうとしても唇がすぐに乾いてしまう。彼女は懸命に気持を奮い立たせ、ともすれば陥りがちな恐怖心を遠ざけようとした。だが、いくら追い払っても映像が脳裏に浮かんでくる。ひとりの男の映像が。鎧をまとった騎士党員。キルトをはき、汚れ、やつれ、疲れた戦士……。手にさげているのは血の滴る剣。暖炉の前に立って炎を見つめ、彼女を地下墓所へ導いた男。

昨日。電話の声。霊媒という言葉。

トニーは歯をくいしばった。わたしはものごとを変えることも見通すこともできないし、そうした出来事についての恐ろしい予言を伝える人間でもないわ。電話のあの女性と違って、わたしは幽霊なんか見たくない！

トニーは唇を噛《か》んだ。雨はすっかりあがったが、いまだに地面から霧が立ちのぼっている。ずぶ濡れの彼女は骨の髄まで冷えきっていた。しかも見られている感じは今も続いている。つけまわされている。

ためらいがちに何度かあたりをうかがったが、なにも見えなかった。森は広い。大勢の人がそう言うのを聞かなかったかしら？　トニーはまた腕時計に目をやった。そうした日常的な行為によって平常心が保てる気がした。ええ、この森はとても広いに違いない。川の流れに沿って進みだしてから、もう二時間近くになるはずだ。そう思った瞬間、体がこわばっているばかりか、あちこちが痛いことに気づいた。

トニーは馬の尻に片手を突いて振り返り、なにか見えるのではないかと目を凝らした。なにかの動きが。だが、見えたのは濃さを増しつつある夕闇《ゆうやみ》だけだ。

「少し急ぎましょうね」トニーはささやいた。

馬を速歩《はやあし》で進ませながら振り返ると、闇が追いかけてきて彼女をつかまえようと手をのばす感覚が薄らぎ始めた。

そのうちトニーは耐えられなくなった。手足をのばし、姿勢を変えないと。こんなことになるなら鞍をつけてくればよかったと悔やんだが、もう遅かった。

「どうどう」トニーはウォレスの手綱を軽く引いた。そして、そわそわしながら後ろを振り返った。なにか見えたら、少しでもなにか見えたら、前を向いてウォレスを膝で挟み、一目散に逃げよう。

しかし、迫り来る闇以外にはなにも見えなかった。

トニーは少しだけ休憩したらすぐに出発しようと思い、ウォレスの背中からおりた。そして顔をわずかにしかめ、数歩歩いてのびをした。「たしかに広い森だわ。これだけ広かったら、時の権力者から追放された無法者たちが隠れるのに充分でしょうね」彼女はつぶやいた。川のそばの小高い草地に生えている、一本の樫《かし》の巨木へウォレスを連れていく。そこに腰をおろして木に寄りかかり、自分の愚かさを悔やんだ。「ウォレス。おまえったら、本当にあてにならないんだから」

とはいえ、馬がいてよかった。ウォレスがトニーを現実に、正常な世界につなぎとめてくれる気がした。

彼女は疲れてしばらく目をつぶっていた。トニーが目を開けたとき、ふいにウォレスが首をもたげて耳をぴんと立て、彼女の左手を凝視した。その場にじっとしてはいるものの、脇腹が小刻みに震えている。馬がぶるると鼻を鳴らした。怖がっているのがわかったので、彼女は不審に思ってウォレスを見つめた。そして遅まきながら馬が駆けだそうとしているのを悟った。

ウォレスはもう一度鼻を鳴らし、猛烈な勢いで駆けだした。彼女の片手にゆるく握られていた手綱が、あっと思うまもなくするりと外れた。

トニーはぱっと立ちあがった。「ウォレス！」彼女は怒って叫んだが、すぐに黙りこんだ。馬はなにかにおびえて逃げたのだ。馬が残していった恐怖を感じながら、トニーは身じろぎもせずに立ちつくした。

彼女は耳を澄ました。まだ馬のひづめの音が聞こえる。それから……小鳥のさえずりが。それと……かさかさという音。

どこか遠くからバグパイプの物悲しい音色が聞こえてくるが、小枝の折れる音をかき消すほど大きくはない。誰かが近くにいるのだ。

トニーは樫の幹に体を寄せた。そのとき……黒っぽい縁なし帽をかぶってうつむいている男の姿が目に入った。古いスエードの上着を着ている。

彼女は息をつめてじっとしていた。だが、男が立ちどまって両手の土をズボンで払い、あたりを見まわしたときは、驚きのあまり叫びそうになった。彼女は男の顔をはっきり見た。エバンだった。

大声で呼ぼう、エバンが城へ連れ帰ってくれる。トニーはそう自分に言い聞かせた。しかし、なにかが彼女をその場に押しとどめ、彼女はじっとしていた。あの人は森のなかでなにをしていたのだろう。気の毒な若い女性の死体を埋めていたのだろうか。それで両手が土で汚れていたのだろうか。

ばかなことを考えてはだめ。彼女は自分をしかった。なんの証拠もないのに人を見た目で判断するのは、残酷というものよ。

だが、声が出なかった。トニーはじっと身をひそめていた。エバンが彼女に気づかないで通り過ぎてから、ようやく樫のそばを離れ、川に沿って歩きだす。しばらくして歩く速度をあげた。エバンがいたのなら、城までそう遠くはないだろう。

「トニー!」名前を呼ぶ声が聞こえた。前方で枝をかき分けるような音がする。誰かが森のなかで彼女を捜しているのだ。

「トーニー!」

「ここよ!」彼女は大声で応じた。

「トニー!」

名前を呼ぶ声が今度は後ろから聞こえたように思えた。トニーはあたりを見まわしながら、頭がこんなに混乱していたら、声がどこから聞こえたって不思議ではないと考えた。

彼女は川のなかを駆けだした。そのあたりは浅い。しぶきが飛んだが、少しも気にしなかった。

「ここよ！」トニーはもう一度叫んでから、びくっとして急に立ちどまった。とても暗く、相変わらず銀色の霧が地面近くを漂っている。だが、十メートルほど前方の水のなかに、なにかがあるように見えた。彼女はまばたきして目を凝らした。

前方で枝をかき分ける音がした。

違う、音がしたのは後ろ……。

トニーは振り返ろうとした。

大枝が見えた。

それをよけようとし……。

頭に激痛を感じて、彼女は倒れた。

視界を霧が覆い……。

やがて闇が訪れた。

そして、別のものも。

幕間

グレイソン・デーヴィスの部下が、激しくあらがうアナリーズの髪をつかんで雑木林へ引きずってきた。

アナリーズが地面へほうりだされて悲鳴をあげたとき、ブルースの心も悲鳴をあげた。彼女はほうりだされた勢いでデーヴィスの足もとまで滑っていき、そこでひざまずいた。

〝ほら、きさまの女房を連れてきたぞ、領主マクニール。くだらん自尊心をみなぎらせているところは、きさまと同じだな。ふん、きさまは女房を森から逃がすだけの時間稼ぎをしたつもりだろう、え？　そううまくいくものか、ばかなやつ。こうして英雄も伝説も最後のときを迎え、金持も惨めな死を迎えるのだ〟

アナリーズの目がブルースの目と合った。彼は口をつぐんだまま彼女に謝り、許しを乞《こ》うた。〝デーヴィスの言うとおりにするんだ。生きのびろ。そうすれば、いつの日か必ずや自由の身になるときが来るだろう……〟

彼女はブルースにほほえみかけ、ゆっくりとかぶりを振った。

「アナリーズ！」ブルースの口から苦悶《くもん》の叫びがもれた。

グレイソン・デーヴィスがブルースの前へふんぞり返って歩いてくると、アナリーズの肘をつかんで引きずり立たせ、自分のほうを向かせた。「さあ、アナリーズ。いよいよ真実と向きあう瞬間がやってきた。そこの死にかけの領主に義理立てするか。それとも……やつへの拷問が始まる前に森の外へ連れだしてもらうか。そこでおれを待っているがいい」

「彼の言うとおりにしてくれ」ブルースは懇願した。「頼む、彼に従ってくれ」

アナリーズはデーヴィスの言葉を検討するかのように彼を見つめた。服には泥がこびりつき、頬にはすり傷ができて、髪はぼさぼさに乱れていたが、彼女はかつてないほど美しくて誇り高く、そして優雅に見えた。

彼女は長いあいだ慎重に考えをめぐらしていたようだが、やがてブルースを振り返って、再びほほえんだ。ゆっくりと、やさしく、悲しそうに。

「時がたてば、真実が明らかになるわ」アナリーズは言った。そしてグレイソン・デーヴィスの顔につばを吐きかけた。

デーヴィスが彼女を殴った。ブルースは怒りのうなり声をあげたが無駄だった。殴られたアナリーズはまた地面に倒れたが、頭は高く掲げていた。

「このあばずれ！」

彼女はほほえみ、落ち着き払った目でデーヴィスをさげすむように見た。

「おまえに裁きを下す！　やつにも裁きを下す。有罪だ」

アナリーズは首を振った。「ああ、なんて愚かな人。あなたよりはるかに偉大な裁判官がいるというのに。そして夫もわたしも、神であるその裁判官によってのみ、本当の裁きを受けることができるのよ」

「この世界では違う。この世においてはな。おまえには生きるチャンスをやった！」

「でも、わたしはそんなものを受けとらないことにしたの」

「アナリーズ！」ブルースはまた叫んだ。

だが、彼女の目、彼女の揺るぎない視線が、デーヴィスの怒りを極限まであおりたてた。彼は自分の肩からスカーフをむしりとってアナリーズの首にまわした。色白の首に。ほっそりした、上品で、華奢《きやしや》な首に……。

「やめろ！」地面へ腹這《はらば》いにされているブルースは、昂然《こうぜん》と頭をあげて激しく暴れ、自分を押さえつけている腕を振りほどこうとした。彼はアナリーズがあえぎ、息をつまらせ、震え、体を引きつらせるのを見た……誇り高い人間に残酷な死が訪れるのを。彼は敵の手から逃れると立ちあがって駆けだしたが、アナリーズのすぐそばまで行ったところでよろめき、泥のなかに倒れた。

背中に斧《おの》を振りおろされたのだ。

だが、ブルースは死ななかった。すぐには。彼はグレイソン・デーヴィスが人形のようにぐったりしているアナリーズを抱えあげて、川のなかへうつぶせに投げこむのを見た。苦悶と怒りの叫びをあげたブルースは、目の前に滴る血を見た……。

「ばかめ。やつに斧を見舞ったのは誰だ？　殺してはならん、やつをもうしばらく生かしておけ」デーヴィスが命じた。彼は泥のなかに両腕を広げて倒れているブルースに歩み寄った。そして彼を仰向けに転がして斧の刃《やいば》をいっそう深くくいこませ、敵が苦しむさまを見て喜んだ。「最初に去勢してやる。それまでは生きているんだぞ。それからはらわたを抜いてやろう、大領主よ、それをきさまの目の前で焼いてやる。そして最後に……きさまの首だ。そのときまで生きていたら、鈍い刃でゆっくり時間をかけて切り落としてやろう」

ブルースはデーヴィスを見つめて首を振った。「どんな殺され方をされようがかまうものか。すでに死んでいるも同然だからな。とはいうものの、呪《のろ》われたおまえのために生きてやろう、デーヴィス。生きて、おまえが地獄へ落ちるのを見届けてやろう」

「こいつを殺せ！」デーヴィスが怒鳴った。

慈悲深くも斧が致命傷を与えた。

ブルースは血にかすむ目で木立のなかを見つめた。だが、心のなかで、頭のなかで、彼はすでにアナリーズと一緒になっていた。

16

ブルースが森の奥へ入ったとき、重い枝をかき分ける音がした。

「トニー?」彼は呼んだ。

音は深い藪《やぶ》の向こうからしてくる。誰かが急いでこちらへやってくるようだ。ブルースはショーネシーの手綱を引いてとまらせ、こんもりした茂みを見つめた。緑の葉を茂らせた枝が大きく揺れて、ウォレスが現れた。誰も乗せていなかった。

ブルースはすばやくショーネシーからおりてウォレスに歩み寄った。馬の鼻にすり傷があるが、おそらく枝にこすってできたものだろう。馬はおびえているだけで、ほかはどこも異状がなさそうだった。

「おまえ、彼女を振り落としてきたのか? トニーをどこかへ落としてきたんじゃないだろうな?」

ブルースは首を振って、ウォレスがやってきたほうを見た。トニーはそちらにいるのではないだろうか。血を流し、意識を失って。彼はその方角になにがあるのかを考えた。トニーは川の流れをたどろうとしていたのだ。

「城へ帰れ、さあ、帰るんだ」ブルースはウォレスの尻をぴしゃりとたたいた。

彼はさっとショーネシーにまたがり、ウォレスが現れた茂みのなかへ乗り入れた。草の茂った細い道をたどっていくと、やがて小川の岸辺に出た。

「トニー！」

ブルースの胸のなかで恐怖がふくれあがった。馬の脇腹《わきばら》を軽く蹴《け》って先を急がせ、石や岩や滑りやすい川べりに用心しながら進んでいく。

前方の泡立つ水の上に立ちこめている霧が見えた。ブルースは手綱を引いて馬をとめ、目を凝らした。霧のなかで動いている影を見た気がしたのだ。影……人の形をしている。

そのとき、うめき声が聞こえた。

「トニー！」

彼はショーネシーからおりて川へ入り、霧のなかを急いだ。

「トニー！」

また小さなうめき声が聞こえた。そのあとに……。

「トニーだって？　ブルースか？」

失望と落胆がブルースを見舞った。セイヤーだ。セイヤーが前方にいるのだ。それでもブルースは進みつづけた。「ああ、ぼくはここだ。トニー！」

前方には相変わらず霧が立ちこめている。足もとには水が流れている。

突然、ブルースにはトニーが見えた。彼女が……殺された若い女性の死体を見たときのように。水のなかにうつぶせに倒れている。漂っている長い金髪は輝きを失い、泥がこびりついたり草や小枝が絡みついたりしている。

違う！　これは心の目に見える情景、夢の名残にすぎない。

「トニー！」声が森のなかで反響して大きく聞こえた。

「ブルース？」

彼女の声は勢いよく流れる水の音と葉を揺らす風の音にかき消され、かすかにしか聞こえなかった。

「どこにいるんだ？」ブルースは大声をあげた。

「トニー！」どこからかセイヤーの声も聞こえてきた。

やがてトニーの姿が見えた。彼女は岩に腰かけて、濡《ぬ》れた髪を後ろへとかしつけていた。

彼女は水のなかにうつぶせに倒れてなどいなかった。無事に生きていて、岩に腰かけている。ひどい格好ではあるが、怪我《けが》はしていないようだ。

ブルースはほっと安堵《あんど》の吐息をついた。膝の力が抜けそうで、口から出てきた声はひび割れた雷鳴のようだった。「トニー！」

ブルースがトニーを見た直後、反対側の茂みからセイヤーが飛びだしてきた。セイヤーはトニーを、続いてブルースを見て立ちどまった。

「トニー」セイヤーは小さな声で言った。

　トニーはとり乱して立ちあがり、ブルースに弱々しくほほえみかけてから、慌てて言い訳を始めた。「ブルース！」彼女はセイヤーのほうを向いた。「それにセイヤーも。ああ、よかった。ちょっと待って、お願い、怒鳴らないで！　ひとりで遠乗りに出かける前に、誰かと一緒に乗馬をしてウォレスに慣れておけばよかったんだわ。わざと森へ入ったんじゃないのよ。森の反対側の野原を乗りまわしているうちに、自分がどこにいるのかわからなくなってしまったの。そのうちに、ほら、雨が降りだしたでしょう」苦笑して続ける。「ウォレスがわたしを見捨てて行ってしまわなかったら、いつかは森の外へ出られたと思うの。馬がいなくなったから、仕方なく歩いていたら、そこの大きな枝に頭をぶつけちゃって……」彼女はブルースとセイヤーを交互に見た。「ふたりとも、よく来てくれたわね」トニーはまずセイヤーをすばやく抱きしめ、それからもの問いたげなまなざしでブルースを見た。

　ブルースは両腕を差しのべた。トニーが彼に身を寄せる。彼は空気がふたりを包むのと、彼女の体が冷えきっているのを感じた。

「さあ、帰ろうか?」ブルースは言った。そして身を離し、トニーに目をやった。なにか言いたそうな視線を彼に向けているにもかかわらず、彼女はどことなくよそよそしかった。

「本当に大丈夫なのか？」ブルースはきいた。

「なにかあったんじゃないのかい？」セイヤーが尋ねた。

トニーはふたりを見て、まじめな表情でかぶりを振った。

「馬に振り落とされたんじゃないだろうね？」ブルースはきいた。

「ウォレスに？　いいえ、ウォレスはいい子よ。わたし、馬をおりて体をほぐしていたの」トニーは顔をしかめた。「しばらく乗馬をしていなかったのがたたったみたい。鞍《くら》を置こうともしなかったし。それで……ウォレスを見た？　大丈夫かしら？」

「ウォレスは今ごろ厩舎《きゅうしゃ》へ向かっているだろう」ブルースは言った。

「よかったわ。そんなことだろうと思ったの」トニーは言った。そしてこめかみに指をあてた。「アスピリンがいるみたい」

「早く帰ろう」ブルースは心配になってきた。「こっちへ来て、ショーネシーの背中に乗るんだ」

「そんな必要はないわ」トニーはそう言って、ちらりとセイヤーに笑いかけた。「わたしたち、一緒に歩いていくから」

「トニー、ぼくならひとりで森から出られるよ」セイヤーが彼女を安心させようとして言った。「きみはずぶ濡れじゃないか」

「何時間も前からこうなの」トニーは軽い口調で言ってから、きっぱりと言い添えた。

「みんなで一緒に歩いていきましょう」

一瞬、ブルースは彼女の意見に反対しようかどうしようか迷っているように見えた。中世の領主らしく、有無を言わさずに彼女をショーネシーの背へほうりあげるのではないかしら、とトニーは思った。

ブルースがそんな行動に出なかったのは、そうした中世的なやり方は道理にかなわないという理由からではなく、セイヤーのせいだった。ブルースは彼をあとに残していくことにためらいを覚えた。トニーはああ言ったが、あんなふうに岩に腰かけていたことや、こめかみに手をやる仕草はなんとなく奇妙だ。

「わかった。みんなで一緒に歩いて帰ろう」ブルースは言った。「ショーネシーは引いていくことにするよ」

ブルースが上着を脱いでトニーの肩にかけ、三人は帰路についた。彼女はブルースに感謝の笑みを投げかけた。

「もうじき暗くなるわ」トニーは小声で言った。

「もうじきバスもやってくる」セイヤーがささやき、彼女を見た。「きみは休まなくちゃいけない。今夜はジーナがきみの代役を務めればいい。無理をしたら風邪を引いてしまうよ」

「わたしは大丈夫」トニーは断言した。

「セイヤーの言うとおりだ」ブルースが言った。

「本当に具合が悪かったら、ジーナに代わってもらうけど、今のところは大丈夫よ」トニーはちらりとブルースを見て意味ありげな笑みを浮かべ、彼のためにとっておきの口調でつけ加えた。「あたたかい泡風呂はなんにでもきくのよ」

「うわ、まいった、ぼくの前で言うせりふかい？」セイヤーが声をあげた。

トニーは笑い声をあげた。「わからないような言い方をしたつもりだったのに」それから彼女はつまずいてわずかによろめいた。三人がたどっている川岸の地面はでこぼこだった。雨で木々の根がむきだしになったり、岸辺が削られていたのだ。

「まったくなんてひどいところだ！」セイヤーがつぶやいた。「まるで原始時代の森だ」

「だからこそ、この森へは入るなと言ったんだ」ブルースはそう言って、セイヤーを見た。

「きみはよくトニーを見つけたね。驚いたよ。しかも……こんなに早く」彼はセイヤーの反応を見守りながら言い添えた。

「ぼくも驚いているんだ。ぼく自身、道に迷ったと思ったからね」セイヤーは答え、邪魔な木の枝を押してふたりのために道を空けた。

「このあたりは暗くなるのが早いのね」トニーが驚いたように言った。「ふたりとも、わたしを捜しに来てくれてありがとう。ひとりでもいつかは森を出られたと思うけど、こんなところにひとりきりでいるなんて、とても耐えられないわ」

「ひとりでなんか出られるもんか！」セイヤーが言った。

数分後、彼らは森を出て丘のふもとに到達し、城への坂道をあがっていった。ほかの者たちが厩舎のそばで心配しながら待っていた。ライアンはウォレスの手綱を握っていた。

「トニー！」ジーナが丘を駆けおりてきてトニーを抱きしめ、すぐに身を離した。「あなた、ずぶ濡れじゃない」

「トニー！」ライアンがジーナのすぐあとからやってきて同じように彼女を抱きしめた。

「きみはウォレスになにをしたんだ？」

「わたしが？　ウォレスに？」トニーは問い返した。「ウォレスがわたしを見捨てて行っちゃったのよ」

ライアンは彼女から馬へ視線を移した。「ウォレス、恥を知れ」彼は気づかわしそうにブルースをちらりと見てから、トニーに視線を戻した。「まったくきみときたら、なにをしていたんだ？」

「道に迷っただけよ。それにもう大丈夫だから」トニーはみんなに言った。

そのときにはデーヴィッドとケヴィンも来ていて、心配そうにトニーを見ていた。

「すぐにお茶をいれよう」ケヴィンが言った。

「ブランデーを入れるのを忘れるなよ」デーヴィッドが言う。

「あと一時間ほどでバスが到着するわ」ジーナが営業担当者らしく声をかけた。「だから急がないと」彼女はブルースを見て不安そうに言った。「あの……ブルース、これからもわたしたちの芝居に出てくださる？」

「昔の大マクニールを、ぼく以上にうまく演じられる男がいるかい？」ブルースはわざと訛《なまり》の強い口調でジーナにきいた。

「わたしは二階へ行くわ」トニーはそう言って、問いかけるようなまなざしをちらりとブルースに向けた。〝あなたもすぐにあとから来る？〟

〝ああ、行くよ、もちろん〟

それが合図であったかのように、エバンが厩舎から姿を現し、大股で歩いてきた。「あの、ブルース、ショーネシーを連れていって、芝居に出る支度をさせましょうか？」

「頼むよ、エバン」

「よし、ウォレス、おまえを洗ってきれいにしてやるからな」ライアンが言った。

ブルースは一同をそこへ残し、背中に全員の視線を浴びながら城の入口へ歩いていった。


トニーはバスタブのなかに座って、湯のあたたかさが体にしみわたってくるのを感じていた。何時間も寒い思いをしたあとだけに、このうえない至福のときに思われた。だが、心はめまぐるしく働いていた。このままでは頭がどうかなってしまう！　彼女は胸のなかでつぶやいた。

いろいろなことが起こったが、森のなかでのあの瞬間を、いくら思いだそうとしても思いだせない。なにかがわたしの頭を強打した。倒れたあとで立ちあがったわたしは、木の枝に頭をぶつけたのだと考えた。

でも、本当にそうだろうか？　あれは、わたしがなにかを見た直後だった……なにかが前方の水中にあったけれど、わたしが起きあがって岩に腰をおろしたときには消えていたし、三人で川をたどって帰ってくるときも、どこにも見えなかった。

それにわたしが気を失っていた時間は……数秒間、数分間、もっと長かっただろうか？　誰かに殴られたの？　それとも……気を失っただけ？　森のなかで過去の映像がよみがえり、わたしは見た……ひざまずいているアナリーズを。ブルースは怒り狂って身もだえし、苦痛に顔をゆがませてわめいていた。

そしてその映像のなかで、わたし自身もちょうど子供のころと同じように泣き叫んでいた。もうそれ以上は見たくなくて、必死に祈っていた。ああ、神様、お願いです、処刑の場面を見せないで……。

そのあと、わたしは半分水のなかにいた。頭がぼうっとして、こめかみがきりきり痛み、目の前に岩が見えた。やっとのことで立ちあがり、岩に腰をおろしたとき、わたしの名前を呼ぶブルースとセイヤーの声が聞こえた。森は普段どおりの様子に戻っていた。木々も、厚く散り敷いた松葉も、泡を立てて流れるきれいな川も。

「わたしは頭がどうかしちゃったんだわ」トニーは自分にささやきかけた。だが、頭は正常だ。そのとき、電話で聞いたあの女性の言葉を思いだした。霊媒。〝あなたは、彼が会ったなかでも最高にすばらしい霊媒のひとりだそうよ〟

違う！

だが、いくら否定しても事態は変わらない。たぶん長いあいだそれについて考えず、すっかり過去のものとして葬り去ってきたからだろう、再びあのような感覚を、あのような恐怖を、味わおうとは夢にも思わなかった。とはいえ、そうした感覚を受け入れたからといって、恐怖は去ってくれるだろうか？

〝わたしも幽霊をたくさん見るわ〟あの女性はそう言った。

ノックする音がしてバスルームのドアが開き、ブルースが入ってきた。漆黒の髪は湿っていて、顔には心配そうな色を浮かべ、顎はこわばり、青みがかった灰色の目は鋭い光を放っている。一瞬、トニーは昔のマクニールを思い浮かべた。林間の空き地での不思議きわまりない幕間劇《まくあい》で見たマクニールを。怒り狂っていた彼の……アナリーズに対する献身的な愛情を。

トニーは唇を噛《か》んでブルースを見た。湯のあたたかさも、彼が近くにいるときに感じる、焼けつくような情熱に比べるとぬるかった。彼女はゆっくりと立ちあがってバスタブの縁をまたぎ、彼のほうへ行こうとした。

「きみはずぶ濡れだったんだ。ひどい一日だった」

「だったらすてきな一日にしてちょうだい」彼女はささやいた。

ブルースは首をわずかに横へかしげた。「あまり時間がないよ」

「じゃあ、短い時間を有効に使いましょう」

ブルースがトニーに両腕をまわした。そしてぴったり体を寄せてしばらく彼女を抱きしめていた。トニーは彼のなかの変化を感じた。それでいながら……彼は待っているようだった。トニーが本当はなにを必要としているのか、それがわかるまで。

やがて……ブルースはそれをトニーに与えた。彼女が欲しているものすべてを。彼女の頭からいっさいの思考と不安が、恐怖と映像が消えた。代わりにあるのは、現実、欲望、五感……彼の手と唇の感触、体が発する熱、湿ってすべすべする肌、絡みあう体。トニーはまたもやひとつになりたいという欲求を覚えた。やがて天高く舞いのぼるような至福の瞬間が訪れた。

彼女のかたわらにいるのは血肉を備えた現実の男性だった。

ブルースがトニーの髪を撫《な》でて抱き寄せた。

「もう寒くなくなった?」

「あなたと一緒だったら少しも寒くないわ」トニーは言った。

「なあ、ぼくが主催している興行ではないが」ブルースがやさしく彼女に教えた。「そろそろバスが到着する時刻だよ」

「わかっているわ」トニーはそう言ったものの、動こうとしなかった。彼女はブルースが緊張しているように感じ、彼がなにか言うのではないかと予想してしばらく待った。しかし、ブルースは無言だった。

そこで、彼女のほうから切りだした。

「わたし、見たの……過去になにがあったのかを。今日、森のなかで」

「なんだって？」トニーはブルースがわずかに身を引くのを感じた。実際にそうされたわけではなく、そんな気がしただけなのかもしれない。

彼女は肘を突いて体を起こし、ブルースの目を見つめた。「正直に言うわ。本当に森へ入るつもりはなかったのよ。道に迷った自分に腹を立てていたけど、ちっとも心配はしていなかった。裏切り者のあの馬がなにかにおびえて逃げていきさえしなかったら、全然どうってことなかったんだから。それから最初にあなたの声が聞こえ、続いてセイヤーの声も聞こえたような気がした。そこであなたを見つけようと振り返ったら……枝に頭をぶつけたってわけ。星と、霧と、闇《やみ》が見えたわ。そのあと、ええ、ばかばかしく聞こえるでしょうけど、わたしは時代をさかのぼったの。とても鮮明で現実的だったわ。男の人が大勢いて、あなたの祖先をつかまえていた。そこへアナリーズが引きずりだされ、デーヴィスが彼女を絞め殺したの。夫の目の前でよ。領主マクニールは自分を押さえつけている腕を振りほどいてアナリーズに駆け寄ろうとしたけど、誰かが斧《おの》を振りおろして彼を倒したわ。敵たちはさらになにかをしようとしていたけど、そのとき、あなたの声が聞こえたの」

ブルースはたわごとをわめいている人間を見るような目でトニーを見つめていた。あたりまえだ。わたしはいったいなにを期待していたの？

「きみは頭をぶつけたんだ」

トニーはため息をついた。「ブルース――」

「頭をがつんとぶつけて……夢を見たんだ」

「いいえ、そんなんじゃないわ」

「さっきからそんなふうにこめかみをさわっているってことは、怪我をしているに違いない」ブルースはトニーの頬に親指をあて、それから彼女の頭を横へ向けさせて傷がないか調べた。

「ブルース――」

「ぼくの祖先は幽霊などではないし、犠牲者を求めて森のなかをうろついてもいない」ブルースが言った。

「そんなことは一度も――」

「きみは夢を見ていたんだ。それ以外にないよ」

トニーはブルースに背を向けて立ちあがり、自分の部屋へ向かって歩きだした。

ブルースがついてきた。「怒らないでくれ。ぼくはきみを助けたいと思っているんだ」彼はそう言って、彼女のすぐ後ろへ近づいた。

トニーはバスルームのドアを閉めようとしたが、ブルースが閉めさせなかった。

「あら、ごめんなさい」彼女は冷ややかに謝った。「先にバスルームを使いたいの?」

「話を聞いてくれ」ブルースが言った。「仮に幽霊がいるとしよう。われわれはみんな悲しい歴史があったことを知っている。いいとも、彼はきみを地下墓所へ連れていった。アナリーズをそこへ葬ってもらいたいからだ。だから、ぼくらは彼女をそこへ埋葬してやろうじゃないか。ぼくは今日、検死に立ち会って、彼らにはっきり言っておいた。血液検査の結果、彼女がぼくの祖先だと判明したら、死体を引きとりたいって。彼女を大マクニールのかたわらに埋葬してやるつもりだ。だったら、なぜいまだにその幽霊はきみにとりついているんだ?」

「とりついてなんかいないわ。彼はなにがあったのかを、わたしに示そうとしているのよ」

「どうして?」

「わたしたちが真実を知るように」

「スカーフが発見されて、真実はかなり明らかになった」

「領主マクニールは一部始終を知ってもらいたかったんじゃないかしら。あの場面を見て、わたしの胸は張り裂けそうだったわ。むごい殺し方をしてやると脅されても、彼にはどうでもよかった。アナリーズが死んだからには、自分も死んだも同然だから。彼はそう言ったの。それから彼は半死半生の状態だったのに、復讐《ふくしゅう》についてどうとか口走っていたわ」

「死んだ人間は復讐なんてできないんだよ、トニー」

「くだらないことを言わないで。とにかくわたしはあれを見られてよかったわ。そのときは森にいても全然怖くなかったの」

「それはよくない。森のなかでは用心しないと。誰かが、そう、幽霊ではない生きている人間が、女性を殺してはそこへ捨てているんだ」ブルースが言った。「きみは実にたくましい想像力を――」

「もういいわ」トニーは遮った。「あなたの言うとおりよ。まもなくバスが到着する。興行に参加するもしないもあなたの自由だけど、わたしはみんなに借りがあるの。もう支度をしないと」

「トニー――」

「わたしの話をばかにするのもいいし、わたしは想像力がたくましいだの、正気を失いかけているだのと言うのもいいわ。だけど、結論を出すのは待ってちょうだい。さあ、早く支度をしましょう。もう一度きくけど、先にバスルームを使いたいの？　ここはあなたの城で、これはあなたのバスルームなのよ」

ブルースはなにも言わずに、彼女の目の前でドアをばたんと閉めた。

トニーは彼の発散する怒りを感じてたじろいだ。彼女は歯をくいしばると、シャワーを出してその下に入り、湯が体を流れ落ちるに任せた。二度としない！　こんな話は、もう誰にも打ち明けない。


今夜も城に大勢の観光客が訪れた。華々しい登場に備え、かたわらのショーネシーとども着飾って城の外に立ったブルースは、驚きの目でバスからおりてくる人々を見つめた。生きた歴史を見せるツアーにこれほど多くの人々が、しかも料金を払ってまで参加したがるなんて信じられない。だが、人々は料金を払っても参加する値打ちがあると考えているのだ。

とはいえ、ブルースは心配だった。しかしそれをいうなら、かなり以前からこの城や森に対して不安を抱きつづけていた。

ショーネシーもまた不安を感じているのか、ひづめで地面をかいた。

「どうも！」ライアンがウォレスを引いて厩舎からやってきた。「前にも言ったと思うけど、あなたには感謝しています。興行を続けさせてくれるだけでなく、芝居に出演までしてくれるんだから」ライアンは咳払《せきばら》いをした。「だけど、正式に契約を結ぶほうがいいんでしょうね。ほら、あなたは出演料を受けとっていないし。ぼくらはあなたに借りがあるが、稼がないと金は支払えない。でもツアーがうまくいっているから、ジーナはあなたに話をするつもりでいたんです。機会がなかっただけで」彼はぎこちない笑みを浮かべた。

ライアンの言い分ももっともだ。なるほどブルースはみんなの役に立っている。しかしここは彼の所有物だ。だから、いつでも好きなときに考えを変えることができる。

「それについてはなにかいい解決策があるだろう」ブルースは言った。

ライアンはため息をついた。「こんな話をしたら、あなたが気分を害するんじゃないかと心配だったんです」彼は小声で言った。

「そんなことで気分を害したりしないよ」

「よかった、ありがとう」ライアンはまた深々と息を吸った。「ありがたいことにウォレスのやつ、すっかり元気になった。城に費やした金を失い、そのうえ馬まで失ったら……どうしたって何者かがぼくらを陥れようとたくらんでいるとしか思えない」

「ああ、そうだろうね」ブルースはぼそりと言った。

突然、入口の外で白旗が振られた。

「ぼくの出番だ」ブルースはつぶやいた。

「しっかり」ライアンが声をかけた。

その言葉どおり、ブルースはしっかり演じた。彼は役になりきって階段を憤怒《ふんぬ》の表情であがっていきながら、演技と真実とのあいだには常に微妙な違いがあるものだと考えた。

トニーのせりふは正確で、懇願の仕方も見事だった。大広間は針の落ちる音さえ聞こえるほど静まり返っていた。しかし彼女の目は……そう、彼女は申し分なく懇願している。そしていまだに怒り狂っている。ふいにブルースは両肩のあたりが重たくなるのを感じた。彼は祖先にまつわるつくり話や伝説に死ぬほどうんざりしていた。それらがもとになって、ブルース・マクニールが森をうろついているというばかげた噂《うわさ》が広まったに決まっているからだ。しかもブルースは祖先にうりふたつと考えられているから、好奇心むきだしの目で見てくる人たちや、彼によって過去の罪が繰り返されると考える迷信深い人たちもいるだろう。

しかし、アナリーズは不貞を働いたのではなかった。そして大マクニールは彼女を殺したのではなかった。

歴史を再現しているトニーの目を見おろしながらブルースは、本当にこのとおりだったのだろうかと考えた。その昔、実際にアナリーズはこのような青い目で夫を見あげたのだろうか……怒りに満ちた挑戦的な目で。

そこへライアンが登場し、ふたりは闘いの場面を演じた。芝居が終わり、観客がキッチンへ移動すると、ライアンは満足そうにブルースと手を打ちあわせた。「自分で言うのもなんだけど、たいしたものだ。いまだにまったく振りつけをしていないのに。トニー！」

ライアンは階段を見あげて呼びかけた。「ぼくらの演技は見事だっただろう？」

「もちろんよ」トニーはそう言って、急ぎ足でキッチンへ向かった。「あんなに大勢じゃ手が足りないでしょう。手伝いに行かなくては」

「彼女、あなたに腹を立てているのかな?」ライアンがブルースにきいた。

ブルースは肩をすくめた。「そう見えたかい?」

ライアンはにやりとした。「トニーのことならよく知っているから。正直なところ、あなたのほうが彼女に腹を立ててると思いましたよ。だって、彼女がまた森へ入ったから」彼はブルースの顔をしげしげと見つめた。

「殺されたふたりの女性の死体が、あの森で発見されたんだ」ブルースは言った。

「あなたの祖先を含めれば三人になる。彼女も殺されたんですよね。この土地の歴史を考えたら、あそこには死体がごろごろしているんじゃないかな。おっと、すみません。もうこれ以上、死体が出てこなければいいと思っています」

「ありがとう、ライアン。ぼくもそう願っているよ」ブルースは言った。「ショーネシーを厩舎へ連れていこう。そのあと、ぼくは部屋へ引きあげるから、みんなにおやすみの挨《あい》拶《さつ》をしておいてくれ。いいね?」

「ええ、いいですとも。それと、どうもありがとう」

ブルースは急いでその場をあとにした。観光客が出てくる前にショーネシーを厩舎へ入れて、二階へ引きあげたい。見知らぬ人々に愛想よく振る舞う気分ではなかった。

部屋へ戻った彼は暖炉に火をおこした。それから服を脱いでベッドに横たわり、頭の後ろで手を組んで、薪《まき》に火が燃え移るのを眺めた。

ぼくは折れるべきだろうか？　そしてこう言うべきだろうか？　ぼく自身も何度か不思議な場面を見たと。それがいい。いや、だめだ。ぼくは祖先がうろついているのを一度も見ていないじゃないか。

トニーは幽霊に心を奪われすぎている。危険だ。このあたりで実際に悪いことが起こっているというのに。〝どうしたって何者かがぼくらを陥れようとたくらんでいるとしか思えない〟というライアンの言葉が脳裏によみがえる。それから今日ジョナサン・タヴィッシュと交わした会話も。

グラスゴー。すべてはグラスゴーに端を発している。セイヤーはグラスゴー出身だ。彼は森のなかにいた。トニーを見つける手助けをしようとしたのだろうか。それともほかの誰かを――あるいはなにかを――見つけられるのを妨げようとしたのだろうか。

トニーは観光客のなかのその夫婦にすぐ気づいた。ふたりが飛び抜けて魅力的だったからだ。女性のほうは雑誌の表紙を飾りそうなほどの美人だし、男性のほうは背が高く、いかつい顔をしていて、まるで西部劇から抜けだしてきたかのようだった。ほかの観光客にまじって動きまわってはいても、ふたりにはトニーの注意を引きつけるなにかがあった。

だからトニーは、女性があとをついてきて、二階へ逃れようとした彼女を階段の下で呼びとめたときも驚きはしなかった。

「トニー」

「すみませんけど、なにかご用件がおありでしたら、ほかの者に申しつけていただけないでしょうか。わたしは今日、その、ええ、転んでしまって、ひどい頭痛がするんです」トニーはそう言って、階段をあがりつづけようとした。

「わたしはダーシーよ」女性が言った。

「ダーシー?」トニーは名前を繰り返したが、そのときには女性が誰なのか悟ってうろたえた。

「ダーシー・ストーン、ほら、電話でお話しした――」

「あなたが誰かは知っているわ」トニーは首を振った。「でも、ここへは来ないでと頼んだじゃない」彼女は思わずあたりを見まわした。ブルースに、彼の城を幽霊退治屋《ゴーストバスター》だらけにしようとしていると勘ぐられては困る。

「わかっているわ。でも、心配しないで。わたしたちは誰にも気づかれないようにして来たから」

「わたしたち!」トニーは息をのんだ。

「わたしと夫のふたりだけよ」

「あの、この城へ来るのに大変な手間とお金がかかったでしょうけど……あなた方にここにいてもらいたくないの」

「わたしたち、村に小さなコテージを借りたの。アダムは直接あなたと話をしようとしたけど、電話が通じなかったらしくて。彼はなんとかしてあなたと話したがっているわ。あなたが連絡してきたからには、事態はかなり深刻に違いないと心配しているの。それで……わたしたちがここへ来たというわけ。それほど面倒でもなかったわ。昨日、向こうを発《た》ったのよ」

ダーシーは落ち着いた口調と魅力的な笑みの持ち主で、洗練された容姿とは裏腹に実務的な物腰だった。

「ここには幽霊がいるわ」ダーシーは言った。

トニーは体をこわばらせた。

「じゃあ、わたしはもう行くけど、お願いだから聞いてちょうだい、あなたは誰かと話す必要があるわ」

「ここで今あなたと話すことはできないわ」トニーは言った。

「そうでしょうね。外で会えるかしら？」

観光客がいつキッチンから出てくるかわからない。「明日のお昼に」トニーは言った。

「丘のふもとにパブがあるの。すぐにわかるわ。そこで会いましょう。そうね、一時でどうかしら？　正直に言っておくけど、誰かにきかれたら、わたしは嘘《うそ》をつくつもりよ。あなたとはアメリカで会ったって」

「『クイーン・ヴァリーナ』を観たときにね」ダーシーはにっこりして言った。ほかの人たちが出てくるのを気にして肩越しに振り返る。「お願い、約束をすっぽかさないでね。本当に、あなたを助けてあげられると思うの」

「必ず行くわ」トニーは言った。「でも、お願い……」

「おやすみなさい」ダーシーは静かに言った。

最初に広間へ出てきたのはダーシーの夫だった。彼は妻を見て小さくうなずいた。それからトニーにちらりとほほえみかけ、妻に腕をまわして出口へ向かった。

トニーは身を翻して逃げるように階段を駆けあがった。ブルースの部屋の前まで行き、ドアノブに手をのばしかけてためらった。わたしは怒っていたんだわ。彼女は手を引っこめて自分の部屋へ入った。バスルームのドアをノックしたが、返事はなく、彼のベッドルームへ続くドアも閉まっていた。

彼女は歯を磨いて顔を洗い、ナイトガウンを着た。そして再び躊躇《ちゅうちょ》した。ブルースの部屋へ入ろうと思えば入れる。でも、彼が怒っていたら？

トニーは自分の部屋へ戻り、ベッドへもぐりこんだ。突然、恐怖に襲われる。血の滴る剣をさげた昔のマクニールが今夜も現れたらどうしよう？

それを解決するのは簡単だ。目をつぶって、朝まで開けないでいればいい。だが、眠りはなかなか訪れなかった。トニーは最初の数分間を、ふいにブルースが部屋へ入ってきたらいいのにと願いながら過ごした。そのうちに彼女はうとうとしだした。そして目覚めた。目を開けてはだめ、絶対に開けてはだめよ！　彼女は自分に言い聞かせた。だが、結局は目を開けた。

トニーはほっとして大きなため息をついた。部屋は空っぽだ。それでいて……室内にある感情が漂っていた。この感情は……悲しみだろうか？

彼女は起きあがった。過去に起こった出来事を見たあとでは、もうなにも怖いものなどない。

過去からの訪問者の姿は見えなかったが、それでもなんとなく彼を感じた。だが今はまだ、それに対処する心の準備ができていなかった。

彼女は立ちあがってバスルームへ入り、ためらったあとで、ブルースの部屋へ続くドアを開けた。そしてベッドのそばへ歩いていくと、唇を噛んで暗闇に目を凝らした。きっと彼はぐっすり眠っているに違いない。勇気を奮い起こして隣へもぐりこもうかしら？

「ここへ入ってくるかい？」

暗闇で声がしたので、トニーは飛びあがった。

「ほら、ここへ入ってくるのか、それともひと晩じゅうベッドの横に立ってぼくを見つめているのかい？」

「そこへ行くわ」トニーの声は、自分にさえ滑稽《こっけい》なほど鋭くとり澄まして聞こえた。

彼女がベッドへもぐりこむと、ブルースの腕が体へまわされた。

「トニー――」

「だめ、しゃべらないで。お願いだから黙っていて」彼女は言った。

「トニー――」

「お願いよ」

「きみがそうしてくれと言うなら」ブルースがささやいた。その声もまた、彼女をやさしく抱いているにしては滑稽なほど鋭くて冷たかった。

17

トニーが着いたときには、ふたりはすでにパブのブース席に座っていた。しなやかな体つきの女性が、一緒にいた男性を夫のマットだとトニーに紹介した。三人は、はた目には異国を訪れたアメリカ人同士が和やかに話していると映ったかもしれない。同じ国の人たちが偶然外国で出会うと、たちまち親しくなったりするものだ。

「じゃあ、きみがトニーなんだ」マットが言った。彼は元気づけるようにトニーにあたたかい笑みを向けたが、彼女の不安は消えなかった。

「あなたも『クイーン・ヴァリーナ』をご覧になったんですか?」トニーは彼に尋ねた。

マットは肩をすくめ、かすかな笑みを浮かべて妻を見た。「ぼくは南部の人間だからね」

トニーは首を振った。「あなた方はアダムと一緒にあのお芝居を観にいらしたの?」

「そう、彼と一緒だったよ」マットが答えた。

「あなたのことはアダムからいろいろと聞いているわ」ダーシーが言った。

「そうでしょうね」トニーはつぶやいた。

「それからもちろんアダムは、問題の城がこの地にあって、その所有者が領主ブルース・マクニールであることを知ってから――」

「ちょっと待って。それってつまり、アダムはブルース・マクニールも知っているということかしら？」トニーは尋ねた。

マット・ストーンが首をかしげたので、トニーはウエイトレスが注文をとりに来たのに気づいた。

「わたしにもビールを」彼女はふたりがビールを飲んでいるのを見て言った。

「今日はラム肉がおすすめなんです」ウエイトレスが言った。「おいしいチキンもありますよ」

三人がチキンを頼むと、ウエイトレスはにっこりして歩み去った。

「アダムはブルースを知っているんですか？」トニーは質問を繰り返した。

マットが再び首をかしげた。トニーのビールが運ばれてきたのだ。彼が洗練されたヴァージニア訛《なま》りでよどみなく話すのを聞いていると、一風変わったジェームズ・ボンド役みたいだわと、彼女は思った。

トニーはウエイトレスにビールの礼を言った。

「お願い、わたしの質問に答えてください」彼女は要求した。

ダーシーはほほえんだ。「アダムはブルース・マクニールと知りあいではないわ。アダムは彼について知っているの。彼のことをずっと見守ってきたから。率直に打ち明けると、ブルースもわたしたちのリストに載っているのよ」

トニーは怒りのまなざしでふたりを見つめた。「リストに載っているですって？　まるで警察国家の官僚みたいな言い方をするのね」

ダーシーは首を振った。「今回もそうだけど、わたしって初対面の印象がいつも悪いのよね」彼女が夫に言うと、彼はほほえんだ。ダーシーはトニーに視線を戻した。「そういうのとは全然違うのよ。アダムはわたしが会ったなかで最高に思いやりのある人だわ。彼の息子さんは信じられないほどの霊能力に恵まれていた。それでアダムはその方面の研究を始めたの。そういう力を持っている人は……ええ、このあたりではたしか〝タッチ〟と呼ぶんじゃないかしら。ほかに〝恵まれた力〟と呼ぶ人もいるし、〝呪《のろ》われた力〟と呼ぶ人もいるわ。どう呼ぼうとあなたの勝手だけど、とにかくそういう力を持っている人は、たいてい怖がって、その力を使いたがらないの」

トニーは息をのみ、黙って彼女を見つめた。

「あなたのようにね」ダーシーは続けた。「そんな力が知らないうちに発揮されて、夢で恐ろしい出来事を見たら、どんな子供だって耐えられやしないわ。アダムの話では、あなたは夢から逃げだしたけど、とても意志の強い子だったから、全部きっぱり忘れることにしたんだろうって。でも彼は、いつかあなたが電話をしてくるに違いないと、ずっと思っていたの」

「そしてわたしは電話したんだわ」トニーはつぶやいた。

「そんなわけだから」マットが言った。「ぼくたちになにもかも話してはどうだろう?」

「待ってちょうだい」トニーは相変わらず警戒していた。「さっきあなたはブルースについてなんと言いました? たしか彼もリストに載っているとかって」

マットが身をのりだした。「何年か前に、ここである事件が――」

「ええ、それについては、このあいだ聞いたわ。ブルースは警官だったの。彼の活躍で連続殺人犯が逮捕されたんですって。彼は優秀だったのね」

「非常に優秀な警官だった。しかも彼によれば、プロファイラーの用いる手法を使っただけだという」

トニーはうなずき、期待のまなざしでマットを見つめた。「それで?」

「当時掲載された新聞記事のなかに、アダムの関心を引く記事があったの」ダーシーが説明した。「どうやらブルースは犯人と同じように考えることができたようね」

トニーは眉をひそめた。「じゃあ」彼女は疑惑をぬぐいきれずに言った。「そのリストにはさぞかし優秀な警官の名前がたくさん載っていることでしょうね」

「ええ、載っているわ」ダーシーが断言した。

マットがほほえんだ。「いまだにきみは、頭のおかしな人間を見るような目つきでぼくたちを見ているね。しかし、きみはただそう思いたいだけなんだろう？　少なくともぼくたちは、頭がどうかしている人間を見るような目できみを見たりしないで話を聞くし、必ずきみを助けてあげられると思うんだ」

　トニーは冷たくもないビアマグに、さも冷たそうに指を走らせた。こちらの生ぬるいビールには慣れっこになっていた。

「たとえブルースが〝タッチ〟を持っていたとしても、彼は絶対に否定するでしょう」トニーは怒っているように聞こえなければいいがと願いながら言った。「彼はわたしが悪夢を見ているとか、頭を打ったからだと考えていて……わたしが本当に幽霊を見ているとは決して信じてくれません」

　マットは両手をあげて顔をしかめた。「男ってものは幽霊を見ても、それを認めたがらないからな」彼はあっさり認めた。

「ブルースにはその幽霊が見えないんじゃないかしら」トニーは言った。

「人によって見えるものや見え方が異なっているの。きっと警察にいたときは、殺人犯を逮捕したいという思いがとても強かったから、自分に備わっていると認めたくなかった能力を発揮できたのよ」ダーシーが説明した。

「たぶん二度と発揮することはないでしょう」トニーは言った。

「それはわからないわ」ダーシーが言った。「だから……お願い、もっといろいろ話してちょうだい」

「ええ、いいわ。すごく現実的な問題があるの」トニーは言った。「連続殺人犯がうろついていて、都会から売春婦たちを誘拐してきては、ティリンガムに死体を捨てているんです」

「知っているよ」マットが言った。

「幽霊についてもっと話してちょうだい」ダーシーが促した。「先日、電話で話したあとに新しい展開があったら、どんなことでもいいから話して」

トニーは眉をつりあげて彼女を見つめた。「実は昨日の午後、新しい出来事があったんです。夜の興行が始まる少し前に」

「チキンが来るよ」マットがそっと警告した。

トニーは口をつぐんで待った。そして料理を運んできたウエイトレスが去ると、話し始めた。驚いたことに、いったん話しだしたらとまらなくなった。

「普通、幽霊は懸命になにかを告げようとするものなの」トニーが話し終えると、ダーシーが言った。

「それは認めてもいいわ」トニーは言った。「理解できるとさえ言えるくらい。歴史は領主マクニールを妻殺しの犯人と名指ししてはいなかったけど、そうだとする伝説や噂《うわさ》はいっぱいありました。今回アナリーズが発見され、警察はＤＮＡ鑑定を行っています。彼女がアナリーズだと証明されたら、遺骨は城へ戻されて、夫である領主の隣へ埋葬されることになっているんです。領主の汚名はそそがれ、彼女は安らかな眠りにつくでしょう。だから、幽霊はもう満足して静かになってもいいはずでしょう？」

「たしかにそうね」ダーシーが言った。

「でなければ……」マットがつぶやいた。

「なんです？」トニーはきいた。

ダーシーがそっとため息をついた。「なにか別の問題が領主マクニールを悩ませているんじゃないかしら。あなたが本心から彼に安らぎを与えたいと願っているのなら、それがなんなのか突きとめる必要があるわ」

「きみの仲間が来たよ」マットが突然ささやいた。

振り返ったトニーは、ブルースがジョナサン・タヴィッシュと一緒にパブへ入ってきたのを見た。ふたりとも険しい表情をしている。彼らを見たとたん、なぜかトニーは後ろめたさを覚えた。

ブルースがトニーたちに気づいてテーブルへやってきた。

「どうも」トニーは何気なさを装って小声で言った。

「やあ」ブルースは答えて、トニーの向かい側に座っているふたりに視線を移した。「ゆうべ、お見かけしたように思うが、違ったかな？」

「ええ、ゆうべいらしたの。奇遇でしょう?」トニーは快活に言った。「マット、ダーシー、こちらは本物の領主マクニールよ。ブルース、こちらはストーン夫妻」

「はじめまして。こちらはジョナサン・タヴィッシュ巡査です」

ブルースに紹介されて、ジョナサンも挨拶《あいさつ》を交わした。

「あなた方はアメリカにいるときからのお知りあいですか?」ジョナサンが尋ねた。なんだか疑っているように、トニーには聞こえた。

「ゆうべ、わたしが話しかけるまで、トニーは思いださなかったんですよ」ダーシーがすらすらと言った。「わたしたちはヴァージニア州北部に住んでいるので、よくワシントンDCへ演劇を観に行くんです。トニーが『クイーン・ヴァリーナ』を演じたときも行きました。わたしたちはこのすてきな村に数週間滞在する予定です。それで当然ながら、彼女に昼食をご一緒していただけるようお願いしたのです」

ダーシーの言葉に嘘《うそ》はなかった。トニーは彼女のよどみない説明に舌を巻いた。

「ほう、すると村のなかでちょくちょく顔を合わせるかもしれませんね」ジョナサンがうれしそうに言った。

「すばらしい村です」マットが言った。

「わたしたち、〈キャメロン・コテージ〉を借りたんですよ」ダーシーがジョナサンに言った。

「じゃあ、食事の邪魔をしても悪いので」ブルースが言った。

「一緒にどうですか？」マットが勧めた。

「ちょっと用事があるものですから」ジョナサンが言った。「せっかくのお誘いですが、失礼させてもらいます。またの機会にどうです？」

「ええ、ぜひご一緒しましょう」ダーシーが礼儀正しく言った。

「昼食をとりに城からこぞって押しかけてきたようだ」ブルースがつぶやいた。

トニーは座ったまま振り向いた。驚いたことに、ひとつ向こうのブース席でセイヤーがリジーやトリッシュと食事をしていた。反対側の三つ向こうのブース席ではケヴィン、デーヴィッド、ライアン、ジーナの四人がラム肉とおぼしきものを食べている。

「ほらね？　彼らのおかげで村は潤っているのさ」ジョナサンがブルースに言った。

「そうらしいな」ブルースは愉快そうに言った。「それでは、失礼。ほかの人たちにも挨拶をしたら、ぼくたちも昼食にしよう」

ブルースは手を振ってトニーたちに背を向けた。ウエイトレスはブルースとジョナサンをよく知っているらしく、陽気な声で〝いつもの〟席が空いていると告げた。

「本当だわ。驚いた、みんなここへ来ているんだもの」去ってゆくブルースを見送りながら、トニーはつぶやいた。

「これはいい」マットが言った。「ぜひみんなと話をしたいものだ。ダーシー、きみもそう思うだろう？」

「ええ、もちろん」ダーシーは言った。「ぜひともお話ししたいわ」

その日の夜の興行のあいだ、ブルースはなにも言わずにやりすごした。

だが、ショーネシーを厩舎《きゅうしゃ》へ入れたあと、彼は二階の自室へあがって暖炉に火をおこし、その前に座って待った。

やがてトニーが部屋へ入ってきた。

「どうかしたの？」彼女が尋ねた。

ブルースは慇懃《いんぎん》に彼女のほうを向いた。「アメリカから来た友達だって？」

「ええ」トニーは慎重に答えた。「友達というより知りあいと言ったほうがいいかしら」

「きみは霊能者《サイキック》に電話をしたのか？」

「なんですって？」どうして彼にそれがわかったのだろうと、トニーが懸命に頭を働かせているのがブルースには見てとれた。

「小さな村だからね」ブルースは彼女にあれこれ悩ませる間も与えず、単刀直入に言った。

「ジョナサンが彼らのことを調べたんだ」

「ジョナサンが彼らのことを調べた？」

「パスポートさ」ブルースは言った。「きみたちはみな外国からの訪問者だ。それに現在ではコンピューターがあるからね……うん、なんだって簡単に調べられるんだよ」

「わたしはサイキックに電話もしなければ、彼女に来てくれと頼みもしなかったわ」トニーは言った。

「本当か?」

「それは、その、彼女に電話したわ。いいえ、彼女に電話したんじゃなくて、友人に電話したの。そしたら――」

「ツアーにタロット占いを加える計画だったのかい?」ブルースはきいた。トニーはまごついている。図星だったのだ。

「嫌味な言い方はやめて、ひどい人!」トニーはそう言って、大きな目でブルースを見つめた。サファイアのようなその目には、彼に対する非難の色が浮かんでいる。彼女はまだアナリーズの扮装《ふんそう》のままで、昔風の白いナイトガウンをまとっていた。そのとき、彼の脳裏をなにかがよぎった。彼女はきっと昔のアナリーズそっくりに違いない。ほっそりした体、背中を流れ落ちている金髪、あの目……。

ブルースはその考えを振り払い、幽霊がいると信じきっているトニーに対して再び腹を立てた。ここに幽霊が出没してたまるものか。たしかに祖先の嫌疑が晴れたのはうれしいし、歴史的名所として城に観光客を呼ぶことにも異存はないが、先祖代々の家を笑いものにされたり、リアリティー番組のねたにされたり、トラベル・チャンネルの幽霊番組に風変わりな事例としてとりあげられたりするのは我慢できない。

「ここは今もぼくの所有物、ぼくの住まいだ」ブルースは冷ややかに言った。「交霊会を催したり、占い師に水晶玉占いをさせたりしないでほしい。とにかく、わが一族の歴史を軽々しく扱ってもらいたくないんだ。ぼくの言っていることがわかるかい？」

「ええ、わかるわ」トニーは言った。「心配しないで。それから、あの人たちを非難するのはやめて。ダーシーにもご主人にも、二度とあなたの城を訪れないように、わたしからよく言っておくわ。正直に言うと、彼らは助けに来てくれたの。だけどあなたには助けなど必要ないんでしょう？　なんといってもあなたは優秀な警官だったんですもの。友人には巡査もいれば警部補もいる。だったら、城の尊厳を少しでも傷つける可能性のある人の助けなんか、いらないわよね。よくわかったわ。でも、あなたがほんの少しでもわたしを理解し、わたしが言ったことを信じていたなら、今ごろこんな会話はしていなかったでしょう。だけど、さっきも言ったように、なにも心配する必要はないわ。もう二度とあなたに向かって幽霊という言葉は使わないし、あなたの祖先の話もしないから。ええ、アナリーズの遺骨についても、あなたの好きにしたらいいわ。いっそのこと、博物館に売ったらどう？　自分にはなにひとつ理解できないからといって、わたしに腹を立てるのはお門違いよ！」

「彼らはここへ来たんだろう？」ブルースはきいた。

「ええ。でも、わたしは誰にも来てくれとは頼まなかった。事実、わたしはダーシーに来ないでと頼んだのよ。わたしたちが興行を続けられるのも、あなたの寛大さのおかげだとみんなわかっているから」トニーの口調は皮肉たっぷりだった。「わたしったら、どうしてこんなことをくどくど話しているのかしら。どうせあなたはわたしの話をなにひとつ信じないのに」

「信じなくちゃいけないのかい?」ブルースは尋ねた。「なにを根拠に? つまり、ぼくたちはお互いをどれくらい知っている?」

トニーは身をこわばらせた。「わたしはあなたをよく知っているつもりでいたわ」

「ぼくはきみを信頼できると思っていたよ」

「わたしを信頼できる? 信頼できることはわかっているでしょう。あなたにほんの少しでもわたしに――それとあなた自身に――賭《か》けてみようという気持があったら、わたしの言葉を好意的に解釈してくれるはずよ。どうやらあなたの人生にも、なんらかの直感が働いた時期があったらしいじゃないの。だからこそ、すごく優秀な警官だったんだわ」

「なんだって?」

「あなたは認めるのが怖いんじゃない? 世の中には目に見えないものが存在するかもしれないってことを」

ブルースは怒鳴りそうになった。彼女の言葉はでたらめだと反論しそうになった。とはいえ……。

くそっ。いやでも思いださずにはいられない。ほかの男の心のなかへ、殺人者の心のなかへ入ったときに、どんな感じがしたかを。

全部たわごとだ。嘘っぱちだ。合理的な考えの持ち主であるブルースは、他人の頭のなかに入れたことにもっともな根拠があるに違いないと考えたが、なにもなかった。そこで彼は自分を否定した。だとすればトニーのことを否定したとしても不思議はない。

「あなたがその気になりさえしたら」トニーがよそよそしく言った。「わたしを信頼できるはずよ。あなたはその気になりさえすれば、間違いなく真実が見えるんだから」

トニーはくるりと向きを変えて歩み去った。ブルースはまず自分の部屋のドアがばたんと閉まり、続いてバスルームから彼女の部屋へ続くドアが閉まる音を聞いた。彼は暖炉の火を見つめた。胸は怒りで――そして悲しみで――いっぱいだった。

だが、見世物にされるのは容認できなかった。アメリカ人たちはブルースの家へ侵入した……たしかに、彼らはだまされたのだから仕方がないかもしれないが。しかし、ブルースは彼らを追いださなかった。それどころか、彼らに興行を続けさせてやった。彼らのひとりが最初から詐欺を働いていたらしいと明らかになりつつあるというのに。クレジットカードが使われていたので、警察は現在その方面を調査している。しかしジョナサンから聞いたところでは、背後関係を調べるうちに、一連の出来事が始まる直前にセイヤー・フレーザーがクレジットカードの紛失届を出していたことが判明したという。

〝もちろん、盗まれた可能性もある〟昼間、パブでジョナサンは言った。〝しかし、それがインターネット・プロバイダーへの支払いに使われたものだとしたら、偶然が重なりすぎていると思わないか？〟

〝重なりすぎているかもしれない〟ブルースは言った。

〝なにを言いたいんだ？〟

〝セイヤーはそれほどまでにばかだろうか？〟ブルースはきいた。

ジョナサンは肩をすくめた。〝やつはスコットランド人だ。そしてきみに関する情報を入手できるのは、ほかの誰よりもスコットランド人なんじゃないか。何者かがきみになりすましたのは、ほぼ間違いないんだ〟

〝誰かがぼくになりすましたにせよ、あの城を貸しだすというウェブサイトは完全な偽物だった〟

〝ああ〟

まだいろいろと突きとめなければならないことがある。しかし、いずれ明らかになるだろう。

ブルースはもうしばらく暖炉の火の前に座っていた。今日の午後、トニーと一緒に昼食をとっていたふたりが何者かは、ジョナサンが教えてくれた。ブルースも自分でふたりのことを調べてみて驚いた。彼らは普段から目立たないように行動している。〈ハリソン調査社〉は、異性関係を修復してやるとか死んだ家族に会わせてやるとかいった、いかがわしい宣伝をテレビで流している会社ではない。

とはいえ、彼らは異常な出来事や不可解な事件の発生場所を調査している。幽霊。超常現象。たとえ彼らがそれをなんと呼びたがろうとも。

それでなくともこのあたりには現実的な問題がたくさんあるというのに。一族の謎《なぞ》が解明されたことは喜んでもいいが、癪《しゃく》にさわるのは彼自身の家のなかでいかさまが行われていることだ。加えて、被害者の死体を森へ捨てている殺人者の存在がある。そのうえ、近づかれるのもいとわしいサイキック。

あの夫婦を村から追いだすのは無理だとしても、この城へ入れないようにはできる。だが、暖炉の火を見つめていると、どんな理屈や真理も、あるいはここが自分の所有物だというあたりまえの事実も、なんら意味を持たない気がしてくる。トニーのさっきの言葉が胸に突き刺さる。〝わたしはあなたをよく知っているつもりでいたわ〟

昨夜、トニーは怒っていたにもかかわらず戻ってきた。今度もこうして待っていれば……また戻ってくるかもしれない。なぜなら彼女は怖がっているから？　ブルースはそう考えて自分をあざけった。うぬぼれに聞こえるかもしれないが、昨夜、彼女がこの部屋へ戻ってきたのは怖がっていたからではない。

その気になればトニーの部屋へ行ける。なんなら謝ってもいい。もっともぼくは全然間違っていないが。

火はぱちぱちと燃えつづけている。時間が刻々と過ぎていったが、ブルースは相変わらず炎を見つめていた。やがて彼は立ちあがり、明かりを消してベッドに入った。だが、眠気はやってこない。眠れないのは待っているからだ。しばらくして、いくら待っても彼女は来ないだろうと悟った。

ブルースはローブを羽織ってバスルームへ入った。トニーは自分の部屋のドアに鍵《かぎ》をかけていなかった。軽くノックをしたが返事がないので、ドアを開けて部屋へ入り、ベッドの足もとのほうへ歩いていった。

トニーはこぶしを顎の下に添えて眠っていた。髪が周囲に広がっている。彼女を起こすのはやめておこうとブルースは思ったが、そのままそこに立っていると、ふいにトニーが起きあがってぎょっとしたように彼を見つめた。

「ぼくだ」ブルースは言った。「本物の生きているぼくだ」彼はつけ加えた。それでも彼女は見つめつづけている。「幽霊じゃないよ」

しばらくしてトニーは彼を見つめたままうなずいた。

「ひとりになりたいかい？」

「それって、謝っているの？」

「きみはゆうべ、謝ったかな？」

「ゆうべのわたしは間違っていた？」

「今のぼくは間違っているかい？」

トニーは一瞬、目を伏せてまばたきした。髪が垂れて顔を隠した。「そんなことが問題かしら？」彼女はか細い声で言った。

その言葉はどんな議論よりも強くブルースの心を動かした。「すまない」彼はささやいた。

「どうして謝るの？」トニーが視線をあげて尋ねた。

ブルースは腕組みをした。「サイキックがここに来るのが我慢ならないんだ。有名な霊媒師のあとを小型ビデオカメラがついてまわる、安っぽい特殊効果を用いたテレビ番組なんてうんざりだ。それでなくともここにはたくさんの問題があるというのに。悪かった、ついこの前と同じ話し方をしてしまった。それにぼくは……きみを信じられたらと思っている。きみが夢を現実にあったことだと信じているのはわかっているんだよ」

トニーはベッドを出てブルースのかたわらを通り、隣の部屋へ歩きかけて立ちどまった。「あなたのところのほうがいいベッドがあるわ」彼女は言った。ブルースはあとについていった。

それから一時間、ふたりは眠らずにいた。それから、ふたりとも眠りこんだ。

目覚めたトニーは、時刻はかなり遅いか、さもなくば明け方だろうと思った。だが、室内は暗闇《くらやみ》に閉ざされていた。暖炉の火は消えて、照明も消されており、バスルームの明かりがもれてくるだけだ。

彼女は体にまわされているブルースの腕を感じた。それでいながら、室内にいるのはふたりだけではないという感じを抱いた。

トニーはベッドの足もとのほうを見た。すると領主マクニールがいた。前と同じように血の滴る剣を手にして立ち、彼女を見つめている。そのまなざしから、トニーは彼がついてきてもらいたがっているのを悟った。

彼女のかたわらでブルースが身動きした。「トニー?」

「なに?」

「ここに彼がいるのかい?」

あざけりの質問なのかそうでないのか、トニーにはわからなかった。彼女は幽霊を見つめつづけた。そして真実を言った。「ええ」

ブルースが小さなうめき声をあげて彼女を抱き寄せた。「彼に去るよう言うんだ。ここにぼくがいると言ってやるがいい」

トニーは幽霊を見た。「あっちへ行って!」彼女はささやいた。それから声に出さないで唇の動きだけで伝えた。〝お願い。わたしにはあなたの望みがわからないの!〟

領主マクニールはトニーの願いに応《こた》えるようにうなずいた。そして彼女が見守る前で次第に薄くなり、やがて闇に溶けこんだ。彼女はほっとしてベッドに身を横たえ、唇を噛《か》んだ。

　彼の望んでいることが、ほかになにかあるに違いない……でも、なんだろう？　彼はいったいなにを望んでいるのかしら？

　どれだけ時間がかかろうと、そしてどこへ連れていかれようと、必ず答えを見つけだしてみせるわ。恐怖心を克服して、彼がなぜいまだに現れつづけるのかを突きとめなくては。

　そう決意したトニーは、ブルースにぴったり寄り添った。彼の息がうなじをくすぐる。彼の手はトニーの腹部に置かれていた。彼の胸に押しあてている背中を通して、あたたかさが伝わってくる。そうして彼とふれあっていると、トニーは熱いシャワーを浴びているような心地よさと安らぎを覚えた。彼女は目を閉じて再び眠りの世界へ入っていき、闇のなかで目覚めることは二度となかった。

　朝、彼女が目覚めたときには、ブルースはすでにいなかった。


「ぼくをからかっているのだろう？」

　ブルースはテーブルを隔ててロバート・チェンバレンと向かいあっていた。十一時にそのパブで会おうとロバートから電話をもらったのだ。彼と会うのはいつもスターリングと決まっていたので、村で会いたいと言われたときは驚いた。

だが、ロバートの話を聞いてもっと驚いた。

ロバートは真剣な面持ちでかぶりを振った。「ぼくがふたりにここで会いたいと頼んだんだ」

ブルースはうめいた。「信じられない。きみからそんな言葉を聞こうとは」

「ブルース、警察はこれまで何度もこうした手段に頼ってきたんだ。ぼくだって自分からわざわざアメリカへ電話をする気はなかったが――」

「どうしてそんなことをする必要がある？　ああいういかさま師はイギリスにだってごまんといるだろうに」

ロバートはにやりとした。「きみがふたりについて調べようと警察の情報システムにログインしなかったら、ぼくはふたりがここへ来ていることを知らなかっただろう。きみの問いあわせを見たから、ぼくはふたりを調べたんだ」

「〈ハリソン調査社〉か」ブルースは首を振った。「彼らが出かけていくのは、異常な出来事が発生している場所と決まっている」

「彼らは慎重ではあるが秘密主義ではない」ロバートが言った。「その会社に関する悪い噂はひとつもないよ。何度も警察やＦＢＩなどの法執行機関から協力を要請されてきた。彼らは下院議員や上院議員、ときにはアメリカ合衆国大統領のために仕事をしたことさえある……」

「政府の人間の頭が正常だったと、誰が言える？」ブルースはきいた。

ロバートは肩をすくめた。「森をくまなく捜索してアニー・オハラの死体を見つけるべきだと、うるさいほど主張していたのはきみなんだぞ」

「あそこで被害者の死体がふたつ発見されたんだ」ブルースは言った。「アニー・オハラの死体もあると考えるのは、直感ではなくて論理によるものさ」

「そうは言うが、十年前にきみが殺人犯を見つけだしたのは、単なる論理に頼ったんじゃないと思うがね」

ブルースは居心地悪そうに身じろぎした。「あんないかがわしいやつらに頼らなくても、われわれが、いや、すまない、警察ができることはいっぱいあるんじゃないか」

「言葉遣いに気をつけたほうがいいぞ」

「なあ、時代は変わったんだ。ぼくは自分の小王国の支配者ではない。たしかに城やかなりの地所を所有し、称号も持ってはいるが、近ごろでは称号なんかインターネットで買える。村に滞在している者たちに日没までに出ていけなんて、今のぼくには絶対に言えやしない」ブルースは言った。「それはともかく、昨日、ジョナサンと会ったよ。幸運にも警察のコンピューターの専門家たちは、城を貸した偽会社に関する情報を追跡できそうだと言っていた」

ロバートがうなずいた。「その報告書なら見たよ。ぼくはかかわらないようにしてきたんだ。なんといってもここの巡査はジョナサンだからね」

「彼はセイヤー・フレーザーが犯人だと踏んでいるようだ」

ロバートは肩をすくめた。「これまでに入手できた情報程度で逮捕に踏みきるのは難しいよ。しかし、そのスコットランド人の銀行口座の残高は、アメリカ人グループが振りこんだ金額にほぼ等しい。それに彼はクレジットカードの盗難届を出している。そのクレジットカードが、例のウェブサイトが開設されたグラスゴーのインターネットカフェで使われたことが判明したら……うん、われわれとしては、少なくとも尋問するために彼をしょっぴかなければならないだろう」

「賢明とは思えない。セイヤーに逮捕が迫っていることを悟られるに違いないからね」

「まあな。しかし今のところ、それ以外に手がないんだ。警察は現在、彼の金の入手経路をたどろうとしている。そのうち、なにかわかるだろう。当然ながらそれを調べるには、合法的な手段に頼る必要があるけどね」ロバートは椅子の背にもたれた。「秘密裏に進めているから、新聞に載ることはないだろうが、ぼくは部下たちにスターリングで失踪《しっそう》したウエイトレスの徹底的捜査をするよう命じたよ」

ブルースは顔をしかめた。「彼女は部屋を引き払ったんじゃないか。バッグやスーツケースに荷物をつめこんで」

「しかし、ケイティーがどこへ行ったのか誰も知らない。彼女はバスにも電車にも乗らなかった。ただ姿を消したんだ。アニー・オハラはアイルランドへ帰ったのかもしれないが、どうしてもそうは思えない。しかもあのセイヤーが、ケイティーが姿を消した日に一緒にいたのを目撃されているんだ」

「待ってくれ。するときみは、セイヤーが詐欺師であるばかりか連続殺人犯でもあると言っているのか？」

「そうじゃないさ」ロバートが言った。「これまでにつかんだ事実を並べているだけだ」

「現実味がないね」ブルースは言った。「まるで藁《わら》にすがろうとしているみたいに聞こえる」

「われわれの手もとには藁しかないんだよ」

「あの男は優秀な弁護士をつけて警察のやり口を非難するかもしれないぜ」ブルースは警告した。

「われわれには逮捕できない。しかし、その男はきみの城に住んでいるのだから……」

ブルースは首を振った。「たしかにセイヤーは詐欺師かもしれない。しかし、パブにいたからといって彼を殺人犯と想定するのは……いくらなんでも強引だとは思わないか？」

ロバートは答えなかった。「ふたりがこっちへ来る」彼は言った。ロバートとブルースは立ちあがって、ブース席へ歩いてくる魅力的なアメリカ人夫妻を迎えた。

「どうも」ブルースはロバートにならってふたりと握手をした。「先日の城のツアーはどうでした?」

「とてもすばらしかったわ」女性が言った。

ブルースは男を見つめた。男はいかさま師のようには見えなかった。「で、城のなかでなにかを感じましたか?」ブルースは丁寧な言葉遣いで尋ねたが、口調が思わず皮肉っぽくなった。

「いや。もっとも、そういうのを感じるのはぼくではないんで」男が言った。

「マットは彼の一族の名前がついている町の保安官なんだ」ロバートが説明した。

ブルースはロバートに非難の視線を向けた。そういうことは最初に教えておいてくれよ! しかしもちろん、ロバートはわざと黙っていたのだ。

「ふたりに会ってくれと頼んだのは、城の一件ではないんだ」ロバートが言った。

「そうだろうとも」ブルースは応じた。

「美しいお城ですね」ダーシーがブルースに言った。彼女はお世辞を言ったのではなく、愛想よくしているだけだった。それでもブルースはふたりを前にしていらいらせずにはいられなかった。

「今度の土曜日に近隣の警察署から人をかき集めて、連続殺人犯の犠牲になったと思われる女性の死体を捜索することになっているんです」ロバートがふたりに説明した。「あなた方にも手を貸していただけるとありがたいのですが」

「もちろんお手伝いします」ダーシーが請けあい、夫をちらりと見た。

「もちろん」マットが妻を見て言った。

ロバートはうなずいた。「よかった」

ダーシー・ストーンがテーブル越しにブルースを見た。「あなたも捜索に参加なさるのでしょう、領主マクニール？」

「そのつもりです」

「当然ですよね」ダーシーは言った。「責任を感じておられるでしょうから」

「その森はぼくの城のすぐ近くにあるんです」

彼女はうなずいた。「それにしても興味をそそられますわ、領主マクニール。あなたは過去十年間、ほとんどご自分の城で過ごしていませんね」

ブルースは眉をつりあげた。

「ええ、あなたはニューヨークに住まいをお持ちで、ネス湖の近くに馬の飼育場を所有なさっている。それからケンタッキー州の馬の繁殖施設の株式さえお持ちです」

ブルースはまじまじと彼女を見つめた。「そこまでわかるとはすばらしい」彼はささやいた。「しかも、ぼくにてのひらを見せてくれとさえ言わなかったのに」

ブルースはその場を離れようと動きかけたが、ダーシーが彼の手に手を置いた。

「そういうことはインターネットで調べられるんですよ」

「なるほど」ブルースはつぶやいた。そして、この夫婦を前にしているとなぜ心に鎧《よろい》をまといたくなるのだろうと首をひねった。ふたりに対して失礼な態度をとる理由はない。ロバートが助力を仰げるかどうか知りたくてふたりを呼んだのだ。ブルースから見れば、とうてい分別のある行為とは思えないが、夫妻が立派な人物に見えるのもたしかだった。女性はベールつきの黒いドレスなど着ていないし、水晶玉を携えてもいない。彼ら夫妻に敵意を抱く根拠はなにもなかった。

だが、彼らが自分の暮らしぶりを調べたことに対して、ブルースは釈然としないものを感じた。もっといえば、トニーが〈ハリソン調査社〉に電話をかけたことからして気に入らなかった。大マクニールに関する物語を耳にしたことはないという彼女の言葉を信じたものの、史実を知っていたことには論理的な説明があるはずだと、ブルースは確信していた。トニーが地下墓所の内部について知っていたことにも論理的な説明があるに違いない。それから大雨のあとで彼女がアナリーズの死体を発見したのは、幸運と偶然が重なっただけなのだ。

何年も前にブルースが連続殺人犯である夫婦を逮捕できたのも、幸運と偶然が重なったからだ。

「あの城は先祖伝来の家なのに」ダーシー・ストーンが考えをめぐらしながら言った。「あなたは何年も寄りつかずに暮らしてきたように見えます」

もう限界だ、退散するとしよう。ブルースはそう決意して立ちあがった。

「お目にかかれてよかった」彼は言った。「しかし、そろそろ失礼させていただこう。このあと、まだ村で用事があるもので。それでは土曜日にまた。ロバート、なにかあったら連絡してくれ」

ブルースはマット・ストーンと握手をしてパブを出た。そしてふいに、そこがニューヨークの通りだったらいいのにと思った。生き生きとした人々が行き交う街角に立って、舌にピアスをしたり髪を緑色に染めたりした若者たちが今度は入れ墨《タトゥー》をしてもらおうと急ぐのを眺めていられたら。

ブルースはパブから数歩歩いたところで立ちどまった。外へ出ただけなのに、重い鎧を脱ぎ捨てた気がした。彼は周囲を見まわして、ジョナサンのオフィスに寄ろうか、それともダニエル・ダローを訪ねようかと考えた。どちらもやめることにし、祖先の像を見あげる。大理石と鋼鉄とほかのなにかでできている像を。

「ぼくの人生から出ていけ！」ブルースは像に向かって言った。

「すると、昔の領主があなたの生活のなかにいるのね」穏やかな声が呼びかけた。

ブルースはくるりと振り返り、さっさと立ち去らなかったことを後悔した。ダーシー・ストーンが彼を追って店を出てきたのだ。

「ミセス・ストーン、悪いが失礼させて――」

「お願い、少しだけお時間をください」

彼は腕組みをした。「じゃあ、ほんの少しだけ」

「最初に断っておきますが、わたしたちはトニー・フレーザーに頼まれて来たのではありません」

「じゃあ、なぜ来たんです？」

ダーシーはその質問に答えようとしなかった。「あなたの城にはなにかが存在します」

「あそこには大勢が存在していますよ、アメリカ人たちが」ブルースは言った。

彼女はほほえんだ。「あなたは犯罪史上まれに見る事件を見事解決して逮捕にこぎつけましたね。そしてそのあと警察をやめた。なぜです？」

ブルースは両手をあげた。「仕事に疲れたからですよ。忙しくて結婚を先のばしにしているうちに、婚約者が重病にかかり、あの事件が解決した直後に亡くなりました。人間が人間に対して行う冷酷な行為に少々時間を注《つ》ぎこみすぎたと気づいたんです。こんなことはあなたに関係ないでしょうが、あなたはぼくのことをなんでもご存じのようだから」

「それは警察をやめた理由の一部にすぎないのでしょう？」ダーシーが尋ねた。

「どういう意味かわかりませんね」

「おわかりのはずです。あの事件を担当していたとき、あなたは殺人者が行っていることを何度かはっきり見たに違いありません。犯人たちの心のなかへ入りこんだことさえあったはず。そしてそれに耐えられなくなったのでしょう」

「殺人は醜いものです」

「だからこそ、やめさせる必要があるのです。だからこそ、殺人者たちを一般の人々から隔離し、閉じこめる必要があるのです」彼女は言った。

「それだけですか？」

「いいえ。わたしが本当に言いたかったのは、あなたが話したいのなら、そしてなにかわたしにできることがあるのなら……ええ、あなたを助けたいということです」

ブルースは彼女の助けなど必要ないと言いたいのをぐっとこらえた。「覚えておきます」

「できればもう一度あなたの城を訪れたいのですが」

「考えておきましょう」ブルースは言った。「それで全部ですか？」

ダーシーはかぶりを振った。「あとひとつだけ」

「なんです？」

「あなたは……あなたは本物の能力をお持ちです。それを使ったらどうでしょう？」

「それも肝に銘じておきますよ。さてと……もういいですか？」

ブルースは決然たる足どりで車へ歩いていった。

18

　トニーが二階からおりてくると、キッチンにジーナとデーヴィッドとケヴィンがいた。三人は熱心に書類を読んでいた。

「トニー」ジーナが言った。「ちょっとこれを見てくれない？　新しい賃貸借契約書を作成したの。もっとも、正確には賃貸借契約書とは言えないけど。だって、ブルースは今後も自分の城に住むことになるでしょうから。それにもちろん、わたしたちの芝居で、彼がいつまで先祖の役を演じてくれるかわからないしね。ともかく彼に半年間の興行を許可してもらうつもり。このまま続けられれば、彼に城の使用料を払えるだろうし、出演料だって出せるかもしれない。それどころか、わたしたちが帰国して新しい仕事を見つけるための資金や、別の城を探す資金だってできるんじゃないかしら」

　トニーは自分でコーヒーを注《つ》ぎ、カウンターに寄りかかって言った。「ジーナ、あなたの作成した契約書なら、見るまでもなくきちんとしているに決まっているわ。あとはそれを弁護士のところへ届けて、ブルースに渡してもらえばいいんじゃない？」

ジーナは親指の爪を噛《か》みながら自分の作成した契約書を読み返した。「彼が気に入ればいいんだけど。さもないと、わたしたちはその日暮らしを強いられることになるわ」

「実際のところ、人間は誰しもその日暮らしをしているのさ」ケヴィンが言った。

「まあ、あなたって賢いのね」トニーがケヴィンに言った。「ほかの人たちはどこ？」

「ブルースは朝、車でどこかへ出かけたけど、一度帰ってきて、また馬に乗って出かけたよ」デーヴィッドが言った。「セイヤーはぶつぶつ言いながら出ていったし、ライアンは二階にいる。これから村へ剣の磨き粉だか、つや出しだかを買いに行きたいんだと。エバンは……ま、エバンのことだ、どこかそのあたりで仕事をしているんじゃないかな」

ジーナが腕時計に目をやった。「もう出かけなくちゃ。わたしたちって、思った以上にしょっちゅう村で過ごしているわね。トニー、わたしたちと一緒に来る？」

「いいえ、わたしはここでぶらぶらしているわ」

デーヴィッドが彼女に渋い顔を向けた。「一緒に来たほうがいいよ」

トニーはほほえんだ。「わたしなら大丈夫。本当よ」

「そうか、夜だけじゃ足りないんだ」デーヴィッドがからかった。「彼女は領主マクニールが帰ってくるのを待っていたいらしい」

トニーは無理してまたほほえんだ。「読みたい本があるのよ」

「ふーん」ケヴィンもからかい口調で続く。「男の本だな。部分的に点字になっている」

「ひどい人たちね」トニーは言った。

「ゆうべ、あなたとブルースはもめていたんじゃないの？」ジーナのトニーに向けた視線は鋭かった。

それを聞いて、デーヴィッドとケヴィンもトニーを注視した。

「なんですって？」トニーは言った。

「二階へあがったときに、あなたの声が聞こえたの。なんだかとげとげしい感じだったわ」ジーナは言った。「口論でもしていたの？」

トニーは仕草だけで否定した。

「こんなことをきくのは、ブルースにどうしてもこの契約書に署名してもらう必要があるからよ」ジーナがトニーに念押しした。

トニーはため息をついた。「彼が署名するかどうか、わたしにはわからないわ。口論なんかしていないし」

歌声がして、ライアンが颯爽《さっそう》とキッチンへ入ってきた。歌っているのは《オクラホマ》の替え歌だった。やけに機嫌がよさそうだ。全員が彼を見つめた。ライアンは歌がうまいとはとうてい言えない。

彼は立ちどまってみんなを見つめ返した。「なんだよ？」彼はきいた。「そうか、ここはスコットランドだもんな。ようし、『ブリガドゥーン』の曲を歌ってやろうじゃないか」

「みんな、さっさと出かけよう」デーヴィッドが言った。「トニー、一緒に行こうよ。なんならぼくもきみと墓地へ行って一緒に墓碑銘を読んだっていいからさ」

トニーは笑った。「大丈夫、わたしはひとりでここにいるわ。みんなを車まで送っていく」

彼らはのろのろと玄関へ向かったが、デーヴィッドがドアを開けると、驚いたことにジョナサン・タヴィッシュ巡査が立っていた。暗い顔をしている。

「タヴィッシュ巡査」トニーは言った。「こんにちは。なにかご用事ですか？　ブルースならいませんけど」

ジョナサンは悲しそうに首を振った。「残念ながら、ブルースに会いに来たんじゃないんだ」

「じゃあ……なんのご用件で？」ライアンが尋ねた。

「きみの親戚《しんせき》の男に用事があってね、ミス・フレーザー」ジョナサンはしばらくためらってから続けた。「実はセイヤー・フレーザーを逮捕しに来たんだ」

デーヴィッドがあえぎ声をもらした。「どうして？　なんの罪で？」

ジョナサンはそわそわと足を踏み替えた。憂鬱《ゆううつ》そうな顔で言う。「詐欺だ」

「待って。どういうことか説明してください」トニーは頼んだ。

「彼はここにいるのかな？」ジョナサンがきいた。

トニーはかぶりを振った。「もしかしたら……いいえ、セイヤーの居場所はわかりません。でも――」

「こんなことを告げなければならないのは残念だが、すべては彼が仕組んだんだ。彼がきみたちをはめたんだよ。ウェブサイト上に架空の会社をでっちあげ、宛先《あてさき》として私書箱を設けた。おそらく彼は、ブルースが戻ってきたら、きみたちは出ていくと考えたのだろう……一文なしのきみたちはアメリカへ帰り、自分はどこかへ高飛びできるだろうとね。まだ逃げださないでいるのは驚きというほかないが、彼は犯罪の証拠を隠しおおせたと考えたのかもしれない」

「セイヤーが！」トニーは驚いて言った。

「きみの親戚の男がかい？」ライアンが言った。

「まあ、そう気落ちしないで。金をいくらかとり戻せるかもしれないんだから」ジョナサンが慰めた。

トニーはかぶりを振った。「わたしは信じない」

「きみは信じたくないんだ」デーヴィッドがつぶやいた。

「どんな証拠があるんです？」トニーは尋ねた。

「逮捕するに足る証拠があるんだ」ジョナサンが静かな口調で言った。

「それでも信じないわ」トニーはかたくなに言った。

「彼が城にいるかどうか、定かじゃないんだね？」ジョナサンがきいた。

「どこかそこらあたりにいるかもしれないけど、確かめたわけじゃないから」ライアンが道を空けた。「なかへどうぞ……ぼくはセイヤーの部屋を調べてきます」

「そのあいだに、わたしは二階をひとまわりしてみるわ」ジーナが言った。

トニーは落ち着かない気持で立っているうちに、セイヤーがいるかもしれない場所に思いあたった。厩舎《きゆうしや》の二階だ。そこでなにをしているのかはわからない。いや、なにをしているのか知りたくなかったのだ。でも、巡査がセイヤーをつかまえる前に、なんとかして彼に会わなくては。

「わたし……外を捜してみる」トニーは言った。

トニーはドアを出て厩舎のほうを眺めた。昨日ジョナサンから、ウェブサイトがグラスゴーで開設されたことが判明したと聞かされていたにもかかわらず、彼女は驚いていた。〝きみは信じたくないんだ〟――それは本当だ。

トニーが芝生を横切って歩きだしたとき、セイヤーの姿が目に入った。彼女はセイヤーが厩舎の二階にいたことを確信した。彼はにこにこしながら大きく手を振って、この世に心配ごとなどなにひとつないかのように無頓着《むとんじやく》な足どりでこちらへ歩いてくる。

足をとめたトニーは、額に垂れた髪をひんやりした微風が揺らすのを感じた。

「おはよう《トップ・オブ・ザ・モーニング》……おっと！　アイルランド式の挨拶《あいさつ》をしちゃった」セイヤーがふざけ

て言った。それからトニーの表情を見て立ちどまった。「トニー、どうかしたのか?」

「あの巡査がここへ来ているの」

「なにをしに?」

「あなたを逮捕しに」

「ぼくを逮捕しに?」セイヤーは心底驚いたようだ。

「詐欺の容疑で」

「なんだって?」

「詐欺の容疑でよ。わたしたちみんなをだました罪で」

セイヤーはドアのほうを見た。彼の表情が変わった。振り返ったトニーは、ジョナサンが出てきたのに気づいた。

「くそっ」セイヤーはつぶやいて一目散に逃げだした。

彼は動転するあまり分別を失ってしまったのだろう。逃げたところでどこにも行き場はないのだから。いや、あるかもしれない。丘を駆けおりて森のなかへ入りさえすれば、完全に姿をくらますことができるのではないか。だが、そうはいかなかった。

ジョナサン・タヴィッシュは足が速かった。セイヤーの意図を見てとった彼は、陸上選手さながらの猛スピードで駆けだし、セイヤーが二十メートルも逃げないうちに後ろから飛びかかった。「これは濡《ぬ》れ衣《ぎぬ》だ! 濡れ衣だ!」セイヤーは地面へ倒されながらわめいた。

ジョナサンのほうが肩幅も広くて見るからにたくましく、はるかに強かった。取っ組みあいはすぐに終わって、セイヤーは手首に手錠をかけられ、土埃《つちぼこり》にまみれて髪を乱したまま立たされた。

ジョナサンにパトカーのほうへ連れていかれるとき、セイヤーがトニーを見て叫んだ。「ぼくはやっていないよ！　どんな証拠があるのか知らないけど、ぼくはやっていない。トニー、助けてくれ」

「言いたいことがあるなら裁判官に言え」ジョナサンがうんざりしたように首を振って言った。

「助けがいるんだ、トニー」セイヤーが彼女に呼びかけた。「弁護士を頼んでくれ。誓ってもいい、ぼくは潔白だ」

「わたしたちが弁護士をつけてあげる」トニーは大声で応じた。「弁護士でもなんでも……あなたにとって必要なことをしてあげるわ」

実際の逮捕劇は刑事ドラマとは違った。ジョナサンは容疑者の頭を覆い隠して車の後部座席へ押しこめる代わりに、助手席側のドアを開けてセイヤーを座らせた。

セイヤーの視線はトニーに向けられたままで、その目は助けを求めていた。

そのときにはデーヴィッド、ケヴィン、ジーナ、ライアンが出てきて、トニーの両側に立っていた。「なんてこと！」ジーナが息をのんだ。

「だけどタヴィッシュ巡査は、ぼくたちの金をいくらかとり戻せるんじゃないかと言ったぜ」ライアンが言った。

トニーはくるりと振り返った。「セイヤーは潔白を主張したわ」

デーヴィッドが悲しそうに彼女を見た。「自分から有罪だなんてふれまわる人間はどこにもいないよ」

トニーはかぶりを振った。「わたしは彼を信じるわ。こうなったらわたしたち、是が非でも真相を突きとめなくては。彼には弁護士でもなんでもつけて助けてあげましょう」

「この国には公正な司法制度があるよ」ケヴィンが慰めるように言った。

「仲間じゃない人を信じるべきではなかったんだわ」ジーナがつぶやいた。

「そうね、セイヤーはわたしの親戚よ。わたしが悪いんだわ」トニーは怒って言った。

「彼が無実だったらどうするの？」

「トニー」ジーナが反論したが、口調はやさしかった。「証拠もなしに警察が彼を逮捕するはずないわ」

「どんな証拠か見せてもらいたいものね」トニーは言った。「それにわたし、今すぐ彼に弁護士をつけてあげたいの」

「そいつは無理な相談だよ」ケヴィンが言った。

「どうして？」トニーは尋ねた。

「だって、ぼくたちには金がない」

「いいかい」デーヴィッドが落ち着いた声で言った。「ブルースを見つける必要がある。ここは彼の土地だし、なんに関しても、彼のほうがぼくらよりいろいろと詳しいからね。それに彼から友人のロバートに連絡をつけてもらえるだろう。ロバートなら、セイヤーに関して警察がどんな証拠を握っているのか教えてくれるに違いない。さっそく車でブルースを捜しに行こう」

「こりゃいいや」ケヴィンがため息まじりに言った。「まんまとぼくたちをだましたやつを、みんなで助けようっていうんだから」

「有罪が立証されるまでは無罪という原則はどうなったの？」トニーはきいた。

「とにかくブルースを見つけて相談しよう」ライアンが言った。

「馬で村まで行ったのかしら」ジーナが首をかしげた。

「このあたりなら馬でどこへだって行けるさ」ライアンが言った。「おい、デーヴィッドとケヴィン、きみたちはミニバンで村へ行って、ブルースを見かけなかったか尋ねてまわってくれ。ジーナとトニーとぼくは、車でこのあたりを走ろう」

　トニーは後ずさりした。「ありがとう」彼女はささやいた。「でも、わたしはここにいるわ。ブルースは村にいないかもしれないし、みんなと入れ違いに帰ってくるかもしれないもの」

「ここに残るっていうの？　ひとりきりで？」ジーナがきいた。

トニーは肩をすくめた。「エバンが近くにいるでしょう」

「まあ、いやだ、エバンですって！　あんな人がいたら、余計に心配じゃない」ジーナが言った。

トニーはかぶりを振った。「心配しないで。今は昼間だもの。わたしなら大丈夫よ」

「気に入らないな」デーヴィッドが言った。

「みんなは行って。ブルースがなかなか帰ってこなくて、誰も彼を見つけられなかったら、わたしはウォレスに乗って村へ行くわ」トニーは言った。「ね、お願い、急いで行動に移りましょう。セイヤーはいつまでも村に置いておかれないで、きっと大きな町の留置場へ入れられてしまうわ。ぐずぐずしていられない」

「わかったわ」ジーナが言った。「でも、セイヤーがやったかもしれないという事実を受け入れなくてはだめよ」

トニーはうなずき、城のほうへ歩き始めた。だが、二台の車が道路を走りだすと、決然たる足どりで厩舎へ向かった。

なかへ入ったトニーは、馬房のなかのウォレスが仕切り扉へ歩いてくるのを見た。彼女に鼻面を撫《な》でてもらえると思ったのだろう。

「ごめんね」トニーはささやいて、まっすぐはしごをめざした。急いで二階へあがり、あたりを見まわす。干し草の敷いてある板張りの床を歩きまわりながら、わたしはなんてばかなことをしているのだろうと思った。ここでセイヤーがなにかをしていたのはたしかだが、なにを探したらいいのかわからなかったら、なにも見つかるわけがない。

　そのとき、トニーは口笛を聞いて立ちすくんだ。エバンだ。彼女が聞き耳を立てていると、エバンが厩舎へ入ってきて、まっすぐウォレスのところへ歩いていった。「よしよし、いい子だ、ごちそうを持ってきてやったぞ」

　彼は馬になにかを食べさせている。だが、なにを？

　トニーは思いあたった。ウォレスが病気になったのは、エバンが悪いものを食べさせたからではないだろうか。その証拠に、ショーネシーは少しも体調を崩さなかったではないか。でも、なぜエバンがそんなことをするの？　わたしたちの興行の邪魔をするため？　それとも彼は、ブルースが最初はそうだったように、わたしたちがスコットランドの歴史を冒涜《ぼうとく》していると考えているの？

　トニーは身じろぎもしないで聞き耳を立てていた。

「ほら、いい子だ、全部食べろ」

　トニーは動きたいのをこらえ、息をつめて待った。やがてエバンが厩舎を出ていく音がした。そのあともトニーは、遠ざかっていく彼の口笛が聞こえなくなるまで待った。それから干し草を蹴《け》って必死になにかを探し始めた。

「濡れ衣だと言っているじゃないか！」セイヤーはジョナサンに言った。「ぼくはやっていない」

「恥を知れ。スコットランド人のくせに詐欺なんか働きやがって」ジョナサンが言った。

「聞いてくれよ。さっきから言っているように――」

「話しかけるな！」ジョナサンがセイヤーに警告した。

「なあ、聞いてくれったら――」セイヤーが繰り返した。

「警告したぞ」

「わかっているよ。だからこうして頼んで――」

ジョナサンは我慢できなくなり、ハンドルから片手を離してセイヤーの頭にがつんと肘打ちをくらわせた。

相当な痛さだった。やってくれたな！　一瞬くらっとしたセイヤーは、思わず反撃に出た。横へ払った肘が巡査の側頭部を一撃した。ジョナサンは頭をガラスにぶつけ、ハンドルを制御できなくなった。車は丘の斜面を暴走し始めた。

ジョナサンがののしり声をあげるのと同時に、車が大岩に乗りあげて引っくり返った。

干し草のかたまりを蹴りあげたトニーは、ビニール袋を見つけた。しゃがんで袋をとりあげ、中身を見る。マリファナだろうか？

床を両手で探ると、ふたつめのビニール袋が見つかった。なかに入っていたのはマッチと茶色の巻き煙草《たばこ》用薄紙だ。トニーは最初の袋のにおいをかいだ。もはや疑問の余地はない。

セイヤーは厩舎の二階へあがってはマリファナを吸っていたのだ。そのことは明白だとしても、彼女の求めているのはそんな答えではない。今必要なのは、セイヤーが詐欺を働いたのか否かを示す証拠だ。

トニーはため息をついてビニール袋をもとの場所へ戻した。そんなものを持っていて、誰かに見つかりでもしたら大ごとだ。立ちあがった彼女は、またエバンにでくわしたくなかったので用心しながらはしごに近づき、急いでおりてウォレスの馬房へ向かった。ウォレスはうれしそうに小さくいないた。「残念だけどなにも持っていないの。あの男が食べさせたもののせいでおまえの具合が悪くなったら、わたしがあいつをひどい目に遭わせてやるから。いいわね？」

彼女は腕時計に目をやった。厩舎の二階で長い時間を過ごした気がしたけれど、仲間たちが車で出かけてから十五分しかたっていない。彼女はしばらくためらい、それから意を決して厩舎を出た。

城へ戻ったトニーは二階へあがってブルースの部屋へ入り、冷たくなった暖炉の前の椅子に腰をおろした。そして目を閉じ、小さな声で話しかけた。

「あなたがここにいるなら、今こそ現れて。お願い、ほかには誰もいないわ。それに……わたしはあなたを信じてる。動転して悲鳴をあげたりしないわ」

それだけ言ってトニーが目を開けると、彼がいた。真剣な面持ちで悲しそうに彼女を見つめている。

〝来てくれ〟

「ええ、あなたの望みどおりにするわ」トニーは言った。

彼はキルトのすそを翻して向きを変え、大股でドアへ向かった。マスターズルームを出て、廊下を階段のほうへ歩いていく。

トニーはあとに従った。彼は階段のそばまで来て立ちどまり、彼女がついてきているのを確かめるように振り返った。それから階段をおりだしたので、彼女はあとを追った。

彼は大広間で再び立ちどまり、振り返ってトニーがまだ後ろにいることを確認した。彼女には彼がどこへ行こうとしているのかわかった。「地下墓所へ行くのね?」トニーはささやいた。彼は真剣なまなざしで彼女を見つめ、それからまた向きを変えて第二広間を横切った。

トニーの予想どおり、死者の世界へ通じる螺旋《らせん》階段へのドアは開いていた。彼はまたそこで振り返った。

トニーは彼を見つめて軽く首を振った。「どうしてわたしなの？」小声で尋ねた。返事はなかった。彼女も返事を期待したわけではない。彼は向きを変えて螺旋階段をおりだした。トニーは慌ててついていったが、今回は明かりをつけるのを忘れなかった。

しかし、階段をおりきってひとりきりに、いや、幽霊とふたりきりになってみると、明かりはそれほど役に立っているとは思えなかった。マクニール家の人々が死体を棚の上にさらしておかなかったことに感謝しなければ。そういう葬られ方をしていたら、ぼろぼろの屍衣《しい》に覆われて塵《ちり》へ返りつつある死体が並んでいたことだろう。それでも古い大理石の墓石や、ゲール語で書かれた墓碑銘や彫刻を見ると、トニーは自分がどこにいるのかを思いださずにいられなかった。ここはものすごく寒い。今、城のなかにいるのは彼女と幽霊だけだ。トニーは自分の正気を疑いながらも幽霊に導かれて地下墓所を進んでいった。

通路を奥へ行くほど明かりが薄れるように感じられた。左手にある十六世紀の領主の墓には、ルネサンス的教養人風に頬杖を突いて自分の棺に腰かけている等身大の像があって、大理石の目がこちらを見つめていた。トニーはそのうつろな目で本当に見つめられているような気がして、慌てて視線をそらした。行き先はわかっていた。地下墓所の通路の突きあたりだ。

そこまで来たとき、トニーを導いてきた大マクニールの幽霊はどこかへ消えた。地下墓所の反対側は深い闇《やみ》に沈んでいる。トニーは自分の知っているブルースそっくりの大理石像を見つめ、なぜわたしはまたここへ連れてこられたのだろう、この前来たときになにかを見落としたのだろうか、と首をかしげた。

今、その見落としたものに気づいたとたん、彼女の血は凍りついた。

大マクニールの隣の石棺の蓋《ふた》が少し開いている。その石棺は数百年前に誰かが、いずれアナリーズの遺骨を愛する夫の隣へ葬ってやろうと考えてつくったのだろう。

トニーは顔をしかめ、幽霊にも聞こえるように大声で言った。「だけど、あなたも知ってのとおり、彼女はここへ帰ってくるわ。ブルースがそうしてくれることになっているの。彼女は帰ってきて、あなたの隣に葬られるのよ」トニーの声が石のアーチ型天井に不気味に反響した。

彼女は大マクニールの像をまわりこんで隣の石棺へ歩み寄り、なぜ質素な石の平板が開いているのかを調べようとした。

石棺のなかをのぞいてみたが、真っ暗でなにも見えなかった。蓋をもう少しずらせたら見えるのではないかと思って押してみた。重すぎて最初は手に負えそうになかったが、やがて石と石のこすれる音がした。蓋が動いたのだ。

そしてトニーは石棺のなかにあるものを見た。

悲鳴が彼女の喉からほとばしりでた。ぞっとする甲高い悲鳴が。それは石に跳ね返って大きく反響し、地下墓所を恐怖で満たした。

トニーは石棺から後ずさりし、そこから逃げようと身を翻して通路を駆けだした。

これでやっと答えがわかった。大マクニールがわたしになにを教えたがっていたのかが。

19

乗馬ほど楽しいものはない。とりわけショーネシーのような立派な馬に乗るのであれば。それに自慢ではないが、彼の生まれ育ったところほど美しい丘に恵まれた土地も珍しい。ブルースは丘のてっぺんで馬をとめ、どこまでもうねりながら続く紫がかった緑の草原を眺めた。羊や牛の群れが草をはんでいる。

眼下に広がるいかにものんびりした平和な光景を見ていると、不思議な感慨に包まれる。まさにこの場所で、過去に幾多の悲劇が繰り返され、多くの血が流されたのだ。まず古代の部族同士が豊かな土地をめぐって争い、それから初期の民族主義者たちが帝国主義者を相手に戦争を繰り広げ、のちに男たちが忠義や理想や誇りのために殺しあったのだ。

そこまで考えたとき、ブルースは深く心を乱されてとまどった。そして不安になった。なにかが起ころうとしている……予感めいたその感じがふくれあがったのだ。今にもなにかが起ころうとしている。

「ばかばかしいよな?」ブルースが話しかけると、ショーネシーがひづめで地面をかいた。

ブルースはのどかな丘や谷からうっそうと茂る暗緑色の森へと視線を移した。あれから十年が過ぎたのに、彼が解決したあの事件が今も心を悩ませる。なぜだろう？

理由はわかっている。彼は凶悪な怪物の心のなかに入るという恐ろしい体験をした。そしてそんなことを続けていたら、自分自身が怪物になってしまうかもしれないと心配になったのだ。

信じないぞ！　ブルースは自分にそう言い聞かせた。それなのに……あの事件のことを忘れたことがなかったように、この数日間、川にうつぶせに倒れているトニーの映像を頭から追いだせずにいた。

幽霊とゴーストバスター。思い返すたび腹が立つ。そうとも、人の心など簡単に欺くことができる。彼自身の心も欺かれているのではないだろうか。

ダーシー・ストーンがブルースの神経をいらだたせた。トニーのように。ダーシーにはいまいましいほどの落ち着きがある。熱に浮かされたようにおかしなことをわめきたてたりはしなかった。いったい自分はなにをしているのだろう。ブルースはショーネシーの背中の上で考えた。ひとつだけたしかなことがある。

あの幻影が繰り返しよみがえっては彼を悩ませるということだ。しかも惨劇の予感は大きくなりつつあった。

鍵《かぎ》がかかっているかもしれないと恐れながら、トニーは勢いよくドアにぶつかった。だが、前と同じようにドアが大きく開いて、彼女は第二広間へ出ることができた。

電話。電話のところへ行かなくては。

エバン！　エバンがどこかそのあたりにいる。でも城のなかにはいない。彼はなかへ入ってきたことがない……それともあるのだろうか？

大広間へ駆けこんだトニーは、階段へ向かおうとして立ちすくんだ。

髪を振り乱したセイヤーがぼんやりした目つきで戸口に立っていた。額と髪に血がこびりついている。シャツは裂けて、全身土まみれだ。はめられた手錠が片方の手首から垂れていた。

「セイヤー？」トニーは呼びかけた。

「事故に遭ったんだ」彼が言った。

「事故に？」トニーは用心深く言った。地下で見たものが心にまざまざと焼きついているので、誰も信用する気になれない。一時間前にはかたくなにセイヤーの弁護をしていたが、今の彼の様子ときたら……。「なにがあったの？」トニーはかすれた声できいた。

「殴った……あの巡査……ひどいやつだ……ぼくを殴りやがった。それでやつを殴り返してやった」

「どこ？　彼はどこにいるの？」トニーは尋ねた。

セイヤーは首を振った。「ぼくはなんとか這《は》いだしてきた。ぼくは……トニー！」

彼が近づいてくると、トニーは狼狽《ろうばい》した。セイヤーを信じすぎたのではないだろうか。彼はみんなが心もとない状況に置かれているときに、厩舎《きゅうしゃ》の二階へあがってはマリファナを吸っていたような男なのだ。でも、そんなことで人を絞首刑にはできない。彼女は自分をしかった。だけど、わたしを見るセイヤーの目つきといったら……。

ふいに彼がにやっと笑ったが、気味の悪いゆがんだ笑みだった。「まるで幽霊を見たような顔をしているよ。城の墓場をうろついてでもいたのかい？」

もう耐えられない。電話なんかどうでもいい。早くここから出なくては。トニーは近づいてきたセイヤーを力任せに押した。

彼は後ろへよろめいて転んだ。「トニー！」

彼女はセイヤーを無視し、厩舎めがけて駆けだした。ウォレスに乗っていこう。だが、途中で足をとめた。エバンが厩舎から出てきたのだ。一方の手にオイルクロスを、もう一方の手に剣を持っている。彼は剣を磨いているだけよ。トニーは自分にそう言い聞かせた。

「ミス・フレーザー」エバンが声をかけた。「厩舎へ行くんだね？　それはいい。ウォレスのやつを見てやってください」

トニーは何気ないふうを装って首を振った。ウォレス！　あの人懐っこいウォレス。今度こそ死んじゃったの？　エバンに毒を盛られたの？

「わたしはこれから散歩に行くの、エバン」トニーはそう言って元気よく手を振ったが、そのあいだもセイヤーが追いかけてきませんようにと祈っていた。でも……考えてみたら来てくれたほうがいいのかもしれない。ふたりとも悪事を働いているなんて、ありえないから……。

それとも、ありうるだろうか？

前方に下り坂が続いているのを幸いに、トニーは足を速めた。最初は歩いていたのが小走りになり、やがて大股の駆け足になり……最後は全力疾走になった。

「トニー！」

彼女は振り返った。セイヤーがよろめきながらものすごい形相で追いかけてくる。村までは果てしなく遠い。

トニーは立ちどまって振り返り、深く息を吸った。ジョナサンに追いかけられたときはそう足の速くなかったセイヤーが、今はかなりの速度で走ってくる。

ふと坂の向こう側を見やったトニーの目に、横転している巡査の車が見えた。

ほかにとるべき道はない。

トニーは方角を変えて森をめざし、薄暗い木立のなかへ駆けこんだ。

ブルースが帰ってみると厩舎は空っぽで、車は一台もなく、玄関のドアは開けっぱなしになっていた。彼は大広間へ入っていって大声で呼んだ。「トニー？　ジーナ……デーヴィッド！　誰もいないのか？」

城のなかはがらんとしているようだ。それでもキッチンに誰かいるかもしれないと思い、ブルースは第二広間を歩いていった。だが、キッチンまで行きつかなかった。地下墓所へ続くドアが開け放たれている。

心臓が激しく打った。トニーときたら！　また地下へおりて、転ぶかなにかし……恐怖のあまり身がすくんで動けなくなったのだろうか？

ブルースは螺旋《らせん》階段を脱兎《だっと》のごとく駆けおりた。

「トニー？」返事はなかったが、彼女の行き先は見当がついた。ブルースは急ぎ足で大領主の墓をめざした。

彼がまず顔をしかめたのは、石棺の平板がずれているのを見たからだ。どうしたのだろうとなかをのぞきこんだとき、不快なにおいが鼻を突いた。

ブルースはたじろいで後ずさりするようなことはしなかった。

ぼくは完全に間違っていた。森をいくら捜したところで、アニー・オハラは見つかりっこない。彼女はここにいるのだから。それにしてもなぜここに？　ブルースは頭がどうにかなりそうだった。

今は、なぜ死体がここにあるのかはどうでもよかった。トニーの姿はどこにもない。ブルースの不安は次第にふくれあがった。

螺旋階段を矢のように駆けあがる。かつてないほどの悪い予感がし、一刻も早くトニーを見つけなければと気があせった。

予感。そうだ！　あれは紛れもなく予感だったのだ。トニーの映像《ビジョン》、流れに漂う金髪……水のなかにうつぶせで。


薄ら寒い森のなかへ入るとすぐ、緑の葉を茂らせた薄暗い木立がトニーを隠してくれた。彼女は靴やジーンズのすそが濡《ぬ》れるのもいとわず川を渡った。冷たいなどと文句を言っている場合ではない。やがて太い樫《かし》の古木を見つけ、その幹に寄りかかって呼吸を整え、理性的に考えようとした。

今回発見した死体は最近のものに違いない。おそらくアニー・オハラの死体だろう。そう考えるのが理にかなっている。ほかの死体はここに、この森に捨てられていた。そして今度の死体が捨てられていたのは、なんと城のなかだ。ブルースの城！　まさかブルースが犯人なのだろうか？　それでなくても……いいえ、そんなことは断じてありえない。

トニーは枝をかき分ける音を聞いて振り返った。

「ミス・フレーザー！」

エバンの声。エバンが彼女を呼んでいるのだ。

なぜ？　なぜ彼はわたしを追いかけてきたの？　それにセイヤーはどこ？　わたしが振り返ったとき、セイヤーはエバンよりもずっとわたしの近くにいた。実際のところ、わたしはエバンが追いかけてきているなんて気づきもしなかった。

「ミス・フレーザー！　ここは危険ですよ」エバンが困ったような声で呼んだ。「領主にここへ入らないよう言われたはずです」

トニーは樫の幹にぴったり身を寄せて、エバンの足音が通り過ぎるまでじっとしていた。彼が遠くへ去ったのを確信し、幹の陰から出た。だが、目の前にセイヤーが立っているのを見てぎょっとした。

「トニー」セイヤーが小声で言った。「ああ、トニー、ここにいたんだね。きみを捜していたんだよ。ああ、ごめん、本当にごめんよ」


二台の車は危うく衝突するところだった。ケヴィンが叫ばなかったら、デーヴィッドはブレーキを踏みそこなっただろう。

急停止した車の一台の運転席側からライアンが飛びだし、助手席側からジーナがおりてきた。ふたりはミニバンに駆け寄った。

「おい、大変だ！　一大事だ」ライアンが言った。

「まったくだ！　きみはろくに運転もできないんだからな」デーヴィッドはなじったが、

ライアンの表情を見て口をつぐんだ。

「なんだ？　どうした？」ケヴィンがきいた。

「十五分ほど前にいったん城へ戻ったんだ。そしたらトニーはいなくて、玄関のドアは大きく開けっぱなしになっているし、地下へ続くドアも開いていたんだよ」

息を継いでいるライアンに代わって、ジーナが先を続けた。「それに坂の下で巡査の車が引っくり返っているの」

「この道をずっと来たけど、トニーは見かけなかったな。ブルースはいたかい？」デーヴィッドが心配そうにきいた。

ライアンもジーナも首を横に振った。

「ぼくたちも見つけられなかった」ケヴィンが言った。

四人はしばらく顔を見あわせていた。やがて彼らはうっそうと枝葉を茂らせている森を見た。ケヴィンがうめいた。

「トニーはきっとあのなかへ入ったんだわ」ジーナがささやいた。

「よし、ぼくらも行こう」デーヴィッドがそう言って、ケヴィンとともにミニバンをおりた。四人はひとかたまりになって森を見つめ、それからなかへと入っていった。小川にぶつかったところでデーヴィッドが言った。「ケヴィンとぼくは川をこっちへたどっていく……きみたちはそっちへ行ってくれ」

彼らは二手に分かれた。

たぶん彼にはわたしに危害を加えるだけの力が残っていないわ、とトニーは思ったが、運試しをする勇気はなかった。彼女は一瞬セイヤーを見つめ、それから向きを変えて再び逃げだした。

「トニー、待ってくれ！　お願いだから、待ってくれ！」セイヤーが叫んだ。

お願いだから、ですって？

トニーは走った。茂みを跳び越え、木々を避けて森の奥深くへ逃げたつもりなのに、気がつくとまた目の前に川があった。立ちつくしたまま、これからどうすべきか考えようとしたとき、うめき声が聞こえた。彼女は視線をさっと川へ走らせた……左へ。さらに左へ。川のなかに誰かがいる。生きている誰かが。うめき声をあげているから死体ではない。男だろうか？　それとも女？　わからない。枝が低く垂れ、緑濃く茂っている葉のせいで薄暗いからだ。

再びうめき声がした。体が動いている。

「まあ、なんてこと！」トニーはささやいて駆け寄った。

ショーネシーにまたがって丘を駆けおりていたブルースは、車を見て手綱を引いた。二台の車がバンパーを接するようにしてとまっていた。坂の下では巡査の車が横転している。

ブルースは馬をおり、川が森へ流れこんでいるところへ馬を引いていった。

エバンが首を振りながら森から出てきた。ブルースは急いで彼に歩み寄り、両肩をつかんだ。「エバン、トニーはどこにいる？」

「あのなかに！」エバンは森のほうへ手を振った。「でも彼女は、わたしが呼んでも出てこようとしないんです」

「本当か？　森にはほかに誰がいる？　彼ら全員か？　さあ、答えてくれ。セイヤーは？　今、やつは森のなかにいるんだろう？　よく聞いてくれ。地下墓所に死体がある。どうしてあんな場所にあるのか知っているか？」

エバンはブルースを見つめて顔をしかめた。「領主マクニール、墓場には死体がたくさんあるもんですよ」

ブルースはじれったいのを我慢して言った。「殺された若い女の死体があるんだ。どうしてあそこにあるのか知っているか？」

エバンはブルースを見つめ返して首を振った。「こんなことを言っちゃなんですが、あなたは城をほったらかしにしているから」

「すぐに城へ行ってロバート・チェンバレン警部補に電話するんだ。頼む、急いでくれ。彼にここへ来るよう言うんだ」

「わかりました」

エバンはせかせかと城へ向かった。ブルースは携帯電話を持ってこなかった自分に悪態をつき、ショーネシーの尻をたたいて厩舎へ帰らせると、森のなかへ駆けこんだ。

「タヴィッシュ巡査!」

トニーはジョナサン・タヴィッシュを助け起こそうと駆け寄った。

ジョナサンは彼女にもたれてふらふらと立ちあがった。「トニー……ミス・フレーザー……すまない。それにしてもあの男はとんでもないやつだ。ぼくの頭を殴って、車を壊しやがった。そして逃げちまった」

トニーはごくりとつばをのみこんだ。「さあ、ここから出ましょう。もっと悪いことがあるんです。行方不明になっている若い女性の死体が……わたしの見たのがたぶんそれじゃないかと思うんです」

「本当に?」

彼は体力をとり戻したらしく、まっすぐ立ってトニーの目を見つめた。

「地下墓所に。城の地下です」トニーは言った。「いったいどういうことかしら。まさかブルース・マクニールがあんなことを……。いいえ、城へはほかの人も入れたんだわ」

「そうとも、そしてそんなことをやりそうなのは? きみの親戚《しんせき》の男はどうかな、ミス・

フレーザー?」

「城へは誰でも入れたんです」トニーは言った。「わたしたちがまだブルースのことを知る前、城に着いたときはドアに鍵がかかっていませんでした。それにあそこにはエバン・ダグラスもいます。彼は地元の人で、あなたの友人だけど、すごく変わっているわ。考えてもみて。誰でも入れたんです」

「そう、誰でも入れた」ジョナサンは認めた。

突然、小枝の折れる音がして、ふたりはほかの人間がいることに気づいた。彼らは音のしたほうを見た。

セイヤーだった。さっきよりしっかりして見える。彼は憎々しげにジョナサンをにらんでいた。

「トニー……そいつから離れるんだ」

彼女はため息をついた。「セイヤー、今ならまだ間に合うわ。弁護士を手配してあげる。わたしたちが――」

「トニー! その男から離れなくちゃだめだ。そいつはぼくの頭をいやというほど殴りやがった。警察の人間はそんなことをしない」

「このやろう!」ジョナサンが怒鳴った。「きさまこそおれを殴ったくせに」

「そいつは嘘《うそ》だ! おまえは嘘つきだ!」セイヤーが怒鳴り返した。

それを聞いてかっとなったジョナサンは完全に力をとり戻し、セイヤーに飛びかかって殴り倒した。トニーはうめき声を聞き、セイヤーが苦しそうにあえぐのを見た。ジョナサンはさらに顎へ一撃を見舞おうとしている。

「やめて！」トニーは叫んで、水のなかをセイヤーのほうへ駆け寄った。

一撃が加えられ、セイヤーの目が閉じた。トニーは心臓が喉から飛びだしそうだった。現に目撃した場面を、彼女の心が否定しようとした。

「彼を助けないと。そんなに殴ったら死んじゃうじゃないの！」トニーは怒って言った。

ジョナサン・タヴィッシュはまっすぐ体を起こして彼女を見つめ、泥のついた薄茶色の髪を額からかきあげた。「ああ、トニー！」彼は彼女に近づいた。「かわいそうに、こんなにきれいなのに。余計なことに首を突っこみさえしなければ楽しい人生を送れただろうに」

トニーは本能的に後ずさりした。今さらながら彼女はセイヤーが正しかったのを悟った。セイヤーが歩くのもやっとの状態だったのに必死に彼女を追いかけてきたのは……ジョナサンが森のなかにいるに違いないと知っていたからだ。

ジョナサンがさらに一歩、彼女のほうへ踏みだした。

トニーは声を限りに叫んだ。もう一度叫んで、ジョナサンが見かけよりも弱っていればいいと願いながら、逃げようと体の向きを変えた。

彼女は髪をつかまれて引きずり戻され、音をたてて水のなかに倒された。起きあがろうとしたが、ジョナサンに喉を押さえつけられた。トニーは死にもの狂いで彼の手をつかみ、爪で引っかいた。ジョナサンはものすごく力が強かった。周囲の世界が黒ずんだ緑色に変わっていく。

緑……黒……。

自分のあえぎ声が聞こえる。首を絞められて、息が……。

彼女は力を振りしぼってジョナサンの股間に膝蹴《ひざげ》りをくらわせた。

ブルースは視界を遮っていた雑木林から出て、川べりまで来た。そして彼女を見た。トニー。水のなかにうつぶせに倒れている。金髪が背中を漂って……。

「トニー!」ブルースはぎょっとして彼女の名を呼び、岩の上を走って岸辺を飛び越えると、水のなかへ入ってひざまずき、彼女を抱き起こした。トニーは身動きひとつせず、体は氷のように冷えきって、なにも言わない……。

ブルースはトニーの唇に自分の唇をあてて開かせ、空気を吹きこんだ。それから彼女を抱いてよろよろと立ちあがり、つるつる滑る岸辺にあがって心肺蘇生《そせい》術を施そうとした。だが、まだ抱いているうちにトニーがあえぎ、喉をつまらせ、咳《せき》と一緒におびただしい水を吐きだした。やがて彼女の目が開いた。

「ブルース……」

　かすかなしわがれ声にすぎなかったが、警告の響きを帯びていた。ブルースがトニーを地面におろして振り返った瞬間、ジョナサンの警棒が彼のこめかみに強烈な一撃を見舞った。ブルースは後ろへよろめいてしりもちをついた。視界がぼやける。

「なにをするんだ、ジョナサン？」

「冷酷な殺人者をやっつけているんだ」ジョナサンが言った。

　激烈な頭痛に襲われめまいがしたが、ブルースはなんとか立ちあがった。「ぼくは誰も殺していない。きみも知っているじゃないか」

「そうかな？　警察はそう思ってくれないぜ、領主マクニール。なにしろおまえの城の地下には新しい死体があるんだからな」

「ああ」ブルースは用心深くジョナサンを見て言った。「わかっているだろう。あそこに死体を置いたのはぼくではない」

「おれが置いたのさ。なあ、ブルース、おれはハンサムだ。ところが女どもはおまえをちやほやするくせに、おれには見向きもしない。それに丘の上で朽ちかけている城！　おまえにはあれのありがたみがちっともわかっていない。おまえにはもったいないよ。今おまえと、おまえの最後の犠牲者を殺しておかなければ、力にものを言わせて刑務所から出てこないとも限らない。だから、おまえはここでその娘と一緒に死ぬんだ。いつだったか、おまえ自身が言ったよな、今じゃあ称号は金で買えるって。それに丘の上の城も」

「若い女性たちを殺したのは、ぼくを困らせるためだったのか？」ブルースは信じられない思いできいた。

ジョナサンは一瞬それについて考えた。「いいや、殺しが最初だった。違うな。たぶんおまえがすべての原因だったんだ、ブルース。マギーのためだ」

「マギー！」ブルースは驚いて言った。「マギーはずっと前に死んだじゃないか」

「ああ、ずっと昔にな」

「彼女はぼくの婚約者だったんだぞ」

「しかし、最初にマギーを愛したのは、このおれだ。それに彼女もおれを愛していると思えた時期があった。ところがそこへおまえが割りこんできたんだ。いつものようにな。おまえにとって彼女は、大領主が城へ持ち帰る分捕り品というわけだ。彼女のおれを見る哀れみのこもった目つきといったら！　おれは遠くから羨望《せんぼう》のまなざしで眺めているしかなかったが、やがて……そう、彼女は死んだ。神のおぼしめしというやつだ。それでもおれは彼女から女についていろいろ学んだよ」ジョナサンは自分の話に夢中になって、うろうろと歩きまわり始めた。「いいか、ブルース、昔からおれはおまえが考えていたよりもずっと頭が切れたんだ。ずっと昔からな。そうとも、大マクニール、おまえは株式情報の読み方に詳しい。だが、おれはコンピューターでなんでもできるんだ」しばらく沈黙してから続ける。「うまいことを考えついたのは、最初の女を殺したあとじゃない。ふたりめをやったあとだ。へまをしでかしたと思えたことが何度かあったんで、身代わりが必要になった。実際のところ、えらく簡単だったよ。あの連中を罠《わな》にかけてここへ来させたのさ。まったく、インターネットさまさまだ。すばらしい発明だよ。知りたいことはなんでも知ることができるし、どんなものでも売りに出せるんだからな。おまえが帰ってきて、やつらが城に居座っているのを見たら、かんかんに怒って追いだすと思ったよ。もっとも、最後の死体が発見されるときに彼らが居合わせる可能性も考えた。そこのかわいいミス・フレーザーは殺さないでおいてもよかったんだが、今となっては……うん、ここで始末をしておかないと、あとあと厄介だからな」

ブルースは歯をくいしばり、襲いかかるめまいや頭痛と闘った。友達と思っていた男が森のなかで自分とトニーを殺そうとしているのだ。

ジョナサンがポケットからナイフを出してにやりとした。「警官が襲われたんで反撃した。正当防衛になる」

ジョナサンは単にぼくを嫌っていたんじゃない、とブルースは悟った。彼は何年も前から病的なほどぼくを憎んでいたのだ。ジョナサンは突然の怒りに駆られて狂気の振る舞いに及んだのではなく、綿密な計画を立てて犯行に及んだのだ。

ブルースは必死で飛びかかり、ジョナサンを水のなかへ押し倒した。だが、ジョナサンには余力があった。彼は組みあったまま転がってブルースを組み敷いた。

トニーは叫び声をあげてジョナサンにつかみかかった。しかし彼は強かった。トニーの声を耳にすると彼は振り向きざまに拳《こぶし》を繰りだし、トニーは後ろへ跳ね飛ばされて水中へ仰向けに倒れた。

ブルースは頭上に振りかざされたナイフが今にも振りおろされようとしているのを見て、思いきり肩をひねり、相手を振り払った。だが、ジョナサンは即座に起きあがって、ブルースの胸にナイフを突き刺そうと近づいてくる。ブルースの蹴りだした足がジョナサンの胸部をとらえた。

ジョナサンは仰向けに倒れたが、すぐにまた立ちあがった。そして……おかしなことに川の真ん中に立ってブルースを見つめ、それからほかへ視線を移し、またブルースを見た。

「じっとしていろ、このくそったれ！」ジョナサンはわめいた。

ブルースは不審に思って見つめ返した。

トニーはしりもちをついたまま川から出ようと後ずさりした。「どっちのブルースなの、ジョナサン？　あなたはどっちのブルースを殺したいの？」

ブルースはさっとトニーに鋭い視線を向けた。ジョナサンもトニーも見ているのだ……誰かを。

「こっちでしょ、ジョナサン！　こっちのブルースでしょ。彼はあなたに飛びかかろうとしていわ」トニーは叫んだ。

するとブルースを驚かせたことに、ジョナサンは薄いもやに戦いを挑むかのように突進した。だが、空を切って体の平衡を失いかけ、なんとか踏みとどまった。体の向きを変えると、今度はトニーに襲いかかろうとする。緑の薄闇《うすやみ》のなかで銀色に光るナイフが、ジョナサンの殺意を示していた。

それがブルースのチャンス、たぶん唯一のチャンスだった。彼は再びジョナサンに飛びかかって川のなかへ押し倒した。がつんというすさまじい音を聞いて、彼は内心たじろいだ。倒れた下に岩があったのだ。

下になっているジョナサン・タヴィッシュはぴくりともしなかった。正当防衛だとわかってはいても、人を殺したことに変わりはない。恐ろしいほどのむなしさがブルースの心に広がった。

ブルースは転がって仰向けになり、体の上を冷たい水が流れていくに任せた。やがてトニーがかたわらへ歩み寄り、彼の手をとって起きあがらせた。彼女のサファイアのような目が涙で光っているのを見て、ブルースは心を打たれた。どんな人間であれ、人が死ぬのは悲しい。ふたりともそれを知っている。とはいえ、ふたりは生きのびたのだ。彼女を救うためなら、ブルースは命を投げだすつもりだった。そして自分たちの未来を考えるなら、ふたりがともに生きのびたのは、喜ばしいことだ。

助けがなければ生きのびられなかった。

「彼はここにいたんだね？」ブルースはかすれた声でトニーにささやいた。「大マクニールだよ。彼が森のなかに現れたんだね。ジョナサンも彼を見て、ぼくたちのどちらを殺したらいいかわからなくなったんだろう？」

トニーはうなずいた。

ブルースは目をつぶった。「彼に助けてくれた礼を言わなくては」

20

「まだ完全には理解できないんだ」ブルースはカフェでロバート・チェンバレンの向かいの席に座って言った。「なぜだ？　なぜ一生をひたすら復讐《ふくしゅう》にとりつかれたまま過ごせるんだ？　それもただ城主に生まれつかなかったばかりに」

「ある程度まではジョナサンに同情できる。彼のなかに芽生えた憎悪が現実のものであれ想像上のものであれ、それが次第に増幅して心をむしばんでしまったんだ。なにが原因でそうなったかなんて、誰にわかる？」ロバートはきいた。「マギーの一件でそうなったのかもしれないし、彼女がきみを愛し始める前に始まっていたのかもしれない」

「マギーがジョナサンを拒絶したのは、ぼくのせいではない。彼らのあいだにはもともとなにもなかったんだ」ブルースは首を振って言った。

ロバートはため息をついた。「しかし彼は、きみさえいなかったらマギーに愛してもらえたと信じていたのだろう。ぼくは心理学者ではないが、殺人を始めたとき、ジョナサンはマギーに似ている女を求めていたんじゃないかな、少なくとも暗がりでは彼女に似ている女を。マギーに仕返しするためにさ。売春婦を選んだのは、一般の勤め人や主婦、母親、女生徒なんかと違って、姿が消えても気づかれにくいからだ。大都会では、ジョナサンはけっこう上品な男に見られて、性格の問題は気づかれなかったのだろう。きっと女たちは彼に誘われるまま、どこへでもついていったんだ。死体をあの森へ捨てたのは、きみに復讐するためだった。アメリカ人グループを、それとセイヤーを、まんまと罠《わな》にかけたときは、小躍りして喜んだに違いない。彼らからだましとった金をセイヤーの銀行口座に振りこみ、あたかもセイヤーが詐欺を働いたかのごとく見せかけるのは、ジョナサンにとって造作もなかったろう。なにしろコンピューターの達人だからな。頭のいいやつだ。その頭のよさをまともな目的に使わなかったのは残念だよ。ところでセイヤーは大丈夫だろうね？」

「えっ、ああ、大丈夫だ。まったく心配ない。ジョナサンが死んだあと、トニーは彼のところへ行こうとして半狂乱だったよ。そこへほかのみんながやってきて、彼を森から助けだした。あとはきみも知ってのとおりだ」ブルースは顔をしかめた。「あれからもう四十八時間がたつのに、ぼくはまだ自分の城に入れないでいるよ。鑑識の仕事が完了するまではだめだというんでね」

「ブルース……」

「なあ、ぼくは警官だったんだ、覚えているだろ？　必要なだけ時間をかけて、きっちり片がつくまで調べてくれ」ブルースは眉をひそめて大きなため息をついた。「自分でもいやになるよ。本当のジョナサンは極悪の犯罪者だったのに、ぼくは彼を無能な巡査と思っていたんだからな。それにぼくは、セイヤー・フレーザーにはよこしまな心がひそんでいると確信していた。トニーや彼女の友人たちは、哀れなエバンに恐怖心を抱いていたらしい。ぼくは今度の連続殺人も犯人は夫婦ではないかと疑い始めてさえいた。それなのにそもそもの原因は、ぼく自身がかきたてたすさまじい憎悪にあったんだ」

「自分を責めないほうがいい」ロバートが忠告した。「きみがジョナサンになにかをしたわけではないんだ。なにが原因で頭がおかしくなるかなんて、誰にもわかりゃしない。たぶん彼には生まれたときから邪悪な傾向があったのだろう。あるいはそれが心のなかで成長するに任せたのかもしれない。それはそうと、きみの仲間たちがこっちへ来るぞ。ぼくは仕事があるんで失礼させてもらう」

トニーとその仲間が到着した。出かける支度をするのに手間どっていたのだ。彼らの宿泊しているホテル、〈シスル・アンド・クラウン〉は通りを少し行ったところにあって、こぎれいだし接客態度もいいのだが、残念ながら水の出が非常に悪い。

トニーたちはロバートに愛想よく挨拶《あいさつ》し、同席するよう誘ったが、彼は仕事があるのでと辞退した。

そこへストーン夫妻がやってきたので、ロバートはまた別れの挨拶を繰り返した。

今度こそ本当に去ろうとしてロバートは急に立ちどまった。「おっと!」彼は一同に笑いかけた。

「どうした?」ブルースは言った。

「うっかり言い忘れるところだった。スターリングで行方不明になったと思われていた若いウエイトレスのこと、覚えているかい?」

「ああ」ブルースは言った。

「知っている」セイヤーがつぶやいた。「ケイティーだ」

「そう、そのケイティーだが、森を捜索しても見つからないよ」ロバートは言った。「どうやら彼女はまっすぐロンドンへ行ったらしい。若い男とデートしたときに、けちなパブの主人の下でこき使われるのはつまらない、きみはもっと値打ちのある人間だと説得されたそうだ。現在、彼女はブティックで働きながら学校に通っている。ロンドンで警官に呼びとめられたときは仰天したらしいよ。行方不明者として報告されているとは、まったく知らなかったようだ」

「よかった」セイヤーが言った。

「ああ、本当にそのとおり、よかったよ。せめてひとつぐらいはいい知らせもないとね。それじゃ、みなさん、今度こそ失礼」

彼らがテーブルを囲んで座ったところへ、ウエイトレスが注文をとりに来た。しばらくのあいだ、一同はなにを頼むかでわいわい相談しあったが、やがて静寂が訪れた。

それまで彼らは相手を疑ったことを謝ったり、いたわりあったり、起こったことを話しあったりしてきた。けれど二日たった今も、森と城は警察の管轄下にある。証拠集めが進行中で、犯行現場になった森も城も立ち入り禁止になっている。ショーネシーとウォレスは村の厩舎《きゅうしゃ》へ移された。住まいにしている舟小屋を離れたがらなかったエバンは、小さなホテルでのあたたかいもてなしにすっかり満足しているようだ。

そうなると、残るはこれからどうするかだ。未来は過去によって色づけられるとはいえ、いつものことながら、人がそれをどう生きるかによって未来はいくらでも変わる。

全員がブルースを見つめていた。

「今後のことについて、ぼくの考えを述べたい」ブルースは言った。「ツアーは数週間、中止しようと思う。城はまだ警察に押さえられているし、新聞にもあれこれ書きたてられるだろうから、それらを考えると、しばらく時間を置くほうがいいと思うんだ。しかし、人間は身の毛もよだつ話が好きだからね。いずれきみたちはてんてこ舞の忙しさになって、観光客を断らなくちゃならなくなるだろう」

ジーナの喉が奇妙な音をたてた。「それじゃ……わたしたちに続けさせてくれるんですか？」

ブルースは肩をすくめた。「半年くらいなら」

「で、そのあとは?」ジーナが小声できいた。

ブルースには答える暇がなかった。突然、セイヤーが大声を出したからだ。「誰にわかったというんだ! 彼が、ジョナサンが……巡査が、あなたが昔から知っていた男が犯人だったなんて、ブルース」

過去は……そう、過去はしばらくのあいだ彼らにつきまとうだろう。彼らがそれについてとことん語りあい片をつけたと思っても、過去はよみがえってくる。そう遠くない昔の幽霊のように。

トニーがダーシー・ストーンを見て言った。「ダーシー、ジョナサンは……グレイソン・デーヴィスの生まれ変わりだったのかしら?」

ダーシーはほほえんで肩をすくめた。「さあ、どうでしょう。そうかもしれないし、そうでないかもしれないわ」

マットが言い添えた。「生きている人間からであれ、死者からであれ、常に答えを与えられるとは限らないんだよ」

ブルースが口を開いた。「たぶんジョナサンは幼いころからぼくを憎んでいたんだろう。それに権力や殺人に対する欲求もあったかもしれない。彼の行為は決して許せるものではないが、ぼくへの憎悪は理解できる気がする。ぼくは城や称号など、彼が望んでいたものすべてを持ちあわせていた。マギーの死後、ぼくはあまりここにいなかったとはいえ、領主という身分は村の人々にとって大きな意味を持つ。それからマギー……ぼくの婚約者のことがある。ジョナサンが彼女を愛していたとは知らなかった。マギーはいつだって彼を友達だと考えていたからね。きっとジョナサンは彼女に拒絶されたと思ったのだろう。それについては心理学的に説明できるかもしれない。さっきの話ではないけど、彼はもしかしたらグレイソン・デーヴィスの生まれ変わりで、昔の人生からなにも学んでいなかったのかもしれないな」

ジーナがふいに身震いして、デーヴィッドとケヴィンをにらんだ。「あなたたちってひどいったらないわ。ブルースが解決したエディンバラの事件について読んだとたん、ライアンとわたしを、まるで恐ろしい殺人鬼でも見るような目で見るんだもの」

「えっ、まさか、そんなことはしてないよ」デーヴィッドが反論した。

「ジーナはほかの女がぼくのそばへ寄るのを許さないし、ましてやぼくのために女を見つけてなんてこないよ」ライアンが言った。

ジーナはとがめるように夫を見た。

「きみはやきもちやきだからな」ライアンが彼女に言った。

「そんなことないわ」ジーナが抗議した。

ブルースは声をあげて笑った。「おいおい、ライアン。きみがトニーを抱きしめるところを見たぞ」

「トニーは……」ライアンは手を振って軽く受け流した。「トニーは友達だから」

「いい加減にしてよ！」トニーはそう言ったあとで、笑い声をあげている自分にあきれた。

「ぼくはトニーを抱きしめるよ。デーヴィッドやケヴィンを抱きしめるようにね」ライアンが言った。

「うわー、セクシー」ケヴィンがからかった。

ライアンはうめいた。「彼のことは無視してください」ブルースに言う。「じゃあ……ぼくたちはこれから半年はあそこで仕事を続けられるんだ。で、そのあとは？　あなたはこれからもぼくらと一緒に仕事を続けてくれるんですか？」

「ああ、最初のひと月が過ぎたら」

「ひと月が過ぎたら？　どうして？　それまでなにがあるんです？」デーヴィッドがきいた。

ブルースはトニーのほうを向いて口もとに笑みを浮かべた。「しばらくここを離れるつもりだ。トニーがスコットランドを大好きなのは知っているが、彼女にも休暇が必要だと思う。どこかまったく新しい土地、ビーチと太陽の光がある、にぎやかな観光地がいいだろう。カンクン、フロリダキーズ、アルバ島……ディズニーワールドなんかがいいんじゃないかな。もっとも幽霊屋敷《ホーンテッド・マンション》は絶対に避けるけどね」彼はトニーに眉をつりあげてみせた。

「トニーは行っちゃだめだよ」ライアンが言った。「彼女が行っちゃったらジーナしかいなくなる。ジーナに女性の役を全部やらせるのは無理だ。痛いっ！」ライアンは妻に肘でこづかれてうめいた。

「リジーとトリッシュがいるよ」セイヤーが言った。「あのふたりなら大喜びで出演を引き受けるんじゃないかな。ただ、ぼくは手を引かせてもらおうと思っているんだ」

「なんだって？」テーブルを囲んでいる全員が尋ねた。

セイヤーは顔をしかめた。「今回の件で身にしみてわかったよ。これからは法を遵守《じゅんしゅ》する側に立ちたいと思う。マリファナときっぱり手を切るために治療を受けるつもりだし、警官になる勉強をして……ここの巡査に応募しようと考えているんだ」彼はブルースを見た。「わかっていますよ、あなたがぼくをなんの値打ちもない人間と考えているのは――」

「とんでもない。きみにぴったりの仕事だと思う」ブルースは言った。

セイヤーは驚くと同時に大いに喜び、椅子の上で背筋をのばした。「ええ、誓ってもいい、これからは善良な人間になります」彼はブルースを見つめたまましばらく黙っていた。「それからあなたは……あなたは警察の仕事に戻るべきです。ロバートはあなたのような人材が警察に必要なのだと言っていました」

「そうですよ、ブルース。本気で考えてみるべきだわ」ダーシーが言った。

「きみが身につけた捜査技術や生まれ持った才能は、いろいろな方面で役立てられるだろうね」マットがブルースに言った。

「たぶんいつかは考えるかもしれないが」ブルースは言った。「しかし、今すぐにというわけにはいかない」

「あーあ、まいったな。あなたとトニーは行ってしまうし、セイヤーは巡査になるって言いだすし、ぼくたちはツアーを続けるにしても、半分の人数でやらなきゃならないんだ」ライアンが嘆いた。

「きみとデーヴィッドとケヴィンとジーナがいるじゃないか……あとリジーにトリッシュも。それにぼくたちは戻ってくるよ」ブルースは約束した。そして再びトニーを見た。「もっとも、きみがぼくと一緒に来てくれるならだが。どうだい?」

「わたしを置いて出ていこうとしてごらんなさい」トニーが言った。

「だけど、半年が過ぎたらどうなるんです?」ジーナがブルースに尋ねた。

「わたしにはわかる気がするわ」ダーシーが軽い口調で言って、にっこりした。「この場合、霊感を働かせなくても未来がわかるんじゃないかしら」

ブルースの視線は片時もトニーを離れなかった。「ぼくの望みはここで盛大な結婚式を挙げることだ。花嫁は美しい白のドレスを、花婿は一族の伝統衣装を着て。それから結婚披露宴は……そうだ、きみたちみんなに考えてもらおうかな」彼はデーヴィッドとケヴィンをにらんだ。「けばけばしいのはごめんだぞ!」

ブルースはトニーのほうへ向きなおり、彼女の手をとった。

「ぼくは特権階級の人間として生まれたのに、そのことを、そして祖先から受け継いだものを、長いあいだないがしろにしてきた。あの城を、妻や子供のいるわが家にしたい。考えてみてほしい、トニー」彼は真剣な口調で、穏やかに続けた。「あの気の毒な大マクニールはこれまでの長い年月、あそこを歩きまわって自分の子孫たちを見守っていたんだ。ぼくはその恩に報いなくてはならない。そうだろう？　彼の妻と……そして子孫であるぼくと同じくらい気性が激しく、情熱的で、貞淑な花嫁よ？」

ブルースがみんなの前でそんな言葉を口にしたのが、トニーにはなぜかとても大切なことに思われた。

「あなたはこのあいだの夜、わたしを本当はよく知らないというようなことを言ったわね」トニーは彼に思いださせた。

「ぼくが間違っていた。今では、きみについて知るべきことはなんでも知っているよ。あのときだって知っていたんだ」ブルースは少し自信なさそうに言葉を切ったあとで言い添えた。「すまない、強引にきみに迫っているね」

トニーはかぶりを振った。「いいえ、そんなことないわ。それって、わたしがこれまで聞いたなかで最高にすてきな物語だと思う。しかもそれはわたし自身がつくりあげたものでさえないんだわ」

「うわ、驚いた！」デーヴィッドが大声を出した。「それってつまり、ふたりは婚約したってこと？」

「そう、そのとおり」ブルースは言った。

「そうか。じゃあ、シャンパンで乾杯しなくちゃ」セイヤーが言った。

乾杯が行われた。そして彼らは一日のほとんどを一緒に過ごした。彼らは一緒に経験した奇妙な出来事によって永遠に固い絆《きずな》で結ばれるだろう。

やがて夜が訪れ、ブルースとトニーはやっとふたりきりになった。心地よい狭い部屋でブルースは彼女を胸に抱き、顎に指を添えて顔を仰向かせると、目を見つめて言った。

「これまで一度も口にしなかったが、きみを愛している。マギーが死んだあと、ぼくは修道士のような生活を送ってきたのでもなければ、町をうろついて女あさりに精を出したのでもなかった。ただ普通に過ごしていた。そしたらそこへきみが現れたんだ」

「わたしの大切な領主マクニール！」トニーが応じた。「あなたは言葉を操るのが上手ね」

「きみはいまだにぼくのことをほとんどなにも知らない」ブルースが言った。

トニーは愉快そうに首を振って彼の目を見つめた。「アルバ島でひと月過ごすあいだに、あなたのことをなにもかも聞かせてもらうわ」

「それから？」

「それから……わたしがあなたと恋に落ちたのは、あなたが馬に乗って大広間へ登場した瞬間だったと思うの、大マクニール！　わたしはあなたについて知るべきことはすべて知っているわ。そしてわたしの知っているあなたを愛している。あなたがあなたであるがゆえに」

ブルースはほほえんでトニーにキスをした。キスが熱を帯び、ふたりが服を脱ぎ捨てたところで、ブルースは急に動きをとめ、彼女の目をじっとのぞきこんだ。

「大マクニールは？」彼はきいた。

「彼はこのホテルにチェックインしていないんじゃないかしら」トニーが無邪気な口調でからかった。

「トニー……彼はまだ近くにいるのかい？」

「行ってしまったわ」彼女があっさり言った。

「本当なんだね？　永遠に？」

トニーはうなずいた。「彼はすべきことをしたの。今は安らかに眠っているわ」

「そうか。ところでわかっているだろうね、ぼくはきみを安らかに眠らせるつもりはさらさらないよ。これから激しい嵐《あらし》が始まるような気がするんだ」

「そういう嵐だったら大歓迎よ」トニーが彼に請けあった。

ブルースはまた彼女にキスをした。

そして嵐が始まった。

訳者あとがき

トニー・フレーザーは友人たちと共同でスコットランドの古城を借り、そこへ観光客を呼んで劇を上演しようと思いついた。彼らはお金を出しあって古い城を修繕し、領主ブルース・マクニールという架空の人物を主人公とする史劇を上演する。脚本を書いたのはトニーだ。ところが劇の上演中にブルース・マクニールと名乗る男が馬に乗って登場し……。

本作は、二〇〇六年三月にＭＩＲＡ文庫から刊行されたヘザー・グレアムの『眠らない月』の続編ともいうべき作品で、同作のヒーローとヒロインであるマットとダーシーも登場する。今回も〝見えないはずのものが見えてしまう〟特殊能力の持ち主たちが大活躍するが、舞台がスコットランドということで、新たな世界を堪能《たんのう》できるのではないだろうか。

スコットランドと聞いて一般的に思い浮かべるのはスコッチウイスキー、荒野一面に花咲くヒース、ネス湖やローモンド湖、バグパイプや民族衣装のキルトなどだろう。本書ではトニーたちが古い城を借りて劇を上演するが、スコットランドには人が住んでいるものや無人のものなど大小さまざまな古城が数多く存在する。またキルトや肩掛けなどに使われるタータンチェックの布については、氏族ごとに色や柄が異なっていて、本書でもそれが効果的に使われている。もっとも氏族ごとに固有のタータンチェックがあったというのは十九世紀以降に作られた伝説で、地域ごとに特徴のある模様は存在したものの、統一的なデザインや染色は工業化以前では技術的に不可能だったというのが事実らしい。

作者のヘザー・グレアムはこれまで数多くのロマンティック・サスペンス、歴史ロマンス、バンパイアもの、オカルトもの、タイムトラベルものと幅広いジャンルの小説を発表してきた。本書は現代の連続殺人、クロムウェル時代に行われた残虐な戦闘、そして幽霊との交流など、作者が得意とするサスペンスと歴史とオカルトに主人公たちのロマンスが加わって、実に読み応《ごた》えのある上質のエンタテインメント小説に仕上がっている。ヘザー・グレアムの、さらにみがきのかかった新たな世界をぜひお楽しみいただきたい。

二〇〇六年三月

風音さやか

訳者　風音さやか

長野県生まれ。編集業務に携わりながら翻訳学校に通い、翻訳の道に入る。1990年ごろよりハーレクイン社の作品を手がける。主な訳書に、ヘザー・グレアム『眠らない月』、メアリー・アリス・モンロー『風の谷の約束』（以上、MIRA文庫）などがある。

誘いの森（いざないのもり）
2006年6月15日発行　第1刷

著　　者／ヘザー・グレアム
訳　　者／風音さやか（かざと　さやか）
発 行 人／ベリンダ・ホブス
発 行 所／株式会社 ハーレクイン
　　　　　東京都千代田区内神田1-14-6
　　　　　電話／03-3292-8091（営業）
　　　　　　　　03-3292-8457（読者サービス係）
印刷・製本／凸版印刷株式会社
装 幀 者／林　修一郎

ISBN4-596-91180-0

ヘザー・グレアム
風音さやか 訳

眠らない月

亡くなった親友に不思議な能力を託されたダーシー。超自然現象の調査員になった彼女は、いわくつきの屋敷、メロディー邸の若き当主マットを訪ねるが…。

ヘザー・グレアム
風音さやか 訳

エターナル・ダンス

社交ダンス競技会で演技直後に優勝候補が倒れた。華麗な死に騒然となる中、シャノンの脳裏には数分前に囁かれた言葉が蘇る――「次はおまえだ」

ヘザー・グレアム
ほんてちえ 訳

炎の瞳

伝説のルビーの輝きが、美人ダイバーに危険な愛の訪れを告げていた…。魔のバミューダ海域の孤島で繰り広げられる灼熱のラブ・サスペンス。

ヘザー・グレアム
せとちやこ 訳

危険な蜜月

旧友の事故に疑問を抱いた警察学校生アシュリー。最悪の出会いを果たした刑事と捜査に乗り出すが…。緊迫する空気の中、情熱の炎が燃え上がる!

ヘザー・グレアム
せとちやこ 訳

四世紀の恋人

炎の悪夢に苦しむジリアンと彼女を見守るロバート。二人は前世で悲劇の夫婦だった。17世紀と現代と、時を超えた強くロマンティックな恋。

ヘザー・グレアム
せとちやこ 訳

ハリケーン・ベイ

故郷で失踪した友を捜すケルシーに、ネクタイ銃殺魔が忍び寄る。幼なじみのデインは愛していいのか、それとも…。最後の1頁までスリリング!

MIRA文庫

ヘザー・グレアム
鈴木たえ子 訳
容疑者
愛する夫を奪った凶弾。自ら真相解明に乗り出したスペンサーの前に、次々と容疑者が浮かび上がる。サスペンスの名手が繰り出す、予期せぬ結末とは?!

アン・スチュアート
細郷妙子 訳
秘めやかな報復
ある夜の事件を境に、惹かれ合いながらも決別した優等生ジェニーと不良少年ディロン。12年振りの再会には迎えがたい情熱、そして危険な影が付きまとう。

マリーン・ラブレース
皆川孝子 訳
過ちは一度だけ
ある女優に付き添ってサンタフェ映画祭に行くことになった元捜査官クレオ。映画祭の幹部がかつて追っていた事件に関係していたと知った彼女は…。

シャロン・サラ
新井ひろみ 訳
グッバイ・エンジェル
妻が幼い娘を連れて家を出てから15年、夫はようやく得た手掛かりを元刑事に託す。しかし彼は知る由もなかった、娘が過ごした悪夢の日々を。

ダイナ・マコール
皆川孝子 訳
ミモザの園
祖母の館を相続したローレルを待っていたのは事件と、夢の中で愛を交わした幻の恋人だった。S・サラが別名で描くミステリアスな逸作。

エリカ・スピンドラー
平江まゆみ 訳
さよならジェーン
刑事の姉が恋した相手と結婚した私――16年前の事故の悪夢がよみがえるとき、幸せが崩れ始めた。めくるめく展開と巧みな罠、徹夜必至の一冊!!

MIRA文庫